August 1914. Sir Ernest Shackleton will als Erster den antarktischen Kontinent zu Fuß durchqueren. Mit an Bord seines Schiffes ›Endurance‹: 69 Schlittenhunde, ein Grammophon, ein Fahrrad – und ein blinder Passagier. Zwischen Ölzeug und Gummistiefeln versteckt, nimmt der 17jährige Merce Blackboro Kurs auf den Südpol.

Über das subantarktische Südgeorgien geht die Fahrt ins Eis. Doch der antarktische Sommer ist kurz, die Durchfahrt bleibt verschlossen. Im Weddellmeer wird die ›Endurance‹ über Monate vom Packeis eingeschlossen; von da an driftet sie einem ungewissen Schicksal entgegen. Für die 28 Expeditionsmitglieder beginnt eine entbehrungsreiche Odyssee durch die Weiten des Südpolarmeers, zusammengehalten von Shackletons unbeugsamem Optimismus, vorwärtsgetrieben von Kälte, Hunger und der Hoffnung auf Rettung.

»Eine groß angelegte und wunderbar ruhig erzählte Parabel über Ehrgeiz und Scheitern, über den Menschen in seiner Verlorenheit und in seiner Größe. Eine Leseexpedition voller Überraschungen und Einsichten.« Claus-Ulrich Bielefeld, Tages-Anzeiger

»Hinter der fesselnd erzählten Eis-Reise verbirgt sich auch ein Essay über die Zeit.« Michael Braun, Neue Zürcher Zeitung

Mirko Bonné, geboren 1965 in Tegernsee, lebt in Hamburg. Neben Übersetzungen von u. a. Sherwood Anderson, Robert Creeley, E. E. Cummings, Emily Dickinson, John Keats und William Butler Yeats veröffentlichte er bislang fünf Romane und fünf Gedichtbände sowie Aufsätze und Reisejournale. Für sein Werk wurde Mirko Bonné vielfach ausgezeichnet, u. a. mit dem Ernst Willner-Preis (2002), dem Prix Relay du Roman d'Evasion (2008) und dem Marie Luise Kaschnitz-Preis (2010).

Weitere Informationen, auch zu E-Book-Ausgaben, finden Sie bei www.fischerverlage.de

Mirko Bonné
Der eiskalte Himmel

Roman

FISCHER Taschenbuch

Für Julika

MIX
Papier aus verantwortungsvollen Quellen
FSC® C083411

Erschienen bei FISCHER Taschenbuch
Frankfurt am Main, Juni 2015

Satz: Fotosatz Amann, Memmingen
Druck und Bindung: CPI books GmbH, Leck
Printed in Germany
ISBN 978-3-596-03056-9

Wer ist der Dritte, der immer neben dir geht?
Wenn ich zähle, bekomm ich nur dich und mich zusammen
T. S. Eliot

Erster Teil

DER HÖLZERNE FISCH

Gummistiefel und Schokolade
Emyr, Gwendolyn, Dafydd und Regyn
Postlagernd Recalada – Ennid und das Äffchen
Schiffbruch – Im Gewimmel der
Geschützrohrmatrosen – Heizerhände
»Wie geht es Ihnen, Mister Blackboro?«
Käpt'n Scotts Wolldecke – Shackleton
Vorstellungsgespräche – »Kormorane, hoiho!«

1

Gummistiefel und Schokolade

Ein zartes Schaukeln seines Gerippes, ein Knacken seiner hölzernen Knöchel, dann einmal gegen die Pier gerumst, damit jetzt keiner mehr eindöst … so vertreibt sich das Schiff die Zeit.

Es wartet darauf, dass es ablegen kann.

Und Recht hat es mit seiner Ungeduld. Worauf warten wir denn?

»Es geht los«, hat Bakewell gesagt. Aber es passiert nichts. Seit Stunden dasselbe, Schaukeln im Dunkel. Völlig gleich, ob ich die Augen auf oder zu habe. Es ist duster wie nachts in einem schwarzen Zelt.

Mensch, schmeckt das Wasser herrlich.

»Hier, musst was trinken«, hat er gesagt und mir die Pulle in den Schrank gereicht. Im Türspalt sein verrußtes Gesicht.

»Und, Kleiner, alles klar? Tu mir bloß einen Gefallen: Wenn du Hunger hast, iss nicht meine Gummistiefel. Iss die von McLeod.«

»Ho ho, Bakewell, sehr lustig, ho ho.« Schon nuckelte ich an der Flasche.

»Na komm, es geht ja los jetzt. Wir beide, was!«

Der Sage nach hat einmal König Artus in meinem Heimatdorf übernachtet – keine Ahnung, ob in einem Schrank, einem Zelt oder im Gasthof »Zur schütteren Linde« an der Landstraße nach Mynyddislwyn. So oder so ist das lange her. Und Pillgwenlly, Wales, ist weit weit weg. Heute ist einer der letzten Tage im Oktober 1914, und ich verlasse Buenos Aires. Ich fahre auf der britischen Barkantine ENDURANCE. Bin ein blinder Passagier.

Drei ihrer Matrosen haben mich auf die ENDURANCE geschmuggelt und in einem Spind für Ölzeug versteckt. Die Missetäter sind Bakewell, mit dem ich auf der USS JOHN LONDON herüberkam, How, den sie Hownow nennen, sowie McLeod, der schon auf der TERRA NOVA von Kapitän Scott Richtung Südpol gefahren ist. Nach dem Städtchen, in dem er geboren wurde, wird McLeod Stornoway gerufen. Und Stornoway dürfte kaum bekannter sein als Pillgwenlly, doch hält McLeod viel auf seine Herkunft, und wenn es nach ihm ginge, würde wohl die ganze Welt wissen, wo Stornoway liegt: »Auf den Hebrrriden!«

McLeod, How und Bakewell gehören zu den 27 Männern der Imperial Trans-Antarctic Expedition von Sir Ernest Shackleton. Wenn sie es denn schafft, loszukommen, wird die ENDURANCE Kurs auf die Antarktis nehmen, die erstmals zu Fuß durchquert werden soll.

Wie es aussieht, habe ich vor, ihr 28. Mann zu werden. Und meine Chancen stehen nicht schlecht: Hat die ENDURANCE erst das Feuerschiff bei Recalada passiert, geht sie auf offene See. Über Bord wird der Sir mich nicht werfen lassen, und ob ich als der siebzigste Schlittenhund ende, wie Stornoway in seinem Suff gestern Nacht vorhergesagt hat, wird sich zeigen.

Ein Bullauge müsste der Schrank haben, und unter dem Fenster am besten gleich auch ein Bett. Ich bräuchte nur den Kopf zu heben, und schon läge ich in der silbernen Sonne überm Rio de la Plata. Blitzsauber funkelt die neue Schwebefähre. Es gibt ein besonders langes Hörner- und Trötenkonzert, weil es nicht alle Tage passiert, dass ein britischer Nationalheld unter der Transporterbrücke hindurchfährt. Hunderte von Porteños, Leute aus den Vierteln am Hafen, dürften auf der Pier stehen und Shackletons Walnuss zum Abschied viel Glück wünschen.

»Heilige Seeschlange, riecht es hier drin nach Gummi!«, hat Bakewell gesagt. Ausgerechnet den Ölzeugspind mussten die drei Teerjacken für mich ausgucken, und sie selbst lassen sich oben zwischen den kläffenden Hunden die Sonne aufs Gesicht brennen. Leb wohl, Argentinien!

Auf den Dächern der dottergelben Kontorhäuser von La Boca heulen die Sirenen. Tröten von allen Seiten. Nicht mehr lang, und der Schlepper wird die ENDURANCE freigeben. Gut geraten! Schon johlen sie, jetzt ist sie los! Und ich piepse mit. Heiho! Es geht ins Eis, ins weiße, weiße Eis!

Wir schauen uns den Beardmore-Gletscher an, und wir bestaunen Mount Erebus und Mount Terror, die beiden Eiffeltürme der Antarktis ... Mit ein bisschen Glück entdecken wir den Blackboro-Pinguin oder sind die Ersten, die an der unbekannten Schelfeiskante stehen ... Pillgwenlly-Land.

Ho ho, ho ho. Wenn schon, denn schon.

So sieht es aus! Was könnte ich nicht alles erzählen, wäre ich nicht so mutterseelenallein. Ich bin ein junger Mann aus einem Nest bei Newport. Bin ein Kind meiner Mutter. Nicht auszudenken! Doch, doch, ein Kind seiner Mutter zu sein ist in Zeiten des großen Krieges etwas Besonderes. In keinem unserer

Feindländer bin ich je gewesen, aber ich kenne russische und deutsche Matrosen. Von Großbritannien kenne ich nur Wales und von Wales bloß ein Stück. Um genau zu sein, kenne ich Newport und die südlichen Dörfer zwischen dem Usk und dem Ebbw. Im Usk tummeln sich die größten Forellen von Wales. Ich bin sicher, dass auch König Artus das wusste.

Ich habe einen älteren Bruder, Dafydd, und eine Schwester, Regyn; ihr Mann Herman ist Vorsteher in der ältesten Fabrik von Wales, die ohne zu übertreiben von sich behaupten kann, zugleich die älteste Fabrik der Welt zu sein. In Wales stand die Wiege der industriellen Revolution, aber auch das ist lange her. Mein Schwager Herman und mein Bruder Dafydd gingen am Tag der Generalmobilmachung zum Bahnhof und fuhren zur neuen Fliegerkaserne von Merthyr Tydfil.

How erzählt, die ENDURANCE lag am selben Tag in der Themsemündung vor Anker und wartete auf den königlichen Bescheid, ob die Expedition trotz des Kriegsausbruchs stattfinden solle. Jetzt johlen sie, meine Motorschlittenkameraden, weil es ins weiße Land geht. Und mit »Hurra, hurra!« werden sie den Union Jack aufpflanzen. Aber hätte König Georg nicht bloß sein eines majestätisches Wort telegraphiert – »Go«. –, sondern zwei weitere drangehängt: »to War« …, sie hätten alle gehorcht und wären in die Kanonenboote und Schützengräben gestiegen: der Sir und sein Vertreter Wild, Käpt'n Worsley und die beiden Ärzte Macklin und McIlroy, die Forscher, der Maler und der Fotograf, McNeish der Zimmermann, Green der Koch, die beiden Heizer genauso wie Vincent der Bootsmann und alle seine Matrosen. Bloß Bakewell hätte sich an die Mütze getippt und ahoi gesagt: »Nichts für mich. Bin ein Yankee ohne Heimat, und Krieg ist nur wichtig für Leute mit Heimat.«

Recht hast du, Bakie! Und weißt du was? Dass es Wichtigeres gibt, als möglichst viele Deutsche und Russen zu erschießen, das hat auch der König erkannt und nichts anderes hat er gemeint mit seinem »Go«. Der König will, dass wir etwas aus unserem Leben machen. Er will, dass wir die Ersten sind, die die Antarktis von Weddellmeer bis Rossmeer zu Fuß durchqueren. Noch unseren Urenkeln sollen wir erzählen können, wie wir es geschafft haben. Und weil das alles zu viel ist, um es in ein Telegramm zu schreiben, hat der König nur dieses eine aufmunternde Wort schreiben lassen.

Go! Get all the canvas set, boys!

Georg V., König von England, ist ein so vernünftiger Mann wie mein Freund Bakewell aus Joliet, Illinois.

Was an Leinwand da ist, hinauf damit an die Rahen.

Der Sir und der Skipper schreiten an Deck die Reihen der Zwinger ab. Orde-Lees prüft die Zurringe der Schlitten, die keine Zughunde brauchen, weil sie motorbetrieben sind, made in Wales. Am Schanzkleid steht Hurley und filmt. Und hoch oben an einer Rahnock tanzen Bakie, Hownow und Stornoway Tango mit den ersten langbeinigen Böen von Kap Hoorn.

Auf in den Süden des Südens. Zweieinhalb Jahre ist es her, dass Scott, Wilson und Bowers auf dem Rückmarsch vom Pol erfroren sind. Jede Stufe der Tragödie, seit Amundsen ihnen zuvorgekommen war, hat Kapitän Scott in seinem Tagebuch festgehalten, nächtelang hat mein Bruder mir daraus vorgelesen und haben wir uns auszumalen versucht, wie es gewesen sein muss in dem kleinen Zelt inmitten dieses zehn Tage lang brüllenden Blizzards.

Antarktika, Antarktika.

Ich kauere hier seit einer Nacht und einem halben Tag und futtere nichts als Schokolade.

2

Emyr, Gwendolyn, Dafydd und Regyn

Ich weiß noch, welches Gesicht meine Mutter machte, als mein Bruder und mein Schwager aus Merthyr Tydfil schrieben: »Mom, sie haben uns hier tatsächlich zum Hangartrupp abkommandiert. Es ist fantastisch. Wir kommen zurück, wenn das Problem der Propellerbewaffnung gelöst ist.«

Mom wusste bis dahin nicht einmal genau, was ein Flugzeug ist.

Für mich bedeutete die ungelöste Propellerbewaffnung, dass ich eine Arbeit annehmen musste, um für die Familie mitzuverdienen. In der Woche nach der Generalmobilmachung begann ich in der Werft zu arbeiten, in der mein Vater seit vierzig Jahren Schiffe baut. Er ist Innenausstatter; besonders der Kunstfertigkeit seiner Täfelungen wegen ist mein Vater Emyr Blackboro in den Häfen am Usk und Severn ein gefragter, wenn nicht berühmter Mann. Meinen muffigen Ölzeugspind könnte er in Tagesfrist in eine reich verzierte Kammer verwandeln. Sie wäre zwar noch genauso unbequem und finster, doch ich bin mir sicher, es würde hier so duften wie nach einem Sommerregen im Obstgarten unseres alten Kontormeisters Simms.

In den Newporter Alexandra Docks übernahm ich eine Reihe kleinerer Jobs: Botengänge, Flick- und Malerarbeiten.

Nach Schichtende mischte ich mich unter die Seeleute, die Pfeife rauchend am Wasser saßen und von den Häfen erzählten, in denen sie gewesen waren. Nie nahm einer der Matrosen Notiz von mir. Ich hockte auf dem Berg Kabeltau, den ich seit dem frühen Morgen gespleißt hatte, und merkte, wie ich Stück für Stück immer weiter in mich zusammensank. Ich war so müde wie Checker, der Hund, der durch den Ärmelkanal schwamm.

Die Augen fielen mir zu und die Ohren, so kam es mir vor, auch. Mit einem halben Ohr hörte ich noch, wie sie über die Häuser redeten, die sie in New York besuchen wollten: dass amerikanische Freunde von ihnen versprochen hätten, auf dem Hoboken-Kai zu sein, wenn der Pott in Manhattan anlegte, um sie mitsamt ihren Seekisten geradewegs zum Times Square mitzunehmen, wo die feinen Freunde angeblich wohnten. Der »Froschteich« war ihnen herzlich gleichgültig. Es schien sie nicht im mindesten zu interessieren, dass sie zuvor den Atlantik von Newport nach New York überqueren mussten. Tausende Kilometer schäumenden Ozeans, in dem neben einem ganzen Haufen anderer Unwägbarkeiten auch die Unterseebootflotte des deutschen Kaisers auf der Lauer lag, waren für sie nicht der Rede wert.

Den meisten Matrosen, die ich kennen gelernt habe, scheint das Meer nichts zu bedeuten. Sie tun gerade so, als sei es gar nicht da. Wer will das begreifen? Ich stelle mir meinen Vater vor, der alles liebt, was aus Holz ist. Wie wäre es, wenn er so täte, als sei an einem Baum nichts Besonderes? Hier, meine kalte Plankenwand: Zwei, drei Handbreit dahinter ist nichts als Wasser. Auch im Dunkeln wüsste er sofort, aus welchem Baum sie ist. Er würde daran riechen, einmal mit der Hand darüberfahren … »Ulme, Junge, Ulme.«

Ein paar Abende an der Pier, und ich wusste nicht mehr, was ich von Seeleuten halten sollte. Nur so viel wurde mir klar: dass diese Männer, die oft nur ein paar Jahre älter waren als ich, bestimmt nicht die Sonntagsschule besucht haben konnten. Denn sie fluchten und logen, dass mir Hören und Sehen verging. Inzwischen weiß ich, dass die einzige wahre Liebe dieser gelbzähnigen Maulhelden die Liebe zur Übertreibung ist. Vor ein paar Monaten wusste ich es noch nicht, weswegen ich auch nicht merkte, dass ich schon längst angesteckt war und alles, was ich fühlte, genauso hoffnungslos übertrieb.

Mein Vater schickte mich ab und zu in die Skinner Street, um beim dortigen Schiffsausrüster Muldoon eine Rechnung zu bezahlen. So lernte ich sie kennen: Ennid.

Es dauerte Monate, so kam es mir vor, bis ich mit Ennid Muldoon ins Gespräch kam. Denn zunächst verständigten wir uns abgesehen von den üblichen Begrüßungsformeln nur über Zahlen. Wenn ich den Laden betrat, grüßte ich, wie es sich gehört. Mister Muldoon musterte mich. Ennid erwiderte meinen Gruß. Ich nannte meinen Namen, und Mister Muldoon klappte ein rot eingeschlagenes Buch auf und reichte es seiner Tochter. Ennid nahm das Buch, kam damit zu mir gehinkt – sie hat einen Gehfehler – und sagte: »97.« Ich öffnete Dads Börse und zählte die Summe ab: »97.« Ennid zählte Scheine und Münzen nach: »97!« Im nächsten Moment stand ich draußen vor dem ganz mit grünen Blechplättchen beschlagenen Haus in der Skinner Street und wusste nicht, wie mir geschehen war.

Taumelnd lief ich zum Hafen hinunter. Aber ich sah die Schiffe gar nicht. Ich war so glücklich, ich hätte den erstbesten Matrosen, der mir an der Pier entgegengeschlurft kam, auf den Mund küssen mögen. Und bestimmt hätte ich ihn wenigstens so angelächelt, wie Ennid Muldoon mich angelächelt hatte, wenn ich nicht so traurig gewesen wäre.

Dreht es sich ums Älterwerden, ums Reifen an einer schwierigen Lebenslage, pflegt mein Vater zu sagen, dass man immer derselbe sei: Alles, was sich im Laufe des Lebens verändert, ist in den Augen meines Alten Herrn die wachsende Fähigkeit, Glück oder Unglück als solches zu erkennen. Da ich in Schicksalsdingen nie etwas anderes von ihm gehört habe und er somit der lebende Beweis für seine Theorie ist, wird er schon nicht ganz falsch damit liegen. Nur half es mir wenig, wenn ich mir klar machte, dass ich derselbe war vor und nach Ausbruch des Krieges, derselbe vor und nach einem Tag Schinderei über einem zu flickenden, brettharten Segel, vor und nach Ennid Muldoon. Und mein Glück glaubte ich durchaus erkannt zu haben. Nur deshalb hatte ich ja das verwirrende Gefühl, dass mich mein Glück unglücklich machte.

Ich verstand nicht, was mit mir los war. Die beiden Menschen, die ich um Rat hätte fragen können, hatten andere Sorgen. Mein Bruder Dafydd und mein Schwager Herman bauten ein MG hinter den Propeller von Flieger-Ass William Bishop, und ich wollte nicht schuld daran sein, wenn der sich, statt einen der Richthofenbrüder vom Himmel zu holen, im Luftkampf über Paris selbst durchlöcherte, nur weil seine zwei walisischen Schnellfeuergewehringenieure nicht bei der Sache gewesen waren. Daher entschloss ich mich, Regyn nach Ennid Muldoon zu fragen. Aber ich erntete bloß schwesterliches Unverständnis.

Meine Mutter Gwendolyn riet mir, die Sache zu vergessen und meinen Vater am besten erst gar nicht zu fragen. Mein Vater behauptete später, er hätte sofort gewusst, welche

Stunde es geschlagen hatte, und ich will es ihm glauben, obwohl er nie etwas sagte, wenn wir ins Wochenende gingen und am Usk entlang nach Haus ins Dorf zockelten. Ich war stumm, er war stumm, oder ich war stumm, und er pfiff eines seiner selbsterdachten Liedchen.

Eines Morgens aber sagte er auf dem Weg zum Dockkontor: »Schau heute mal in die Zeitung. Da steht alles drin. Lies sie und du weißt, was mit dir los ist.«

Er ließ die Peitsche knallen, und unser Pony Alfonso, das den Montagmorgen so verabscheut wie ich, schnaubte mürrisch und legte einen Zahn zu.

Er meinte es ernst. Wie sollte das funktionieren! Ich war verliebt in Ennid Muldoon, das wusste ich von selbst. Ich war schon einige Male verliebt gewesen, sogar das gefrorene Herz meiner Schwester hatte ich mir warm gebetet. Und ein väterlicher Rat ist immer gut gemeint, man soll ihn nicht einfach in den Wind schlagen.

Nach Feierabend kaufte ich mir den *South Wales Echo* und verzog mich mit dem zusammengerollten Orakel in die nach Leim duftende Back eines Dampfers, der soeben auf den schönen Namen SAINT-CHRISTOLY getauft worden war.

Und ich überflog die Schlagzeilen:

USA drängen auf Anerkennung der Londoner Seerechtsdeklaration durch die Krieg führenden Mächte

Skandinavische Staaten wollen strikte Neutralität wahren

Japan fordert Aufgabe des kaiserdeutschen Stützpunktes Tsingtao in China

Der Vormarsch des Krieges war in aller Munde. Die Meldungen in der Abendzeitung vertieften bloß die Informationen, die man im Laufe des Tages überall im Hafen zu hören bekam. Doch je mehr Meldungen ich las, desto mehr hatte ich das Gefühl, dass sie genauso mich betrafen, wenn auch auf eine Weise, mit der ich nicht gerechnet hatte.

Einige Artikel las ich immer wieder. Und als ich dann noch einmal die Schlagzeilen überflog, passierte, was Dad vorausgesagt hatte:

USA drängen auf Anerkennung der Londoner Seerechtsdeklaration durch die Krieg führenden Mächte

Skandinavische Staaten wollen strikte Neutralität wahren

Der junge Merce Blackboro aus Newport will Seemann werden

Im Leimgeruch der SAINT-CHRISTOLY wusste ich mit einem Mal, dass nichts anderes als die See der Grund für meine Traurigkeit war.

Ich hatte Fernweh, verzehrte mich vor Sehnsucht, wegzukommen, weg aus Pillgwenlly, weg von meinen Eltern und meiner Schwester, weit weg von Merthyr Tydfil mit seinen Hangars und seiner ältesten Fabrik der Welt. Alles erschien mir so alt wie die Sage von König Artus, so alt wie das Gälisch, das wir sprachen, sobald wir unter uns waren, alt wie die Kelten, die so alt waren wie Moses, der ausgesetzt wurde im Schilf am Ufer des Wassers, yn yr hesg ar fin yr afon.

Ich wollte weg, dorthin, wo alles neu für mich wäre. So wie die Meldungen des *South Wales Echo* nur ein einziges Thema kannten, den Krieg, der um die Welt lief, so verhieß mir jede seiner Schlagzeilen eine Möglichkeit, die Welt kennen zu lernen, bevor es zu spät war … bevor ich mein Glück machte mit Ennid Muldoon und der Kunstfertigkeit meiner eigenen Täfelung.

Ich will meinem Vater nicht unterstellen, dass er sich wünschte, ich würde zur Kriegsmarine gehen. Ich selbst wünschte nur, er hätte offen mit mir geredet, etwa über seine Enttäuschung darüber, dass es Dafydd, statt zur See zu fahren wie alle guten Waliser, den Franzosen nachmachte und an Flugmaschinen herumschraubte. In Dads Augen ist ein Aeroplan bloß zu einem gut, nämlich dazu, in den Kanal zu stürzen. Fünf Jahre ist es her, dass die ANTOINETTE von Calais nach Dover flog, und noch immer ist Blériot für meinen Vater ein gottloser Schwindler. Hätten wir zur Abwechslung einmal über meine Zukunft gesprochen, ich hätte ihm gesagt, dass Panzerschiffe zwar Matrosen benötigen, die mit ihnen untergehen, dass sie jedoch keine Täfelung benötigen, und sei sie auch so schön anzusehen wie die von Emyr Blackboro.

Aber vor allem hätte ich gern über Ennid mit ihm geredet. Ganz besonders eines Nachmittags, als wir die Droschke im Kontorhof stehen ließen und am Usk entlang zu Fuß nach Hause gingen, vorbei an den von Glockenblumen blauen Weiden, an der Sägemühle und über das Brückchen, wo der Ebbw in den Usk fließt. Dort blieben wir stehen und schauten zu den Goldkringeln um die Kiesel im Wasser hinunter.

»Da! Gesehen? Eine ganz dicke.«

Er zeigte auf die Forelle, die er erspäht hatte. Unbeweglich stand sie mit dem Kopf zur Strömung im Schatten der Brombeersträucher, sie hatte rote und schwarze, hell umrandete

Tüpfel. Ein einziger Schlag seiner Schwanzflosse genügte, und der Fisch, erschreckt von unseren Stimmen, verschwand unter einen Stein.

Er schrie mir nach: »Die hinkende Ennid? Das Balg dieses Juden? Kommt gar nicht in Frage. Merce, bleib stehen. Merce …! Merce …!!«

3
Postlagernd Recalada

Jeder Pott hat seine unverwechselbare Tröte, und diese hier kenne ich. So freudig tutet auf dem Rio de la Plata nur ein einziges Horn, und bezeichnenderweise ist es das letzte, bevor nur noch der Wind bläst. An der Mündung in den Atlantik liegt das Recalada-Feuerschiff.

Der Signalgruß heißt: »Pull den Mann rüber, ENDURANCE, aber pull ihn sachte. Die Nächsten sollen so viel von ihm haben wie ihr.«

Bei Recalada geht der Lotse von Bord. Ab hier hat für gewöhnlich der Skipper das Sagen, und nur der Skipper. Auf der ENDURANCE ist das anders. Hier hat Shackleton das letzte Wort.

Und still ... plötzlich stampft es nicht mehr. Die Maschinen sind aus. So leicht, wie die ENDURANCE hinläuft, haben wir glatte, ruhige See. Gleich rasseln die Ketten, und der Anker fällt.

»Fier weg das Boot!«

Ein Schiff macht immer dieselben Geräusche, ob es hinausfährt oder hereinkommt. Das ist nicht weiter verwunderlich, denn ein Schiff ändert sich ja nicht, es bleibt gleich, solange seine Mannschaft es nicht zuschanden fährt. Ein Schiff kann weder über seinen Schatten springen noch kann es aus seiner Haut, und dabei spielt es keine Rolle, wie oft die überpinselt wurde. Allein im Hafen von Newport kenne ich ein Dutzend Knirpse, deren Klamotten vom Lackieren der Bordwände mit der Zeit so bunt wie eine Blumenwiese geworden sind. Alle sind sie so grün hinter den Ohren, wie ich es war. Keiner auf diesen Schaukeln, die über der Wasserlinie baumeln, ändert ein Schiff, nur weil er's heute gelb wie die Sonne und morgen in Tarnfarben anmalt. Der Pott bleibt derselbe.

Was sich unter den Krusten und Schichten aus Farbe verwandelt, ist der Junge. Er verwandelt sich, weil er auf seiner Schaukel Zeit hat, auf dumme Gedanken zu kommen. Und nicht nur dort ... egal, was man anpackt, solange es sich nur schön endlos hinzieht und dabei herrlich monoton ist, solange arbeiten die Hände von ganz allein. Man hält es nicht für möglich, welche Erkenntnisse einem in den Kopf steigen, sitzt man erst oben auf seinem zu spleißenden Berg Kabeltau. Man wird der reinste Buddha. Wahrheiten überkamen mich reihenweise. Ich erkannte die Wahrheit über meinen Schwager: Herman hatte die erstbeste Gelegenheit genutzt, um Regyn zu entfliehen. Er hatte meine Schwester satt. Ich erkannte die Wahrheit über Mister Muldoon: Indem er mir mit Geringschätzung begegnete, zeigte er zugleich seine Geringschätzung für meinen Vater, obwohl der seit vierzig Jahren sein Kunde ist. Ennids Vater verdiente eine ordentliche Abreibung. Und mein Vater? Er war anders. Er war nicht nur anders als Mister Muldoon, sondern vor allem anders als ich. Stets derselbe, stets fleißig, stets unbeirrt darauf bedacht, sein Teil zu erfüllen, ist er meiner Liebe für alle Zeit sicher. Doch wenn ich eines nicht bin, dann unbeirrt. Ich gleiche mir selbst keine zwei Tage. Auf der JOHN LONDON haben Bakewell und ich Stunden erlebt, in denen wurden wir umgekrempelt, ausgewrungen, zerteilt und neu zusammengeflickt. Fragend sahen wir einander an: »Bist du's?« Etwas von Bakewell ist zu einem Teil von mir geworden, und umgekehrt: Ein Stück von mir steckt seither in Bakewell. Immer ist man zum Teil auch der, der vor einem steht. Und vor einem steht immer wieder ein Neuer.

Das Schiff ist nur das Schiff. Es ist weder Teil der See, auf der es schwimmt, noch gehört es zum Land, wo es gebaut wurde und wieder verschrottet wird. Es ist etwas dazwischen. Das Schiff verändert sich auch nicht durch die Behandlung einer Crew. Es fährt gut vorm Wind oder es schabt durch die Wellen wie ein Hobel über zu weiches Holz. An dem Schiff ändert das nichts: Die nächste Mannschaft hat es besser im Griff. Das Schiff bleibt immer gleich, weshalb auch die Geräusche immer gleich sind, die es macht, wenn es in den Hafen kommt und wenn es wieder in See sticht.

Die ENDURANCE lässt das Rattern und Kollern der Ketten hören. Aber weil er sich durchs Eis rammen soll, ist ihr Bug aus meterdickem Holz, so dass der Anker, wird er über Stag gelassen, dumpf gegen die Bordwand donnert, bevor er ins Wasser rauscht und auf Grund fällt. Das Rasseln der Winschen, das Herumlaufen, Herumtrampeln, die Kommandos von Worsley und das Fluchen von einem, der sich nur so zur Kraftarbeit anspornen kann, das alles und noch zig andere Geräusche, etwa mein Magenknurren, gehören dazu, wenn die ENDURANCE stoppt und vor Anker geht.

»Pull! Pull eins, pull zwei, pullpull!«

Am Recalada-Feuerschiff geht der Lotse aus Buenos Aires, Punta del Este oder Montevideo von Bord. An dem Morgen, als sie Bakewell, mich und weitere elf, die überlebt hatten, aus den am Wellenbrecher zerschmissenen Überresten der USS JOHN LONDON zogen und mit uns hierher fuhren, um den Lotsen für Montevideo zu übernehmen, da war auf dem kleinen Feuerschiff ein regelrechtes Lotsenfest im Gang.

Natürlich trinken die Männer nichts; aber sie hocken im Kreis an Deck, schmauchen ihren gelben Virginia oder schniefen den Snuff, der im Döslein die Runde macht. Stünde ich an der Reling, könnte ich sie lachen hören: Antáricanos! Wir haben Scott in freies Gewässer gezogen und Amundsen und Filchner über den Strom gelotst. Kaum ist Mawson vom Pol zurück, dampft Shackleton los. Was soll uns das Weddellmeer! Die See ist überall flüssig, auch unterm Packeis. Aber so silbern, so ist nur der Plata, er ist Gottes Silbertablett.

Wenn es dunkel wird, leuchten die beiden Türme auf Kap Antonio, und die Nachtlotsen kommen. Die übrigen steigen gemeinsam auf das letzte Schiff, das hineinfährt. Es ist ein freundliches Schiff, das feuerrote Recalada-Feuerschiff.

Wenn ein Seemann noch einen Brief nach Haus geschrieben hat, kann er ihn hier abgeben; der Lotse nimmt ihn gegen eine kleine Gebühr in den Hafen mit und verschickt ihn. Und wenn ein Seemann noch einen Brief von zu Haus geschrieben bekommen hat, kann er ihn hier abholen; der Lotse hat ihn gegen eine kleine Gebühr aus dem Hafenpostamt mitgenommen und an Bord hinterlegt, postlagernd Recalada.

Vielleicht erhält Shackleton auf diese Weise einen letzten Gruß vom Ersten Lord der Admiralität Churchill, verfasst von der duftenden Rechten seines Ministerialsekretärs. Oder Königinmutter Alexandra hat eine Note gekritzelt und erinnert zur Erbauung an die gewidmete Bibel, die sie dem Sir ins Gepäck gegeben. Stornoway bekommt Post aus Stornoway. Und Hownow erhält einen liebevoll-mahnenden Brief seiner

Frau Helen, die ihm von ihrem Baby berichtet: Es ist ein Junge und heißt wie du, Walter. Bakewell geht, wie die meisten, leer aus. Abgesehen von mir, der ich erstens gerade verhindert und zweitens in seiner Nähe bin, hat er niemanden, der ihm schreiben könnte.

Als Bakewell aus Illinois davonlief, war er elf Jahre alt. Jetzt ist er 26, war Farmersgehilfe in Missouri, Kutschenlenker in Michigan und Eisenbahnbauer in Montana, bevor er als Toppgast nach Newport kam, wo ihm schließlich ich vor Müdigkeit in den Schoß kippte.

Nein, ganz bestimmt und auch wenn es ihn kaum kümmern dürfte, geht der Matrose William Lincoln Bakewell am Recalada-Feuerschiff leer aus.

Das Gleiche gilt für mich. Und dabei hätte ich doch sogar zwei Adressen anzubieten:

Merce Blackboro
Blinder Passagier
Ölzeugspind
ENDURANCE

und, für Absender, die es nicht eilig haben:

Merce Blackboro
Seemann
USS JOHN LONDON
poste restante Meeresgrund

4
Ennid und das Äffchen

Bevor ich in Newport an Bord ging, schenkte mir meine Mutter diese sturmfeste Jacke. Ich liebe sie. Ich habe den Grego seitdem nur zum Waschen und Trocknen ausgezogen. Seine Kapuze hält mir Nacken und Ohren auch in meinem Eisschrank schön warm, und weil Mom die hellblaue Joppe mit einem zweiten Futter versehen hat, kann ich auch über mangelnde Polsterung nicht klagen.

Was soll ich traurig sein über fehlende Post von daheim, wenn ich in den Abschiedsbrief meiner Eltern hineinschlüpfen kann?

Außerdem habe ich Ennid Muldoons Fisch. Ennids Glücksbringer ist immer bei mir, seit ich während einer Freiwache im Klüverbaumnetz der durch ruhige See laufenden JOHN LONDON meinem Grego eine mit Knopf verschlossene Tasche zwischen die Futter genäht habe. Darin steckt der kleine Holzfisch und hat einen Zettel im Bauch, den ich erst lesen soll, wenn mich der Mut verlässt.

Aber selbst wenn ich es wollte, könnte ich im Dunkeln nicht lesen, was er mir wohl rät, Ennids weiser Fisch, der sich durch den Stoff wie ein Tannenzapfen anfühlt.

Und ich will es auch gar nicht wissen. Ich war nur einmal drauf und dran, den Zettel zu lesen: als ich auf dem Wrack der JOHN LONDON Bakewell von Ennid erzählte. Wir trieben eine ganze Woche lang hilflos durch stürmische See, und trotzdem fand ich mich nicht sonderlich mutlos. Drum blieb der Fisch in der Tasche. Da werde ich ihn jetzt nicht herausholen.

Runde schlafen? Yes, Sir. Yesser, kleines Nickerchen. Mut, Merce! Mutig ein Bett aus Gummistiefeln gebaut. Bis zum großen Anpfiff ist noch Zeit. Erst wenn die dicke ENDURANCE auf offener See ist und Kurs Südgeorgien nimmt, gibt es für sie kein Umkehren mehr.

Jeder Tag zählt, wenn es ins Eis geht. Selbst Shackleton kann die Antarktis nicht im antarktischen Winter durchqueren. Und doch dürfte Bakewell allmählich auf eine günstige Gelegenheit aus sein, um mich aus dem Spind zu holen und vor den Skipper zu stellen. Hinaus muss ich ja doch irgendwann … soll ja hier unten nicht schwarz werden. Ganz gleich, wie gut Käpt'n Worsley gelaunt ist, weil sich die Segel bis hinauf zur Großoberbramrah im Wind blähen oder weil der Sir, der sich freut wie ein Kind, ihm den Arm um die Schultern gelegt hat – der Käpt'n wird sich kräftig die Lungen freibrüllen, wenn ich mit meinem hellblauen Grego erst vor ihm stehe und mir die Augen reibe, geblendet von so viel Licht.

Die JOHN LONDON war einer der Frachtschoner, die vor dem Krieg die Südamerikaroute befuhren. Meist Dreimaster mit Verstärkungsmaschine, beförderten die Schiffe größeres Stückgut aus Stahl und Eisen, aber auch Holz. Es waren ramponierte Kähne, die oft ins Dock gingen. Die betagte JOHN LONDON stand bei einer Kompanie mit Sitz in Swansea unter Vertrag; den Bauch voller Eisenbahnbohlen, pendelte sie seit Jahren zwischen Wales und Uruguay. Bei uns in Newport war sie schon öfter gewesen, weshalb mein Vater sie kannte; vor Jahren hatte er auf dem Vorderdeck ein neues Forecastle für die Mannschaftsquartiere gezimmert. Als die JOHN LONDON zu Anfang des Sommers an der Pier der Parks-Werft festmachte, gingen wir an Bord, um den Zustand des Forecastles in Augenschein zu nehmen und die nötigen Ausbesserungen in die Wege zu leiten.

Wir arbeiteten mehrere Wochen lang an Aufbauten und Quartieren unter Deck, die in erbarmungswürdigem Zustand waren. Während des Schleppens, Sägens, Einpassens, Schleifens, Feilens und Pinselns lernte ich so gut wie jeden Winkel auf dem Schiff kennen. Ich bemerkte überall Zeichen von Verwahrlosung. Doch unsere drei Schreiner und ich möbelten die alte Amerikanerin noch einmal so richtig auf. Und Dad schenkte ihr sogar einen Hut, mit dem sie stolz tun konnte, denn das Forecastle bekam ein neues Dach aus leuchtendem Kirschbaum.

Wir waren fast fertig, als eines Morgens auf dem sonst immer menschenleeren Schiff das Leben neu zu pulsieren begann. Matrosen und Heizer kamen an Bord. Muldoons Leute lieferten die neue Bewantung der Fock. Ein Automobil brachte den Käpt'n auf die Werft, der sich zunächst mit meinem Vater unterhielt, bevor er unter Deck verschwand. Und schließlich erschienen zwei zwar befrackte und doch nicht sonderlich elegante Herren, der eine Amerikaner, der andere von der Swanseaer Kompanie. Das Anheuern begann.

Unter den ersten Seeleuten, die aus der Back, wo die Prozedur stattfand, wieder ans Licht kamen, war einer, der sich zu mir stellte und anfing, mich über meine Arbeit auszufragen. Wir unterhielten uns eine Weile. Er erzählte, dass er für Montevideo und Rutsch zurück angeheuert habe. Und dann wollte er wissen, ohne dass ich etwas in dieser Richtung angedeutet hatte, ob ich nicht auch Lust hätte.

Vielleicht, sagte ich. Und er lachte, leise und ganz freundlich.

So habe ich Bakewell getroffen. Seither gab es keinen Tag, an dem wir nicht die Köpfe zusammengesteckt haben. Wenn ich überlege, ist es bloß dreierlei, was ich in meinem Schrank vermisse: die Seeluft, das Licht über dem Meer und Bakewell.

»Hier, ihr müsst trinken, du und dein Holzfisch!«

Ein paar Tage später sprach ich mit meinem Vater und sagte ihm, dass ich als Matrose an Bord der JOHN LONDON nach Uruguay fahren wolle. Ich rechnete ihm vor, dass meine Heuer für die drei Monate Fahrt größer sein würde als mein Verdienst für ein halbes Jahr Arbeit im Hafen. Und ich bat ihn, ja zu sagen, weil ich meinen eigenen Weg machen müsse.

Als Matrose ließen mich Käpt'n Coon und sein Bootsmann mit einem müden Lächeln abblitzen. Dieser Bootsmann, den man wie auf fast allen Schiffen, wo Englisch gesprochen wird, Bos'n nannte und der Mister Albert hieß, war ein Typ von Seemann, wie ich ihn bis dahin nicht kannte: Er hatte nichts von den bärbeißigen Schnackern an sich, die auf der Pier herumlungern und nichts Besseres im Sinn haben, als vor einer Frau mit ihrer Potenz zu prahlen oder deren sich aufplusterndem Gatten Dresche anzudrohen. Mister Albert, der Bos'n, fragte mich, ob ich wisse, was das Meer sei.

»Yesser«, sagte ich. »Es ist das Wasser zwischen den Kontinenten.«

»Verteufelt viel Wasser.«

»Sehr viel.«

»Wie gut kannst du schwimmen, Blackboro?«, fragte er und sah in sein Heft.

»Ich glaube, ich schwimme gut, Sir«, sagte ich. »Nicht so gut wie ein Fisch, aber gut.«

»Nicht so gut wie ein Fisch?«

»Nosser.«

»Und wie gut kannst du kochen?«

Einigermaßen perplex gab ich zu, dass ich überhaupt nicht kochen könne … weil ich es noch nie versucht hätte.

»Also könntest du Nachhilfe gebrauchen. Unterschreib hier, und du bist angeheuert als Küchenhilfe.«

Der Messboy verdient nur die Hälfte der Heuer eines Matrosen, so dass ich in puncto Anreize für Dad, mich fahren zu lassen, meine Felle davonschwimmen sah.

Aber dem war nicht so.

Mein Vater erklärte sich einverstanden, und meine Mutter erklärte mir, weshalb er es ruhigen Gewissens tat: Im Verlauf der Abnahme des Forecastles hatte er Käpt'n Coon beiseite genommen und angekündigt, die neuen Aufbauten der JOHN LONDON eigenhändig Stück für Stück wieder abzureißen, falls ihm Coon nicht sein Ehrenwort gab, dass unter seinem Kommando zu fahren für mich bedeute, unter seiner persönlichen Obhut zu stehen. Käpt'n Coon hatte meinem Vater diese Zusicherung gegeben.

Ich verbrachte die letzten Tage vor Auslaufen meines Schiffes in einer merkwürdigen Stimmung. Einerseits hatte ich keine Möglichkeit, an etwas anderes zu denken: Meiner Schwester traten Tränen in die Augen, sobald sie mich ansah, und meine Eltern waren schon deshalb in heller Aufregung, weil sich die Nachricht, dass ihr Sohn nach Uruguay segeln würde, in Windeseile herumsprach. Ich merkte, wie die Leute über mich redeten, und das alles zusammengenommen machte mich so nervös, dass ich nachts nicht mehr schlafen konnte.

Andererseits spürte ich plötzlich eine bohrende Unlust. Wenn ich darüber nachdachte, und das tat ich pausenlos, dann fand ich meinen Entschluss, zur See zu fahren, peinlich und blöd. Was hatte ich mir dabei gedacht? Nichts! Es war bloß ein Gefühl gewesen, und jetzt war da eine ganze Armada aus Gefühlen, die einander schützten und stärkten, um einem jeden vernünftigen Gedanken auf der Stelle den Garaus zu machen. Mal kam ich mir lächerlich vor, dann wieder brach ich in Jubel aus und applaudierte mir für meinen grenzenlosen Mut. Ich durchforstete die Bücherschränke meiner Eltern und Geschwister nach Schilderungen von Schiffsuntergängen. Schauder jagten mir über den Rücken, als ich entdeckte, dass Jack London eigentlich John London hieß, genau wie mein Schiff! Und wenn ich dann die ersten Sätze las, kam es mir vor, als ruderte ich weit auf das Wasser hinaus.

Einzig dank dieser Bücher bin ich in den Tagen vor meiner Abreise noch halbwegs zurechnungsfähig geblieben. In einer durchwachten Nacht las ich den gesamten Robinson Crusoe. In einer anderen schrieb ich Ennid einen Liebesbrief, der in einer Hymne auf ihr Hinken gipfelte. Glücklicherweise las ich ihn mir morgens noch einmal durch.

So einfach, wie ich den Brief wegwerfen konnte, ließ sich die auf der Heuerliste geleistete Unterschrift nicht rückgängig machen. Und als mir klar wurde, dass es kein Entrinnen gab, wurde ich krank vor Angst. Ich weiß noch, wie ich auf dem Rückweg von einer Besorgung für Vater durch die Dock Street kam. Am Ende der Gasse sah ich die Schiffe an der Pier liegen. Die JOHN LONDON war nicht dabei, und doch wurden mir bei dem Anblick die Knie weich. Ich konnte nicht weitergehen. So wie die Leute mich anstarrten, muss ich zum Fürchten ausgesehen haben. Mit glühendem Kopf und wilden Blicken drückte ich mich an eine Wand. Ich fühlte mich in die Enge getrieben, schrecklich allein. Ja, das war der schlimmste Moment. Schlimmer wurde es nicht. Ich rannte davon, und danach ging es mir langsam besser.

Am letzten Tag vor Auslaufen ging ich in Muldoons Laden, um mich von Ennid zu verabschieden. Aber sie war nicht da. Sie sei krank. Mister Muldoon fragte, ob er etwas ausrichten könne, und ich erfand irgendeine Geschichte mit Ennid und Regyn.

»Auf Wiedersehen, Sir!« Ich hielt ihm die Hand hin.

Er griff sie, sah mich aber nicht an.

»Ich habe eine Frage«, sagte ich. Da hob er den Blick und sah mich, wie es schien, zum ersten Mal klar und deutlich vor sich stehen.

»Ich liebe Ihren Laden, Sir. Alles –«, ich zeigte durch das muffige dunkle Geschäft, in dem Ennid zur hinkenden Ennid verkam, »alles hier liebe ich, das, das, alles. Ich würde gern … ich meine, wenn ich zurück bin, Sir, können Sie da vielleicht einen Gehilfen gebrauchen?«

Mister Muldoon klappte sein Buch auf und sah hinein, als stünde dort eine Antwort.

Da ist die Glocke. Vier Schläge.

Auf einer kleinen Schonerbark wie der ENDURANCE hört man die Schiffsglocke in jedem noch so versteckten Kabuff unter Deck. So weiß auch der blinde Passagier, wie spät es ist: vier Glasen. Über dem Meer zwischen Patagonien und den Falkland-Inseln dürfte es nicht heller sein als in meiner Kammer.

Ich will Shackletons Entscheidung nicht vorgreifen, aber mich eingerechnet wird derzeit nicht mehr als ein halbes Dutzend von den 28 Mann Besatzung wach sein: ein Rudergänger, drei auf Wache an Deck, ein Ausguck und der Mann im Ölzeugspind. Der Rest hat Wachskugeln in den Ohren und schlummert. Wenn ich die Augen zumache, sehe ich die große Kastanie auf dem Platz vor Muldoons Laden vor mir und wie ich durch die Straßen am Hafen lief, um mich von dem zu verabschieden, was ich in Wirklichkeit liebte, zum Beispiel die Bäume, anhand deren mir mein Vater die unverwechselbaren Eigenschaften eines jeden Holzes erklärte. Die Angst und alle die Gefühle, die mich bedrückt hatten, waren verschwunden. Am letzten Tag in Newport blieb bloß Wehmut übrig. Ich spürte, wie sich meine Arme und Beine bewegten, und die Luft war so mild und umfloss mich, dass ich meinte, ich würde darin schwimmen, auf der Rodney Street zum Kontor gehen und doch aufrecht dorthin schwimmen.

Von unserem alten Kontormeister Simms erfuhr ich, dass die JOHN LONDON beladen, ausgerüstet und verproviantiert war.

Er zog mich auf: »Crew vollzählig, sobald Küchenhilfe Blackboro heil an Bord gelangt.« Und er teilte mir die Auslaufzeit mit: »Beginn Rattenwache.«

Das sagte mir nichts.

»Mitternacht, Merce.«

Wir plauderten über die Zeiteinteilung an Bord in Glasen und in Wachen, und Simms, der lange Jahre Steuermann gewesen ist, riet mir, ich solle auf der Hut sein, wenn ich nicht Schiffsnauke werden wolle.

Während er weiter Rechnungen sortierte, erklärte er mir, das jedes Schiff seinen Nauken habe.

»Nauke ist so eine Art schwarzes Schaf. Der Buhmann an Bord, das ist Nauke. Er ist immer schuld. Kommt eine Rah herabgerasselt – Nauke war's. Und bricht Feuer aus im Kohlenbunker – Naukes Schuld. Jeder Skipper erwischt mal einen üblen Tag; dann pfeift er den Steuermann an. Der Steuermann geht zum Bos'n und beschimpft ihn. Die Schikane rappelt die Ränge hinunter, bis sich alle einig sind: Dafür muss Nauke büßen. Es gibt Schiffe mit mehreren Nauken, auf denen musst du aufpassen, dass du nicht Nauke der Nauken wirst. Und es gibt Schiffe, auf denen sind alle …«

Weiter kam er nicht. Vor dem gläsernen Kabuff, in dem Simms sein Bestes gab, um mich vor Naukes Los zu bewahren, stand Ennid. Sie lächelte flüchtig, als sie uns entdeckte, und hob unschlüssig die Hand.

»Die kleine Muldoon«, sagte Simms.

Ich führte sie in Vaters leeres Büro. Es war das erste Mal, dass wir allein waren. Fantastisch sah sie aus mit dem Regenmantel und dem Schirm, der ihr am Arm baumelte. Sie war gar nicht krank, Ennid stand vor mir, und ich fing an zu zählen – zwanghaft, ein Zählzwang. Ich zählte die Fenster im Büro meines Vaters und die Knöpfe an Ennids Mantel. Ich überschlug, dass ich sie fünfmal im Laden ihres Vaters und einmal im Freien gesehen hatte: draußen in den Alexandra Docks auf halbem Wege nach Pillgwenlly. Aber auch da waren wir nicht allein gewesen. Und geredet hatten unsere Väter, während wir einander Blicke sandten, die nicht tief genug sein konnten. Sie stellte sich an eines der Fenster. Es sind vier, dachte ich, tatsächlich vier. Und ich setzte mich auf eine Ecke des Schreibtischs, davon gab es auch vier.

Das gegenüberliegende, neugebaute Kontorhaus hatte dagegen so viele Fenster, dass ich ihre Anzahl nur schätzen konnte. Es war ein ungeheurer Kasten.

»Es ist so«, begann sie. »Ich möchte nicht, dass du auf diese Weise mit meinem Vater redest. Vielleicht kannst du dir denken, dass er dich seit heute für völlig übergeschnappt hält. Was hast du dir dabei gedacht, Merce Blackboro, hm?«

Sie bekam einen hässlichen Mund, das lag in der Familie. Also gut, dachte ich, streiten wir uns. Das wird dir leidtun, um Mitternacht bin ich weg. Beginn Rattenwache. An der Wand über dem Wartestuhl in der Ecke sah ich das in Gold gerahmte Bild hängen, das mir geheimnisvoll und bedeutsam erschien, seit ich es als Junge zum ersten Mal betrachtet hatte. Kaiser Napoleon ist darauf zu sehen, wie er einsam an einem Strand steht und über das Meer blickt. Mein Vater behauptet, es sei die Küste von Südengland, an der Bonaparte einmal irrtümlich gelandet war.

Auch Ennid schwieg. Zum Streit kam es also nicht. Ennid suchte etwas in ihrem Handtäschchen und durchbohrte mich mit einem Blick, als sie es gefunden hatte.

»Ich habe etwas für dich.« Sie hielt es mir hin. Es war bunt, bunt angemalt, ich nahm es und sah, dass es ein kleiner Fisch aus Holz war.

»Es ist ein Glücksbringer.« Sie kam zu mir und nahm mir den Fisch aus der Hand. Sie drehte ihn um und klappte ihn an der Bauchseite auf. Es lag ein Zettel darin.

»Wenn du einmal nicht weiterwissen solltest, dann lies das.«

Sie gab mir den Fisch zurück. Keine Armlänge entfernt stand sie vor mir. Ich zog sie zu mir heran, vergrub das Gesicht in ihrer Halsbeuge und küsste mich nach oben zu ihrem Mund.

»Ich muss gehen«, keuchte sie und machte sich los, und ich hatte die Vorstellung, sie würde mir unter den Lippen zerbröckeln.

»Bleib noch!«

»Wozu?«

Auf dem Stuhl unter dem verlorenen Napoleon ließ mein Vater Arbeiter sitzen, bis sie mumifiziert waren. Da hatte ich einmal mit Zahnschmerzen gesessen, bis ich fast die Besinnung verlor. Ennid setzte sich auf meinen Schoß. Ich küsste sie, und sie sagte zum ersten Mal: »Du Äffchen.« Immer wieder, in jeder Pause zwischen unseren Küssen, sagte sie die zwei Worte. Sie öffnete meinen Gürtel, griff unter ihr Kleid und keuchte: »Du Äffchen. Äffchen!«

Als sie wieder aufstand und sich die Sachen zurechtzupfte, hatte ich den Fisch noch in der Hand. Mein Puls raste, als ich ihr von der verunglückten Hymne auf ihr Hinken erzählte und davon, dass ich den Liebesbrief in den Usk geworfen hatte.

»Dein Glück!«, sagte sie bloß, »dein Glück, mein Äffchen.«

Natürlich frage ich mich, was wohl auf dem Zettel stehen mag. Ich frage mich das, sobald ich nur die Arme verschränke und den Fisch auf der Brust spüre.

Eins, zwei, drei, vier, fünf Schläge. Fünf Glasen.

Bakewell glaubt, allein aus Platzgründen kann auf dem Zettel bloß entweder eine Bibelziffer stehen, ein Spruch wie »Denk an mich!« oder ein einzelnes Wort, so wie in dem Telegramm von König Georg. Und er meint, ich solle besser ihn den Zettel lesen lassen, schon damit er mir sagen kann, was darauf stand, falls ich Ennids Fisch verliere.

Schlau gedacht, Bakewell. Aber nicht schlau genug.

5
Schiffbruch

Wenn ich mich auf die Seite lege und die Beine an den Bauch ziehe, kann ich vielleicht doch etwas schlafen. Ich nehme mir eine Jacke von den Haken als Decke. Denn ob es an meiner Müdigkeit liegt oder daran, dass Nacht ist, mir wird immer kälter. Überall auf dem Spindboden liegen Lappen und zusammenfaltete Tücher, die nach Öl und Teer riechen. Ich stopfe sie mir hier und da unter die Knochen, und so geht es, jetzt liege ich erst einmal. Wenn ich nur die Beine ausstrecken könnte.

Vier Stunden dauert jede Wache. Affenwache von 16.00 bis 20.00 Uhr, Bärenwache von 20.00 Uhr bis Mitternacht, dann die Rattenwache bis 4.00 Uhr morgens, anschließend die Hundewache. Affenwache, weil zu der Zeit fast alle in den Wanten hängen. Bärenwache, weil das Schiff nachtklar gemacht wird, was immer eine Plackerei ist. Rattenwache zum einen wegen der Ratten, von denen dir, wenn du Pech hast, nachts an Deck mehr über den Weg laufen als Männer, zum anderen kommst du dir während der Rattenwache bald selbst wie eine Ratte vor, so schnupperst du in die Dunkelheit, weil du ständig auf der Hut bist, so flitzt du bei jedem Geräusch um die Ecken. Und warum die Hundewache so heißt: Nach gerade mal vier Stunden Schlaf muss man das Schiff tagklar machen, den Ausguck besetzen, die Tagwachen vorbereiten und, was noch am schlimmsten ist, die Männer der Tagwachen wecken, ohne dass sie einem ins Gesicht springen. Am Ende der Hundewache fragt man sich, wer eigentlich müder ist: du oder der, den du weckst. Alle sind hundemüde. Alle müssten geküsst, gestreichelt und gebadet werden am Übergang zur Hundewache. Aber alle fühlen sich bloß geprügelt.

Sechs Schläge.

Genau so spät war es, als die JOHN LONDON auslief: sechs Glasen. Wir verließen Newport mit drei Stunden Verspätung, die sich keiner erklären konnte und über die auch niemand ins Bild gesetzt wurde. Von Anfang an sorgt so etwas für schlechte Stimmung. Die Wachen geraten durcheinander, und schon gibt es Teile der Mannschaft, die im Herzen die Krätze haben.

Keine Chance, ich kann so nicht schlafen. Wo ist die Flasche?

Fast leer.

Wann war Bakewell hier? Wahrscheinlich nach Wachablösung, kurz nach Mitternacht. Ob ich einfach rausgehe und mir selber Wasser hole?

Lieber nicht. Auch wenn jetzt diese Bilder wiederkommen und ich alle die Gesichter vor mir sehe. Wie die Männer an Deck standen und darauf warteten, dass es losgeht: zweiunddreißig Mann über gut 800 Tonnen Holzbohlen im Frachtraum für den Eisenbahnbau in Uruguay. Und zwei dieser übernächtigten Burschen Bakewell und ich.

Mister Albert hatte die Nörgler trotz allem gut im Griff, und zunächst schien die Disziplin an Bord nicht das Problem zu sein. Denn dass die JOHN LONDON ein Problem hatte, wurde selbst mir schnell klar. Es begann damit, dass das Gerücht die Runde machte, die gebunkerte Kohle sei von minderer Qualität. Ich hatte mich gewundert, weshalb man in Schornsteinnähe von einer Rußdusche beregnet wurde, und erhielt damit eine Erklärung. Bakewells Gesicht wurde im doppelten Sinne von Tag zu Tag finsterer. Als wir während einer gemeinsamen Freiwache in unseren Bunks lagen, erklärte er mir, dass die Schmutzschleppe, die das Schiff hinter sich herzog, ein untrügliches Zeichen dafür sei, dass die Kessel zu wenig Kraft lieferten. Die JOHN LONDON würde alle Mühe haben, ihre für diese Verhältnisse viel zu schwere Fracht sicher durch einen größeren Sturm zu bewegen.

Aber ich weiß auch noch, wie glücklich ich war. Es gab Stunden, in denen ich alle Furcht vergaß und mir bewusst machte, welche Freiheit ich genoss. Umgeben von nicht einmal drei Dutzend Männern, sauste ich unter vollen Segeln dahin, und kilometerweit, Hunderte von Kilometern weit rings um uns her war nichts als Wasser. Es ist wunderbar, das Steigen und Fallen der See nicht nur zu beobachten, sondern zur selben Zeit am eigenen Körper zu spüren, dass es ein großes Einatmen und Ausatmen des Ozeans ist. Manchmal, wenn die Arbeit in der Küche getan war und ich an Deck nicht gebraucht wurde, stand ich allein oder mit Bakewell am Schanzkleid und konnte mich nicht satt sehen an der Weite und der Ruhe des grünen Meeres.

Das Schönste ist, wie sich diese Ruhe auf einen selbst überträgt. Ich fing an, den Wind zu vermissen, wenn ich unter Deck war. Ich fühlte mich kräftig, frei und gesund. In solchen Momenten wünschte ich mir nichts sehnlicher, als dass dieses Glück noch anhielt und dass jeder viel öfter die Gelegenheit hatte, so glücklich zu sein. Es bleibt nicht viel von solchen Momenten. Die nie nachlassende Arbeit und die ständig neu auszufechtende Hackordnung unter der Mannschaft sorgen dafür, dass man schnell abstumpft. Man merkt es nicht einmal. Wenn sich dann die See gegen das Schiff wendet, bleibt von dem Glück keine Silbe übrig. Das Meer hat keine Sprache, daher kennt es auch keine Diplomatie. Seine Brecher kommen an Deck und schlagen um sich mit kalten Ketten.

Nach neunwöchiger Fahrt kreuzten wir einige hundert Seemeilen vor der südamerikanischen Küste die ersten Vorboten eines gewaltigen Orkans und begannen zu ahnen, was auf uns zukam. Da sich der Sturm landwärts zu bewegen schien, befahl Käpt'n Coon auf der Höhe von Porto Alegre, Kurs offene See zu nehmen. So hoffte er, das schwere Wetter umfahren zu können. Wir hatten die Hoheitsgewässer Uruguays kaum erreicht, als wir aufs Neue in den Sturm hineingerieten. Und was für ein Sturm. Ehre sei Gott in der Höhe! Was da auf uns zuraste, war kein Orkan mehr. Das Schiff kletterte einen Wogenberg hinauf und machte auf dem Gipfel jedesmal fast Halt, um dann mit irrem Tempo rechts und links zu rollen; dann beruhigte es sich, und für einen Augenblick trat eine Pause ein, als erschräke es vor dem Abgrund. Aber wie eine Lokomotive schoss es hinab, sobald die See es achtern mit voller Kraft traf. Der Bug wurde bis zu den Kranbalken in die milchige Gischt getaucht, die von allen Seiten durch die Speigatten und über die Reling brach. Die schwersten unter diesen Sturzseen hoben die JOHN LONDON so weit aus dem Wasser, dass ihr Bug frei in der Luft schwebte.

Es ist nur eine Frage der Zeit, wann die Wucht einer derartigen See in einer einzelnen Woge zusammentrifft.

Als die Welle kam, traf sie das viel zu tief liegende Mittschiff und warf den Rumpf zur Seite. Bohlen schossen durch die Frachtluken heraus und zertrümmerten, was sich in ihrer

Flugbahn befand, bevor sie ins Meer stürzten. Das Schiff raste mit starker Schlagseite ins Wellental. Die Leereling tauchte völlig unter, bis das Wasser die zerfetzten Lukenrahmen erreichte und in die Frachträume floss, während See auf See über das Schanzkleid brach und sich eisige Ströme über das Deck ergossen. Jeder Handschlag dort war lebensgefährlich. Wer keine Zeit gehabt hatte, sich festzubinden, klammerte sich mit Händen und Füßen an ein Geländer oder ein Spill und hoffte, dass es hielt und er nicht über Bord gespült wurde.

Wir waren alle absolut hilflos, doch die meisten Männer wirkten zudem völlig verwirrt und gelähmt. Ein gemeinsames Ziel schienen sie nur in einem einzigen Punkt zu haben, nämlich darin, dass sie nicht gehorchen wollten. Die meisten jammerten bloß. Nur ein paar von ihnen schrien noch immer ihre Flüche heraus, aber damit nötigten sie mir keinen Respekt mehr ab. Als weder Mister Albert, auf den sie sonst, wenn auch murrend, hörten, noch der Käpt'n, für den sie nichts als Spott übrig hatten, sie dazu bringen konnte, an die Pumpen zu gehen und Segel zu setzen, um das Schiff in den Wind zu drehen, kenterten wir binnen einer Stunde, und alle die Tölpel, Großtuer und faulen Säcke kletterten an den Seiten hinauf und hingen hast-du-nicht-gesehen in der Takelung. Schließlich kroch auch ich dorthin, es war der einzig noch halbwegs sichere Ort. Als der Rumpf überkrängte, konnte Mister Albert nicht aus dem Forecastle heraus und ertrank. Ich sah meinen Koch wie einen Korken im Meer hüpfen, bevor er von einer zur anderen Sekunde unterging und damit all denen folgte, die es gar nicht erst ins Freie geschafft hatten.

Ohne Mister Albert war der Käpt'n so hilflos wie wir. Er

hörte nicht mehr auf, die absurdesten Verwünschungen zu brüllen, weil wir nichts taugen würden. Bakewell und der Schiffszimmermann, ein Bulle aus Liverpool namens Rutherford, mussten Vormast und Großmast kappen. Sie hieben zwei Stunden lang auf die Mastbäume ein, während das Wrack auf und nieder stieß und sich selbst in Stücke zerlegte. Von den Masten befreit, richtete sich die JOHN LONDON noch einmal auf, und es war ein Glück, dass wir Holz geladen hatten; jede nicht schwimmende Fracht hätte uns mit sich in die Tiefe gezogen. Erst nachts irgendwann kam der Großmast von den Wanten klar. Wie die Axt, mit der Bakie auf ihn eingedroschen hatte, schlug der gefällte Mast noch lange gegen das Schiff.

Am nächsten Morgen war das Einzige, was aus dem Wasser ragte, das Heck, ein zersplitterter Mast und eine ungleiche Reihe von Streben, wo sich die Reling des Achterdecks befunden hatte. Ich war klitschnass und halb tot vor Kälte. Es gab keinen Platz, um sich auszuruhen. Jede See brach über das Wrack hinweg. In Coons Kajüte schwappte uns das Wasser um die Knie, aber dort war es wenigstens windgeschützt. Der Käpt'n konnte eine Gruppe, die sich um Rutherford bildete, davon überzeugen, dass wir alle nur dann überleben würden, wenn wir abwechselnd einen Ausguckposten besetzten. Nachmittags rief Bakewell herunter, dass ein Schiff in Sicht sei. Alle stürmten hinauf, klammerten sich an die Reling oder kletterten in die verbliebene Takelung, um den Kreuzer im Auge behalten zu können. Aber dessen Kurs führte nicht in die Nähe. Danach wollte keiner mehr den Mann auf dem Mast ablösen. Und nach dem zweiten Tag hatten auch Coon, Bakewell und ich genug. Von da an trieb das Wrack ohne Ausguck im Sturm.

Von den 32 waren noch 13 Mann am Leben. Wir waren fast steif gefroren, hatten nichts zu essen und nur ein paar Flaschen Wein zum Teilen. Alles, was es an Proviant und Trinkwasser gab, war unter Deck bei den Fischen. Frischwasser ließ sich in winzigen Rationen beschaffen, indem wir uns einen herumschwimmenden Deckel angelten. Aber es regnete nicht viel. Wenn es regnete, fingen wir die Tropfen mit dem Hemd auf und wrangen das Wasser entweder sofort in den Mund oder zuerst in den Deckel, bevor wir es tranken. Als sich das Wetter etwas beruhigt hatte, konnte ich Wasser an Stellen des Decks aufwischen, die das Salzwasser nicht erreichte. Aber zu essen hatten wir nichts, und es ließ sich nicht das Geringste besorgen, obwohl am Himmel lauter Vögel waren.

6

Im Gewimmel der Geschützrohrmatrosen

Sieben Glasen vorbei. Einmal noch muss der, der oben auf dem finsteren Deck steht, die Schiffsglocke schlagen, bevor er in seine Bunk krabbeln und schlafen kann. Dann beginnt die Hundewache, und vier endlose Stunden lang wird das Schiff vom Nölen und Grummeln derer regiert, die nur an eines denken können: Kaffee.

Ja, das wär's! Jetzt einen Becher Kaffee, schwarz wie Lakritz und so ölig und nach Feuer duftend wie das Zeug, das an all den Lappen klebt.

Es müssen mindestens zehn Paar Gummistiefel sein, die ich am anderen Ende zu einem Haufen aufgeschichtet habe, um überhaupt etwas Platz zu haben. Immer wieder rutscht mir einer der schweren Treter auf die Beine oder klemmt urplötzlich zwischen Planken und Rücken. Eine Unzahl von Gegenständen ist mit mir hier eingepfercht. Eine Armlänge über den Stiefeln baumeln die Jacken und Anoraks, Lederhandschuhe, Gummihandschuhe, Fellhandschuhe, alles kreuz und quer durcheinander, und überall liegen die Lappen und Tücher herum und verbreiten einen Geruch wie im Maschinensaal eines Totenschiffes.

Ganz so schlimm ist es nicht. Aber angenommen, die ENDURANCE liefe auf ein Riff auf und kehrte ihr Innerstes nach außen wie die JOHN LONDON am Wellenbrecher vor Montevideo, wo unser Wrack schließlich 90 Seekilometer vor der Küste ganz unspektakulär auf eine Sandbank lief und keinen Mucks mehr von sich gab, so würde sich jeder, der noch Gelegenheit dazu hat, wundern, was alles herausgespült kommt aus Blackboros Kammer. Handschuhe über Handschuhe. Und so viele Lappen, Läppchen und Läpplein, dass man damit den ganzen Weg über den weißen Kontinent mit kleinen, schwarz verschmierten Fahnen bestücken könnte. Am Tag, als die JOHN LONDON auf Grund lief, war die See ruhig, die Sonne schien, und wir hockten wie verhungernde Katzen an Deck und warteten darauf, dass man uns sichtete. Überall im Wasser zwischen den Felsen trieben unsere Habseligkeiten. Und auch fünf Leichen gab das Wrack noch frei. Mister Alberts war nicht darunter. Sie blieb im Forecastle, das mein Vater gebaut hatte, und ging damit unter.

Ich wäre dort nie mehr von Bord, nie nach Montevideo, dann Buenos Aires und schließlich auf die ENDURANCE gelangt, wäre nicht zum Glück für uns alle jener Schiffszimmermann Rutherford wieder zur Vernunft gekommen. Ohne Rutherfords mäßigenden Einfluss hätten zumindest ein paar von seinen Kerlen nicht lange gefackelt und uns, die wir zu Käpt'n Coon hielten, kurzerhand ins Meer geworfen.

Sieben Tage nach unserer Havarie nahm uns ein Küstenfischer auf und brachte uns in den Hafen von Montevideo. In einem kleinen Hospital päppelte man uns ein paar Tage lang auf, bevor eines frühen Morgens die Miliz im Hof stand und Rutherford und seine fünf Wirrköpfe verhaftete. Ich weiß noch, wie ich in dem Pappelwäldchen, das zu dem Krankenhaus gehört, Käpt'n Coon traf, der dort allein spazieren ging, und wie gern ich ihn auf die Vorkommnisse an Bord und die Verhaftungen angesprochen hätte. Aber für einen Schiffsjungen ist das völlig ausgeschlossen.

»Na, Merce, auch unterwegs? Gehen ist besser als stehen«, sagte Coon, und schon war er vorbei. Ich hatte nicht einmal Zeit, mein »Yesser« anzubringen. Ich ging weiter. Da rief er mich, und ich merkte, dass er mir nachkam.

Er habe, sagte er, meinem Dad versprochen, auf mich aufzupassen. Dem Kapitän, der sein Schiff verliert, sei ich zwar keine Rechenschaft schuldig. Trotzdem solle ich ihm bitte sagen, was meine Pläne seien.

Ich sagte ihm die Wahrheit: Ich hatte keine Pläne.

Coon sagte plötzlich: »Die Männer müssen sich vor Gericht dafür verantworten, dass ohne ihr Fehlverhalten der Bootsmann und alle die anderen noch am Leben wären. Das wird wohl einige Monate in Anspruch nehmen. Aber wenn du einverstanden bist, werde ich deiner Familie schreiben, dass es dir gut geht.«

Ich bat mir Bedenkzeit aus. Am Tag darauf erhielten wir übrigen sechs unsere Heuer, und als wir das Hospital verließen, bat ich Käpt'n Coon, meinen Eltern nicht zu schreiben. Mein Entschluss überraschte ihn nicht, er fragte nicht einmal nach meinen Gründen. Vielleicht hat er geahnt, als er mir im strömenden Regen die Hand gab, dass ich ihm keine Gründe hätte nennen können.

Gleich mein erstes Schiff ist untergangen. Ein echter Seemann würde sagen: Diesen Schatten wirst du nicht mehr los. Lass es bleiben! Aber ich bin kein Seemann, so wenig wie ich ein Zimmermann bin und meinem Vater nachkomme. Und könnte Dad mich so sehen, gekauert in meinen Spind, mit schokoladeverschmiertem Mund, er würde mir die Handschuhe und Gummistiefel um die Ohren hauen.

Und Recht hätte er. Warum bin ich nicht zur Marine gegangen und habe auf der INVINCIBLE oder INFLEXIBLE angeheuert, Panzerkreuzer mit einem Schlafsaal im Zwischendeck für 800 Matrosen, die Hängematte an Hängematte dort baumeln? Da kommt keine Einsamkeit auf, da kommt keiner auf dumme Gedanken. Du hast dein Kanonenrohr, in das kriechst du einmal am Tag hinein und machst es sauber, du hast deinen Landurlaub, dein Seegefecht, dein Seemannsgrab und deine Meldung im *South Wales Echo*:

Seeschlacht mit kaiserdeutschen
Verbänden vor Argentinien

Zu unseren auf See gebliebenen
Helden zählt Merce Blackboro,
Sohn des traditionsreichen
Schiffszimmererbetriebes

Der achte Schlag zeigt an: Die Rattenwache ist vorbei. Jetzt rennen sie runter und rütteln die Hunde aus dem Schlaf.

In den Häfen am Rio de la Plata habe ich vom Krieg nicht viel bemerkt. Wenn man den Zeitungen glaubt, ist es bloß eine Frage der Zeit, wann sich Argentinien und Uruguay von dem um sich greifenden Wahnsinn anstecken lassen. Den Leuten, die ich kennen gelernt habe, ist unsere euphorische Feindseligkeit fremd. Hass auf einen Zaren, ein paar alte Könige oder zwei komische Kaiser, die nicht nur ähnlich aussehen, sondern sogar dieselbe Sprache sprechen, ist ihnen unverständlich und empfinden sie als störend. Und so nannten sie uns denn auch Störenfriede, perturbadores.

In La Boca verschiebt man die Tagesverrichtungen auf kühlere Abendstunden; tags ist es so heiß, dass einem nach wenigen Schritten in den von Vogelleim weißen Gassen der Schädel brummt. In unserem Pensionszimmer unterm Dach schliefen Bakewell und ich von sechs Uhr morgens bis sechs Uhr abends, und wenn ich aus dem Fenster sah, stand dort eine Platane, die keine Blätter hatte, sondern voller kleiner grüner Vögel war: Bei Krach in der Straße erhob sich die ganze Krone des Baumes in die Luft, um nur wenige Augenblicke später wieder auf das nackte Geäst zu sinken. Über solchen Dingen haben wir den Krieg einfach vergessen. Wir hatten Besseres zu tun. Denn auch wenn es nicht danach aussah, waren wir schwer beschäftigt.

Wir lagen auf der Lauer. Bakewell hatte einen Plan, wie es mit uns weitergehen könnte. Auf ihrem Weg von London nach Buenos Aires hatte das Antarktis-Expeditionsschiff von Sir Ernest Shackleton in Montevideo einen Zwischenstopp eingelegt, angeblich um Brennmaterial zu bunkern. Im Hafen ging das Gerücht um, der wahre Grund für den Halt sei, dass ohne den Sir, der erst in Argentinien zur Crew stoßen würde, die Borddisziplin stark gelitten habe. Wie schnell das geht und dass dazu schon wenige Mann ausreichen, wusste ich aus eigener Erfahrung, und tatsächlich erfuhr Bakewell von zwei Matrosen der ENDURANCE, nämlich Hownow und Stornoway, dass es vor Madeira zu einer Schlägerei an Bord gekommen war, die für die Beteiligten nicht ohne Folgen bleiben konnte. Ein paar Tage lang sah es so aus, als müssten die vier Verantwortlichen für die Keilerei in Montevideo abheuern. Wir beschlossen, die Antarktiker nicht mehr aus den Augen zu lassen.

Dementsprechend groß war unsere Enttäuschung, als wir am Morgen der Verabschiedung durch Käpt'n Coon zur Pier kamen und sahen, dass Shackletons Schiff ausgelaufen war, ohne dass uns McLeod und How Bescheid gegeben hatten. Die INVINCIBLE und die INFLEXIBLE waren über Nacht den Plata heraufgekommen und lagen in der Flussmitte auf Reede; immer neue Boote wurden weggefiert und pullten vollbesetzt herüber, so dass in den Gassen bald ein Gewimmel aus Geschützrohrmatrosen und Seemannsgrabanwärtern herrschte. Wir nahmen die nächste Fähre nach Buenos Aires. Zwei Tage später stolperten wir in einer Spelunke mit Namen »Grüner Affe« wie zufällig über einen Pulk aus Männern von der ENDURANCE. How und McLeod freuten sich so, uns wiederzusehen, dass sie keine Hemmungen hatten, den Bos'n an unseren Tisch zu holen.

Diesem John Vincent eilt der Ruf voraus, alles andere als eine Stimmungskanone zu sein. Mit bösem Funkeln in den Augen ließ er durchblicken, dass Shackletons Stellvertreter Frank Wild zwar die vier Krawallmacher von der Heuerliste gestrichen hatte, dass über deren Ersatz aber allein der Sir bestimmen würde. Dann verstummte er und begann, die Tischplatte zu hypnotisieren.

Wann Shackleton denn komme, wollte Bakewell wissen.

Vincent sah ihn nicht einmal an, sondern sagte stattdessen zu McLeod: »Der Chef ist da, wenn er da ist. Stimmt's?«

McLeod nickte. »Klar. Aber die beiden sind gute Jungs. Waren auf einem Seelenverkäufer und haben sich vorbildlich verhalten, als er sich verabschiedet hat. Du könntest ein gutes Wort für sie einlegen.«

Vincent sah mich an, und zum ersten Mal war sein breites, ganz unheimlich glattes Gesicht dicht vor mir.

»Der hier ist viel zu jung, damit fängt es schon an.« Er stand auf. »Ihr beide seid vorbildliche Seeleute, also verhaltet euch vorbildlich, bis der Chef da ist und euch anheuert oder nicht.«

Bakewell konnte sich einerseits ausrechnen, dass er einen Posten auf der ENDURANCE so gut wie in der Tasche hatte, andererseits stand zu befürchten, dass er mich würde zurücklassen müssen. Kurz nach dieser ersten Unterredung mit Vincent sagte er mir offen, dass er sich in den Gedanken verliebt hatte, in die Antarktis zu fahren, und er verschwieg mir nicht seine Absicht, auch ohne mich zu gehen.

Inzwischen wurde letzte Hand an das Schiff gelegt. Die ENDURANCE erhielt einen schwarzen Anstrich und wurde neu verproviantiert. Dann ging der Lärm los. Die Schlittenhunde kamen. Ein kanadischer Frachter, so verdreckt, dass man sich fragen musste, ob er durch ein Meer aus Schlamm gesegelt war, machte längsseits fest und fuhr die Krane aus. Je ein Paar in einem Käfig, schwebten die Tiere an Bord und wurden in die Zwinger gesperrt, 69 Mischlinge aus der Nordpolregion, von denen keiner einem anderen ähnelt, wenn man davon absieht, dass sie alle riesig und so gut wie ungezähmt sind. Die stärksten sind halb Hund, halb Wolf, und die beiden Rudelführer heißen Shakespeare und Bos'n, was aber zumindest im Hafen von Buenos Aires zu keiner Verwechslung führte.

Vincent dürfte schnell eingesehen haben, dass er mit Bakewell wirklich einen guten Fang gemacht hatte, so wie er überall zupackte und stets zur Stelle war. Als Frank Hurley, der australische Expeditionsfotograf, eintraf, war die Crew abgesehen von Shackleton vollzählig und bezog Quartier auf dem Schiff. Der Erste Offizier Greenstreet holte mich von der Pier und fragte, ob es stimme, dass ich als Messboy gefahren sei, und als ich das bejahte, bot er mir an, bis auf weiteres dem Koch zur Hand zu gehen. Eine Koje an Bord bekam ich trotzdem nicht, und wenngleich man für ihn eine hergerichtet hatte, schlief auch Bakewell weiterhin in unserer Pension. Es gehe ihm dabei gar nicht um mich, sagte er. Er brauche einfach seine tägliche Ration Vogelkackegestank.

Was mich daran erinnert, dass ich so allmählich mal zur Toilette müsste. Fürs Wasser habe ich die alte Pulle, aber auch die Schokolade möchte langsam raus, so wie sie in meinem Darm rumort. Im Laufe der Nacht ist die See in meine Eingeweide eingesickert, hat sich mit dem Gummigeruch und dem Wissen vermischt, auf hoher See zu sein, und mir eine laue, flaue Übelkeit beschert. Mein Gesicht dürfte mittlerweile ins Grünliche changieren, wie dasjenige von Green, wenn er in der Hitze der Kombüse am Herd steht und, von einer leichten Schweißschicht bedeckt, in Echter Gillards-Schildkrötensuppe rührt.

Wegdrücken, nicht daran denken.

Zur Not kacke ich in einen Stiefel und stopfe ihn anschließend mit Tüchern aus.

Serviert wird die Schildkröte im Ritz. Das Ritz ist der ehemalige Frachtraum und die jetzige Bordmesse. Es ist der größte Raum auf der ENDURANCE, ihr Herz im Zwischendeck. Das Ritz würde glatt als Korridor durchgehen, stünden nicht Tisch und Stühle für 30 Männer darin. Der Union Jack und alle Flaggen des Empire hängen an den Wänden, und das ist sehr gut so, denn die Täfelung des Ritz ist eine einzige Stümperei. Nach ein paar Tagen Topfschleppens kannte ich jede erhabene Schwelle, jeden aus den Planken lugenden Schraubenkopf auf dem Weg von der Kombüse durch die Galley ins Ritz. Dort wurde unsere Vorspeisenschildkröte bejubelt, und es war Käpt'n Worsley, der in die Runde fragte, was wohl Shackleton sagen würde, wenn er erst erführe, wie Green und Black die Männer verwöhnten.

So wie vor ein paar Tagen alle auf Shackleton gewartet haben, so warte ich noch immer auf ihn. Ich bin der Einzige, der ihn noch nicht zu Gesicht bekommen hat, und solange ich in meinem Spind hocke, wird sich wohl kaum etwas daran ändern. Unwahrscheinlich, dass der Sir während der Hundewache unter Deck steigt, um sich eine Öljacke oder ein Stück Schokolade zu holen.

Gummistiefel? Nehmen Sie diese, Sir, die sind noch ganz warm.

Dabei säße ich gar nicht hier und die Eishelden hätten mich nicht am Hals, wäre sich Shackleton nicht zu fein gewesen, um es mir persönlich ins Gesicht zu sagen: »Junge, ich kann dich nicht mitnehmen! Du bist nicht erwachsen!«

Jeder wusste, wenn Shackleton erst einmal da war, würde es sich nur noch um Stunden handeln, bevor es losging. Trotzdem hat keiner so auf Shackleton gewartet wie ich. Ich versuchte mir nichts anmerken zu lassen, aber das gelang nicht immer. Beim Geschirrabräumen überkam mich regelmäßig das Selbstmitleid. Dann war es meistens der Biologe Bob Clark, der mir eine Hand auf die Schulter legte: »Wird schon!« Oder Green kreischte: »Hopphopp, Jungs, ihr habt alle genug gehabt. Segelt ab hier. Lasst Blackie die Trümmer wegräumen, oder will das einer von euch machen?«

Einmal habe ich mich mit Hownow betrunken; er erzählte mir dabei sein halbes Leben und schleppte mich dann zu einem Bordell, das zum Glück gerade ausgebucht war. Andere zogen mich auf, wenn wir uns in La Boca über den Weg liefen, und kriegten dafür kräftig Zungendresche vom Skipper.

Alles hätte ich hingenommen, denn alles hatte ich mir ausgemalt, nur nicht, dass es plötzlich hieß, Shackleton sei längst an Bord. Ich erfuhr es von Green, der annahm, ich wüsste es ebenso wie alle anderen, und das Erste, was ich tat, war, es Bakewell zu erzählen, der aus allen Wolken fiel.

Gestern am frühen Morgen ist er an Bord gekommen. Er soll noch Proviant und Ausrüstung inspiziert, die Hunde und Motorschlitten in Augenschein genommen haben und dann in seiner Kajüte verschwunden sein, um sich auszuruhen. Seit dem Nachmittag empfing er dort einzeln die Männer.

Und fast alle waren bereits dort gewesen, Green, How, McLeod, die Forscher und die Ärzte genauso wie die Heizer. Wer noch übrig war, dem wurde per Zuruf oder Kopfnicken Bescheid gegeben, der stellte sein Glas hin und verließ wortlos das Ritz. Ich war mit meiner Arbeit fertig und setzte mich an den Tisch. Mrs. Chippy, die Katze von Schiffszimmermann Chippy McNeish, lief darauf herum und vollführte ihre abendliche Streichelrunde. Frank Hurley baute eine Kamera auseinander und putzte die Einzelteile. Ein Trio spielte Karten. Der Hüne Tom Crean, seit Scotts letzter Expedition Träger der Tapferkeitsmedaille, das Idol meines Bruders, derselbe Tom Crean zwinkerte mir zu. Diese Kerle, die überall in der Welt gewesen sind, die selbst Amundsen persönlich kennen und die, wäre nur eine Hand voll von ihnen an Bord gewesen, dafür gesorgt hätten, dass die JOHN LONDON nicht untergeht, sie taten alles, um mir das Gefühl zu geben, dass ich bald einer von ihnen sein würde.

Trotzdem dachte ich nur eins: Ich dachte an den alten Simms und seine Warnung. Nun bin ich es doch, dachte ich: Nauke bin ich!

Als Bakewell an der Reihe war und ins Ritz zurückkam, habe ich in seinem Gesicht gesehen, was die Stunde geschlagen hat. Wir sind an Deck gegangen. Er sagte, dass er unterschrieben habe. Und dass der Sir die Verantwortung für mich nicht übernehmen wolle. Shackleton tue es leid, aber mit meinen siebzehn Jahren sei ich schlicht zu jung.

»Gut«, sagte ich so kaltblütig wie möglich. »Wann legt ihr ab?«

Wir standen in einem finsteren Winkel am Schanzkleid. In der Dunkelheit konnte ich nur Bakewells Silhouette sehen. Er sah auf den Fluss und sagte nichts, und in der Stille hörte man, wie weiter vorn die Hunde in ihren Zwingern scharrten, bevor sie sich zusammenkugelten, um zu schlafen.

Plötzlich sagte er ernst: »Hör zu, Merce. Hör mir einfach zu und halt die Klappe, wenn ich dir jetzt etwas erzähle! Wir stechen morgen Mittag in See, und wo ich wir sage, meine ich wir. Ich habe mit McLeod und How geredet – sie sind mit von der Partie. Du schnappst dir deinen Kram und bist um drei Uhr früh an der Pier. McLeod wird dich holen. How und ich übernehmen die Wache um vier. Ihr zwei geht unter Deck, und McLeod zeigt dir den Ölzeugspind. Da bleibst du, bis wir auf See sind und ich dich an Deck hole.«

Viel Zeit zu überlegen blieb mir nicht. Ich hatte an Bord nichts mehr zu suchen, und in Kürze begann die Nachtwache.

»Okay, du musst es wissen«, sagte er. »Ist eine heikle Sache, seh ich ein. Pass auf: Ich muss runter, sonst kriegt der Bos'n was spitz. Machen wir's so: Du zählst bis hundert und überlegst dir die Sache. Dann kommst du entweder runter und verabschiedest dich brav von deinem alten Freund Bakie, der dich innig liebt, was du hoffentlich nicht vergessen hast, oder ... oder du holst deinen aufklappbaren Holzfisch und dein restliches Zeug und bist Punkt drei an der Pier.«

»Den Fisch habe ich dabei«, sagte ich trotzig.

»Na also. Brauchste nur noch die Hälfte überlegen.«

Damit wischte er mir einmal über den Scheitel und ging. Schon war er weg.

Und ich fing an zu zählen.

Aber ... man kann ja gar nicht überlegen, wenn man zählt. Nur die Zahlen tanzen einem vor dem geistigen Auge herum. Bei mir kommt dazu, dass ich bei Zahlen an das rote Buch von Mister Muldoon denke. Schon denke ich an Ennid und werde wieder so traurig. Und ich wollte nicht traurig und erst recht nicht bemeitleidenswert sein. Wollte ich nicht!

Deshalb ließ ich das Zählen bleiben und stellte mir stattdessen die Frage, was passieren musste, damit ich zufrieden und vielleicht ja sogar glücklich wäre.

Zweierlei fiel mir ein: zusammen mit Bakewell dorthin zu segeln, wo kein Krieg ist. Und den kennen zu lernen, von dem sie alle bloß im Flüsterton sprachen: Shackleton.

7
Heizerhände

Jetzt muss ich doch eingeschlafen sein. Was war das? Jemand macht sich an den Schränken zu schaffen.

Was hat er gesagt ... die Bunkerlatten?

Bunkerlatten ... das muss einer von den Heizern sein, oder nein, es sind beide, den Stimmen nach sind es Holness und Stevenson. Wenn sie alle beide an den Spinden sind, heißt das, sie haben die Kessel gelöscht und das Schiff läuft unter Segeln. Wir sind weit draußen, kein Land weit und breit.

»Oder willst du, dass uns der Kohlehaufen beim ersten Schwappen in der Suppe entgegenkommt? Ich kann dir sagen, wenn so eine Tonne Briketts meint, sie müsse mal aus dem Bunker raus und sich vor den Kesseln die Beine vertreten, dann gibt es nur eins.«

»Und das wäre?« Holness ist der jüngere von beiden, und weil sich Stevenson Oberheizer nennen darf, kommt Holness wohl oder übel der Rang eines Unterheizers zu.

»Komm, gib mir einen Rat, Stevie. Du weißt, ich kann ohne deine Ratschläge nicht leben.«

»Spotte nur, du Ratte. Jetzt sieh dir das an ... die Hose! Nagelneu und ein Riss drin, und was für einer. So ein verfluchter Dreck!«

»Also was machst du, wenn die Kohle auf dich zukommt? Laufen, oder? Stehen bleiben geht ja schlecht.«

»Geht ja schlecht!« Stevensons Lachen klingt wie das Meckern einer Ziege.

Er steht genau vor meinem Schrank. Ich muss mich verstecken. Nur wo? Am besten, ich stelle mich hinter die Jacken.

»Also du meinst wirklich, du läufst vor einer Tonne Kohle weg. Die ist ja müde vom langen Liegen, was, Holie? Weißt du, was ich mache, während du läufst?«

»Nö, sag es mir.«

»Ich überlege, mit welcher Schippe ich dich gleich von der Wand kratzen werde.«

»Aha. Und wo bist du, wenn du das überlegst?«

»Das möchtest du wissen. Sag mir lieber, was ich mit der Hose machen soll. Schau dir das an. Muss irgendwo hängen geblieben sein.«

Stevenson keift einen Fluch, der meiner Mutter die Schamröte ins Gesicht triebe.

Und Holness nuschelt: »Nähen. Flicken drauf und nähen.«

»So klug bin ich auch. Und woher krieg ich den Flicken?«

»Guck beim Ölzeug. Da sind saubere Tücher.«

Damit ist es passiert. Gleich geht die Tür auf. Dabei sind hier doch gar keine sauberen Tücher. Alle voll Teer!

»Was machst du denn nun?«, will Holness wissen. Mit Vornamen heißt er Ernest, wie Shackleton. Er ist nur ein paar Jahre älter als ich und hat mir einmal erzählt, dass er zwölf Geschwister hat. Von Holie habe ich nichts zu befürchten. Stevenson dagegen ist mit Vorsicht zu genießen, nicht nur, weil er zur Clique des Bos'n gehört.

»Ich zieh die Hose aus, sieht man das nicht?«

»Was du machst, wenn der Bunker bricht, meine ich. Wenn du nicht läufst, was willst du denn sonst machen?«

»Springen, Holie. Spring an die Decke und halt dich irgendwo fest, das ist die einzige Chance, die du hast. Die Scheißkohle schwappt durch den ganzen Raum und begräbt alles, sag ich dir. Aber sie ist bloß unten. Schau dir die Decke an, wenn du zum ersten Mal zu den Kesseln kommst, und merk dir, wo die Leitungen laufen, die du anfassen kannst, ohne dass es dir die Hände wegschmort. Wenn du das nicht gleich beim ersten Mal machst – äh … welcher ist'n der Ölzeugspind?«

»Der hier.«

Die Tür geht auf. Mit einem Mal ist es taghell. Es wird so hell, dass mir Tränen in die Augen schießen, obwohl ich sie geschlossen halte. Und dabei würde ich so gerne sehen, wie es dort aussieht, wo ich gelegen habe.

»Also wenn du das nicht gleich beim ersten Mal machst, wirst du vielleicht nie mehr Gelegenheit dazu haben, weil … Jetzt guck dir das an. Hier liegt lauter Müll. Und was ist das?«

Holness sagt: »'ne Wasserpulle. Und alles vollgeschmiert. Das wird doch nicht … nee, ist es nicht, das würde man riechen. Sieht aus wie Teer. Oder Schokolade.«

»Schokolade«, wiederholt Stevenson. »Im Wetterzeugspind. Hier futtert doch nicht einer heimlich unser … warte mal. Ich glaub, ich werd nicht mehr. Da ist doch einer!«

»Wie? Wo ist einer?«

»Na, da! Das sind doch Füße, oder sind das keine Füße?«

Sie betasten meine Füße, dann werden die Jacken beiseite gezogen, und ich öffne die Augen.

Holness und Stevenson starren mich an. Holness sieht erleichtert aus, so als habe er sonst was erwartet, etwa einen im Spind versteckten Toten. Stevenson dagegen ist alles andere als froh, so finster wie er dreinschaut und so fest wie der Griff ist, mit dem er mich beim Oberarm packt.

»Au! Aua!«

»Blackboro!«, sagt Holness nur, bevor er mir unter die Achsel greift und hinaushilft. Meine Knie schlottern, mir ist speiübel, und Stevenson drückt mir den Arm ab.

»Mensch, wie lange warst'n da schon drin? Du bist ja grün wie eine Tanne.«

»Wart's ab, wie er aussieht, wenn Vincent ihn in der Mangel hatte.«

Endlich lässt Stevenson los. Er baut sich vor mir auf und sieht zu, wie mich Holness auf die Bank vor der Spindreihe setzt. Er tätschelt mir den Nacken und lächelt, dieser Holness aus Hull, Holie der Kohleschlepp, der jetzt nicht länger der Bordbenjamin ist.

»Wo sind wir?«, frage ich zu Stevenson hinauf, aber der antwortet mir nicht.

»Acht Tage vor Südgeorgien«, sagt Holness schließlich, indem er Stevenson einen Tritt vors Schienbein andeutet. Er schüttelt den Kopf und muss lachen. Dieser Sinn fürs Absurde geht Stevenson völlig ab. Er glotzt bloß.

Holie sagt: »Du hast nichts verpasst. Außer vielleicht, dass Orde-Lees ein Motorschlitten über Bord gegangen ist und ...«

Stevenson fällt ihm ins Wort: »Hör auf. Das geht ihn gar nichts an. Schleicht sich hier an Bord. Die Fresse gehört ihm poliert.« Indem er sich die kaputte Hose wieder anzieht, beugt er sich zu mir herunter. »Wo hast du das Fresszeug her, hm? Weißt du, dass das alles portioniert ist, Arschloch?«

»Reg dich ab«, sage ich. »War mein Proviant.«

»War mein Proviant, war mein Proviant!«, äfft er mich nach und lässt sein Ziegenlachen hören. »Hockt hier im

Spind und frisst wie ein Kleinkind Schokolade, während wir unten Tag und Nacht Kohlen schippen. Zum Kotzen! Ich hole den Bos'n.«

»Komm, Stevenson, sei fair«, sage ich zu ihm. »Ich habe dir nichts getan. Hol Bakewell her.«

Er denkt gar nicht dran. Doch bevor Stevenson Luft holen kann, um mich zur Schnecke zu machen, sagt Holness: »Das wird nicht gehen, Blackboro. Wir sind fair, aber einen Verweis will ich nicht riskieren. Wenn Stevenson einverstanden ist, kannst du zwischen Bos'n und Skipper wählen. Was meinst du dazu, Stevie?«

Stevenson grummelt etwas, doch er widerspricht nicht. Also ist es an mir.

»Hol den Käpt'n«, sage ich.

Als Stevenson draußen ist, versuche ich aufzustehen. Aber meine Beine sind eingeschlafen.

Während wir auf Worsley warten, erzählt Holness, dass das Schiff vor ein paar Stunden die argentinischen Hoheitsgewässer verlassen hat; wir befinden uns etwa 1200 Seekilometer nordwestlich der Falkland-Inseln. Shackleton sei ziemlich in Sorge, sagt Holness, da das Wetter für diese Breiten ungewöhnlich feucht ist, ein Zeichen dafür, dass der Sommer in der Antarktis noch nicht begonnen hat. Das Weddellmeer dürfte fest zugefroren sein. Keine Chance, da durchzukommen.

»Es wird gemunkelt«, sagt Holness, während er gar nicht mehr aufhört, mir die Beine lang zu ziehen und die Schenkel durchzukneten, »dass wir mindestens vier Wochen in Südgeorgien festhängen werden, bevor überhaupt daran zu denken ist, weiter südlich zu kommen. Und selbst dann dürfte es ziemlich rumpelig werden.«

Damit meint er das Packeis. Im Laufe des antarktischen Sommers, der im Dezember beginnt, zieht sich die Packeisgrenze bis weit hinter den Polarkreis zurück. Je später der Sommer, desto langsamer das Abschmelzen und Zurückweichen der Eismassen.

Auch Holness hat das Eisfieber gepackt. Ich habe es erlebt, als mein Bruder Scotts Tagebücher las, und ich habe Bakewell dabei beobachtet, wie er sich von Crean, Cheetham und den Erzählungen der anderen Antarktisveteranen anstecken ließ und bald von nichts anderem als von Gletschern, Depotzelten und Seeleoparden redete. Eines Nachts saß er kerzengerade in seinem Bett und rief laut, so als würde es unter vollen Segeln durch unser Dachzimmer fahren, den Namen von Shackletons früherem Schiff: »Die NIMROD!«

»Wie ist das?«, fragt Holness und meint meine Beine.

»Gut«, sage ich und meine damit: Herrlich. Hör nie mehr auf.

Ich frage ihn nach Bakewell. Bakewell geht es bestens. Stornoway, Hownow und er hätten in den letzten Tagen oft den Eindruck gemacht, als würden sie zusammen was aushecken.

»Na, jetzt ist mir klar, was es war.«

Für mich sind das Weddellmeer, das Packeis und die Seeleoparden so weit weg wie Wales. Eine Krabbenfresserrobbe erscheint mir so wirklich wie König Artus oder Flieger-Ass William Bishop. Insofern hat Stevenson Recht, mich so zu behandeln, als würde ich nicht zu ihnen passen und deshalb auch nicht zu ihnen gehören. Die Antarktis bedeutet mir nichts im Vergleich zu dem, was mir Ennid Muldoon bedeutet. Ich wäre sofort damit einverstanden, die Antarktis in Ennid-Muldoon-Land umzutaufen. Aber ich beginne zu ahnen, dass sich das ändert, sobald ich vor Shackleton stehe.

Ob er schon einmal einen Eisberg gesehen hat, frage ich Holness.

»Komm, wir gehen ein paar Schritte«, sagt er, und ich stehe auf. Klar, er habe Eisberge gesehen, allerdings im Nordmeer, und da seien sie anders, kleiner, von anderer Farbe.

Während meiner ersten Schritte nach zwei Tagen des Kauerns und Hockens verstärkt das beständige leichte Backbordrollen der ENDURANCE mein Gefühl, ich würde auf Bälle treten und hätte statt Kniegelenken in der Beinmitte Scharniere. Dass viele Eisberge nicht weiß sind, sondern blau, blau wie der Sommerhimmel, oder grün, grün wie Flaschenglas, und auch rot, so rot wie ein Sonnenbrand, hat mir eines Abends im Ritz Tom Crean erzählt. Holness lässt mich wieder Platz nehmen. Ich mache »Uff!«, und er lacht.

»Das wird schon. In ein paar Stunden krabbelst du die Wanten rauf. Und deinen ersten Eisberg siehst du noch früh genug. Ich wünsche es dir jedenfalls. Ich fänd's schön, wenn du an Bord bliebest.«

»Das hängt leider nicht von mir ab. Dank dir trotzdem, Holness.«

Weil er nichts mehr zu tun hat, knetet er inzwischen seine eigenen Hände.

»Es gibt nämlich nicht nur im Wasser jede Menge Eisberge«, sagt er. »Das Schiff ist voll davon. Wenn du verstehst, was ich meine.«

8

»Wie geht es Ihnen, Mister Blackboro?«

Ich verstehe, was der zarte Heizer Holie meint. So wenig ich darüber wusste, was für die verschiedenen Färbungen des Eises verantwortlich ist – (bis mir Tom Crean erklärte, dass es im Fall des grünen und des roten Eises zwei Arten von winzig kleinen Algen sind, wohingegen blaues Eis reines Gletschereis ist, also fast ganz aus Wasser besteht, und gewöhnliches Eis deshalb weiß ist, weil es jede Menge Luft beinhaltet) –, so genau weiß ich auch, ohne dass ein Eisriese wie Tom Crean es mir erklären muss, welche drei Arten von Eisberg ich vor mir habe, wenn Stevenson, Vincent und Käpt'n Worsley in der Tür stehen.

Der Heizer ist grün vom giftigen Kohlestaub, der Bos'n rot von zu hohem Blutdruck, und so blau wie seine Jacke ist die ganze Art von Käpt'n Worsley: Er ist ein kühler Mann. Seine Freundlichkeit ist so kühl wie seine Bestimmtheit. Während der wenigen Male, die ich Gelegenheit gehabt habe, den Skipper der ENDURANCE zu beobachten, hatte ich immer das Bedürfnis, ihn einmal darauf anzusprechen. Wie gerne hätte ich ihn ermuntert, mich doch einmal wahrzunehmen, statt nur im Vorbeigehen zu mustern. Mein Wunsch ist in Erfüllung gegangen, aber sonderlich froh bin ich nicht, dass Worsleys Augen allein auf mir ruhen.

»Danke, Holness«, sagt er, ohne den Blick von mir abzuwenden, und tritt näher. Holness gibt mir einen Klaps auf den Rücken, bevor er sich zwischen Stevenson und Vincent hindurchzwängt und macht, dass er Land gewinnt.

»Wie geht es Ihnen, Mister Blackboro?«

»Danke, Sir, es geht.«

»Sie müssen halb verhungert sein. Und ziemlich kalt ist es hier unten.« Er geht zum Spind. »Hier waren Sie drin.«

Das ist keine Frage, sondern eine Feststellung.

Er beugt sich in den Schrank und sieht sich darin um. »Gut. Jetzt sind Sie also hier.«

Mir fällt nichts anderes ein. Ich sage: »Ja, Sir.«

Vincent, der mich keines Blickes würdigt, sieht sich genötigt, dem Skipper auf die Sprünge zu helfen: »Wer soll die Schweinerei im Spind beseitigen?«

Worsley zieht den Kopf aus dem Schrank und sagt: »Stevenson –«, so dass der ihn missversteht und auf der Stelle protestiert: Er habe mich doch nur entdeckt. Wer mich an Bord geschmuggelt habe, wisse er nicht. Weshalb denn er für meinen Mist verantwortlich sei?

»Stevenson«, beginnt Worsley ruhig von vorn, »Sie sind Freiwache. Nutzen Sie die Zeit und schlafen Sie. Ich habe mit dem Bootsmann und mit Mister Blackboro zu reden. Ihre Meldung wegen des defekten Kohlenbunkers haben Sie an den Zimmermann weitergeleitet?«

»Aye, Sir. McNeish kümmert sich drum.«

»Also gehen Sie schlafen.«

Das hat er sich anders vorgestellt. Entgegen meinem Wunsch hat er Vincent doch Bescheid gegeben, und jetzt darf er nicht mal zuschauen, wenn der dazu ansetzt, mich rundzumachen. Aus einem funkelnden Auge blitzt er mich ein letztes Mal an, dann geht Stevenson hinaus.

»John, wiederholen Sie bitte Ihre Frage«, sagt der Skipper, und Vincent wiederholt seine Gemeinheit. Jetzt, da er allein ist mit dem Missetäter und dem Hüter des Gesetzes, das nämlich ist der Kapitän auf hoher See, schießt ihm das Blut in den Kopf vor Zorn darüber, dass ich es gewagt habe, Shackletons Weigerung, mich mitzunehmen, in den Wind zu schlagen.

Aber das ist nicht der wahre Grund für die Wut des Bos'n, die so leicht durchschaubar wie vorhersehbar ist, wenn ein schlichtes Gemüt wie Stevensons damit spekulieren kann. In Wahrheit macht John Vincent rasend, dass seine Abfuhr in der Hafenschenke nicht gefruchtet hat. Wie steht er jetzt da? Shackleton tut hier nichts zur Sache, schon in der Spelunke war der für Vincent zweitrangig.

»Darum geht es auch gar nicht«, sagt er. »Wenn's sein muss, wasche ich den Spind selber aus und sorge dafür, dass die Ölkleidung tipptopp ist. Weißt du, was du damit anrichten kannst«, brüllt er mich an, »wenn in diesen Breiten das Schlechtwetterzeug nicht parat ist, hä, oder hat so ein Kindskopf wie du keine Vorstellung davon? Was grinst du so blöd? Wenn ich dich übers Knie lege, Bursche, dann stehst du aber im Spind, dann stehst du gerade wie ein Schrubber.«

Bei diesem ausgesuchten Vergleich muss der Käpt'n, der zwischen Vincent und mir auf und ab geht, lachen, nur kurz, fast klingt es wie ein Hüsteln, aber es ist ein Lachen.

»John, John«, sagt er, »du machst mir Spaß!«

Worsley bleibt stehen und sieht mich an. »Natürlich richtet niemand anderes als Sie den Spind her, Blackboro, das ist doch klar?«

»Ja, Sir.«

»Die meiste Zeit liegt das Ölzeug nur herum, was aber

nicht heißt, dass es nicht manchmal lebenswichtig ist. Wenn also einer der Ärzte einen Blick auf Sie geworfen hat, wenn Sie gegessen und geschlafen haben, wird unser Bos'n Ihnen den Schrubber zeigen, von dem er erzählt hat, und Sie säubern und sortieren den Spind. Wollen wir es so machen? John?«

»Geht klar, Frank, Sir. Das heißt, dass er in meinen Trupp kommt?«

Bei dieser Vorstellung durchläuft es mich heiß, und ich bin drauf und dran, nun meinerseits zu protestieren.

Worsley sagt: »John, das habe ich nicht zu entscheiden.«

Er geht zur Tür und macht sie auf.

»Kommen Sie!«, ruft er mir beinahe gut gelaunt zu und winkt mich sogar heran. Ich muss, ob ich kann oder nicht, aufstehen und um Vincent, der mir den Weg versperrt, auf meinen Räderfüßen herumrollen.

»Jetzt geh doch zur Seite, du sturer Stiefel!«, ruft der Skipper dem Bos'n zu, und als der sich dazu bequemt, sagt Worsley ernst: »Was willst du eigentlich? Dass ich ihn auspeitschen lasse?«

Und Vincent: »Ich ... nein, Sir.«

Und Worsley zu mir, ebenso ernst: »Sie sind Engländer, Blackboro?«

»Waliser, Sir.«

»Waliser! Auch das noch. Sie wissen, wo ich herkomme?«

»Neuseeland, Sir?«

»Akaroa Christchurch, richtig. Da Sie und ich Briten sind, Merce, kann ich Sie nicht als Kriegsgefangenen behandeln. Bis wir vor der Tür des Sirs stehen, überlege ich mir, ob ich das schade finde. Mann, Mann! Alle raus hier jetzt. Von wegen Kindskopf. Kindsköppe alle miteinander!«

9

Käpt'n Scotts Wolldecke

Ich folge dem Käpt'n durch den schmalen Korridor, der das Unterdeck der ENDURANCE der Länge nach in zwei Hälften teilt. Wir gehen bugwärts und passieren nacheinander die Einlässe zu den verschiedenen Magazinen und Lagern. Im mittleren Schiffsbauch liegen die Trockenlast, wo Fässer und Kisten mit Reis, Mehl, Zucker und Salz verstaut sind, und die Brotlast, die mit Blech ausgeschlagen ist, damit keine Mäuse und Ratten hineinfinden. Gleich nebenan gluckert der Süßwasserkessel, in dessen Gelass auch Bier, Wein und Schnäpse lagern. Wir kommen an der Segelkoje vorbei, wo sich wie im Hemdenschrank zusammengefaltet die großen Ersatzmarssegel und die viel kleineren Ersatzbramsegel stapeln. Gegenüber im Malerhellegatt stehen Töpfe mit Farben und Lacken in den Regalen, darunter liegen die Trossen, Taue und Ketten, die an Deck nicht gebraucht werden.

Jeder dieser Räume ist winzig, man kann sich kaum darin drehen. Weil Green sie mir alle gezeigt hat, weiß ich, wo Vincents Arbeitsplatz ist, außerdem steht die Tür zum Bootsmannshellegatt offen. Im Lichtschein einer Funzel, die von der Decke hängt, erkennt man die Borde voller Marlleine, Bindseln, Schiemannsgarn und anderer nach Stärke sortierter Takelgarne. Vincent, der dicht hinter mir geht, verpasst mir einen Schlag auf den Rücken, bevor er in seine dämmerige Butze verschwindet.

Auch wenn mir von dem Stoß die Luft wegbleibt und ich mich an der Wand festhalten muss, um nicht auf den Käpt'n aufzurennen, werde ich einen Teufel tun, dem davon Meldung zu machen.

Worsley hat nichts gemerkt. »Kommen Sie?«, fragt er, als er auf der Treppe zum Zwischendeck steht.

Oder hat er den Hieb doch gesehen? Denn oben angelangt, sagt er: »Der Bos'n und Sie werden noch viel Freude aneinander haben.«

Die Treppe führt zwischen Galley und Ritz aufs Zwischendeck, so dass ich, kaum der Unterwelt entstiegen, als Erstes meinem Chefkoch in die Arme laufe. Als Green sieht, wem der Skipper da lächelnd die Tür aufhält, reißt er die Augen auf und bleibt stehen.

»Ich dachte, du könntest Hilfe gebrauchen, Charlie«, sagt Worsley, der sich mehr und mehr zu amüsieren scheint. »Das Stew gestern Abend schmeckte nämlich wie Hack vom Hund.«

»Es war Hack vom Hund«, lautet die Retourkutsche Greens, der jede Kritik an seiner Kochkunst persönlich nimmt. Mich an Bord zu sehen übertrifft jedoch die harscheste Anfeindung seines Kohlhackbratens.

»Äääh! Wo kommt denn der jetzt her?«

Während er Green ins Bild setzt, klappt der Käpt'n die Schwingtür zum Ritz auf. Ich sehe den Geologen Wordie und den Biologen Clark den Fliesenboden scheuern, eigentlich aber reglos mit Bürsten an den Händen auf einem Teppich aus Seifenschaum knien, denn auch die beiden haben für nichts anderes Augen, als ich in der Tür stehe.

»Junge, Junge«, piepst Green leise, bevor er hinüberruft: »Hier, so wird das gemacht! Pfeif auf die Heuerliste. Wer an Bord will, kommt an Bord. Wo habt ihr zwei denn euren Gehilfen versteckt?«

Clark und Wordie sehen einander an.

»Haben keinen«, murmelt Clark. »Würden wir sonst hier schrubben?«

Und Wordie grinst: »Aber Merce kann hier gern weitermachen.«

»Nichts da. Männer, lasst uns durch.« Worsley zeigt zum Ausgang und lässt mir den Vortritt. »Ich merke schon, Blackboro ist heiß begehrt. Ich fürchte bloß, es wird nicht viel von ihm übrig sein, wenn der Sir erst mit ihm fertig ist. Charlie, du kochst einen Kaffee, der Tote weckt, und bringst ihn mit zwei Tassen zum Chef. Und wir zwei schauen mal, was für Wetter ist. Nun mal hopp, Mister Blackboro! Ich habe noch anderes zu tun, als blinden Passagieren das Schiff zu zeigen. Aus Wales!«

Da ist das Licht. Da kommt die Luft her. Ich bin noch gar nicht ganz oben, schon bläst mir der Wind ins Gesicht, als wolle er mich begrüßen, und ich schließe die Augen und lasse ihn durch meine Haare fahren … oh, ist das schön. Eine Luft wie aus Wasser, kalt, klar und frisch. Ich öffne die Lippen, schlucke einen Mund voll hinunter und trete an Deck. So ein Jubel. Regen plattert auf die Planken, sofort bin ich klitschnass, und es kommt mir so vor, als hätte ich nie etwas Schöneres erlebt.

Wo ist der Käpt'n? Er steht unterm Vordach des Achterdeckshauses und bespricht sich mit Greenstreet, dem Ersten Offizier; aber dessen Oberlippe bleibt steif. Über meiner Schulter liegt die See, vom Westwind geriffelt und tiefgrau, so weit das Auge reicht. Die ENDURANCE ist in voller Fahrt und brettert durch den Regen. Sie haben alle Segel oben, Oberbramsegel, Mondsegel, sogar die Sturmmarssegel zeigen den Bauch und sehen aus wie Wanderalbatrosse, die dort oben hocken und die Schwingen spreizen.

McLeod hat mich bemerkt, tut aber so, als würde er weiter die Hunde füttern. Und erst jetzt sehe ich, dass sich eine Hand voll Männer im Bug an etwas zu schaffen macht.

»Hoihoo!«, möchte ich rufen. »Bakewell, schau her! Bin da! Schau doch her, du amerikanischer Idiot!«

Und ich möchte ihn hören: »Heilige Maria, genotzüchtigter Gabriel, Eberklüten und Bockszehen. Himmelkreuzdonnerwetter, mein Blackboro ist da und flucht schon wieder.« Und möchte ihn sehen, meinen Freund, wie er pitschnass durch die Reihen der nach ihm schnappenden Hunde zu mir gestiefelt kommt, breit grinsend, aber mit fragenden Augen, ob ich ihn etwa verpfiffen habe ... »Wehe, du, du ... du, mein Lieber!«

»Brasst rund die Rahen!«, donnert Greenstreet stattdessen zwei Schritte hinter mir, so dass ich vor Schreck zusammenfahre.

Und ich sehe noch, wie die Meute im Bug auseinander springt, um in die Wanten zu kommen, da hat mich Bakewell bemerkt, reckt den Arm und schwenkt zum Gruß die Hand.

Aber Greenstreet sagt jetzt so leise, dass nur ich ihn verstehe: »Gehen Sie zum Skipper, Merce.«

Worsley wartet auf mich am Eingang zum Achterdeckshaus und wirft mir eine Wolldecke um, nicht ohne zu erwähnen, dass es eine von denen ist, die die Familie von Kapitän Scott für die Expedition gespendet hat. Es ist also eine besondere

Decke, nicht weil sie besonders warm wäre, sondern weil Scott erfroren ist.

Wir gehen hinein. Das Deckshaus wird von einem schmalen Gang in zwei Hälften geteilt, bugwärts beherbergt es die Kajüte des Kapitäns, heckwärts die von Shackleton. Die Eingänge zu beiden Räumen liegen einander gegenüber. Worsley möchte, dass ich in seiner Kajüte warte, während er mit dem Sir spricht. Er schließt die Tür, und ich höre ihn drüben klopfen.

Auf dem schmalen Bord über der Koje stehen fünf blaue Bücher, alle von Dickens. An die Bullaugen klatscht der Regen. Draußen liegen die aufgeraute Fläche des Meeres und darüber der riesige milchige Himmel. Ein einziges Bild hängt an der Wand neben der Tür. Die kleine Zeichnung zeigt einen Reiter, der sich auf seinem aufbäumenden Pferd soeben nach rückwärts wendet und tief herabbeugt, um ein Kind zu sich hinaufzuziehen.

Worsley kommt herein; er schließt die Tür, zieht seine Jacke aus und hängt sie über den Stuhl am Schreibpult.

»Setzen Sie sich«, sagt er und dreht den Stuhl um. »Wir warten. Er sagt Bescheid, wenn Sie rüberkommen sollen.«

Er scheint nicht so recht zu wissen, was er mit mir anfangen soll. Ein Gespräch über das weitere Vorgehen erübrigt sich; das wird gleich Shackleton mit mir führen. Worsley betrachtet die Schokoladeflecken auf meiner Kleidung, und eine Zeit lang beobachtet er, wie das Wasser von meinen Haaren auf Scotts Wolldecke tropft. Dann reicht er mir ein Handtuch.

Im selben Moment sagt er: »Es gab eine Zeitungsannonce, die der Sir aufgegeben hat. Davon gehört?«

Crean hat Bakewell davon erzählt, aber da ich es für klüger

halte, in meiner Lage Bakewell nicht zu erwähnen, lüge und verneine ich.

Worsley nimmt eine Ledermappe vom Pult und zieht zwischen den darin befindlichen Papieren einen Zeitungsausriss hervor, den er mir vor die Nase hält.

Bekanntmachung:
Männer für wagnisreiche Fahrt gesucht.
Geringe Entlohnung. Bittere Kälte.
Lange Monate in völliger Dunkelheit.
Beständige Gefahr. Sichere Rückkehr zweifelhaft.
Auszeichnung und Anerkennung bei Erfolg.
– Ernest Shackleton –

»Daraufhin haben sich über 5000 Leute bei ihm gemeldet«, sagt Worsley und legt die Mappe wieder beiseite. »Abgesehen von einigen wenigen, die er unbedingt mit dabeihaben wollte – Frank Wild, Thomas Crean, Alfred Cheetham und der Matrose McLeod, die alle bereits unten waren und ihre Erfahrungen gesammelt haben, außerdem George Marston und Frank Hurley, deren Malerei und Fotografie er sehr, sehr schätzt –, abgesehen von denen hat sich jeder der Männer an Bord auf die Annonce hin bei ihm gemeldet und ist von Sir Shackleton persönlich angeheuert worden.«

Damit gibt er mir zu verstehen, dass selbst er, der Kommandant, durch das Nadelöhr eines Einstellungsgesprächs mit Shackleton musste. Soll mir das zeigen, wie aussichtslos meine Lage ist? Oder will er mir im Gegenteil Mut machen, indem er klarstellt, dass Shackleton alle, Decksmatrose wie Kapitän, gleich behandelt?

»Sir«, sage ich, »wenn ich etwas äußern dürfte.«

»Nur zu. Hätten Sie die Güte, sich endlich abzutrocknen. Ich werde das nicht für Sie machen.«

»Nein, ich mache es. Danke, Sir.«

Ich rubbele mir Haare, Nacken und Gesicht trocken.

»Ich habe den Zeitungsaufruf damals nicht gelesen, und hätte ich ihn gelesen, hätte ich mich nicht gemeldet. Ich hätte von mir selbst gedacht, was Sie alle von mir denken, nämlich dass ich viel zu jung und unerfahren bin. Abgesehen davon, dass mein Vater mich nie hätte gehen lassen, wenn es heißt: Sichere Rückkehr zweifelhaft. Das Handtuch, Sir, wohin damit?«

Er hängt es über den Türknauf. Worsleys Gesicht ist ernst geworden, und er sieht mich erwartungsvoll an.

»Aber jetzt ist es anders«, sage ich.

»Die Gefahren, Blackboro, sind dieselben geblieben, und Sie sind nicht erwachsen. Jemand muss die Verantwortung für Sie übernehmen. Obwohl das in meinen Augen nicht den Ausschlag geben kann. Ich bin mit fünfzehn zur See gefahren.« Bei dieser Vorstellung hellt sich seine Miene wieder auf.

»Ich kenne die Männer, ich kenne das Schiff, ich kenne das Projekt und will helfen, es zu verwirklichen«, sage ich und merke im gleichen Moment, dass es viel zu pathetisch ist.

Worsley merkt es auch; er schüttelt den Kopf. »Glaube ich nicht.«

»Ich fand es ungerecht, dass ich der Einzige war, mit dem der Sir nicht reden wollte. Das ist der eigentliche Grund, weswegen ich mich an Bord geschlichen habe, und ich habe keine Angst, das dem Sir auch persönlich zu sagen. Außerdem stimmt es: Ich will ihm wirklich helfen.«

»Sie sollten Ihr Temperament zügeln, diesen Rat gebe ich Ihnen. Mit Sir Ernest sollten Sie so nicht reden.«

»Er ist der Held«, sage ich und wünsche schon, es nicht gesagt zu haben.

Aber zum Glück lässt sich Worsley auch davon nicht provozieren. Er fragt bloß, ob ich bezweifeln wolle, dass Shackleton ein Held sei.

»Nein.«

»Nein, Sir«, verbessert er mich.

Ich fürchte, ich habe ihn verärgert; er sagt nichts mehr. Und dann klopft es. Auf der Schwelle steht der triefnasse Green mit dem Kaffee und sagt mit seiner Piepsstimme, dass ich hinüberkommen solle. Hinter ihm ist die Tür zu Shackletons Kajüte offen.

Ich ziehe die Decke von den Schultern, und sofort wird mir kalt. Worsley nimmt die Decke entgegen, vermeidet es aber, mich dabei anzusehen. Sein Gesicht wirkt wie eingefroren, so als wäre es die Spitze des Eisberges, in den er sich zurückverwandelt hat. Der Reiter auf dem Bild, frage ich mich, bevor ich hinausgehe, wovor rettet er das Kind? Beide Gesichter zeigen dasselbe panische Entsetzen.

»Das trag mal schön selber«, sagt Green und drückt mir das Tablett vor den Bauch. In dem zugigen Korridor drischt der Regen von beiden Seiten gegen die Deckshaustüren.

10

Shackleton

Das Tablett in Händen, mache ich drei Schritte in das Zimmer hinein. Ich will nichts verschütten, das wäre verheerend. Aber ausgerechnet jetzt rollt das Schiff einige Male heftig über backbord, und ich habe alle Mühe, die Kanne und die Tassen in der Waagrechten zu halten.

Kaum bin ich an ihm vorbei, keucht Green hinter mir: »Hier ist er, Sir!«

Ich höre, wie die Tür zugeht, und bin mit Shackleton allein.

Wände, Bett, Tisch, Stuhl und Borde sind weiß. Durch ein großes Bullauge über der Koje kommt helles Licht herein. Shackleton steht an seinem Pult und liest in einem Buch. Er trägt schwere Schnürstiefel, eine Lederhose mit Trägern über einem dicken grünen Pullover, und er ist älter, als ich ihn mir vorgestellt habe, auch viel kleiner, so dass ich, ohne mich lang machen zu müssen, oben am Scheitel die durch seine dünnen Haare schimmernde Kopfhaut sehen kann. Ich habe gedacht, er ist ein hoch aufgeschossener feingliedriger Kerl voller Energie und Elan, ein jung gebliebener, dabei in sich ruhender Mann, dessen Lebenserfahrung zu jeder Zeit aus seiner Haltung spricht. Nichts da. Plötzlich wird mir klar, dass ich immer, wenn ich mir Shackleton vorstellte, an Mister Albert, den Bos'n der JOHN LONDON, dachte. Shackleton ist ganz anders, kräftig, gedrungen, fast ein bisschen aufgeschwemmt. Vor mir steht ein reifer Mann in den mittleren Jahren, ein Herr wie mein Vater, und auch der wirkt auf den ersten Blick mürrisch und träge, ohne jedoch nur die Spur davon zu sein ... ganz im Gegenteil! Alles andere als müde fährt Shackleton herum, kaum dass ich einmal tief Luft geholt habe, und noch bevor ich mich gerade machen und eine Begrüßung hervorbringen kann, holt er aus und schleudert das Buch, das er in Händen hält, in meine Richtung. Der Wälzer saust an meinem Kopf vorbei und kracht hinter mir an die Wand.

»Stell das hin!«, brüllt er, indem er mit hellgrün blitzenden, weit aufgerissenen Augen auf mich zustürmt. Im ersten Moment verstehe ich nicht, was er damit meint. Ich habe das Tablett, an dem ich mich festhalte, völlig vergessen.

»Stell das hin, oder ich schlag es dir aus den Händen!«

»Jawohl, Sir! Wohin, Sir?«

Er hört nicht auf zu schreien. Das Tablett mit der dampfend heißen Kanne darauf macht ihn doppelt rasend. Er beschimpft mich genauso wie die Kanne, den Koch, den Regen, wieder mich, meinen Aufzug, mein Alter und meine unverschämte Dreistigkeit, die Burschen, die es wagen, ihn zu hintergehen, den Koch, die Kanne, mich, meine langen Haare, die Sauerei von Wetter, mein blödes Gesicht, die Idioten von Matrosen, die es wagen, seine Kabine, in der es nicht einmal Platz gibt, um eine Kanne, meine Eltern, die beiden Heizer, die bodenlose Frechheit und das Wetter, das es unmöglich macht, das Schiff, mich und die Kanne ...

»Sir, wenn Sie erlauben, stelle ich ...«

»Unterbrich mich nicht!«, brüllt er und verstummt.

Ein paarmal läuft er in dem kleinen weißen Raum hin und her. Ich weiche an die Tür zurück und kann die Augen nicht von ihm lassen. Was für ein Schauspiel. Sir Ernest Shackleton tobt sich vor mir aus, einer der berühmtesten Männer Englands, Scotts in Wahrheit einziger Rivale, und in dem schwankenden, ganz von Wasser umgebenen Zimmerchen, in dem er und ich aufeinander treffen, befindet sich irgendwo die von ihrer Hand gewidmete Bibel der Königinmutter, Königin über die Hälfte der Welt, und wir alle, Shackleton, die Männer, die Bibel von Königinmutter Alexandra und ich sind unterwegs in die Antarktis. Soll er rasen und mir die Bände der Encyklopædia Britannica, die sich kreuz und quer auf dem Boden und in den Regalen stapeln, einzeln an den Kopf werfen. Was für ein Glück. Ich kann es nicht fassen.

»Was glotzt du so?«, schreit er. »Bist du ein Idiot? Du musst ein Idiot sein! Wer bin ich, dass ich mich mit einem … Wie alt bist du?!«

»Siebzehn, Sir.«

»Was hast du gelernt?«

»Ich habe bei meinem Vater gelernt, Sir. Er ist Schiffsausstatter in Newport, Wales.«

»Warst du auf See?«

»Auf der USS JOHN LONDON, Sir. Sie ging in einem Sturm vor …«

»Als was?«

»Als was, Sir?«

Shackleton antwortet auf Gälisch. Denn das, Gälisch, sprechen wir beide. Nur dass er Irisch spricht und ich Walisisch, Kumrisch. Ich weiß daher nicht, ob ich ihn recht verstehe, als er fragt: »Nach dtig leat na ceisteanna is simplí a fhreagairt, a amadáin?«

Es klingt, als fragte er: »Kannst du die einfachsten Fragen nicht beantworten, Dummkopf?«

»Jede, Sir.«

»Jede was?«

»Ich beantworte jede Frage, Sir.«

»Aber nicht jede richtig!«

»Nein, das nicht. Aber ich bemühe mich!«

»Denn wer jede Frage richtig beantworten kann, der ist doch wohl allwissend!«, brüllt er wieder. »Bist du allwissend?«

»Nein, Sir.«

»Als was bist du also gefahren? Als Dummkopf? A amadáin?«

»Vielleicht, Sir. Wahrscheinlich, Sir. Und als Küchenjunge.«

Das Letzte, was er brauche, sagt Shackleton, sei ein Küchenjunge, der seine Befehle missachte. Er brauche Männer mit Kopf und Erfahrung, Männer, die Verantwortung übernehmen, Verantwortung für ihr eigenes Leben genauso wie für das ihrer Kameraden, kräftige, mutige Männer mit Herz und Verstand, Männer, für die Solidarität keine Worthülse sei, die bereit seien, sich in den Dienst einer Anstrengung zu stellen, einer Anstrengung, die auf nichts Geringeres ziele als die Auslotung der Hoffnung!

»Hoffnung. Verstehe, Sir.«

Ob ich wisse, was sein Wahlspruch sei.

Ich weiß es nicht.

»Niemals die Fahne eingeholt! Oder, um es mit Tennyson zu sagen: Streben, Suchen, Finden, Nimmerweichen!«

So dass ich mir mit etwas Glück werde zusammenstückeln können, weshalb er das Schiff, auf das ich mich gestohlen habe, von POLARIS in ENDURANCE, Ausdauer, umbenannt hat.

Ich sage: »Ja, ich kann es mir denken, Sir«, denke aber: Das sind bloß Namen, Worte, was redet er für Käse? Und er gerät schon wieder in Rage.

Man dürfe nicht aufgeben, nichts, nicht das Geringste. Weder sich selbst noch irgendeinen anderen Menschen, niemanden! Das sei das Ziel, und das Ziel sei unantastbar, unverlierbar! Man könne ohne Arme leben, ohne Beine, ohne Augen, ohne Glaube und ohne einen einzigen Penny in der Tasche, solange man an einem Ziel festhalte, mit dessen Erreichen man sich selbst und allen anderen gerecht werde. Ha! Ein Ziel brauche nicht groß zu sein, es könne nicht jeder ein Wright oder Pasteur sein, und letztlich sei das gefrorene Ende unseres Sterns zu durchqueren ein ebenso winziges Ziel wie Millionen andere, wenn man nur bedenke, mit welcher Leichtigkeit ein Albatros diese Strecke bewältige. Ob ich ein Mädchen habe, will er wissen.

Ich zögere, aber nicke.

»Das arme Ding!«, höhnt er. »Wie heißt sie?«

Ich sage es ihm.

Was also suche ich hier? Jede Liebe sei ein einmaliges Abenteuer. Denn ich sei schief gewickelt, falls ich annehme, dass er der hirnlose Kopf einer Meute von Abenteurern sei. Das Letzte, was er brauche, seien ichbezogene, ruhmversessene Renegaten, aber genau das sei ich ja wohl: ein Renegat. Und ein Riesendummkopf dazu!

Was ist mit mir los? Kein Widerstand regt sich. Ich spüre bloß, wie mir das Heulen durch den Hals steigt.

Nur einen Moment noch die Fassung bewahren. Geht das, Merce? Das schaffst du nicht?

»Sir, wenn Sie erlauben, stelle ich das Tablett auf Ihre Koje. Soll ich Ihnen einschenken und Sie allein lassen?«

Shackleton steht am Bullauge und sieht hinaus. Einen zufriedenen Eindruck macht er nicht: Er hat so gut wie nichts von meinem Glück übrig gelassen.

Zu meinem Vater würde ich sagen: Schade, Dad, schade, dass du so ein sturer Bock bist.

Schade, Sir Ernest, wir hätten viel Freude aneinander gehabt.

»Die größten Schwierigkeiten im Eis«, sagt er still, »hängen alle mit der Kälte zusammen. Es wird bis 70 Grad unter Null kalt, wenn wir Pech haben. Unsere Zelte und Anzüge sind aus dem besten Material, das es gibt, so dass uns die Kälte kaum etwas wird anhaben können. Aber das gilt nur, solange wir in der Lage sind, uns selbst warm zu halten, weil wir genug zu essen haben. Verstehst du, was ich dir sage?«

»Ich weiß, was Hunger anrichtet, Sir. Nicht im Eis, aber auf einem Wrack. Nach acht Tagen waren einige Männer drauf und dran, über die anderen herzufallen.«

Darauf erwidert er nichts. Plötzlich setzt er sich in Bewegung und ist mit zwei Schritten bei mir. Ich kann nicht weiter zurückweichen. Ein leises Klirren des Geschirrs verrät mich: Ich bibbere nicht nur vor Kälte und Erschöpfung.

»Hast du Angst?«, fragt er und sieht mir kurz in die Augen, bevor er sich bückt und das Buch aufhebt.

»In dem Spind, Sir, hatte ich Angst«, sage ich, als er wieder steht und das Buch nach Schäden absucht; er bringt es zum Pult und legt es neben die im Licht des Bullauges funkelnde Schreibmaschine.

»Du hast allen Grund, Angst zu haben.« Er kommt zurück, nimmt mir das Tablett aus den Händen und stellt es auf seine Koje.

»Ich gebe dir Brief und Siegel darauf, mein lieber Freund,

dass du der Erste sein wirst, den wir schlachten und in Scheiben schneiden, wenn uns das Essen ausgeht. Ist das ein erstrebenswertes Ziel für dich?«

»Nein, Sir. Aber ich nehme es in Kauf.«

»Du meldest dich bei Käpt'n Worsley.«

»Jawohl, Sir.«

»Und hörst auf der Stelle auf zu grinsen.«

»Ich grinse nie wieder, Sir.«

»Raus jetzt.«

Ein Lächeln huscht über seine Lippen. Shackleton lächelt, und im selben Augenblick, kommt es mir vor, hört der Regen auf, so als gäbe es für nichts und niemanden mehr einen Grund zu weinen.

11

Vorstellungsgespräche

Der Regen über dem Meer geht in Schnee über. Dicke Flocken wirbelt der nachlassende Ostwind heran, aber weil es nicht kalt genug ist, bleibt der Schnee an Deck nicht liegen, sondern schmilzt schon nach wenigen Augenblicken und überzieht alles und jeden mit einer feuchten und kühlen Glasur. Eine weihnachtliche Stille liegt über dem dunklen ruhigen Wasser, in dem die Flocken lautlos verlöschen, und sieht man hinauf in die Masten, kann es einem vorkommen, als blicke man wirklich in die Kronen dreier vom Schnee umwirbelter Tannen. Das Schiff hält ruhig Kurs auf dieser zumindest für mich märchenhaften See, und ich glaube, ich täusche mich nicht, wenn es den Anschein hat, dass auch die Männer bedächtiger sind als vor ein paar Tagen und dass ein jeder von ihnen auf seine Weise die ihm zugeteilten Arbeiten in einer feierlichen Stimmung verrichtet. Diejenigen von ihnen, die Deckwache haben und sich um die Hunde kümmern, und natürlich unsere Wantenheiligen, die schon nach ein paar Höhenmetern in der Takelung außer Sichtweite sind, weil sie das Schneetreiben verschluckt hat, tragen jetzt alle das Ölzeug aus meinem einstigen Unterschlupf. Ach mein Versteck, das schon gar nicht mehr wahr ist ... obwohl ich an so mancher gelben Kapuze, die an mir vorbei hinauf an Deck hechtet, einen dunklen Fleck sehe, einen Rest von Bakewells

Schokolade, der mir bei meiner Säuberungsaktion glatt durch die Lappen gegangen sein muss.

Käpt'n Worsley hat mir eine Bunk im Kojenraum von Bakewell, How und Holness zugewiesen. Nach der Untersuchung durch Doktor McIlroy, der mich für »kerngesund, ziemlich erschöpft, im Übrigen offensichtlich größenwahnsinnig« erklärte, habe ich einen ganzen Tag lang geschlafen, bevor ich abends meinen Küchendienst an Greens Seite aufnahm. Green ist noch immer nicht gut auf mich zu sprechen, doch er taut zunehmend auf, seit er jedes Mal aufs Neue überrascht mit ansehen muss, wie freudig mich fast alle an Bord begrüßen. Einige kommen wie zufällig in der Kombüse vorbei, bestaunen mich wie einen leckeren Braten und würden vielleicht nicht zögern, mich mit einer Gabel anzupiksen, hätte Green mehr Sinn für Humor und würde nicht jeden von ihnen ins Ritz zurückjagen.

Als ich mit meiner ersten offiziellen Terrine in der Tür stehe, hebt ein Riesengejohle an. Außer Shackleton und Worsley, die es sich lächelnd anhören, und abgesehen von Vincent und seinen geduckten Gesellen, die bloß ihre Hände kneten, stimmen alle in das Geheul ein. Es hagelt Klapse und Knüffe von allen Seiten, und ich habe Mühe, nichts zu verschütten, als Teile der Meute schunkelnd »God save our Merce!« skandieren. Bis Worsley der Gaudi ein Ende macht, indem er dazwischenruft: »Gentlemen, es ist gut! Lassen Sie uns probieren, was Green und Black gezaubert haben.«

Schließlich erscheint Green selbst in der Tür und schickt mir über Shackletons Tafelrunde hinweg einen strengen Blick, der mich falschen Merlin in die Kombüse zurückbeordert.

»Schmeckt es, Sir?«, fragt er den Käpt'n mit unzweideutigem Unterton. Allein weil er so nachtragend ist, legt man sich besser nicht mit Mutter Green an.

»Ausgezeichnet, Charlie. Was ist es? Hack vom Hund kann es nicht sein.«

»Nein, Sir. Es ist Leitwolfragout.«

Die Frotzeleien gehen noch ein paarmal zwischen Koch und Käpt'n hin und her, bis Shackleton ein Machtwort spricht und um Ruhe bittet.

Er steht auf. Leicht vornübergebeugt und indem er den Blick in die Runde schickt, hält er eine kleine Rede, die nur einmal von Doktor McIlroy und ein andermal von Mrs. Chippy unterbrochen wird: »Die Taufe ist vorbei! Gentlemen, ich danke Ihnen, dass Sie Blackboro aufgenommen haben. Er ist ein feiner Kerl, wie ich meine, und er hat mir versprochen, tüchtig mit anzupacken, wo immer er gebraucht wird. Das wird, lieber Mister Green, zunächst in der Kombüse sein. Aber weil ich ein alter Mann bin …«

»Sie sind 40, Sir. Kein Baby mehr«, sagt McIlroy, und ich denke: 40! Er sieht mindestens zehn Jahre älter aus.

»Wenn Sie wüssten!«, sagt Shackleton. »Aber wie dem auch sei: Neben seinem Küchendienst wird Blackboro mir auch persönlich zur Hand gehen. Behandeln Sie ihn ordentlich. Alle miteinander! Am besten machen Sie sich klar, dass wir von nun an 28 sind, eine Mannschaft wie ein Februar, und wir haben sogar den Schnee dazu! Seien Sie so freundlich, Mister Hurley, und machen Sie ein Foto von dieser illustren Runde, die sich jetzt bitte erhebt.«

Alle stehen wir gleichzeitig von den Stühlen auf, was für solchen Lärm sorgt, dass die Katze faucht und mit einem Satz vom Tisch in den Galleygang springt. Das Glas erhoben, blickt Shackleton ihr nach.

Wir lassen den König hochleben, trinken jeder ein Glas Port und trollen uns dann in die Kojen, zu den Plätzen der Deckwache oder, wie Green und ich, zum Spülen in die Kombüse.

Seither ist sie da, die feierliche Stimmung an Bord. Und wem wäre feierlicher zumute als mir? Shackleton hat es verkündet: Erst mit mir ist die Mannschaft komplett, und dass ich nicht der Letzte bin, sondern derjenige, mit dem wir vollzählig sind, diesen Hinweis dürfte selbst der Bootsmann verstanden haben, obwohl auch da keine Falte in seinem Gesicht ein Aufhorchen oder nur Interesse verriet.

Ich bin der 28. Mann, bin der 28. Februar. Je nachdem wie man die Sache betrachtet, antarktisch oder nicht antarktisch, bin ich ein Sommer- oder Wintertag, ein warmes Lüftchen oder schneidend kalter Gegenwind.

Beharrlich arbeitet der Schnee daran, das Schiff weiß werden zu lassen. Jeden Tag bleibt eine etwas dickere Schicht an Deck liegen und rutscht einem, wenn man nicht aufpasst, eine größere Schaufel voll Schnee aus dem Bramsegel in den Nacken. Täglich wird es gewisser, die Karten sagen es, die Luft sagt es und unsere Stimmung sagt es erst recht: Wir sind in subantarktischen Gewässern. Drei Tage, und wir werden Grytviken auf Südgeorgien erreichen.

Inzwischen hat mich bestimmt ein Dutzend weiß überpuderter Teerjacken in einem Moment, als sie sich unbeobachtet glaubten, beiseite genommen und auszuhorchen versucht. Jeder von ihnen ist ganz versessen darauf zu erfahren, wie ich es angestellt habe, den Sir herumzukriegen und ihn so zu besänftigen, dass er mich gleich zu seinem persönlichen Steward gemacht hat.

Dass ich es nicht weiß, sage ich jedem von ihnen; Shackleton und ich haben uns bloß ein bisschen unterhalten. Ich zucke mit den Achseln und setze ein gleichgültiges Gesicht auf. Und das ist nicht mal gespielt.

»Ich habe keine Ahnung, was ich für ihn tun soll«, sage ich ein Dutzend Mal, »vielleicht seine Kajüte sauber halten. Mehr kann ich dir auch nicht sagen.«

Jock Wordie, unser Geologe, ist dabei, einen Fächerkasten für Gesteinsproben zu beschriften, den McNeish für ihn gezimmert hat. Er hat die Nickelbrille auf die Glatze geschoben und lässt die Zungenspitze durch den Bart kreisen, als er mit winzigen Buchstaben beschriebene Papierstreifen auf den Holzrahmen klebt und sie mit den Fingernägeln festdrückt. Manchmal lässt er ein zustimmendes Brummen hören, wenn ich von Shackleton rede.

Die Wände der Kabine, die sich Wordie mit Clark, dem Biologen, teilt, und die beide »Auld Reekie« nennen, hängen voller kleiner Bilder und Postkarten mit Aufnahmen von Walfluken, Berggipfeln, Stilleben und spärlich bekleideten, viel zu üppigen Damen. Hunderte rätselhafter, oft kaum daumengroßer Gegenstände tummeln sich auf den Borden über den beiden Kojen. Sind das Steine oder Knochen? Vielleicht beides. Sie sehen aus wie die Splitterchen in diesen winzigen Särgen aus Glas, die in der Newporter St. Woolo's Kathedrale am Hintereingang zur Gurney Road in der in die Wand eingelassenen Vitrine stehen.

Jock Wordie ist der Erste, von dem ich erfahre, wie er selbst in Shackletons Mannschaft kam, nämlich auf Empfehlung seines Ziehvaters am Cambridger College, Raymond Priestley, der während der Antarktis-Expedition mit der NIMROD 1907 Shackletons Geologe war. Langsam dämmert mir, dass es so etwas wie eine Antarktiker-Erbfolge gibt.

»Wahrscheinlich weiß er selber noch nicht, was er mit dir vorhat«, sagt Wordie gleichmütig und kippt den Kasten um, so dass er die Rückseite mit ein paar Büchern beschweren kann. »Aber du kannst davon ausgehen, dass der Zeitpunkt kommt, an dem er es ganz genau weiß. So, ich bin fertig hier und muss jetzt zu den Hunden. Brauchst du ein Buch?«

An Bord wird gemunkelt, Wordie habe Shackleton aus der eigenen Tasche Geld vorgestreckt, damit der in Buenos Aires hat Brennstoff kaufen können.

Überhaupt wird viel von Geld geredet, am meisten von dem Geld, das angeblich fehlt. Irgendwo unter Deck soll sich ein Radioempfänger befinden, der aber, wenn das Gerücht stimmt, im Grunde bloß ein Kasten wie der für Wordies Steine ist, weil das Geld für eine Sendeanlage nicht gereicht hat. Eine plausible Erklärung, weshalb wir keinen Funker haben: Es gibt kein Funkgerät.

Gäbe es eins, wäre wahrscheinlich James, unser Physiker, auch Funker. Jimmy James ist ein zuvorkommender, liebenswerter Mann, der dir 30-mal etwas erklärt, ohne dir das Gefühl zu geben, du könntest, unter Umständen, vielleicht doch, na, sagen wir: zu schimmerlos sein, um es zur Gänze zu durchschauen. Unter dem Vorwand, mir das neue Windmessgerät zu zeigen, das er gebaut hat, lotst er mich in den »Brutkasten«, den Arbeitsraum unterm Vorderdeck, den er sich mit Hussey teilt.

Kaum habe ich mir den Schnee aus dem Gesicht gewischt, nehmen mich die beiden in die Zange, und ich muss erzählen, wie das Gespräch mit Shackleton verlaufen ist. James nickt bestätigt, presst die Lippen aufeinander und bekommt lustig hin und her flitzende Augen. Er zeigt mir den Windmesser, der an das Gestell eines viel zu klein geratenen Regenschirmes erinnert, was aber daran liegen mag, dass ich bei Jimmy James des Öfteren an Regenschirme denken muss, denn er hat mir erzählt, dass sein Vater Regenschirmmacher ist.

»Schön!«, sage ich zu dem funkelnden Ding.

Und James sagt: »Puste doch mal!«

Ich puste, und sofort dreht sich das kleine Windrad einige Male, völlig lautlos und so leicht, dass es nicht aus Metall zu sein scheint.

»Kommt oben aufs Dach«, meint Hussey, der vor einem ofenartigen Gerät mit mehreren daran montierten Zeigerkästen sitzt. Er plinkert mir zu und sagt: »Jimmy, erzähl du doch mal, wieso Shack dich genommen hat. Wie war das noch, hm?«

Erst ziert sich James ein bisschen, aber dann erzählt er, dass das Ganze im Grunde von Beginn an ein einziger Witz gewesen sei. Er war in Cambridge fast mit dem Studium fertig, als ihn eines Nachmittags ein Nachbar, den er kaum kannte, aus dessen Fenster heraus ansprach und fragte, ob er nicht Lust habe, als Expeditionsphysiker an den Südpol zu fahren.

»Ich sagte ohne zu zögern: Nein. Ein paar Tage später ließ mich mein Professor zu sich kommen und erzählte mir, dass Shackleton, der Antarktisfahrer, händeringend wissenschaftliche Mitarbeiter für die erste Zu-Fuß-Durchquerung des Kontinents suche. Ob ich interessiert sei. Ich sagte nein, fragte aber, wie lange die Expedition unterwegs sein würde. Professor Shipley wusste es nicht. Aber ich sei doch Physiker, sagte er, ich könne mir doch ausrechnen, wie lange man zu Fuß für etwa 3000 Kilometer brauche.«

Hussey lacht leise, während er mit einem Fingernagel gegen das Glas eines Zeigerkastens klopft.

»Und das ist nur der Anfang«, sagt er.

James erzählt weiter: »Drei Wochen später kam ein Telegramm von Shackleton persönlich. Er beorderte mich nach London in sein Büro. Shipley hatte mich derweil weich gekocht und mit allem Möglichen geködert. Also fuhr ich hin. Das Gespräch dauerte keine fünf Minuten. Shackleton fragte mich nach dem Zustand meiner Zähne, wollte wissen, ob ich Krampfadern hätte, ob ich gutmütig sei und ob ich singen könne. Die letzte Frage verwunderte mich dann doch etwas, deshalb fragte ich nach, und er sagte: Oh, ich meine nicht wie Caruso. Es reicht, wenn Sie mit den anderen mitgrölen können.«

Wir witzeln und feixen eine Weile, und Hussey stimmt sogar ein Liedchen an, damit ich das Grölen von James kennen lerne. Dann ist er an der Reihe. Er erzählt, dass er als Anthropologe der Wellcome-Expedition im Sudan war, als er in einer alten Zeitung Shackletons Aufruf las. Er bewarb sich und wurde zum Vorstellungsgespräch geladen. Es verlief ganz ähnlich. Shackleton musterte ihn ein paarmal, ging ein paarmal auf und ab und sagte schließlich: »Ich nehme Sie. Sie sehen lustig aus.« Dass Hussey so gut wie keine Ahnung von Meteorologie hatte, spielte keine Rolle. Er sollte einen Intensivkurs belegen, was er auch tat.

»Ich glaube, wonach er sucht«, sagt Hussey, »ist Vielseitigkeit. Er wollte keine Spezialisten dabeihaben, sondern Männer, die Talent zu möglichst vielem haben. Er hat eine genaue Vorstellung von der Balance der Mannschaft, glaubt es mir. Sie soll für jede Situation gerüstet sein.«

»Abgesehen davon, dass er Recht hat«, sagt James. »Du siehst lustig aus, Uzbird!«

Stimmt. Alles an Hussey ist kleiner als gewöhnlich. Er sieht aus wie der niedliche Vertreter einer Gattung, von der es nur ein Exemplar gibt, nämlich ihn. Aber er ist nicht nur der kleinste an Bord, sondern auch der schnellste, wie mit dem Kopf so mit dem Mundwerk. Außerdem spielt er Banjo, was zwar nicht alle mögen, doch was keiner missen will, denn Uzbird kennt lauter traurig-schöne Melodien. Er begleitet mich noch ein Stück über das verschneite Deck und erklärt mir, dass, was das Wetter anbelangt, wir voerst das Schlimmste bald hinter uns haben: Die ENDURANCE befindet sich jetzt am Ende der wilden Vierziger, jener Breitengradregion, die das stürmischste Meer der Erde bezeichnet. Zwischen Feuerland und Südgeorgien rast die See unbehindert von Land immer rundherum um die südliche Kappe des Globus.

»Wir haben Glück!«, schreit Uzbird, als wir einen Moment lang an der Reling verschnaufen. »Haben's gut getroffen. Bis jetzt zumindest!« Wie er neben mir steht, reicht er mir gerade bis zur Brust.

Ein paar Stunden später laufen wir in einen Hagelschauer, der die meisten Männer an Deck treibt: Im Donnern der vom Himmel prasselnden Brocken reffen Bakewell und die anderen Decksmatrosen die Marssegel, bevor sie steif frieren und reißen oder sogar durchschlagen werden. Greenstreet brüllt durch den Sturm und gibt Kommando, ohne Ausnahme alle Hunde in die Zwinger zu sperren, auch diejenigen, die frei auf dem Vorderdeck herumlaufen dürfen, weil sie inzwischen zutraulich sind. Der Bos'n kommt vorübergeprescht, rempelt mich an und mault mir noch nach: »Aus dem Weg, Blödian!«

Er dreht sich kurz um und bleckt die Zähne.

Aber so schnell, wie der Hagel begonnen hat, hört er auch wieder auf. Von einer zur anderen Sekunde flauen die Böen, eben noch kräftig genug, um das Eis wie Geschosse quer durch die Luft zu treiben, zu einer kalten Brise ab, in der wie zuvor, als sei nicht das Geringste geschehen, still und stetig Schnee fällt. Plötzlich ist auch Shackleton an Deck. In einer schwarzen Wetterjacke, eine Wollmütze auf dem Kopf, steht er allein an der Achterdecksreling und sieht sich das Schauspiel an. Die aufgewühlte See ist kobaltblau. Kein Stück Himmel lässt sich blicken, eine Decke aus Schneegewölk hängt über dem Schiff, hängt über dem Meer, so weit das Auge reicht.

Der Sir geht zu Greenstreet, und der gibt Befehl, die Marssegel wieder zu hissen. Ohne Murren, mit völlig gleichgültigen Mienen, steigen Bakewell und die anderen erneut in die knöcheldick gefrorenen Wanten.

»Mann besetz Ausguck!«, schmettert Greenstreet, und im nächsten Moment meine ich McCarthy zu erkennen, einen jungen Iren, der wegen seines wundervollen, nichts und niemanden verschonenden Humors bei allen sehr beliebt ist, wie er von der Marsrahe hinaufklettert zur Bram und dann weiter, bis ich ihn im Schnee nicht mehr sehe. Und dabei hat McCarthy erst zwei Drittel des Aufstiegs zum Krähennest am Masttopp hinter sich.

»Besonders glücklich sieht er nicht aus«, sagt Holness und nickt in Richtung des Sirs, der seine alte Position an der Reling eingenommen hat. Holness steckt nur den Kopf aus der Kajüttür, die unter Deck führt; er sei auf der Suche nach mir: Doktor Macklin wolle mit mir reden.

»Was ist los?«, frage ich und meine damit, ob er wisse, was Mack von mir wolle.

Holie missversteht mich: »Eisberge. Das ist los. Bei dem Wetter kann es gut sein, dass sich einer in diese Breiten verirrt. Ist ein Mann im Fass?«

Das Krähennest der ENDURANCE sieht aus wie ein schmales weißes Regenfass.

»Ja. Ich glaube, McCarthy ist oben.«

»Eisberge«, wiederholt Holness. »Die sieht man bei Schneetreiben von da oben natürlich bloß dann, wenn sie einem praktisch zuwinken, und dafür müssen sie schon haushoch über Wasser sein. Kein Wunder, dass sich der Chef Sorgen macht. Kommst du also runter?«

Ich folge ihm unter Deck. Kaum sind wir im Kajütgang allein, hält Holie mich an und sagt: »Du, ich wollte dich schon die ganze Zeit danach fragen: Wie war es denn eigentlich mit Shackleton?«

12

»Kormorane, hoiho!«

Mick und Mack ergänzen sich hervorragend, nicht nur in ihrer Funktion als Bordärzte. Doktor McIlroy ist groß, schlank, gut aussehend und ein echter Zyniker; Doktor Macklin dagegen ist nicht groß, nicht schlank, er ist keine Schönheit, aber von ausgesuchter Herzlichkeit. Mick und Mack sind etwa gleich alt, Ende zwanzig schätzungsweise, und beide genießen ein gleichermaßen hohes Ansehen bei den Männern, denn beide lieben ihre Kunst und üben sie aus, ohne viel Aufhebens davon zu machen. Und noch eine Liebe haben Mick und Mack gemeinsam: Indien; Macklin, weil er dort geboren wurde, und McIlroy, weil er lange dort gelebt hat.

Bei Tee und Zigaretten sitzen sie an der Tafel des Ritz, das sonst völlig leer ist. Nur in der Galley sieht man ab und zu Green hin und her gehen, der aber beschäftigt ist oder sich zumindest so gibt.

»Da kommt der Mann aus dem Schrank«, ruft McIlroy erfreut, als ich näher trete, »die Made in der Schokolade!«

Nichts, wozu Mick nicht ein Spruch einfiele, nichts bringt ihn zum Schweigen, und seine Vergleiche sind immer boshaft.

Ein kurzes Gespräch über mein Befinden, und alle drei, Mick, Mack und Merce, stimmen wir darin überein, dass ich völlig wiederhergestellt bin.

Habe mich der Boss also nicht aus dem Gleichgewicht gebracht. Apropos ... wie es denn verlaufen sei, mein Tête-à-tête.

So allmählich gewinne ich Übung in der Berichterstattung meines denkwürdigen Einstellungsgespräches. Und dass scheinbar jeder, dem ich auf Verlangen meine kleine Geschichte erzähle, die seine zum Besten gibt, ohne dass ich danach gefragt habe, verwundert mich schon lange nicht mehr.

McIlroy kam mit Malaria aus Indien zurück nach London und sprach bei Shackleton vor. Der wunderte sich, weshalb der junge Arzt, der vor ihm stand, nicht aufhörte zu zittern, und wusste sich schließlich nicht anders zu helfen als dadurch, einen Arzt zu rufen.

Der junge Arzt, der McIlroy zu Hilfe eilte, war Macklin. Angeblich erregte er Shackletons Wohlgefallen, als er auf dessen Frage, weshalb er eine Brille trage, antwortete: »Viele kluge Gesichter würden ohne Brille sehr dumm aussehen.«

Als Doktor McIlroy genesen war, bot ihm Shackleton einen Vertrag an unter der Bedingung, dass er Doktor Macklin überzeuge, gleichfalls mitzukommen. Und Mick überredete Mack, indem er versprach, mit ihm gemeinsam nach Indien zu reisen, wenn sie beide vom Pol zurück wären.

An selber Stelle verwickelt mich ein paar Stunden später Wild in ein Gespräch. Ich decke im Ritz den Tisch für die Männer der Freiwache, und Shackletons Stellvertreter sitzt über einer Seekarte, auf der er, wie er mir erklärt, Wetterbewegungen und Tiefenlotungen einträgt.

»Nein, kein Eis in Sicht«, antwortet er auf meine Frage; dennoch sei Vorsicht geboten, da Schneetreiben und Nebelbänke die regelmäßige Positionsbestimmung erschweren.

Wild will wissen, ob ich etwas von Längengradberechnung verstehe.

»Nein, Sir, leider nicht. Aber von Wordie habe ich mir ein Buch über Navigation ausgeliehen, ›Log, Lot und Länge‹.«

»Soso, ›Log, Lot und Länge‹«, murmelt er und schmunzelt. »Ein gutes Buch, wirklich. Falls dir etwas unklar sein sollte, kannst du gern zu mir kommen und mich fragen. Hier …«, mit dem Zirkel zeigt er auf ein paar dicht beieinander liegende, winzige dunkle Punkte auf der Karte. »Das sind die Shag-Felsen, die wir demnächst passieren wollen. Sechs Klippen mitten im Meer, die höchste 70 Meter hoch. Sehen aus wie eine Gruppe schwarzer Eisberge. Wenn wir sie hinter uns haben, können wir alle ruhiger schlafen.«

Nicht jeder mag dieses immer etwas verkniffene, vielleicht ja sogar wirklich verschlagene Energiebündel Frank Wild. Einige meinen, Wild würde darunter leiden, nur Shackletons Stellvertreter zu sein, leiden vor allem deshalb, weil er selbst merke, dass ihm im Gegensatz zu Shackleton, der schließlich auch nichts anderes gewesen sei als Scotts dritter Mann, Mut zu eigenen Plänen fehle, ganz zu schweigen vom nötigen Durchsetzungsvermögen. Sogar bei Bakewell, der ansonsten tolerant bis zur Blauäugigkeit ist, kann Wild nicht landen, dessen Art er für zugleich kriecherisch und autoritär hält. Auch weil er kaum größer ist als der kleine Uzbird, heißt Wild »Zwerg Boss« bei den Matrosen, wenn sie unter sich sind. Ein Witz, der die Runde gemacht hat, bevor er Worsley zu Ohren kam und daraufhin vom Bos'n auf den Index gesetzt wurde, lautet: »Weißt du, wieso man Mister Wild nur hört, aber nicht sieht, wenn der Sir ins Fass steigt? Weil er mit oben ist. Er steckt in Shackletons Gesäßtasche und ruft ›Ich bin der Größte!‹.«

Wobei die »Gesäßtasche« noch die harmlosere Variante des Witzes ist.

Ich mag Frank Wild. Ich mag ihn nicht nur, weil er mich in seiner zuweilen traurigen Verhärmtheit an meinen Bruder erinnert, sondern vor allem deshalb, weil er abgesehen von Tom Crean der Einzige ist, der, wenn er von Shackleton redet, keine Schnurren erzählt.

Und nicht einmal Crean wagt es, eine Sichtweise Shackletons in Zweifel zu ziehen; Wild tut es, und er tut es ungeachtet der Tatsache, dass es ihm als Missgunst ausgelegt wird. Keiner kennt Shackleton besser. Keiner liebt ihn so sehr. Keiner von denen, die fast alle gute Kerle sind, aber zu Spöttern und Neidern werden, wenn es um den zweiten Mann an Bord geht, scheint sich zu fragen, weshalb Shackleton ausgerechnet den in sich gekehrten, fantasielosen und verbissenen Wild zu seinem Stellvertreter gemacht hat.

Eine Zeit lang stehe ich dicht bei ihm und habe den Schweißgeruch in der Nase, den Wild verströmt. Er lässt den Zirkel über die Seekarte wandern. Ein großes weißes Ungetüm mit gerecktem, spitz zulaufendem Horn ist darauf eingezeichnet: Antarktika und seine im weiten Bogen nach Nordwesten verlaufende Halbinsel. Die Ausbuchtung zwischen Rücken des Horns und Stirn des Ungetüms ist auf der Karte in Hunderte winziger scherben- und splitterförmiger Felder zerteilt; sie stellt eine mit Eisschollen übersäte Wasserfläche dar, »so groß wie Frankreich«, sagt Wild und legt den Zirkel beiseite.

»Der Erste, dem es gelang, da hineinzufahren«, mit einem braunen Fingernagel tippt er auf die Bucht, »war Weddell, und das erst 1823. Da wollen wir hin, ins Weddellmeer.«

»Merce, die Gläser, die Flaschen! Hopp!«, ruft Green aus der Galley.

Wild fährt unbeirrt fort: »Sieh mal: An der Südküste gibt es eine kleine Bucht, hier. Das ist die Vahselbucht. Bei eisfreier See kommen wir da bis ans Schelfeis heran und können das Schiff an der Barriere festmachen. Wir laden den ganzen Krempel direkt aufs Eis. Was sagst du dazu?«

Ich bin beeindruckt, kann es mir aber nicht vorstellen und sage statt etwas Dummem lieber nichts. Außerdem kommt gerade Hudson, der Navigator, herein und meldet, dass die jüngste Tiefenlotung achtzig Faden ergeben habe; das Lot habe schwarzen Sand und Kies nach oben befördert.

Wild wendet sich wieder Zirkel und Karte zu.

»Die Shag-Felsen«, murmelt er, »na also.«

Und ich trolle mich zu Green, der mir mit gereiztem Piepen einen Tritt vor die Gesäßtaschen androht.

Nachdem sich die Meute der Freiwache gesättigt hat und in Greens Reich Friede eingekehrt ist, suche ich mir ein stilles Plätzchen unter einem Bullauge und sehe abwechselnd hinaus in das Schneetreiben und in Wordies Buch von Log, Lot und Länge. Grau, schwarz und weiß, ein perfekt getigertes Chaos auf vier Beinen, kommt die Katze unter dem Tisch hervor und fährt mir mit lautem Schnurrmotor um die Beine. Ich hebe sie auf den Schoß, Mrs. Chippy macht es sich bequem und blickt eine Weile so verständnislos und fasziniert wie ich auf die Buchseiten, bevor sie einschläft.

Denn was der Verfasser, Kommodore Robert FitzRoy, Kapitän von Charles Darwins BEAGLE, an wegweisenden nautischen Erkenntnissen da zusammengetragen hat, ist so trocken wie Sägemehl im Sommer. Auf Seite 7 habe ich meine Schelfeisbarriere erreicht und werfe den Krempel aus Quadranten, Sextanten, Chronometern und Mondtafeln über Bord.

Meine Leidenschaft für die Zahlen hat Grenzen. Die Entfernung von Fingerspitzen zu Fingerspitzen bei einem durchschnittlich großen Mann, der die Arme seitlich von sich streckt, ergibt, so FitzRoy, die Länge eines Fadens: 6 Fuß oder 1,829 Meter. Wilds Faden dürfte um einiges kürzer sein.

80 Faden tief ist das Meer, in das dieser Schnee stürzt, unaufhörlich, unaufhaltsam. 146 Meter, wahrlich nicht tief, wenn man bedenkt, dass wir auf hoher See sind.

Ich klappe das Buch leise zu, um Mrs. Chippy nicht zu wecken, und sehe hinaus. Alles lässt sich mit Zahlen erhellen: Tiefe der See, Größe des Schiffs, Niederschlagsmenge. Auf vier Zwiebacke, ein paar Gramm Trockenobst und einen Happen Ponyfleisch war die Tagesration der Männer geschrumpft, mit denen Shackleton vor fünf Jahren versuchte, den Südpol zu erreichen. Hundert Kilometer vor dem Ziel machten sie kehrt, um auf dem Rückweg nicht zu verhungern. Und als Wild am Ende seiner Kräfte war, steckte ihm Shackleton einen von seinen letzten Zwiebacken zu.

Nachdem auch die Männer der zweiten Wache gegessen haben, bestellt mich der Käpt'n noch einmal zu sich. Über dem Meer wird es dunkel, aber der Schneefall hat nachgelassen, als ich übers Deck stapfe. In beiden Achterhauskajüten brennt Licht. Worsley möchte wissen, wie ich mich eingewöhnt habe und ob ich mit Koje, Dienstzeiten et cetera zufrieden sei.

Ich bin es.

»Fein! Und wie wir alle hören konnten, ist der Sir auch zufrieden mit Ihnen. Sind wir also alle zufrieden.«

Einen Moment lang strahlt er mich an.

Ich ergreife die Gelegenheit: »Sir! Ich möchte mich entschuldigen. Ich hätte diese Bemerkung nicht machen dürfen, auch dann nicht, wenn ich wirklich der Meinung wäre, dass …«

»Sie verzetteln sich«, unterbricht er mich. »Lassen Sie's gut sein, Blackboro. Sie hat durchaus etwas Heldenhaftes, Ihre kleine Bemerkung.«

»Nein, es war töricht.«

»Das sind keine Gegensätze. So hat wohl jeder von uns seine eigene Erfahrung mit dem Chef gemacht. Inzwischen dürfte Ihnen einiges davon zu Gehör gebracht worden sein. Stimmt's?«

»Ja, Sir.«

»Haben Sie mit Crean über Shackleton gesprochen?«

»Nein, Sir.«

»Dann tun Sie das. Allerdings sollten Sie Crean gegenüber wenn möglich Ihre Helden-Ansichten für sich behalten. Der ist nämlich auch ein Held. Tut mir leid, Ihnen das sagen zu müssen, Merce, aber Sie sind umzingelt von Helden. Meinen Sie, Sie schaffen das?«

»Ich versuche es, Sir.«

»Ausgezeichnet. Wissen Sie, wie ich den Sir kennen gelernt habe? Ich habe von ihm geträumt. Besser gesagt, ich habe geträumt, ich müsse ein Schiff durch die mit Eisblöcken verbarrikadierte Burlington Street steuern. Kennen Sie die Burlington Street? Sie liegt im Londoner West End. Eine feine Straße, Packeis gibt es dort keins. Am nächsten Morgen ging ich hin und fand an Haus Nr. 4 ein Schild: Imperial Trans-Antarctic Expedition. Ich habe Shackleton hypnotisiert, so dass er keine Wahl hatte und mich zu seinem Skipper gemacht hat. So ist es gewesen, oder doch so ungefähr. Sie müssen nicht alles glauben, was Ihnen diese Seeleute erzählen, Merce!«

Ich verspreche es. Und ich bin schon am Gehen, als Land ausgerufen wird, Land steuerbord voraus. Durch das Schiff donnert das Getrampel der Männer, die an Deck stürmen und genauso an der Reling Position beziehen wie Shackleton, Wild, Worsley, Greenstreet und alle anderen. Von Bug bis Heck ist die eingeschneite, sternenfunkelweiße ENDURANCE in heller Aufregung, und sogar die Hunde jaulen, als würden sie feiern, wie wir vorbeisausen an den schwarz und vollkommen still in sicherer Entfernung aus dem Wasser ragenden sechs Zacken der Shag-Felsen.

»Hoiho!«, brüllt einer der Männer auf dem Mitteldeck, zu denen ich mich gestellt habe, »Kormorane, hoiho!«

Alle anderen blicken stumm, aufgereiht an der Reling, zu der Klippenreihe hinüber, wo eine Wolke aus Vögeln durch den dunkelblauen Himmel zieht, Kaptauben, Sturmschwalben, Kormorane, die die alten Seefahrer Shags nannten, weswegen das Riff, das ihnen gehört, ihren Namen bekam.

Ich sehe Bakewell. Mit funkelnden Augen schaut er übers Wasser und staunt die Felsengruppe an, auf die noch keiner einen Fuß gesetzt hat. Was sollte er auch da? Ich drücke mich an den Rücken meines Freundes und halte ihn so fest, wie ich kann, damit er mir nicht über Bord springt. Versuche einer, uns zu trennen! Kein Blatt Papier passt zwischen uns, und hätte es der König persönlich unterschrieben. Es gibt nur eins, was zwischen uns ist, und selbst das ist ein Glücksbringer.

Zweiter Teil

DIE AUSGELASSENE KÜSTE

Grytviken – »Woher das Schwein?«
Der Ausflug – Ein junger Held
Der Jonas-Orden – Die Bibliothek
Skipperliebling – Die Predigt
Cook oder: Wo wir sind, wissen wir
nicht genau – Im Eis

1

Grytviken

Die schwarzen Berge, das weiße Land und das bis auf den Grund klare Wasser in dem Fjord, durch den wir hineingefahren sind, erinnern mich an einen Traum. Ich hatte ihn vor einigen Jahren mehrere Nächte hintereinander, wahrscheinlich weil damals meine Schwester bei mir im Bett schlief.

Ich entsinne mich, dass es tiefer Winter war. In der alten Fischfabrik von Pillgwenlly gab es einen Unfall, bei dem der Vorarbeiter Alec Garrard beide Hände verlor. Für ihn kam ein junger Mann aus Cardiff angereist. Und weil sie mit der Familie des verunglückten Vorarbeiters befreundet sind, gaben meine Eltern dem jungen Herrn vorübergehend Regyns Zimmer zum Quartier. So kam eines Mittags, eingemummelt in Mantel, Mütze und Schal, mit winzigen Eiszapfen in Augenbrauen und Bart, Herman durch den Garten gestapft und bezog, ohne es zu ahnen, das Zimmer seiner späteren Frau.

Ich hatte lange nicht mehr mit Regyn unter einer Decke geschlafen, zuletzt irgendwann als wir beide noch Kinder waren und uns wenig dabei dachten, wenn wir bei Mynyddislwyn nackt im Usk schwammen, um nach Krebsen zu tauchen. Ich lag da im Dunkeln, die Lider aufgeklappt wie ein Vampir, und spürte und scheute die Wärme, die Regyns Körper verbreitete. Meine Schwester atmete gleichmäßig und ruhig, und ich fragte mich lange, ob sie wohl nur so tat, als schlafe sie. Ich nämlich hörte jeden Schritt und jedes Geräusch des fremden Mannes, der hinter der Wand auf und ab ging, und ich konnte mir nicht vorstellen, dass es Regyn anders erging.

Das Seltsame an dem Traum, den ich in dieser Nacht zum ersten Mal hatte, war, dass er nicht allein aus Bildern und Tönen bestand, sondern dass die Bilder und Töne mir wie aneinander gekoppelte Teile eines orgelähnlichen Mechanismus vorkamen, den ich mit geringsten Körperbewegungen selber bediente. So weiß ich noch, dass ich unter dem lauten Hallen meiner Schritte eine steinerne weiße Wendeltreppe hinaufrannte und dass ich, oben angekommen, wo nichts war außer einer leeren Wand, aufwachte und mich um Regyns Rücken gekrümmt fand, gekrümmt wie die Treppe in meinem Traum.

Herman wohnte eine ganze Woche lang in Regyns Zimmer, und in jeder der sechs oder sieben Nächte, die sie und ich uns mein Bett teilten, träumte ich denselben Traum von mir als der Körperorgel. Der Traum hat keine eigentliche Geschichte. Eine Gruppe von Zwergen kommt darin vor, ein Dutzend gesichtsloser, vollkommen gleich aussehender, mit Kapuzenmänteln bekleideter Männlein, die ich dabei beobachte, wie sie hintereinanderher an einem Fluss entlang über eine schneeweiße, von schwarzen und baumlosen Berggipfeln umgebene Landschaft stapfen. Und doch gibt es nichts außer den Zwergen und mir: Das Land ist so weiß, die Berge so schwarz, dass sie wie eine Schrift erscheinen, die man nicht lesen kann und deren Sinn sich nicht erschließt. Der Fluss führt kein Wasser. Er ist einfach nur leer. Ich bin untrennbar mit den Zwergen verbunden. Ihre Gruppe bewegt sich, wenn ich mich bewege. Sie bleiben stehen, wenn ich mich nicht rühre. Mit manchmal schrillen, manchmal dumpfen Tönen, einem leisen, aber durchdringenden Gellen und einem alles überdeckenden Brummen steuere ich die Männlein, lenke sie, wie mir allmählich bewusst wird, zu mir. Ich kann mich nicht erinnern, dass es mir damals klar war, heute bin ich mir sicher, dass jeder der Zwerge für eines meiner Glieder stand: einer für einen Arm, ein anderer für ein Bein, einen Fuß oder einen Finger.

Die Landschaft blieb immer dieselbe, sie war immer bloß leer, die Berge mit den weißen Gipfeln und den schwarzen, nackten Hängen liefen endlos an den leeren, nichts begrenzenden Ufern dahin. Erst als die Zwerge in einem weiten Bogen auf mich zumarschiert waren und dicht vor mir standen, rannte ich davon und hastete die Treppe hinauf, an deren kahlen Ende ich immer aufs Neue aufwachte. Dann rückte ich von Regyn weg, drehte mich zur Wand und horchte. Manchmal hörte ich, wie Herman schnarchte. Und in der letzten Nacht mit Regyn wachte ich auf und lag wieder allein in meinem Bett. Wie meine Schwester war der Traum verschwunden und kam nicht wieder.

Ich hätte nie für möglich gehalten, einmal ein Land wie das aus meinem Traum wirklich kennen zu lernen.

Wir haben anderthalb Tage Fahrt seit den Shag-Felsen hinter uns. Das Wetter ist immer noch unbeständig, aber es ist stetig kälter geworden. Am Morgen hat der Ausguck Land gemeldet. Wir haben die kleinen Eilande Willis und Bird passiert und sind dann in gebührender Entfernung unter gerefften Marssegeln die immer wieder in Schneeböen verschwindende Nordküste hinabgefahren.

Die schwarzen Berge, das weiße Land und das bis auf den

Grund klare Wasser in dem Fjord, durch den wir hineingefahren sind ... das Land, das ich meine wiederzuerkennen, ist die Insel Südgeorgien.

In völliger Windstille werfen wir in der Ostcumberland-Bucht vor Grytviken Anker. Ein mächtiger alter Walfänger, dessen Stars-and-Stripes-Banner Bakewells Herz höher schlagen lässt, liegt in Rufweite, und die Wohnhäuschen und Flenserbaracken am Ufer sehen aus wie von den schwarzen Berghängen gerutscht und liegen geblieben im Schnee. Cheetham und Hurley, die beide schon hier waren, erläutern mit großen Gesten Grytvikens Sehenswürdigkeiten: Dort werden die Wale an Land geschleppt, da unter den Kranen, die aussehen wie Kapellen mit Angelruten, zerlegt man sie, und gleich da vorn steht auch das echte Gotteshaus, der Ort, wo Pastor Gunvald, mit dem laut Cheetham nicht gut Kirschen essen ist, die Walfängerseele zerlegt und nach Gottes Gesichtspunkten wieder zusammenfügt. Der schmutzig gelbe Turm von Grytvikens Kirchlein ist noch nicht mal so hoch wie der Mast, an dem die gleiche Flagge in der Windstille hängt, die seit drei Jahren am Pol aufgepflanzt steht: das norwegische Kreuz.

Zwei der drei Beiboote sind klar. Wenn der Sir bestimmt hat, wer an Bord Wache schiebt und die Hunde versorgt, geht es hinüber. Ich platze vor Spannung, denn angeblich ist der Leiter der Walfangstation Roald Amundsens Schwager.

Wild und Greenstreet bleiben mit sechs Mann zurück, darunter zum Glück der Bos'n und der Heizer Stevenson, leider aber auch Holness, den ich mittlerweile sehr liebe. Wir anderen, zu zehnt in jedem der zwei Kutter, legen ab und rudern, pullen johlend und grinsend Achter gegen Achter, denn mehr Riemen haben die Boote nicht. In meinem steht Shackleton im Bug, während Käpt'n Worsley steuert. Drüben lassen die Veteranen die Jungspunde sich austoben. Derweil ihr Boot dahinsaust und eine Länge Vorsprung herausholt, stopft sich Crean einhändig die Pfeife. Einmal guckt er herüber, und ich meine, wie einen langsamen Blitz ein Lächeln in seinen Mundwinkeln zu sehen; aber sicher bin ich mir nicht.

Die Berge auf der Insel scheinen weder zur Erde noch zum Himmel zu gehören. Der Himmel ist vollständig weiß, und genauso weiß sind die Hände und Finger der Gletscher, die über die Hänge bis ins Wasser der Bucht greifen. Die schwarzen Felsgrate und darüber die Gipfel sehen aus, als würden sie in der Luft stehen, und die Luft ist so schneidend kalt, dass man einen darin schwebenden Berg schon deshalb für gut möglich hält, weil man nicht lang hinaufsehen kann. Unentwegt blinzeln die Augen vor Kälte.

Als unser Boot die Hälfte der Strecke bis zum Anleger hinter sich hat, habe ich mich langsam an die Kälte gewöhnt und sehe deutlicher, wie die Insel beschaffen ist: Entlang der gesamten verschlungenen Küstenlinie der Bucht treffen sich Land und Eismeer in einem Gewirr aus blauschattigen Druckfalten und Gletscherfurchen. Die um den Fjord laufenden Felswände reflektieren das weiche Schneelicht, und wie ein glitzernder Hauch liegt ein Blauschimmer über dem Wasser, durch das wir fahren. Es riecht wie im verschneiten Tannenwald.

Aber nicht lange.

»Zwei Strich backbord, Käpt'n!«, ruft Shackleton, nicht aufgeregt, aber doch bestimmt. Ich pulle und kann nicht sehen, was in meinem Rücken ihn dazu veranlasst. Bis ich es rieche. Und bis ich sehe, dass das Wasser erst violett und dann rot wird, blutrot.

Ein grässlicher Verwesungsgestank liegt über der Buchtmitte.

»Gott, wie abscheulich«, sagt Hussey neben mir und drückt die Riemen aus dem Wasser. Die Ruderblätter auf Kopfhöhe, zieht unser Boot lautlos durch das rote Wasser, und jetzt recken wir die Hälse bugwärts. Die Wale treiben Seite an Seite, fünf oder sechs miteinander verzurrte und über eine quer darüber liegende Planke verbundene Kadaver, die Köpfe unter Wasser; nur die Mäuler schauen ein Stück heraus, Kiefer mit Zähnen, die jeder so dick und lang sind wie ein Männerschenkel.

»Pullt!«, ruft Shackleton. »Das hält ja kein Mensch aus. Pullt!«

Wir passieren eine weitere Kadavergruppe, dann lässt der Gestank allmählich nach. Creans Boot macht schon fest, und die Norweger helfen den Männern die Leiter hoch und begrüßen sie.

»Eine große Ehre, Sir Ernest!«, sagt einer der hageren Walfänger zu Crean, der sofort rot anläuft und den Irrtum richtig zu stellen versucht, indem er sich bückt und dem Sir auf den Landesteg hilft.

»Darf ich vorstellen: Tom Crean«, sagt Shackleton, sobald er oben steht und noch bevor er sich selbst zu erkennen gibt.

Das Wasser, das gegen den Anleger plätschert, ist noch genauso rot.

Wir sitzen bis tief in die Nacht hinein mit einem Dutzend trinkwütiger Norweger zusammen im Saal ihres Haupthauses. Der Boden ist, wie die Werkstatt meines Vaters, ganz mit

Sägemehl bedeckt. An den Wänden hängen Walkiefer, Harpunen und Fotos des Königs von Norwegen, der an einer Harpunenkanone posiert. Tiefes Brummen, dann ein Knall und lang anhaltendes Sirren ... auch einige der Geräusche aus dem Traum höre ich auf Südgeorgien wieder. Der plötzliche Lärm, der bedrohlich nah klingt und einem durch Mark und Bein geht, stammt von einem Gletscher, von dem seit Tagen Eis abbricht und in die See sinkt. Jeder Knall bedeutet einen neuen Eisberg. Je lauter der Knall, umso größer der Berg.

»Keine Bange!«, lacht mir Fridtjof Jacobsen ins Ohr und haut mir von hinten seine Pranken auf die Schultern. Nein, er ist nicht Amundsens Schwager. »So hört es sich an, wenn ein Gletscher kalbt! Und das –«, wir hören wieder das langgezogene Sirren, es klingt wie ein aus großer Höhe abschmierender Doppeldecker, eine Sopwith Camel, »das jetzt ist die Lawine, die den Nordenskjöld-Gletscher herunterkommt, um den neuen Eisberg zu verabschieden.«

Der piekfein zurechtgemachte Kapitän Jacobsen klatscht einmal sachte auf meine Ohren und gibt mir einen Kuss auf den Hinterkopf. Nein, Amundsens Schwager heißt Sørlle, Thoralf Sørlle, und der ist Leiter der Stromness-Walfangstation fünfundzwanzig Kilometer weiter nördlich.

Das beständige Brummen hat nichts mit kalbenden Gletschern oder in den Fjord stürzenden Lawinen zu tun; es stammt von dem Generator, der Grytviken mit Elektrizität versorgt. Sogar die Schweine- und Hühnerställe, sagt man uns, sind beleuchtet. Und tatsächlich, als wir ins Freie treten, weist uns ein Band gelb und rot leuchtender Girlanden den Weg durch die Dunkelheit zum Hafen. Das Generatorenhäuschen stand ursprünglich in Strømmen, dem Dorf in Norwegen, aus dem die meisten von Jacobsens Männer stammen.

Auch die Strømmener Kirche wurde in Teile zerlegt, hergeschafft und hier wieder aufgebaut. Derzeit ist sie verwaist. Pastor Gunvald weilt auf den Falkland-Inseln, wird aber rechtzeitig zurück sein, um vor unserem Aufbruch ins Eis den Gottesdienst für uns abhalten zu können.

Vor Kapitän Jacobsens Wohnhaus bleibt unser Tross geschlossen stehen – auch wenn einige von uns Mühe damit haben, so sehr schwanken sie. Betrunken wie von dem norwegischen Starkbier habe ich Bakewell noch nicht erlebt. Wordie und Hussey hören nicht auf zu kichern, rupfen einander die Mützen vom Kopf und zerzausen sich gegenseitig die Haare. Das Haus ist hell erleuchtet. Der sternenlose Nachthimmel steht darüber, und in der Ferne hört man wieder den Gletscher.

Kapitän Jacobsen stellt uns seine junge Frau vor, die einzige Frau auf der Insel, ach was, die einzige im ganzen Südpolarmeer, wie er stolz verkündet. Frau Jacobsen gibt jedem von uns die Hand, stellt sich jedem mit ihrem Vornamen vor, so dass sie zwanzigmal hintereinander dieselben zwei Wörter sagt: »Stina. Hallo«, »Stina. Hallo« …

Und weil er einen untrüglichen Sinn für Kurioses zu haben scheint, macht uns Jacobsen auf noch etwas Merkwürdiges aufmerksam: An den Erkerfenstern seines Hauses hängen Blumenkästen, und darin blühen Geranien. Es sind die einzigen Blumen auf der Insel, die einzigen Blumen im ganzen Südpolarmeer …

… »Stina. Hallo«, »Stina. Hallo.« Die hübsche, aber schon ein wenig verblühte Stina Jacobsen hat jeden von uns begrüßt. Jetzt müssen wir uns verabschieden.

Die Jacobsens und ein kleiner Trupp Walfänger, der noch nicht schlafen gegangen ist, bringen uns zum Anleger. Alle

Norweger wollen jeden von uns umarmen. Dafür reicht die Zeit nicht: Jungs, es ist einfach zu kalt.

»Sie werden etwas länger unsere Gäste sein müssen«, sagt Kapitän Jacobsen zu Shackleton und Worsley. »Aber wir werden Ihnen die Zeit schon verkürzen helfen!«

Er lacht wie ein Gletscher, und er knallt dem Sir eine flache Hand auf den Arm.

Shackleton bedankt sich auf seine eigene Weise und sagt: »Ich werde Ihre Großzügigkeit und Gastfreundschaft niemals vergessen, Fridtjof Jacobsen!«

Nichts Feierliches liegt darin, bloß so überwältigende Offenheit und ein so überraschender Ernst, dass Jacobsen sichtbar gerührt, aber auch ziemlich irritiert ist. Als er Tom Crean zum Abschied die Hand gibt, verneigt sich die schnurrbärtige Walfanglegende wie vor einem Gralsritter.

Wir legen ab und rudern langsam durch die kalte Bucht. Irgendwann sehe ich über die Schulter meines Vordermannes hinweg die Girlanden und das Licht am Haus der Jacobsens ausgehen. Auf Südgeorgien wird es dunkel. Ohne dass einer in den Booten etwas sagen muss, erhöhen wir die Schlagzahl und peitschen die Kutter durch den Gestank. Und weil ich mir nicht die Nase zuhalten kann, versuche ich an Sägemehl zu denken, an den Sägemehlduft in Vaters Werkstatt: Pillgwenlly im Winter!

2

»Woher das Schwein?«

Wir müssen uns aufteilen. Jacobsen hat den Sir eindringlich davor gewarnt, vor Anfang Dezember ins Eis vorzustoßen, und Shackleton hat ihm schließlich zugestimmt. Da wir also voraussichtlich einen ganzen Monat lang auf der Insel bleiben, müssen die Hunde von Bord geschafft werden. Zwölf Mann unter Wilds Führung wurden abkommandiert, am Rand der Siedlung eine Zwingeranlage zu errichten, und da man die Hunde keine Stunde aus den Augen lassen kann und weil die wilden Biester außerdem endlich trainiert werden sollen, müssen die Männer, die Shackleton zu Hundeführern und Hundeführerassistenten gemacht hat, gleichfalls an Land untergebracht werden. Ein nebliger Tag vergeht mit Zimmern von Zwingern und Zäunen, Verladen und Hinüberrudern der Tiere und Ausmisten und Säubern der Hundeboxen an Deck. Derweil haben die Norweger in Windeseile das Strømmener Spritzenhaus geräumt und mit Feldbetten für ihre Expeditionsgäste eingerichtet. »God shave the King!«, hat jemand mit Kreide über den Eingang gekritzelt. Durch den Nebel hört man sie singen: Bakewell erzählt, sie stehen breitbeinig, mit Gurten gesichert, auf den aufgebläht in der Bucht treibenden Walen und schneiden mit Messern, deren Klingen länger sind als sie selbst, Stücke aus den Kadavern.

Für uns 16 an Bord verbliebene Antarktiker beginnen mehr

oder minder erholsame Wochen. Der Sir und der Skipper haben sich in ihre Kajüten zurückgezogen, um Seekarten und Wetterkarten zu studieren. Die Forscher und die Künstler verlassen schon frühmorgens das Schiff, um das Land zu erkunden. Sie messen die Geschwindigkeit der Fallwinde und die Temperatur der heißen Quellen, sie sammeln Gesteinsproben, Moose und Flechten. Marston zeichnet See-Elefanten, Tussock-Gras und Gletscher. Und Hurley schleppt seine Kamera, die ihm wie eine mannshohe Spinne mit drei Beinen auf dem Rücken hockt, die die Bucht umgebenden Berge hinauf. Motorschlittenexperte Orde-Lees, der aufgrund seiner Launigkeit und gestelzten Art »Tante Thomas« genannt wird, hat es fertig gebracht, Shackleton dazu zu bewegen, die drei Gefährte, die in Wales gebaut wurden und noch nie einen Mucks von sich gegeben haben, an Land schaffen zu lassen. Auf einem Schneefeld über Grytviken will Orde-Lees die Schlitten testen. Als er darangeht, sie an Deck aus ihren Holzkisten zu schälen, stelle ich mich zu ihm, und ohne dass ich ein Wort gesagt habe, erklärt mir Tante Thomas das Wunder, das vor meinen Augen ans Licht kommt.

»Der größte ist fast fünf Meter lang und einen Meter breit. Sie haben 60-PS-Motoren und Flugzeugpropeller, Anzani-Motoren übrigens. Sagt dir das was?«

»Blériot fliegt mit Motoren von Anzani.«

»Schlaues Kerlchen. Der hier bringt es auf 50 Stundenkilometer und kann bis zu einer Tonne Gewicht schleppen.« Er weist mich auf einen kastenartigen Aufbau in der Schlittenmitte hin. »Hier hinein strömen die Auspuffgase, in eine Art heißen Schrank«, sagt er. »Bei Bedarf kann man Schlafsäcke und Kleidung darin trocknen.«

Orde-Lees ist überzeugt, dass seine walisischen Motorschlitten die Polarforschung revolutionieren werden. Und er steht mit dieser Ansicht nicht allein da. Ich habe Shackleton mehrfach äußern hören, dass Hundegespanne im Eis bald genauso der Vergangenheit angehören werden wie die Ponyschlitten, die Scott zum Verhängnis wurden.

»1907«, sagt Orde-Lees, »war Sir Ernest übrigens der Erste, der ein Automobil in die Antarktis mitnahm.«

Ich traue mich nicht, ihn zu fragen, ob er weiß, was aus dem Wagen geworden ist, aber ich bin mir sicher, dass das Vehikel gleich zu Beginn des Hungermarsches über den Beardmore-Gletscher irgendwo zurückgelassen wurde und dass es dort, drei Meter tief in Schnee und Eis gesackt, noch immer steht und darauf wartet, endlich loszuknattern. Tante Thomas lächelt stolz.

Ich sage: »Würde gerne mal mit einem fahren.«

Und er: »Kein Problem! Fass mit an, dann habe ich sie schneller im Boot.«

»Tja, das Essen, ich muss die anderen zum Essen holen.« Und ich mache, dass ich wegkomme.

Auch Chippy McNeish, dem Schiffszimmermann, der in der Rigg einen Extrabunker für Kohle zusammennagelt, und unserem Maschinisten Rickenson, unten im Bauch der ENDURANCE mit dem Abklopfen und Durchpusten der Dampfmaschineneingeweide beschäftigt, muss ich Bescheid geben, dass Green und Black gezaubert haben. Die beiden sind, abgesehen von mir, der ich hin und her, hinauf und hinunter durchs Schiff wetze, derzeit so ziemlich die Einzigen an Bord, die den ganzen Tag arbeiten. Kein Wunder, dass sie wissen wollen, was auf dem Speiseplan steht. Auf Shackletons Wunsch hin gibt es Irish Brawn. Weder McNeish noch Rickenson können sich darunter etwas vorstellen.

Wahrheitsgemäß sage ich, dass es aussehe wie Brot, dass es aber Schweinskopf in Gelee sei.

»Woher das Schwein?«, will der Käpt'n bei Tisch wissen. Und da keiner etwas sagt, muss Shackleton persönlich damit herausrücken.

»Bos'n, Songster und zwei andere Hunde sind heute Morgen aus dem Zwinger entwischt und haben eines von Jacobsens Schweinen erlegt. Guten Appetit, Gentlemen.«

An einigen Tagen haben Green und ich kaum mehr als zehn hungrige Mäuler zu stopfen, weil alle anderen Männer unterwegs sind. Wir nutzen die Zeit, um alte Vorräte zu sichten und neue anzulegen. Pinguin- und Robbenfleisch wird eingepökelt, ich schaffe meterweise neuen Helden-Zwieback in die Brotkammer. Unterdessen erlegen Bos'n, Songster, Sue und Roy drei weitere norwegische Schweine. Keine drei Stunden später sind sie eingepökelt. In Mrs. Chippys Mäusejagdrevier, den Magazinen im Unterdeck, ist es so kühl wie früher im Winter um sieben Uhr morgens im Wohnzimmer meiner Eltern, wenn ich die Treppe herunterkam, um zu frühstücken und zur Schule zu gehen. Dabei steht auf einer Kiste mit Belmont-Stearinkerzen »Extra für heißes Klima«; auf der Verpackung prangt das Bild eines Häuptlings, der sich überm Feuer am Palmenstrand eine Köstlichkeit zubereitet. Beim Anblick der Dosen und Kisten in den Regalen bekomme ich Heimweh. Mit orangeblauen Huntley & Palmer-Keksdosen, grüngoldenen Sirupdosen von Lyles und der Etikettform auf den Ketchupflaschen von Heinz bin ich aufgewachsen. Von der Hefe mit der Sonne darauf weiß meine Mutter: »Die geht immer auf.«

Das weiß auch Green, der jedoch nicht die unerklärliche

innere Uhr von Gwendolyn Blackboro besitzt. Aber er weiß sich anders zu behelfen. Auch Green ist auf seinem Gebiet von ungeheurem Einfallsreichtum. Er legt eine kleine Metallscheibe oben auf die Hefe. Wenn die bis zur richtigen Höhe aufgegangen ist, kommt die Scheibe in Kontakt mit einem anderen Stück Metall, woraufhin sich ein elektrischer Kreis schließt und ein in der Galley angebrachtes Glöckchen bimmelt. Dort sitzt Green, schlummert oder liest die *Illustrated London News* vom Frühjahr.

Es wird keinen Krieg geben …

lautet die Überschrift einer Anzeige, unter deren Abbildung klein gedruckt steht:

Und sollte es doch Krieg geben, decken Sie sich rechtzeitig mit Mehl von Stinger's ein!

Kaum etwas ist für die Männer wichtiger als Essen. Uzbird meint, das liege daran, weil nur Essen halbwegs einen Ersatz für Sex biete. Darüber muss ich noch nachdenken. Tatsache ist, dass sein Erfindungsreichtum dem Koch die Anerkennung an Bord sichert. So verehren die Männer Green geradezu, weil es ihm gelingt, Erbsen einen leichten Minzgeschmack zu verleihen. Ich hingegen weiß, dass er bei Erbsen einen Klacks Zahnpasta in den Topf rührt.

»Du wirst schon sehen«, sagt er zu mir, »bald spielen sie wieder ›Und-wem-gehört-diese-Portion?‹.«

Wenn während langer Wochen im Eis Essen ausgeteilt wird, muss jeder der Reihe nach die Augen zumachen und bekommt einen gefüllten Teller in die Hand. Ohne zu wissen, wie viel auf dem Teller ist, muss er denjenigen bestimmen, der die Portion aufessen darf.

»So werden sie mir oder dir keine Ungerechtigkeiten vorwerfen können, klar? Ähh! Pass nur auf, wenn die Rationen erst knapper werden. Dann fangen sie an, von Essen zu träumen. Dann geht das Geheul los, und sie beklagen sich sogar, dass sie seinerzeit, und wenn es zehn Jahre her ist, irgendeinen Nachschlag ausgeschlagen haben.«

Abgesehen davon, dass ich mir das von Männern wie Tom Crean und Alfred Cheetham nicht vorstellen kann, finde ich es merkwürdig, dass Green die ganze Zeit von »ihnen« spricht. Wieso nimmt er sich aus? Und mich? Ich zähle nicht. Auch das hat Green mit Mom gemein: »Wartet nur, bis ihr mal nichts als Luft aus dem Teller löffelt«, hätte sie gesagt.

»Die feinen Herren«, piepst Green böse. »Noch sprühen sie sich mit Kölnischwasser ein und verstecken ihre Schokolade vor sich selbst, damit sie nicht zu fett werden.«

Wird schon etwas dran sein, Green, du bucklige Brotkröte. Es heißt nicht umsonst, dass sich auf einem Schiff jedes Ereignis von Bedeutung zuerst in der Kombüse ankündigt.

Dort bin ich am Morgen damit beschäftigt, die Presskopfsülze aus dem Topf in die Tonne zu kippen, als Greenstreet in der Tür auftaucht und mich mit der unnachahmlichen Sachlichkeit des Mensch gewordenen Bordregelwerks auffordert, in zwanzig Minuten an Deck zu erscheinen, und zwar gekämmt, gewaschen und ohne Essensreste auf dem Pullover. Ich soll Shackleton nach Grytviken rudern.

»Sir? Ich, Sir? Warum das?«

»Fragen Sie nicht, Mister Blackboro, machen Sie es einfach. Es wird schon nicht wehtun.«

»Sicher, Sir?«

Unmöglich, dem Ersten Offizier der ENDURANCE nur den Anflug eines Lächelns abzuringen. Er sieht einen so lange unverwandt an, bis man woanders hinschaut. Tut man's nicht, kommt man sich wie sein eigenes Gespenst vor, das das Gerippe eines schon Dahingeschiedenen bewohnt, und das widerrechtlich.

Die Frühstückstafel im Ritz gleicht an diesem Morgen einem Tisch auf dem Trödelmarkt. Wordie hat Gesteinsbrocken neben den graugrünen Fetzen von Moosen und Flechten ausgebreitet, die Clark mit einer Lupe untersucht, während er genüsslich an einem Marmeladenbrot knabbert. Der grimmige Marston sichtet und beschriftet seinen Zeichenblock, und Hurley, der nicht umsonst der Prinz genannt wird, putzt auch heute, duftend nach Eau de Cologne, ein, zwei oder auch drei seiner in ihre Einzelteile zerlegten Kameras. Frank Hurley ist völlig aufgekratzt. Die Norweger wollen ihn auf Finnwaljagd mitnehmen. Ich stelle den vieren Kaffee hin.

Plötzlich kommt Bewegung in die Runde. Clark hat auf einem von Wordies dunkelgrauen, nach nichts als Stein aussehenden Steinen etwas entdeckt.

»Wo hast du den her?«, fragt er so harmlos, als ginge es um einen Schlips. Dabei ist ihm die Aufregung deutlich anzumerken. Ob Moos oder Flechte, das, wonach Clark seit Tagen im schwarzen Südgeorgien-Geröll gesucht hat, befindet sich auf diesem Brocken, der Wordie gehört.

Er geht die Sache frontal an. »In diesem Stein«, sagt er langsam, »befindet sich die Kurzfassung der ganzen Antarktisgeschichte. Seine Mikroorganismen schneiden ihn Schicht für Schicht ab, wie eine Salami. Es dauert 10000 Jahre, eine einzige Scheibe abzuschneiden. Hier kann man schön sehen, wie sich biologische und geologische Zeiträume überlappen. Fantastisch. Kann ich ihn haben?«

»Nein«, sagt Wordie, ohne aufzusehen. »Du kannst ihn dir angucken.«

Clark legt den Stein auf den Tisch zurück, und Marston und Hurley lachen.

»Hau mit dem Hammer drauf, dann hat jeder ein Stück«, sagt einer der beiden.

»Nein, nein, ist schon gut.«

Bob Clark ist gekränkt. Er nimmt seine Brille ab. Blind und wehrlos steht er da, haucht auf die Gläser und putzt sie mit solcher Hingabe, als sei er froh, uns eine Zeit lang nicht sehen zu müssen. Dann sammelt er sachte seine Trödelflechten ein.

»Wahrscheinlich irre ich mich sogar«, meint er. »Aber damit kann ich leben. Wissenschaft muss immer optimistisch sein? Ich halte das für grundverkehrt. Richtig verstandene Forschung baut auf Fehler auf.«

»Hört, hört«, höhnt Marston. »Noch einen Schritt weiter, und du stürzt Hals über Kopf in den Abgrund der Kunst, Bobby. Dann gehörst du zu uns, den Zweiflern!«

»Er soll einfach nicht so übertreiben«, meint jetzt Wordie, der alle Steine in seinen Kasten geräumt hat, außer dem einen, auf den Clark so scharf ist. »Hier, nimm ihn, Bob. Ich hab noch mehr davon.«

»Zweifel ist kein Zeichen von Kunst, George«, sagt Hurley ruhig in Marstons Richtung. In erstaunlichem Tempo hat er alle Teile vor sich auf dem Tisch zusammengefügt. Drei fertige Kameras liegen dort. »Man muss den Zweifel doch nur gekonnt spielen, oder? Das ist wie bei den Eskimos: Die sind Untertreibungskünstler. Je mehr Robben sie gefangen und auf dem Schlitten liegen haben, desto mehr lassen sie – scheinbar – die Ohren hängen.«

»Ich bin aber kein Eskimo«, mault Marston.

Clark nimmt den Stein, drückt einmal kurz Wordies Schulter und sagt zu Marston: »Nein, aber du siehst wie einer aus.«

Winzige Krümel von Clarks Flechten liegen auf der Tischplatte wie grüner Sand, als ich das Geschirr abräume. Ein Leitspruch meines Vaters lautet: Untertreibe stets 20 Prozent. »40«, pflegt Mom darauf zu sagen, »40 ist besser.«

Ich muss mich waschen und umziehen gehen.

3
Der Ausflug

Als ich an Deck springe, steht über der Cumberland-Bucht die Sonne. Das Eis der seit Tagen lautlos daliegenden Gletscher funkelt, und in der Ferne flimmert es sogar wie unter einem Hitzeschleier. Das Wasser ist voll kleiner silberner Wellen, in denen Eisbrocken mit winzigen Höckern schwappen.

Es ist so still, dass ich das Blut durch meinen Kopf rauschen höre und wie beim Tauchen das Gefühl habe, in eine andere Welt zu gleiten. Aber was für eine Welt ist das? Ich trete ein paarmal laut auf die Planken, um die Empfindung zu vertreiben, dass ich darin überhaupt nicht vorkomme. Viel mehr als Clarks Mikroorganismus erscheint mir diese Stille wie eine Kurzfassung der gesamten Antarktisgeschichte, einer Geschichte, die ein Jahrhundert Einsamkeit ans nächste gereiht hat. Über den Hängen des Duce Fell kreist ein Albatros, viel zu weit weg, um ihn rufen zu hören. Und um die Masttoppen der schwimmenden Walverarbeitungsfabrik, die an Jacobsens Anleger festgemacht hat, jagt ein Schwarm Seeschwalben genauso halsbrecherisch und stumm wie nachts durch die Lindenchaussee am Usk die Fledermäuse. Am Fallreep steht Frank Hurley mit seiner Kameraspinne auf dem Rücken und mahnt mich winkend zur Beeilung.

»Jetzt aber flott, Herr Chefsteward!«

Unten im Wasser liegen zwei Boote. In einem sitzen die Wikinger und drehen sich Locken in die Bärte, im anderen wartet Shackleton. Ich mache, dass ich die Knotenleiter runterkomme. Kaum sitze ich vor ihm auf der Ruderbank, hebt der Sir wortlos den Finger und lässt ihn in Richtung Grytviken kippen.

»Südwärts, ho!«

Ich rudere. Rudern ist nicht meine Welt. Es gibt Ruderer, die dich kaputtrudern, und es gibt Ruderer, die rudern sich selbst kaputt. So einer bin ich. Wenn ich rudere, gewinnt immer das Wasser.

Drüben rudern die Norweger Hurley zum Anleger hinüber. Es sind bloß zwei Männer, die vor dem Prinzen an den Riemen sitzen und pullen, aber sie sind mehr als doppelt so schnell wie ich mit meinem Dingi.

Zwischen ihrem und unserem Boot kommt die Zerlegeplattform in Sicht. Eine Hand voll Flenser mit bis auf die Knöchel hinabreichenden Lederschürzen schneidet zwei Exemplare einer kleinen Walart in Stücke und grüßt, als wir sie passieren.

»Sehen Sie nicht hin«, sagt Shackleton ruhig.

Aber seine Warnung kommt zu spät. Es gibt keine bloß anderthalb Meter langen und noch dazu schneeweißen Narwale. Was die Männer auf der Plattform zerlegen, sind fertig ausgebildete Föten, zwei Narwalbabys, und obwohl ich schnell wegsehe, Shackleton ansehe, der mich besorgt mustert, wird mir schlagartig flau im Magen.

»Geht's wieder?«

»Danke, Sir.«

»Schauen Sie, Merce. Die SIR JAMES CLARK ROSS stattet dem alten Grytviken einen Besuch ab. Was die Männer hier in einem Monat verarbeiten, schafft man mit dem Schiff an einem einzigen Tag. Aber so ist der Fortschritt … sonst wäre er ja keiner.«

Shackleton sieht sich das hässliche Fabrikschiff von Bug bis Heck genau an; er wirkt wie ein Junge, der zum ersten Mal das Treiben in einem großen Hafen bestaunt.

»Seltsam, dass wir den neuen Monstren immer die Namen unserer Pioniere geben. Wenn Ross wüsste, dass ein solcher Pott nach ihm heißt … Ross ist Ihnen ein Begriff?«

Ich kenne Sir James Clark Ross nicht, äußere aber die Vermutung, dass es sich um denselben Ross handeln könnte, nach dem Rossmeer und Ross-Eisschelf benannt sind.

»Bravo«, sagt Shackleton, »ein Dummkopf sind Sie wirklich nicht. Sicherlich können Sie mir sagen, wie die zwei höchsten Berge am Rossmeer heißen.«

»Muss ich passen, Sir.«

»Mount Erebus und Mount Terror. Und warum heißen die wohl so?«

»Vermutlich, weil jemand sie so getauft hat. Ross etwa, Sir?«

»Teufel, Merce, das ist richtig! EREBUS und TERROR, das waren Ross' Schiffe.« Er runzelt die Stirn: »Was ist das?«

Wir fahren unter dem Heck hindurch. Eine riesige Stahlplatte ist darin eingelassen und steht einen Spalt offen. Ab und an taucht der Kopf eines Matrosen darin auf. Abfälle fliegen durch den Spalt und klatschen unmittelbar neben unserem Boot ins Ekelwasser der Bucht.

»Hey!«, ruft Shackleton durch den Handtrichter. »Warte, bis ich zu dir raufkomme! Ich schneide dir die Ohren ab!«

Während ich mir mit der Zunge zwischen den Zähnen Mühe gebe, das Dingi möglichst erschütterungsfrei zum Anleger zu bugsieren, lässt der Sir seinem Unmut freien Lauf.

Was er vor Jacobsen oder dessen Harpunier Larsen nicht tun würde, tut er vor mir: Er schimpft auf die Walfänger, die sich in seinen Augen nicht mehr so nennen dürften, sobald sie auf einem Schiff wie der ROSS anheuern. Die Robbenjäger, sagt er, seien immerhin so ehrlich, sich die Bezeichnung Robbenschläger gefallen zu lassen, seit sie die Tiere zu Hunderttausenden abschlachteten.

Ich bekomme das Boot beim zweiten Versuch längsseits und springe auf den Steg.

»Welche Berufsbezeichnung schlagen Sie vor, Sir?«

»Walfabrikmetzger«, sagt er so ernst, dass ich die Ironie meiner kurzatmigen Frage auf der Stelle bereue.

Wir gehen zu den Häusern hinauf. Der Himmel über dem Flensplatz ist voller Vögel. Skuas, Sturmvögel und Kaptauben jagen einander die erbeuteten Fleischbrocken ab und kreisen über der Rampe, auf die gerade der Kadaver eines Buckelwals gezogen wird, dem bereits die Fluke fehlt.

»Weißkinnsturmvögel«, sagt Shackleton im Gehen. »Die sieht man nicht oft hier.« Und als ich nicht reagiere: »Die haben tatsächlich ein weißes Kinn, glauben Sie's mir.«

Hinter der SIR JAMES CLARK ROSS kommt das Fangschiff hervor, auf dem Hurley fährt. Man sieht ihn neben dem Meisterschützen Larsen an Deck stehen. Das Schiff heißt STAR X. Sein Horn ertönt, bevor die Maschinen ein Grollen hören lassen und die Schrauben das Wasser aufzuwühlen beginnen. Die Weißkinnsturmvögel schimpfen und überlassen die Bucht dem auslaufenden Schiff.

Um den Tisch in der Bibliothek, auf den Kapitän Jacobsen eine Karte des Kontinents ausgebreitet hat, stehen Tom Crean, Alfred Cheetham, Frank Wild und Shackleton. Stina

Jacobsen hat Plätzchen gebacken, die sie zu Tee und Madeirarum serviert. Im Hinausgehen zeigt sie auf einen Stuhl zwischen den Bücherregalen. Sie schickt mir ein Zwinkern. Es bedeutet, dass nur sie mich sehen können soll. Für die anderen möchte ich doch bitte unsichtbar sein.

Das Gespräch über der Karte dreht sich um zweierlei. Jacobsen macht keinen Hehl daraus, dass er es nicht abwarten kann, von Shackleton in dessen Pläne zur Durchquerung des Kontinents eingeweiht zu werden. Shackleton dagegen hat vor, dem Grytvikenleiter alles aus der Nase zu ziehen, was der über die derzeitigen Eisverhältnisse im Weddellmeer weiß. Und der Sir ist klug genug, den Anfang zu machen.

»Wir gehen es mit zwei Schiffen, mit zwei Mannschaften an«, sagt er. »Während Sie die Güte haben, unsere ENDURANCE zu beherbergen und neu zu verproviantieren, ist die AURORA –«

»Die AURORA?«, unterbricht ihn Jacobsen. »Mawsons AURORA?«

Shackleton: »Ich habe Sir Douglas die AURORA abgekauft. Aber wie gesagt: Während meine Mannschaft mit der ENDURANCE ins so Gott will offene Weddellmeer vorstoßen wird, hat inzwischen McIntosh mit der AURORA –«

»Aeneas McIntosh?«

»Genau der. McIntosh dürfte derzeit bereits seine Männer auf der anderen Seite des Kontinents abgesetzt haben. Genauer gesagt«, und er beugt sich über die Karte, »hier, nahe Scotts Hütte im Norden der Ross-Insel.«

»Wenn ich Sie also richtig verstehe«, sagt Jacobsen, »erfolgt die Durchquerung nicht, wie es überall geheißen hat, durch eine einzige Schlittengruppe, sondern es sind zwei

Teams, die, von Norden und Süden kommend, sich in der Mitte treffen. Wo genau wird das sein?«

Shackleton sagt tonlos: »Nirgends. Die beiden Gruppen treffen sich nicht. Mein Plan sieht vor, dass meine Männer und ich den gesamten Weg übers Eis zurücklegen, von Weddellmeer bis Rossmeer. Die Aufgabe der Rossmeer-Gruppe besteht ausschließlich darin, Depots anzulegen, und zwar nordwärts bis zum Beardmore-Gletscher. Diese Depots werden meine Gruppe am Leben halten, sobald unser Proviant aufgebraucht ist.«

Jacobsen blickt eine Zeit lang stumm auf die Karte, bevor er sagt: »Gewagt. Gewagt und von shackletonscher Eleganz. Meinen Glückwunsch.«

»Danke. Ich weiß Ihre Anerkennung zu schätzen, Kapitän.«

Wie viele Männer für die Durchquerung vorgesehen seien, will Fridtjof Jacobsen wissen; statt Durchquerung sagt er »Transversale«.

»Sechs«, antwortet Shackleton. »Sechs Schlitten mit jeweils neun Hunden für die sechs geeigneten Männer.«

Ein Ruck durchfährt mich, ein Riss in Gedanken. Ich bin die ganze Zeit davon ausgegangen, dass wir alle die … die Transversale wagen. Wie idiotisch, das zu glauben! Natürlich werden es nur eine Hand voll Männer sein, und nur die »geeigneten« natürlich …

Aber wer? Welche fünf außer Shackleton?

Frank Wild schaltet sich ein: »So fantastisch der Plan des Sirs ist – damit er gelingt, muss gewährleistet sein, dass wir so weit südlich wie möglich ins Weddellmeer hineinkommen. Wären Sie so freundlich, Kapitän, uns Ihre Einschätzung der Eisverhältnisse zu geben? Unser Ziel ist die Vahselbucht.«

»Ha!«, ruft Jacobsen aus, lacht und dreht sich vom Tisch weg. Er ist ein eitler Bursche, wahrscheinlich trägt er den einzigen gewichsten Zwirbelbart im ganzen Südpolarmeer. Kapitän Jacobsen hat die Äuglein eines Ganters, klein, dunkel und wachsam, damit sieht er mich, wie ich auf meinem von Büchern eingerahmten Stuhl sitze, und sagt: »Fahren Sie auch mit, junger Mann? Das würde ich mir noch mal gut überlegen!«

Ich zeige Zähne, und er dreht sich auf dem Absatz zurück.

»Die Vahselbucht, Herr Wild, Herr Crean, Herr Cheetham, Sir Ernest! Sie reden davon, im kältesten Sommer, den es in der Antarktis gegeben hat, seit Menschen hier unten leben, bis zum 77. Breitengrad zu fahren, und das mit einem Holzschiff! Mit Verlaub, ich rate Ihnen davon ab. Es hat seine Gründe, weshalb sowohl Amundsen als auch Scott und weshalb auch Sie, Ernest Shackleton, vom Rossmeer aus Richtung Pol marschiert sind. Das Eisschelf des Rossmeers ist ein Gebiet unirdischer Trostlosigkeit, wie Sie alle wissen, ein Platz für seltsame Ahnungen, hervorgerufen durch den Verlust des Horizontes über einer endlosen Eisfläche. Aber Sie wissen auch, das Rossmeer ist vergleichsweise berechenbar, solange man seiner irritierenden Ödnis standhält. Hingegen im Weddellmeer«, sagt Jacobsen und stürzt sich geradezu auf die Karte, so dass Crean und Cheetham zur Seite weichen, »dort steht das Eis nicht still, verstehen Sie? Dort ist es in ständiger Bewegung, in sich selbst und auf dem Wasser. Unvorstellbar riesige Eisflächen, durchsetzt mit Tausenden Eisbergen, die nicht selten kilometerlang sind, schmelzen ab, frieren zu, brechen auf und frieren wieder zu. Ich habe im Weddellmeer einen Presseisrücken gesehen, meine Herren, der sah aus wie die Chinesische Mauer. Packeis,

Treibeis und die Eisberge, alles driftet im Uhrzeigersinn mit der Geschwindigkeit eines Dampfschiffs in voller Fahrt südwärts. Ungefähr in Höhe der Vahselbucht, Herr Wild!« – er lacht – »wird das Eis dann zusammengequetscht und schön ordentlich gefaltet. Schollen ragen Hunderte Meter in die Höhe, leider aber auch in die Tiefe, und da sieht man sie nicht. Und weiter schiebt sich der ganze Scherbenbrei nach Norden und entwickelt dabei noch größere Wucht. Natürlich, Sie haben Recht, Sir Ernest, es ist möglich, das Weddellmeer zu durchfahren. Weddell hat es vorgemacht. Aber wir wissen heute, was für ein Glück er hatte. Er muss damals eine von Packeis umgebene freie Wasserfläche vorgefunden haben, die hunderttausend Quadratkilometer groß war. Grund dürfte ein ungewöhnlich warmer Sommer gewesen sein. Das Gegenteil ist in diesem Jahr der Fall. Fragen Sie meine Männer, wenn Sie mir nicht glauben, Herr Cheetham, ich sehe ja, dass Sie anderer Ansicht sind, fragen Sie sie, und diese einfältigen Walfänger werden es Ihnen bestätigen: Das Weddellmeer ist zugefroren.« Jacobsen verschränkt die Hände hinter dem Rücken. »So schön und so kühn Ihr Plan ist, Sir, und mögen Sie auch die besten Männer um sich geschart haben, so dass ich das einmalige Glück habe, Sie alle gemeinsam zu Gast zu haben … ich fürchte, Sie gehen ein zu großes Risiko ein. Darum rate ich Ihnen ab. Es wäre fahrlässig, etwas anderes zu tun.«

Shackleton verlässt den Tisch und kommt zu mir herüber. Als er so dicht vor mir steht, dass ich die in seine Hosenträger gestanzten Löcher zählen könnte, ändert er die Richtung und beginnt, die Bücherwand abzuschreiten. Er hat wieder die finstere Miene aus dem Boot aufgesetzt. Ab und an lässt er einen Finger über die Buchrücken laufen, bis er unvermittelt und ohne Crean dabei anzusehen fragt: »Tom, was ist deine Meinung?«

Crean streicht sich mit der flachen Hand über den Hinterkopf. Für den ungeduldigen Jacobsen muss es den Anschein haben, als zögere der Tapferkeitsmedaillenträger, dieser stumme Riese, dem er gerade mal bis zur Brust reicht. Doch die paar Worte, die Creans Bass hervorbrummt, verraten alles andere als Zaudern. Sie sind unmissverständlich.

»Wir wollen die Antarktis durchqueren. Das bedeutet, zu jeder Zeit mit denkbar größtem Widerstand zu rechnen.«

Das freie Weddellmeer wäre ein glücklicher Auftakt gewesen, ja. Aber es durch sein Packeis zu schaffen ist noch besser.

Shackleton scheint Creans Worten keine Beachtung zu schenken, denn als er zum dritten oder vierten Mal an mir vorüberkommt, flüstert er mir zu: »Eine Pracht, diese Bücher, was?«

Ich nicke.

Und Shackleton lächelt mich an. Er ist wie verwandelt.

Langsam dreht er sich um und sagt milde: »Danke, Tom. Vielleicht, lieber Kapitän Jacobsen, sollte ich Ihren Rat nicht so einfach in den Wind schlagen. Was halten Sie davon, wenn wir gemeinsam Thoralf Sørlle in Stromness besuchen und ihn um seine Meinung bitten?«

Jacobsen hebt die Hände, äußert aber nichts. Was sollte Sørlle besser wissen als er?

»Ich gebe Ihnen gern ein Schiff«, sagt er schließlich, was so viel heißt wie, er wird weiterhin alles in seiner Macht Stehende für uns tun, wird aber leider nicht mitkommen können nach Stromness. Der Gebieter über Grytviken ist beleidigt. Nicht nur die Mundwinkel im Schatten der Zwirbelbartenden verraten es.

Das Essen am frühen Abend wird frostig. Diesmal darf ich mit am Tisch sitzen, Stinas Krebssuppe löffeln und ihr in den Ausschnitt sehen, wenn sie Cheetham, der neben mir sitzt, Rüben von den Falkland-Inseln oder ihren Adélie-Pinguinbraten nachreicht. Es hat sich gelohnt, dass ich mitgekommen bin.

Schon allein deshalb, weil mich die Wirklichkeit wieder hat. Denn so viel ist sicher: Ich werde nicht 3000 Kilometer auf einem Schlitten zubringen müssen, den neun vor Hunger halb wahnsinnige Köter durch eine gebirgige Wüste aus Schnee und Eis zerren. Da ihr Gatte es vorzieht zu schweigen, fragt Stina in die Runde, was denn die Aufgabe der restlichen 22 Männer sein werde, während ihre sechs Kameraden den Kontinent durchqueren.

»Falls es dazu kommt«, lässt Jacobsen sich zu sagen nicht nehmen.

Wild wartet ein Nicken des Sirs ab und beantwortet die Frage. Am anderen Tischende erfahre ich, dass wir anderen die erste Weddellmeer-Station errichten sollen. Eine Basis, die laut Wild noch in Jahrzehnten Anlaufpunkt für Expeditionen sein werde: Die große Station im Norden des Kontinents.

Stina möchte wissen, ob es schon einen Namen für die geplante Basis gebe. Shackleton schüttelt den Kopf.

»Stinas Hütte«, sagt ausgerechnet Crean und wird rot. Aber sogar Jacobsen muss schmunzeln. Während ich die Hütte vor mir sehe. Für mich heißt sie schon jetzt: die Blackboro-Hütte im Ennid-Muldoon-Land.

»Noch ein wenig Pinguin, Herr Cheetham?«

Wer werden die sechs sein? Der Sir, Crean und Cheetham – drei Schlitten besetzt. Und die anderen drei? Wild? Nimmt

Shackleton seinen Stellvertreter mit? Oder den Skipper? Hurley …! Mit dem Erlös von dessen Fotos muss er seine Kreditschulden begleichen. Und einen Arzt für Männer und Hunde wird er auch dabeihaben wollen … Da wird Bakewell es verteufelt schwer haben, den ersehnten Platz auf einem der sechs Höllenschlitten zu ergattern.

Stinas Pinguin ist köstlich, das findet auch Cheetham. Er kann trotzdem nicht über Wilds Scherz lachen, dass man sich beim Besuch eines Pinguinbrutplatzes so fühle, als käme man während des Spieles auf einen Fußballplatz. Cheetham atmet schwer. Doch er findet kein Ventil. Er kocht, seit Kapitän Jacobsen zwischen zwei Happen die Behauptung aufgestellt hat, Scott habe nur aufgrund charakterlicher Mängel das Wettrennen zum Pol verloren.

»Wie ich höre«, fährt Jacobsen fort, »gilt es nunmehr als erwiesen, dass Kapitän Scott den schwächsten seiner drei Begleiter während eines Schneesturms durch fortwährendes Anstarren dazu nötigte, aus dem Zelt zu gehen und im Sturm den Tod zu suchen.«

Niemand widerspricht ihm. Und Fridtjof Jacobsen scheint gewillt, das peinliche Schweigen auszuhalten.

»Darf ich eine Frage stellen, Sir?«, sage ich zu Shackleton. Er nickt einmal kurz. Man sieht ihm an, wie schwer ihn Jacobsens aus der Luft gegriffene Bemerkung getroffen hat, und ziemlich verblüfft registriere ich, dass ihn eine offene Boshaftigkeit hilflos zu machen scheint.

»Verzeihen Sie, Kapitän Jacobsen«, sage ich, »aber ist es nicht so, dass niemand wissen kann, was Titus Oates dazu bewog, aus dem Zelt zu gehen? Alle, die dabei waren, sind einen Monat später selbst erfroren, Wilson, Bowers und, so nimmt man an, als Letzter Kapitän Scott.«

Aus Jacobsens Äuglein blickt der Ganter. Diesmal ist er böse. Würde er sich damit nicht lächerlich machen, Kapitän Jacobsen würde mich anfauchen. Doch er beherrscht sich, und schließlich isst er sogar seelenruhig weiter.

Ich spüre eine warme Hand auf dem Rücken. Sie gehört Cheetham, der sagt: »Wer Scott kannte, weiß, dass das Wohl seiner Männer das Allerwichtigste für ihn war. Lassen wir es dabei bewenden.«

Ich sehe zu Crean hinüber. Er war einer der Letzten, die Scott und seine Begleiter lebendig sahen. Noch immer, wird gemunkelt, hat es Tom Crean nicht verwunden, dass Scott ihn seinerzeit nicht mitnahm auf die letzte Etappe zum Pol. Crean erwidert nichts. Dass mein Einwurf auch ein Versuch war, Kontakt mit ihm aufzunehmen, scheint er nicht bemerkt zu haben. Er kratzt bloß weiterhin auf seinem Teller herum.

»Genau. In Stinas Hütte wird jetzt das Thema gewechselt.« Frau Jacobsen steht vom Tisch auf. »Erst das Thema, dann die Teller …! Wer von Ihnen möchte eine Nachspeise? Es gibt Erdbeereis.«

Wir löffeln das rosa Eis aus Schälchen mit abgestoßenen Rändern und hören Stina zu. Sie hat sich eine Strickjacke übergezogen und erzählt von dem Ereignis, auf das sie hinfiebere, nämlich die Ankunft des Postschiffes; erwartet werde es für kommende Woche.

Dann klopft es, und in der Tür erscheint der verängstigte Holness, der sich die Pudelmütze vom Kopf zieht und sofort beginnt, sie in den Händen zu drehen.

»Sir, die Hunde.« Auf Shackletons Kommando hin kommt Holie näher. »Es sind wieder Hunde ausgebrochen.«

Aus Crean kommt nun ein Grollen, er steht auf und wischt sich mit dem Handrücken über den Mund.

»Und?«

»Diesmal ist es wirklich schlimm. Songster und drei andere waren nicht aufzuhalten.«

Alle sind aufgestanden. Das Beisammensein ist zu Ende. Die Hunde haben laut Holness nicht nur zwei weitere Schweine gerissen, sie haben in der Dunkelheit auch auf dem Friedhof der Walfänger gewütet. Holie braucht einige Zeit, bis er das Wort herausbekommt: »Gebeine«, sagt er schließlich und senkt dabei den Blick.

4
Ein junger Held

Hurleys Fangschiff ist noch nicht zurückgekehrt, aber in der Ferne hört man bereits sein Nebelhorn. Am Anleger verabschieden sich Wild, Crean und Cheetham und verschwinden mit Holness in der Dunkelheit. Wenig später kommt die Meldung, dass die Hunde eingefangen sind. Shackleton gibt Befehl, die Schäden an den Gräbern auf der Stelle zu beheben.

»Die Imperial Trans-Antarctic Expedition hinterlässt ihre Spuren«, sagt Jacobsen bissig, aber nicht unfreundlich, und mit einem Lächeln zeigt sich Shackleton gleichfalls bereit, den Schlagabtausch auf sich beruhen zu lassen. Allerdings besteht er darauf, auch für diese beiden Schweine aufzukommen, so wie Jacobsen darauf besteht, sie uns unter diesen Umständen auf der Stelle auszuhändigen. Kurz nachdem es angefangen hat zu schneien, tauchen aus der weißen Dunkelheit vier Männer auf, die die zwei Kadaver bringen und sie gleich in unser Dingi hinablassen.

Shackleton bedankt sich. Er küsst Stina Jacobsens Hand. Ich bin mittlerweile wieder unsichtbar geworden.

»Sir Ernest«, ruft Jacobsen vom Anleger aus, als wir schon im Boot sitzen, »wissen Sie denn, was Amundsen sagte – oder gesagt haben soll –, als er von Scotts Tod erfuhr? Er sagte: Damit hat er gewonnen!«

»Wir werden bis zum 5. Dezember warten«, ruft Shackleton hinauf. »Wenn das Postschiff bis dahin nicht gekommen ist, fahren wir ab.«

»Sie sollten das Postschiff unbedingt abwarten. Pastor Gunvald wird an Bord sein, und ohne seinen Segen lasse ich Sie nicht fahren!«

»Gute Nacht, Kapitän Jacobsen.«

»Gute Nacht, Sir Ernest.«

Ich lasse die Riemen ins Wasser. Bis zum 5. Dezember bleibt eine gute Woche, sehr wenig Zeit, will man einen Haufen Hunde zur Räson bringen, tonnenweise Kohle bunkern und Amundsens Schwager besuchen.

Ich beginne zu pullen. Allein rudern in der Dunkelheit, rudern mit einem Nationalhelden und zwei toten Schweinen im Boot … nicht meine Welt.

Wir fahren durch die stille schwarze Bucht auf die Lichter des Schiffes zu und bringen die Zerlegeplattform und ihren Gestank schnell hinter uns. Ich kann Shackletons Gesicht nicht sehen, aber seine Stimme klingt müde, während er sagt, ihm sei eine Idee gekommen, als ich den toten Scott vor Jacobsen in Schutz genommen habe.

»Das war mutig von Ihnen, Merce. Das hat mir sehr gefallen.«

Und sehr gefallen habe ihm auch Jacobsens Bibliothek. Ob ich nicht Lust hätte, während er in Stromness sei, die Bücher in seiner Kajüte zu sortieren.

»Es ist alles da, nicht nur die gesamte Enzyklopädie. Bei mir liegt die ganze Geschichte der Antarktisentdeckung von der Antike bis heute herum. Nur ist sie ziemlich wertlos, weil man erst stundenlang suchen muss, eh man etwas findet.

Ross zum Beispiel. Sie wissen nicht, wer dieser James Clark Ross war. Er hat ein wunderbares Buch geschrieben: ›Entdeckungsreise nach dem Süd-Polar-Meere in den Jahren …‹, tja, von wann bis wann, das müsste ich nachschauen. Kann ich aber nicht, weil das Buch verschollen ist.«

Wordies Prophezeiung fällt mir ein: Plötzlich weiß er sehr genau, was er mit dir vorhat.

»Ich helfe Ihnen gern, Sir.«

»Schön. Sie sind der Richtige dafür. Voraussetzung ist natürlich, dass Mister Green Sie ab und zu entbehren kann. Sie haben sich mit Scott beschäftigt?«

»Mein Bruder, Sir. Er hat letztes Jahr Scotts Tagebücher geschenkt bekommen und mir viel daraus vorgelesen.«

Wir kommen in Rufweite. Vom Deck der ENDURANCE fordert uns die Wache auf, das Passwort zu nennen.

»Rufen Sie«, sagt Shackleton, und wieder klingt es so müde.

»Königinmutter Alexandra!«, rufe ich. »Sir Ernest mit Blackboro zurück von Grytviken!«

»Kann passieren!«, kommt es zurück. Und man hört Greenstreets Pfeife.

»Ich habe ihn nicht sehr gut gekannt …«, sagt Shackleton, während wir langsam am Schiffsrumpf entlanggleiten, »›Titus‹ Oates meine ich, oder Lawrence, wie er richtig hieß. Rittmeister Oates kam aus gutem Haus, wurde hoch dekoriert im Burenkrieg, ein junger Held, der sich seinen fröhlichen Pessimismus nicht nehmen ließ. Scott schreibt sehr ergreifend von ihm. Ihr Bruder, sagen Sie? Auch ein Abenteurer?«

»Nein, Sir. Ingenieur.«

»Im Krieg, nehme ich an.«

»Royal Air Force, Sir.«

Das Fallreep kommt heruntergepoltert, wir legen an. Shackleton sagt nichts weiter, er wünscht mir eine gute Nacht und klettert hinauf.

Aus dem in die Davits gehievten Kutter zerren Hownow, Uzbird und ich die beiden Schweine an Deck, bevor ich Green Bescheid sagen gehe. In der Kombüse steht das für morgen vorbereitete Essen, Schweinebraten. Ein Topf Yorkshire-Pudding kühlt auf dem Herd ab, ein Blech Pasteten liegt da, und im Ofen warten die üblichen sechs Brote aufs Schrillen der Hefeglocke. Vom Meisterkoch keine Spur, auch in der Galley nicht, wo abgedeckt ein Kuchen und eine Schale mit Greens Spezialgebäck stehen. Manchmal, wenn sich Green nach getaner Arbeit langweilt, taucht er mit Schere und Kamm bewaffnet im Ritz auf und sucht nach Willfährigen, die sich die Haare schneiden lassen wollen.

Und da steht er tatsächlich und schabt über das schwarze Moos auf Bobby Clarks Scheitel.

»Ich bringe Schweinenachschub«, sage ich fröhlich und hebe die blutigen Hände, und derselbe Haufen, der beim Frühstück aufeinander hockte, starrt mich entgeistert an. Bloß Hurley fehlt. Er ist noch nicht zurück.

An diesem Abend ist scheinbar noch nicht genug Blut geflossen. Eine Igelfrisur später bin ich mehrmals auf dem Stuhl eingenickt und aus Träumen von Erdbeeren und Frau Jacobsens Brüsten hochgeschreckt, wenn mich Greens Schere zwickte. Ich fühle, wie kurz die Borsten sind, weil ein kühler Hauch meinen Schädel anfliegt und weil ich den Berg Wolle vor mir auf dem Tisch liegen sehe.

Getrampel an Deck und auf der Treppe, schon fliegt die Schwingtür auf, und ein von Kopf bis Fuß blutverschmierter

Mann torkelt ins Ritz. Er hat nicht Hurleys Locken, er duftet nicht, hat keine Kamera dabei, und trotzdem ist es Hurley.

Die, die sitzen, springen auf.

»Frank! Ja, du heilige Scheiße!«

Der Prinz lässt sich auf einen Stuhl fallen. Er riecht wirklich nicht gut. Wir halten Abstand. Verletzt scheint er nicht zu sein. Statt etwas zu sagen, hält er ein rundes Ding hoch, das an einer Schnur um seinen Hals hängt. Es hat den Durchmesser einer Untertasse und ist aus Leder.

»Was ist das?«, fragen nicht wir, sondern fragt Hurley uns.

Keiner weiß es.

»Das ist der Jonas-Orden, ihr Idioten«, sagt er. »Den haben sie mir verliehen.«

Wer? Und wofür?

Frank Hurley erzählt es uns, während Green ihn säubert und, wo er schon mal dabei ist, während er dem Prinzen die Locken stutzt.

5

Der Jonas-Orden

Während das Harpunenboot, mit dem ihn die Norweger abgeholt hatten, auf das Schiff zuhielt, fiel Hurley die ungewöhnliche Form der SIR JAMES CLARK ROSS auf, deren Heck mit einer riesigen auf- und zuklappbaren Pforte versehen war. Als die Ruderer das Boot darunter hindurchpullten, kam ihm die einen Spaltbreit offen stehende Stahlklappe wie das Portal zur Hölle vor. Aus den Speigatten des schwimmenden Schlachthauses rann Blut ins öl- und fettverschmierte Wasser. Hurley war so angeekelt, dass er nicht einmal daran dachte, ein Foto zu machen.

Allerdings war der Kontakt mit dem Schiff nicht zu vermeiden, denn die Norweger machten längsseits daran fest, und er musste seine Ausrüstung über das mit Speckstreifen und Fleischstücken übersäte Flenserdeck tragen. Eingezwängt zwischen der ROSS und dem Anleger lag backbord festgemacht das kleine Fangschiff STAR X, zu dem er hinunterstieg und an dessen Reling der Meisterschütze der Flotte, der Maat Als Larsen, ihn begrüßte.

Kaum waren er und die Kameras an Bord, machten die Langbärte, die ihn hergerudert hatten, die Leinen los, die Maschine sprang an und die STAR X suchte sich einen Weg durch die Walleiber, die wie halb aufgeblasene Ballons im Wasser trieben. Mit guten zwölf Knoten machten sie sich davon.

Von seiner Fahrt mit Mawson her kannte Hurley Carl Larsen, den berühmten Vater des Maats, der die Walfangstationen auf Südgeorgien gegründet hatte und Kapitän von Otto Nordenskjölds Expeditionsschiff ANTARCTIC gewesen war. Somit hatten sie ein Gesprächsthema, als ihm Larsens Sohn die STAR X zeigte und ihn auf die Schussplattform über dem Bug führte, wo er ihm die Funktionsweise der Harpunenkanone erklärte.

Hurley sollte sie schon bald kennen lernen. Das Schiff hatte Barff Point und die Nansen Banks hinter sich gelassen und manövrierte mit unverminderter Geschwindigkeit durch die ersten Treibeisfelder. Sie sahen wie riesige schwimmende weiße Steinplatten aus, die zu Bruch gegangen waren. Und aus dem Krähennest kam der Ruf: »Wal, da bläst er – Wal backbord voraus!«

Sie wendeten, und die Jagd schien loszugehen. Eine Gischtfontäne, mit bloßem Auge kaum zu erkennen, stieg am Horizont auf. Bei ihrem Anblick kam von einer zur anderen Sekunde Leben in die Männer. Sie johlten und lachten, und einige von ihnen sangen immer wieder dieselbe schaurigschöne Melodie.

Larsen dagegen blieb ganz ruhig. »Ein Pottwal«, sagte er. »Der nützt uns nichts. Aber wir werden näher rangehen, so haben die Männer ihren Spaß, und Sie können filmen.«

Seit einiger Zeit wurden Pottwale nicht mehr gejagt, weil sich ihr Öl mit dem anderer Arten nicht mischen ließ. Die STAR X hielt einzig nach Finn- und Blauwalen Ausschau.

Bald waren in der ruhigen See die Umrisse des Wals zu erkennen. Im blauen Wasser schwamm er so langsam und gemächlich dahin, als würde er schlafen. Nur alle Minute hob und senkte sich knapp unterhalb der Wasseroberfläche einmal die Fluke und hielt damit das Tempo des Tieres bei. Ohne sich beeilen zu müssen, schoss Hurley eine Fotoserie. Mit dem ihm zugewandten Auge schien der Wal ihn zu beobachten. Er war fast so lang wie das Schiff. Ein Drittel nahm der kantige Kopf ein, auf dem Kämpfe mit Tintenfischen oder Killerwalen tiefe, glänzende Narben hinterlassen hatten.

Ein paarmal gelang es dem Mann am Steuer, dem zweifellos schon greisen Riesen einen Schubs mit dem Vordersteven zu versetzen. Worauf der Wal eher müde als aufgeschreckt wirkend in die Tiefe verschwand. Die Fluke hob sich aus der See, und von den beiden stumpfschwarzen Flossensicheln prasselte in zwei dichten Vorhängen das Wasser nieder. Bei jedem Bugstoß jubelten die Männer auf der Schussplattform.

Die Blauwalschule tauchte auf, als sie am frühen Abend, etwa in Höhe der Hound Bay, bereits auf dem Rückweg waren. Am nördlichen Horizont, in knapp acht Kilometer Entfernung, stieg eine ganze Anzahl hoher silberner Dampfsäulen aus dem Wasser: »Blauwale beim Äsen«, sagte Larsen. »Wir haben Glück.« Als sich das Schiff den Walen bis auf drei Kilometer genähert hatte, hörte Hurley das Geräusch ihres Blasens. Es klang wie das Zischen einer ganzen Reihe von Dampfdruckventilen.

Im weiten Umkreis schimmerte das Meer rosa von Krillschwärmen, Mahlzeit für eine aus mehr als zehn verschieden großen Tieren bestehende Schule. Die Wale schwammen einzeln oder in Formation, schöpften mit weit aufgesperrtem Maul und vom Oberkiefer herabhängenden Barten die Krebssuppe und pressten das gefilterte Wasser unter Schnauben zurück ins Meer. Kurz bevor die STAR X in Schussnähe war, witterten die Wale die Gefahr, sie tauchten.

Eine ölig glitzernde Spur aus Strudeln verriet den Walfängern ihre Route. Ars Larsen betrat die Schussplattform und verfolgte die auf der See davoneilende Wirbellinie. Bis vorm Bug eine Dampfsäule aufschoss, gefolgt von der schnell anwachsenden, dunklen Masse des Wals. Larsen richtete die Kanone aus und feuerte sie krachend ab. Durch Rauch und Dunst sauste die Harpunenleine in einen Strudel aus blutgetränktem Schaum, aus dem kurz darauf der dumpfe Schlag zu hören war, mit dem im Innern des getroffenen Tieres der Sprengsatz detonierte. »Hurra!«, riefen die Männer, und Hurley rief mit. Für Minuten war er wie im Rausch und vergaß alles Fotografieren.

Der Wal begann das Schiff davonzuziehen. Er schleppte die STAR X südwärts, in die Richtung, in der seine Schule verschwunden war. Noch immer machte er gute acht Knoten Fahrt. Larsen feuerte einen zweiten Sprengsatz in ihn hinein. Die Männer schätzten seine Länge auf 26 Meter. Der Wal wurde langsamer, und eine Stunde später stieg er an die Oberfläche und stieß blutigen Nebel aus dem Blasloch. Er regte sich nicht mehr. Kurz bevor er in die Tiefe sank, schloss sich sein Auge. Hurley, der jedes Stadium der Agonie mit der Kamera festhielt, kam es wie das Auge des erlegten Riesen vor, von dem es im Märchen hieß, er habe mit den Lidern Kokosnüsse knacken können.

Mithilfe einer Hohlharpune wurde Luft durch den Walspeck in die Körperhöhle gepumpt. Der Kadaver schwoll an und kam an die Oberfläche zurück. Die Norweger vertäuten ihn am Schiffsrumpf, und zwei jüngere Langbärte zogen Nagelstiefel an, stiegen auf den Wal und hieben ihm die wertlose Fluke ab.

Es war dunkel und es schneite, als sie durch die Cumberland-Bucht tuckerten und an der Zerlegeplattform festmachten. Dort wurde der Wal zu Wasser gelassen und vertäut. Sie fuhren zum Anleger.

Er nahm seine Ausrüstung von Bord, verabschiedete sich von Larsen und seiner Crew und ging zum Spritzenhaus hinüber. Die meisten von unseren Männern schliefen bereits, und als Frank Wild ihm sagte, dass wieder Hunde ausgebrochen waren und was sie angerichtet hatten, entschloss sich Hurley, Crean und die anderen erst gar nicht zu stören, sondern sich am Hafen ein Boot zu suchen und sofort zur ENDURANCE zu rudern. Er ließ die Kameras im Spritzenhaus und machte sich mit einer Sturmlampe auf den Weg.

Um den Kopf freizubekommen, ging er am Wasser entlang. Als er zum Flensplatz kam, bot sich ihm ein abscheulicher Anblick. Zersägte und klein geschnittene Teile von Walen und Robben lagen überall zu Haufen aufgeschichtet. Flossen, Kiefer, Zungen und Glubschaugen glänzten von gefrorenem Blut, und durch die Gassen, die zwischen totem Fleisch und Gerippen hindurchliefen, pfiff der Wind und peitschte der dichte Schneefall.

Der unzerteilte Leib eines Buckelwals erstreckte sich über die gesamte steinerne Rampe und versperrte ihm den Weg. Im schwachen Schein der Lampe versuchte er, um den Kopf herumzugehen, aber weil der zur Hälfte im Wasser lag, machte Hurley kehrt und probierte es am Schwanzende. Das steckte tief in einem Berg aus Abfällen, über den kein Hinwegkommen war.

Mit einer Flenserleiter wollte er über den Wal hinwegklettern und kam auch unbeschadet oben an. Als er aber die Leiter zu sich hinaufzog, rutschte er aus, schlitterte auf der anderen Seite des Kadavers hinunter und stürzte ein paar Meter tief durchs Dunkel, bis er in etwas Weichem und Klebrigem landete und darin liegen blieb.

Noch nie hatte er sich so geekelt. Wenn er sich bewegte, gab es ein Schmatzen, und über Haare und Gesicht liefen ölige Fäden, die nur Blut sein konnten. Wo war die Lampe geblieben? Er sah nur den Umriss der Fleischtasche, in die er hineingefallen war, und wie davor der Schnee durch die Nacht wirbelte. Schließlich begann er zu schreien.

Der Arbeiter, der ihn hörte, leuchtete nur einmal kurz in den Wal, und als er sah, dass ein Mensch darin lag, einer, der auf Englisch fluchte, stieß er seinerseits einen norwegischen Fluch aus und rannte davon. Kurz darauf war die halbe Fabrikbelegschaft zur Stelle. Die Männer zogen Hurley aus dem Bauch, wickelten ihn in eine Decke und trugen ihn zu Jacobsens Haus. Dort bestand er darauf, unverzüglich zur ENDURANCE gebracht zu werden, was Kapitän Jacobsen sogleich veranlasste.

Den Orden überreichte ihm einer der einsilbigen Langbärte, mit denen er den Tag auf der STAR X verbracht hatte. Wie ein Eisbär so nüchtern abschätzend, was es zu holen gibt und was nicht, sorgenfrei, zufrieden und froh wie die Sonnenstrahlen am Morgen, kniff er Hurley zum Abschied in die Backe und hängte ihm wortlos die Lederplakette um.

6

Die Bibliothek

Shackleton hat unsere Abfahrt ins Eis für den Mittag in drei Tagen festgelegt. Seit vorgestern ist er mit Cheetham, Crean und Wild in Stromness, um mit Kapitän Sørlle zu reden, und während fast alle von uns an Land weilen und im Spritzenhaus die verbleibende Zeit nutzen, um Briefe nach Hause zu schreiben, die das Postschiff mit zurücknehmen soll zu den Falklands, bin ich an Bord geblieben und fahre mit Bakewell, der die Arbeit vorm Mast verrichtet, mit Holness, der die Kessel unter Feuer hält, und mit dem Skipper, der für einen Tag das alleinige Sagen über die ENDURANCE hat, hinüber nach Leith Harbour, um letzten Proviant und Kohle zu bunkern. Keiner kann mir sagen, wieso die Walfangstation der Russen am Fuß des Coronda Peak genauso heißt wie der Hafen von Edinburgh. Aber wichtig ist ja auch nur, dass der Sir mit den Russen einen günstigen Preis ausgehandelt hat. Bauholz, Mehl, Kondensmilch und 41 Kisten Kartoffeln schaffen die Walfänger, dirigiert von Worsley, an Bord, bevor sich die eigenwillige Bunkerkonstruktion, die Chippy McNeish zwischen Deckshaus und Hauptmast gezimmert hat, als tauglich erweisen muss. Und während die schnell völlig schwarzen Russen Stunde um Stunde die Kohle in die Rigg schippen, stehe ich vor den blitzblanken leeren Regalen in Shackletons Kajüte, überlege, wohin ich welches Buch stelle, krame in einer Kiste, popele ein bisschen in der Nase und lese.

Wie soll ich eine Bibliothek sortieren, die vielleicht nicht sehr groß ist, doch von deren bestimmt an die hundert Büchern ich außer der Bibel und den Tagebüchern Scotts kein einziges kenne? Alphabetisch, würde man meinen. Aber so leicht will ich es mir nicht machen, zumal es nicht das sein dürfte, was der Sir von mir erwartet.

Was erwartet er dann? Eine Zeit lang spiele ich mit dem Gedanken, die Wälzer nach ihrer Größe zu ordnen, oder nach der Farbe ihrer Rücken, so wie in Dads Magazin Nägel, Schrauben, Werkzeug und Holz in ihren Dosen und Kisten und Borden akkurat einsortiert und deshalb prompt wiederauffindbar sind … während es in Muldoons Laden ganze Bereiche gibt, in denen eine einzige Farbe vorherrscht: rote Stricke, rote Taue, rote Leinwand. So dass man einen Moment stockt, wenn Ennid ein rotes Kleid anhat und hinter dem Tresen einfach aus dem roten in den blauen Bereich hinüberhinkt. Shackleton, der ein bestimmtes Buch sucht, wäre damit allerdings kaum geholfen. Die Bücher nach Größe oder Farbe zu sortieren würde bedeuten, dass er sich das Aussehen von einem jeden einprägen und ständig parat haben müsste, welche Farbe beispielsweise dieser zweibändige Schinken »Voyage autour du monde« eines gewissen Louis-Antoine de Bougainville hat, nämlich ein ziemlich abgegrabbeltes Schwarz. Ebenso müsste er sich merken, dass das schmalste Buch in seiner Sammlung eines von Fridtjof Nansen ist, »Auf Schneeschuhen übers Gebirge. Von Bergen nach Kristiania«. Und es würde bedeuten, dass ich Nansen leider von Nansen trennen müsste, denn das andere Buch von ihm, das Shackleton besitzt, »In Nacht und Eis. Die norwegische Polarexpedition 1893–1896«, zählt eindeutig zu den dicksten Bänden und müsste somit am anderen Regalende zu stehen kommen. Kann das der Sinn der Sache sein?

Wenn der furchtbare Lärm der in den Riggbunker krachenden Kohle einmal nachlässt, hört man die Schreie der Vögel, die über der Bucht kreisen. Die Russen, die ihre Schubkarren über eine Planke an Bord rollen, werden nicht müde zu lachen. Einen Augenblick lang wünsche ich mir, mit einem von ihnen tauschen zu können. Aber dann sage ich mir, dass während für mich der erste Schritt der schwerste ist, für diese Jungs oben an Deck alle Schritte gleich schwer sind. Ich stelle mich in das durch die Kajütfenster fallende Licht und schlage das dünne Nansen-Bändchen auf.

Da steht: »Endlich hatte ich das Schlimmste überwunden. Puh, war das heiß! Das griff Arme und Beine an, und die Sonne briet. Ich empfand brennenden Durst, und der Schnee labte wenig. Vor Freude darüber, so weit gekommen zu sein, holte ich die Apfelsine hervor, die ich solange aufgespart hatte. Sie war gefroren und hart wie eine Kokosnuss. Ich aß sie ganz, Schale und Fleisch; mit Schnee gemischt war sie eine gute Erfrischung.«

Nachdem ich sämtliche Bücher aus den Kisten und Kartons geholt und vor Shackletons Pult aufgestapelt habe, bin ich wild entschlossen, die Sache anders anzugehen. Ich werde, sage ich mir, die Bücher nach ihrer Entstehungszeit ordnen, oder besser nach der jeweiligen Zeit, von der die einzelnen Bände handeln. Denn es fällt auf, dass auf fast jedem Buchrücken nach dem Titel zwei Jahreszahlen vermerkt sind, eine für den Beginn und eine für das Ende der Reise, die der Bericht schildert.

Merce, das musst du überprüfen. Bücher mit Jahreszahlen

im Titel kommen auf einen, solche ohne auf einen anderen Stapel. Auf den ersten lege ich den dicken Nansen, auf den zweiten den dünnen. Auf den ersten kommt F. A. Cooks »Die erste Südpolarnacht: 1898–1899. Bericht über die Entdeckungsreise der BELGICA in der Südpolarregion«, auf den zweiten dagegen »Umständlicher Bericht des Arthur Gordon Pym von Nantucket« von Edgar Allan Poe sowie »Die fliegenden Menschen oder Wunderbare Begebenheiten Peter Wilkins', darunter sein Schiffbruch am Südpol«, ein Buch, das, wie auf der ersten Seite zu lesen ist, Robert Paltock im Jahr 1784 geschrieben hat. Was mich auf eine weitere Idee bringt. Ich nehme ein Buch von denen ohne Jahresziffern und schaue nach, ob auch das ein Erscheinungsjahr aufweist: Alexander Dalrymple, »Historische Sammlung der verschiedenen Reisen nach der Südsee und der daselbst gemachten Entdeckungen«. Gleich auf der ersten Seite werde ich fündig: London 1770. Und um ganz sicher zu gehen, dass sich jedes der Bücher zeitlich einordnen lässt, greife ich mir noch mal den Poe: »Umständlicher Bericht des Arthur Gordon« und so weiter. Vorne drin keine Jahreszahl. Aber hinten, versteckt auf der letzten Seite und ganz winzig, steht es: New York, 1838.

Von seinem eigenen ehemaligen Boss und späteren Widersacher liegen zwei Bücher in Shackletons Kisten: »Robert Falcon Scott: Die Reise der DISCOVERY 1901–1904« und dasjenige, das auch mein Bruder besitzt und mir abends immer vorlas: »Letzte Fahrt. Scotts Tagebücher 1910–1912«. Ich weiß sofort, wo ich suchen muss, denn der Eintrag, in dem Scott das Ende von Titus Oates beschreibt, ist einer der letzten, bevor er selbst Abschied von der Welt nimmt: »Sollte dieses mein Tagebuch gefunden werden, so bitte ich um die

Bekanntgabe folgender Tatsachen: Oates' letzte Gedanken galten seiner Mutter; unmittelbar vorher sprach er mit Stolz davon, dass sein Regiment sich über den Mut freuen werde, mit dem er dem Tod entgegengehe. Wir drei können seine Tapferkeit bezeugen. Wochenlang hat er unaussprechliche Schmerzen klaglos ertragen und war tätig und hilfsbereit bis zum letzten Augenblick. Bis zum Schluss hat er die Hoffnung nicht aufgegeben – nicht aufgeben wollen. Er war eine tapfere Seele, und dies war sein Ende: Er schlief die vorletzte Nacht in der Hoffnung, nicht wieder zu erwachen; aber er erwachte doch am Morgen – gestern! Draußen tobte ein Orkan. ›Ich will einmal hinausgehen‹, sagte er, ›und bleibe vielleicht eine Weile draußen.‹ Dann ging er in den Orkan hinaus – und wir haben ihn nicht wiedergesehen. Wir wussten, dass der arme Oates in seinen Tod hinausging, wir versuchten auch, es ihm auszureden, aber er handelte als Held und als englischer Gentleman. Wir drei übrigen hoffen, unserm Ende mit ähnlichem Mut entgegenzugehen, und dieses Ende ist sicherlich nicht mehr weit.«

Es ist das erste Mal, dass ich das selbst lese, und wie damals, als ich im Bett liegend Dafydd zuhörte, läuft es mir kalt den Rücken dabei hinunter. Ich sehe wieder das Innere des winzigen Zeltes vor mir, in dem in ihren gefrorenen Schlafsäcken die drei Männer kauern, abgezehrt, vor Durst und Hunger halb besinnungslos und unfähig, ein verständliches Wort herauszubringen, weil die Zunge im Mund so dick geschwollen ist. Scott, Bowers und Wilson hören nichts als das endlose ohrenbetäubende Heulen des Sturms, der an dem Zelt zerrt und wieder und wieder gegen dieses einzige Hindernis im Umkreis von Hunderten von Kilometern anrennt. Und Käpt'n Scott hat einen Bleistiftstummel und schreibt. Kritzelt etwas wie: »handelte als Held und als englischer Gentleman«. Unfassbar. Als würde man sich vor dem brüllenden Rachen, der einen gleich verschlucken wird, die Krawatte binden. Dafydd fand immer, dieser Todesmut sei an Tapferkeit nicht zu übertrumpfen. Für mich dagegen – und das ist es, was mir Schauder über den Rücken jagt – schreibt da ein Toter, einer, der mit allem abgeschlossen hat, auch mit der Tapferkeit.

Ich lege das Tagebuch auf den Stapel. Vier Türme sind entstanden: ein Stapel aus den 20 Bänden der Encyclopædia Britannica, einer aus Büchern mit Jahreszahlen im Titel, einer aus solchen nur mit Erscheinungsjahr und schließlich einer aus fünf Büchern, die weder das eine noch das andere aufweisen und die, soweit ich sehen kann, allesamt Geschichtsbücher sind, Bücher, die davon handeln, welche Vorstellungen Ptolemäus und die anderen alten Griechen und Römer von der Antarktis hatten. Ich muss immer noch an Scott denken. Indem ich Shackletons Kisten leer räume und seine Bücher hierhin und dorthin sortiere, spukt mir plötzlich wieder der Satz im Kopf herum, der, als Dafydd ihn vorlas, mir so zusetzte, dass ich heulen musste, sobald wir das Licht ausgemacht hatten und ich unter meiner Decke allein war: »Also schön, mein Lebenstraum – leb wohl!«, schrieb Scott nämlich am Morgen vor der Rückkehr vom Pol. Nein, der Satz lautet anders. Ich suche das Buch noch mal heraus. Und da steht es: »Wohlan! Traum meiner Tage – leb wohl!«

Unter den letzten Büchern, die ich aus der Holzkiste herausfische, ist schließlich auch das Buch, das Shackleton erwähnte. Es ist grün und abgestoßen, und es hat Jahreszahlen im Titel: »Entdeckungsreise nach dem Süd-Polar-Meere in den Jahren 1839–1843«. Von Sir James Clark Ross. Die übrigen sind in dünnes weißes Papier eingeschlagene Drillinge:

drei Exemplare von Shackletons eigenem Buch »Das Herz der Antarktis. 21 Meilen vom Südpol. Die Geschichte der britischen Südpol-Expedition 1907–1909«. Zahlreiche Abbildungen sind darin, Zeichnungen, die sanft und zugleich grimmig wirken, genauso wie ihr Schöpfer George Marston, mit dem ich heute Morgen noch gefrühstückt habe! Es gibt Porträts von Shackleton im Pullover vor einer weiten Eisfläche, eines heißt »Die NIMROD vor Tafeleisbergen vertäut«, ein anderes zeigt ein Grammophon, das vor einer Gruppe neugierig die Hälse reckender Pinguine im Schnee steht, und auch ein Selbstporträt ist darunter: »Der erfindungsreiche Marston bei der Lektüre« liegt lesend in der Koje, auf seiner Schläfe eine brennende Kerze im Halter aus Porzellan.

Damit bin ich einmal durch. Der Rest ist ein Klacks. Ich werfe noch einen Blick in die leeren Kisten und merke plötzlich, dass es ganz still ist. Kein Russe lacht, kein Bakewell flucht, und ich höre, als ich im Kajütgang stehe, keinen Skipper hinter seiner Tür auf und ab stiefeln. In Shackletons Kajüte türmt sich mein Werk: vier Stapel, die nach nichts aussehen, aber eine Heidenarbeit waren. Auch ich habe mir eine Pause verdient. Mit dem Schlüssel des Sirs schließe ich ab. Und bin noch nicht an Deck, da fällt mir ein, was ich vergessen habe: Wo zum Teufel steckt die Bibel der Königinmutter?

7
Skipperliebling

Der Anblick, der mich im Ritz erwartet, wäre unter Scotts Kommando nicht möglich gewesen. Scott legte Wert darauf, dass Bordoffiziere und Rest der Mannschaft voneinander getrennte Quartiere hatten und dass Stab und »Zivilisten« nicht gemeinsam, sondern nacheinander aßen.

Anders als sein früherer Dritter Offizier Shackleton, der von der Handelsmarine kommt, hatte sich Scott bei der Navy emporgedient. Bei aller Großherzigkeit, mit der er zum Beispiel über den kleinen Birdie Bowers schrieb, es habe wohl nie zuvor einen so mutigen, tatkräftigen und unbezwingbaren Menschen gegeben, lautete seine Devise Disziplin. Ich bin mir nicht sicher, ob ich mit dem großen Scott wirklich warm geworden wäre. Im Ritz sitzen bei Kartoffelbrei und Schnitzeln, die eigentlich ja ich habe aufwärmen sollen, mein verschlafener Kapitän, mein Massageheizer und mein liebster Freund, und neben den Tellern von Worsley, Holness und Bakewell wartet ein einladender leerer auf den Schiffsjungen, auf mich.

Natürlich können sie nicht anders und ziehen mich damit auf, dass ich es binnen weniger Wochen aus dem Ölzeugspind bis in Shackletons Kajüte geschafft hätte. Aber sie höhnen nicht wirklich. Ich merke, dass Bakewell die Sache sogar ziemlich ernst nimmt, denn ein paarmal guckt er mich komisch an, prüfend, so als würde ich unter dem allgemeinen Gefeixe etwas Wichtiges nicht mitbekommen.

Bevor sich der Skipper wieder in seine Kajüte zurückzieht, um, wie er sagt, Neuseeland Briefe zu schreiben, legt er den Verlauf des restlichen Tages fest. Sobald der übernommene Proviant durchgezählt und die übrige Kohle gebunkert ist, werden wir ablegen und langsam die Bucht hinuntertuckern nach Stromness, den Sir und die anderen abholen.

»Die Proviantüberprüfung übernimmt Mister Bakewell. Holie, Sie gehen zurück an die Kessel.«

»Aye, Sir.«

»Und Sie zu Ihrem Spezialauftrag, nehme ich an«, sagt Worsley nicht ohne Grimasse zu mir.

Ich antworte ihm, dass ich so gut wie fertig sei, und bitte um die Erlaubnis, Bakewell helfen zu dürfen. Er hat nichts dagegen.

Zu dritt steigen wir ins Unterdeck. Holness begleitet uns bis zu den Proviantgatten, dann geht er allein weiter durch den schwach von gelbem Licht erhellten Gang, der achtern zum Abstieg in den Kesselraum führt. Blass sieht er aus, für einen Kohleschlepp eine ziemliche Leistung, und er ist schmal geworden, ein dürrer Hering. Mehr mit seinen großen blanken Augen sagt er »Tschüss« und stakst davon.

Zum ersten Mal seit Buenos Aires sind Bakewell und ich allein. Ich sehe sofort, dass er meinem Blick ausweicht. Aber ich lasse mir nichts anmerken. Der Auftrag ist seiner, ich lasse ihm den Vortritt und warte, welche Arbeit er mir zuteilt.

Wir nehmen uns zunächst das Gemüse vor. Er wuchtet die erste Kartoffelkiste von den Stapeln, gräbt eine Hand bis auf den Boden, ruckelt die Kiste beiseite und greift sich die nächste. Er ist wütend. Aber er sagt kein Wort. Er wäre nicht Bakewell, würde er ausspucken, was mit ihm los ist. Und weil ich, zumindest was ihn anbelangt, mir nichts habe zuschulden kommen lassen, sage auch ich nichts, sondern lasse ihn mit seinen russischen Kartoffeln allein und schlendere schon mal rüber ins Konservengatt, die Milchdosen zählen.

Natürlich macht er sie alle, alle 41 Kisten, so ist das, wenn eine vergrätzte Teerjacke einen Stock verschluckt hat. Und selbst schuld, dass ihm der Schweiß nur so runterläuft, als er in der Kabufftür steht.

»20 Paletten«, sage ich unschuldig, die Zahlen sind meine Zeugen, »20 mal 40. Macht 800 Dosen Milch. Hast du was zu schreiben?«

»Schreib du's in deine Bücher.« Er kommt hereingekeucht und macht sich, obwohl noch genug anderes Zeug dasteht, über meine Milch her. Ich sehe richtig: Er zählt noch einmal die Kondensmilch.

Aber gut. Ich liebe ihn. Er hat einen Bonus, keinen unbegrenzten, aber einen Bonus. Außerdem ist er stärker. Wenn Bakewell will, schlägt er einen Nagel mit dem Ellbogen ein. Ich warte, ob es ihm leidtut. Er kniet am Boden und tippt mit den Fingern die Paletten ab. Von sich aus wird er nie etwas sagen.

Also sage ich ihm aufs Gesicht zu, dass es ihm überhaupt nicht um die Bücher geht, wenn er hier einen derartigen Tanz aufführt. Abgesehen von ein paar Armleuchtern an Bord ist er der Einzige, der mich in den ganzen Tagen, seitdem ich aus dem Spind draußen bin, nicht gefragt hat, wie es denn kommt, dass der Chef so einen Narren an mir gefressen hat. Und ich weiß auch, sage ich zu ihm, warum das so ist. Weil er neidisch ist. Weil er sich nämlich anfressen lässt von einer popeligen und ganz üblen Missgunst. Von so manchem an Bord habe ich das erwartet, von ihm im Leben nicht.

Bakewell richtet sich auf und sagt: »Stimmt. 800.« Damit wendet er sich dem nächsten Palettenstapel zu.

Ich überlege schon, ob ich ihm auf den Rücken springen und in die Schulter beißen soll wie früher Dafydd, den ich so immer untergekriegt habe, da sagt er, mehr zu den Dosen vor seinem Gesicht als zu mir: »Ich frage mich bloß, was aus dir werden soll, Merce. Weißt du, von mir aus kannst du Shackletons Schuhe putzen. Füttere und wasche ihn, und dann liest du ihm noch eine Gutenachtgeschichte vor. Kannst du meinetwegen alles machen. Und warum du dich hier krümmst, warum du ihm seine Bücher sortierst und wie du es fertig bringst, dass er außer den Obereisheiligen ausgerechnet dich mitnimmt zum Souper mit Jacobsen und seiner Lady, ich finde, das geht mich nichts an, das ist ganz allein deine Sache, Herr Chefsteward.« Er schiebt einen Zeigefinger langsam zwischen unsere Nasen und sagt leise: »Aber lass dir eines gesagt sein. Niemand auf diesem Schiff kennt dich so gut wie ich. Keiner von denen weiß, dass du meistens ganz in Ordnung bist. Denk mal drüber nach: Woher sollen die Brüder wissen, dass du nicht immer so bist?«

Die Russen schippen wieder. Wenn sie ihre Karren an Bord rollen, hört man die Laufplanke gegen das Schanzkleid knallen, und bei jeder Schaufel Kohle läuft ein feines Zittern durch das Schiff.

»Von wem redest du denn?«, frage ich. »Und wie bin ich denn?«

»Ich werde einen Teufel tun und hier jemanden anschwärzen«, sagt er sofort. »Dass du es von alleine nicht merkst, wen du dir zum Feind machst, müsste dir eigentlich Warnung genug sein, findest du nicht? Mit solchen Typen ist nicht zu spaßen. Erinner dich an Rutherford. Die haben eine ganz feine Grenze, setz da den Fuß drüber, und sie holen ihre Harpyie aus dem Sack.« Er dreht mir den Rücken zu. Und indem er sich hinhockt, um weiterzuzählen: »Wie du bist? Willst du es wissen?«

»Sag es.«

»Kriecherisch.«

Eigentlich war ich zu dem Entschluss gekommen, keinen Brief nach Haus zu schreiben. Doch als ich mit zugeschnürter Kehle hinaufsteige in den Lärm und die von Staub erfüllte Luft an Deck, sehne ich mich danach, mich bei jemandem ausheulen zu können, bei dem ich weiß, woran ich bin. Furcht erregende Gestalten, diese zehn, zwölf russischen Walfänger, die, einer schwärzer als der andere, die letzten freien Meter zwischen den Hundezwingern, verzurrten Beibooten und Motorschlittenkisten voll Kohle schaufeln, seltsame Brüder, die ein strahlend gelbes Lächeln übrig haben, als ich vorbeischlüpfe und im selben Moment Shackletons Tür hinter mir schließe, als ein Rütteln durchs Schiff geht, weil Holness tief unten im Bauch die Kessel unter großes Feuer bringt.

»Liebe Mom, lieber Dad und liebe Regyn, ich weiß, es ist furchtbar, aber ich muss euch leider mitteilen …« Noch bliebe genug Zeit, um sich an Shackletons Pult zu setzen und alles, alles zu erklären.

Nein. Und auch wenn die Vorstellung verlockend ist, mich dazu bei Shackletons Briefpapier zu bedienen, werde ich keinen Brief schreiben. Aus dreierlei Gründen: Erstens wäre es grundfalsch, Mom, Dad und Regyn mit der Nachricht, dass ich mich auf dem Weg zum Südpol befinde, in Angst und Schrecken zu versetzen. Zweitens bin ich mir ziemlich sicher, dass Kapitän Coon Sorgfaltspflicht und meinem Vater gegebenes Wort sehr wohl über meinen Wunsch gestellt und in einem Brief nicht nur vom Untergang der JOHN LONDON sondern auch von meiner Rettung berichtet haben wird. Und drittens habe ich überhaupt keine Lust, meiner Familie einen Abbittbrief zu schreiben. Vielleicht bin ich so leichtgläubig, wie Regyn sagt, und so anmaßend, wie Ennid meint. Dass ich viel zu schnell zu beeindrucken und wenn ein Held, dann ein Maulheld bin, das finde ich ja sogar selbst. Aber unterwürfig bin ich nicht. Bakewell hätte sich auch auf der DISCOVERY durchgebissen, ich dagegen hätte Scott zur Weißglut getrieben. Schlimm! Schlimm, aber ich glaube, nicht einmal vor König Artus hätte ich klein beigegeben. Da hätte er noch so mit dem Schwert Excalibur vor mir herumfuchteln können.

Draußen zieht das kleine Grass-Eiland vorbei. Obwohl sie viel tiefer im Wasser liegt, macht die ENDURANCE schnelle Fahrt: Eine gute Kohle, die uns die Russen da überlassen haben. Ich muss sehen, dass ich fertig werde, und hocke mich vor meine Türme.

Wie sich die über dem Schiff hängende Kohlestaubwolke mit Verlassen von Leith Harbour in Luft aufgelöst hat, vergeht mit dem Wegsortieren der Bücher mein Groll. Die Bände der Enzyklopädie ordne ich alphabetisch ins oberste Regal. Immer noch muss ich an Bakewell denken. Er irrt sich. Und wenn nicht, was sollten sie mir anhaben können, diese Brüder, von denen er orakelt hat und mit denen er nur unfreundlichere Erscheinungen wie den Bos'n und den Oberheizer meinen kann? Sie würden jede Menge Ärger mit dem Sir und dem Skipper riskieren, und für den Rest der Reise hätten sie nicht viel zu lachen. Aber er irrt sich. Viel wahrscheinlicher ist, dass das Näherrücken der Abfahrt die Männer nervös macht. Und dass es einen Kleinkrieg um die Hackordnung geben würde, war zu erwarten.

Und wenn er sich nun nicht irrt?

Ins mittlere Regal kommen zuerst die Griechen und Römer, dann die Bücher übers Mittelalter, bis zum ersten Mal Magellan und Drake im Inhaltsverzeichnis auftauchen … ja, so wird es hinhauen. Jetzt müsste gleich daneben die erste Jahreszahl kommen.

1768. Cook.

Nein, Mister Bakewell, du machst mir nichts vor: Auch dir geht es letztlich um einen Platz auf einem der Schlitten. In Windeseile hat es sich herumgesprochen, dass neben dem Sir und den zwei Erfahrensten Cheetham und Crean nur drei andere werden mitfahren können. Worsley wird als Navigator mit von der Partie sein. Bleiben zwei. Nur zwei! Und einer davon wird ein Arzt sein müssen. McIlroys Chancen stehen derzeit schlechter, denn Doktor Macklin kümmert sich viel um die Hunde und macht überhaupt einen besseren Eindruck. Der Sir, der Käpt'n, Cheetham, Crean und Macklin also. Bleibt bloß ein Platz übrig. Und ich fürchte, der Fotos wegen wird den Hurley bekommen. Aber abwarten. Schöne Bilder kann Hurley auch von der Hütte machen, den Forschern, den Hunden, dem eingefrorenen Schiff.

Die Bände mit Jahreszahlen schön der Reihe nach in das letzte Regal. Was kommt ganz zum Schluss? 1912 … Scotts Tagebücher. Keine drei Jahre sind seit dem Tod der fünf, die den Pol erreicht haben, vergangen. Ruhm ein Leben lang erwartet die sechs Männer, die die Durchquerung schaffen. Die zurückbleiben, gehen leer aus. Ich kann es Bakewell nicht übel nehmen, wenn er hofft, dass der Sir ihn auswählt.

Topfit ist er ja. Keiner ist zäher als er. Und bei allem Tatendrang ist Bakewell ein friedlicher Bursche, meistens.

Pech, dass er trotzdem nicht mitdarf!

Britischer Triumph übers ewige Eis der Antarktis

Der Imperial Trans-Antarctic Expedition glückt
die erste Zu-Fuß-Durchquerung des sechsten Kontinents.
Die 3000 km vom Weddellmeer zum Rossmeer bewältigten
Sir Ernest Henry Shackleton mit seinen Gefährten
Cheetham, Crean, Worsley, Dr. Macklin und
Blackboro.

Fertig.

Shackleton ist bei bester Laune, als Cheetham, Crean, Wild und er aus dem Stromnesser Motorkutter steigen und ausgelassen scherzend das Fallreep heraufgeklettert kommen. Über der Bucht dunkelt es, ich halte die einzige Sturmlaterne, deshalb haben wir Mühe, aus dem Gesicht des Sirs den Ausgang der Unterredung mit Kapitän Sørlle zu lesen.

Aber er lässt uns nicht lange warten. Im Ritz habe ich die Gläser für den gewünschten Port noch nicht an alle verteilt, da hat er schon die Flasche gegriffen und hebt zum Toast an. Es gebe eine gute und eine schlechte Nachricht. Welche wir zuerst hören wollen.

»Zuerst die gute!«, kommt es von allen Seiten. Ich sehe Shackletons Blick. Er ist so wild, dass ich wegschauen muss, als er mich ansieht.

»Wir gehen es an«, sagt plötzlich nicht er, sondern Crean und blickt in die Runde. Niemand macht den Mund auf. Es ist absolut still, nur das Schiff ächzt unter dem Tonnengewicht, das ihm die Russen auf den Rücken geschippt haben. Shackleton hebt das Glas.

»Trinken wir darauf«, sagt er. Und dann gibt es kein Halten mehr. Jubel und Gejohle sind so groß, dass wir alles andere vergessen. Mit rot angelaufener Birne steht Bakewell vor mir, strahlt übers ganze Gesicht und drückt mich an seine Brust.

Die schlechte Nachricht betrifft das Postschiff. Pastor Gunvald ist am Morgen an Bord eines Walfängers von den Falklands gekommen – im Zustand völliger Erschöpfung und zugleich größter Aufgebrachtheit, wie der Sir sagt. Die genauen Gründe kennt er nicht. Sicher ist nur, das Postschiff wird Grytviken frühestens Mitte Dezember erreichen.

»Leider viel zu spät für uns. Ich weiß, wir warten alle auf Post von daheim. Kein schöner Gedanke, für Monate aus der Welt zu sein, ohne einen Gruß mitzunehmen. Ich fürchte nur, dass die Wetterverhältnisse, so wie Kapitän Sørlle sie mir geschildert hat, uns keine Wahl lassen. Der Sommer geht zu Ende, bevor er richtig angefangen hat. Das Packeis ist so weit südlich wie seit zehn Jahren nicht mehr. Im Grunde …«

Er unterbricht sich und sieht uns an, die wir an seinen Lippen hängen und zugleich wissen und nicht wissen, was er uns sagen will. Ich weiß, dass er nicht die Absicht hat, uns zu verunsichern. Aber er scheint der Einzige zu sein, der nicht merkt, wie irritierend seine Auffassung von Ehrlichkeit ist.

»… im Grunde genommen ist es schon jetzt zu spät.«

Später stehe ich neben ihm vor seiner Bücherwand und erkläre ihm, wie ich mir die Sache gedacht habe. Er scheint ganz angetan zu sein, zieht hier und da ein Buch heraus und stellt es ordentlich zurück an den Platz. Drei-, viermal schreitet er die Regale ab und lässt dabei die Augen über die Buchrücken wandern.

»Aha, sehr gut, verstehe«, murmelt er. »Chronologische Folge, sehr klug, Merce. Denn die ist gleichbedeutend mit dem Fortschreiten der Entdeckungen. Hätten Sie nach südlichen Breitengraden sortiert, wäre das Gleiche herausgekommen, richtig? Amundsen und Scott stehen für neunzig Grad südliche Breite. Sehr schön. Ich danke Ihnen von Herzen.«

»Ein Buch von Amundsen, Sir, war nicht dabei. Ich hätte es sonst natürlich neben das von Scott gestellt.«

»Es ist nicht dabei, weil ich es gerade lese.« Shackleton öffnet die Pultklappe und reicht mir das Buch. Es heißt »Die Eroberung des Südpols. Die norwegische Südpolarfahrt mit der FRAM«, und es hat Jahreszahlen, dieselben wie Scotts Tagebücher, 1910–1912.

»Stellen Sie es ins Regal«, sagt Shackleton, »aber stellen Sie es an den ihm gebührenden Platz.«

Ich überlege kurz, dann stelle ich den Amundsen rechts neben den Scott – an den Schluss.

Shackleton nickt.

»Sir, ich habe noch ein anderes Buch nicht finden können, nämlich die Bibel … die Bibel der Königinmutter, Sir.«

»Wie bitte? Sie stand im Regal. Wie haben Sie die Bibel der Königinmutter da übersehen, hm?«

»Ich habe keine Ahnung, Sir.«

»Sie haben sie doch wohl nicht in einem Anfall von walisischem Jähzorn über Bord geworfen?«

»Ich … Sir, um Gottes willen, nein!«

Shackleton kommt auf mich zu. Als er vor mir steht, legt er mir die Hände auf die Schultern.

»Nur ein Scherz! Ich habe die Bibel bei Kapitän Jacobsen hinterlegt. Er möchte, dass Pastor Gunvald seine Predigt auf Englisch hält, ich nehme an, damit wir ihn nicht missverstehen! So, und jetzt gehen Sie schlafen. Ich muss einen Brief an meine Frau schreiben, wenn ich es mir mit ihr nicht ganz verscherzen will.«

Ehe ich in die Bunk kriechen und unter meiner Decke heulen kann, muss ich noch ein weiteres Späßchen über mich ergehen lassen. Zur Feier des Tages hat sich der Käpt'n Husseys Banjo ins Ritz geholt. Zu seinem Geschrammel trällern und grölen Cheetham und Bakewell das Shanty von Lorenzo, dem Skipperliebling:

»Oh Ranzo was no sailor – Ranzo, boys, Ranzo ...
He went on board a whaler – Ranzo, boys, Ranzo!
And he could not do his duty – Ranzo, boys, Ranzo ...
So they took him to the gangway – Ranzo, boys 'n' sailors!
And they gave him five-'n'-thirty – Ranzo, boys, Ranzo ...
That made poor Ranzo thirsty – Ranzo, boys 'n' sailors!
Now the Captain was quite good – Ranzo, boys, Ranzo ...
And he took him to his cabin – Ranzo, boys, Ranzo!
And he gave him wine and water – Ranzo, boys, Ranzo ...
And Ranzo loved his daughter – Ranzo, boys, Ranzo!
And he taught him navigation – Ranzo, boys, Ranzo ...
To fit him for his station – Ranzo, boys, Ranzo!
Now Ranzo is a sailor – Ranzo, boys, Ranzo ...
And Chief Mate of that Whaler – Ranzo, boys 'n' sailors!«

8

Die Predigt

Die Orgel verstummt. Pastor Gunvald legt die Hände auf den Kanzelrand und lässt den Blick über die Köpfe der Walfänger wandern. Er wartet, bis es unter Jacobsens Männern still ist, erst dann hebt er an.

»Schön, einen jeden von euch wohlauf zu sehen! Danken wir dem Herrn dafür mit einem Vaterunser in der Sprache unserer Heimat. Dann will ich auf Englisch fortfahren.«

Als auch das Murmeln der Norweger verstummt ist, wendet Pastor Gunvald sich uns zu. Keine Begrüßung. Ohne weitere Einleitung liest er aus der Bibel vor, und das Lukas-Evangelium in der Muttersprache zu hören verfehlt nicht seine Wirkung. Bakewell, Holness und How senken den Blick und falten die Hände. Einzig ich kann die Augen nicht von dem roten Bart lassen, durch den die Worte von Jesu Stillung des Sturms über uns kommen.

»›Und es erhob sich ein großer Windwirbel, und die Wellen schlugen in das Schiff, so dass das Schiff schon voll ward. Und er war hinten auf dem Schiff und schlief auf dem Kissen. Und sie weckten ihn auf und sprachen zu ihm: Meister, fragst du nichts danach, dass wir verderben? Und er stand auf und bedrohte den Wind und sprach zu dem Meer: Schweig und verstumme! Und der Wind legte sich, und es ward eine große

Stille. Und er sprach zu ihnen: Was seid ihr so furchtsam? Wie habt ihr denn keinen Glauben?‹

Antarktiker«, sagt Gunvald, »vor wenigen Wochen habt ihr dieselbe Überfahrt hinter euch gebracht wie ich in den vergangenen Tagen. Aber wie anders muss eure Reise gewesen sein! Nichts habt ihr gewusst von dem Sturm, der schon hinter euch herjagte und in dessen erste Vorboten ich hineingeraten bin, ohnmächtig und voller Furcht wie die Fischer aus Kapernaum, mit denen der Messias den See Genezareth überquerte. Ich will zu euch von diesem Sturm sprechen, euch offen legen, was am anderen Ufer wartet auf die, die der Macht des Herrn nicht achten!«

Ein Amen rollt durch die Reihen der Walfänger. Auf unserer Seite hört man nur Flüstern, Schurren von Stiefeln und die Holzbänke, die unterm Gewicht der Männer knarzen.

Der Pastor streicht sich den Bart in den Joppenausschnitt. »Seit ich die Falkland-Inseln verließ, geht mir die Frage der Fischer nicht aus dem Sinn: ›Meister, fragst du nichts danach, dass wir verderben?‹ Wie kann es sein, dass der Erlöser schweigt zu dem alle umbrausenden Verderben?«

Zwei Reihen vor mir sitzt Käpt'n Worsley im weißen Pullover, umgeben von seinen Offizieren. Von Shackleton ist kaum mehr als der frisch rasierte Nacken zu sehen. Regungslos sitzt der Sir auf seinem Platz neben den Jacobsens, die sich zu uns gesetzt haben. Eine Zeit lang ist alles ruhig, wir lauschen Pastor Gunvalds Ausführungen, und draußen wirbelt der Schnee an den Fenstern vorüber.

Und doch liegt etwas in der Luft, von dem ich nicht weiß, woher es kommt: ob es von dem Eiferer da oben auf der Kanzel ausgeht oder von der gespannten Ruhe der Männer, die mir in dieser Kirche wieder so fremd sind, als hätte mich bloß ein Zufall oder das Wetter hierher verschlagen. Ich taste nach Ennids Fisch, als mir Bakewell einen Klaps gibt und in Worsleys Richtung nickt.

Der Skipper scheint eingeschlafen zu sein.

»Tut bloß so«, flüstere ich. Bakewell sieht genau hin und schüttelt den Kopf.

Und im selben Augenblick geht es los. Mit dem ersten Satz, vom Pastor noch bedächtig in unsere Richtung gesprochen, ist es mit der Ruhe vorbei. Alles, was er bislang sagte, waren Stüber mit dem Bug. Jetzt kommen die Harpunen.

»33 Tage ist es her, seit am 1. November bei einer Seeschlacht vor dem chilenischen Coronel große Teile der britischen Kriegsflotte versenkt wurden. Das siegreiche deutsche Geschwader unter Admiral Graf Spee erlitt keine nennenswerten Verluste und befand sich, als ich die Inseln verließ, wenige hundert Seekilometer vor den Falklands, um sie in Besitz zu nehmen. Der Windwirbel des Krieges hat das Südmeer erreicht. Und ich sage euch, Antarktiker, es ist dies ein Sturm, wie ihn noch kein Mensch erlebt hat.«

Keiner von uns ist ruhig sitzen geblieben, alle sind nach vorn geschnellt und schauen einander verdattert an. Murren läuft durch die Bänke, während drüben die Norweger gaffen und oben der Flammenbart ein halbes Glas Wasser kippt.

»Ruhe!« – »Männer!«, rufen kurz nacheinander Creans Bass und die Reibeisenstimme des Bos'n.

Shackleton dreht sich um und hebt kurz die Hände.

»Heilige Seeschlange!«, sagt neben mir Bakewell. Das beruhigt mich ein bisschen.

»Tausende eurer Landsleute liegen tot in den Wracks auf dem Grund des Meeres vor Coronel. Von keinem Erlöser gebändigt, hat der Sturm sie in die Tiefe gerissen. Gott schläft, scheint es. Nicht einer, der ihn fragt, ob ihn das alles nicht kümmere. Nichts auf der Welt stillt diesen Sturm. Nicht einer, der glaubt, dass dieser Schlafende in der Lage dazu wäre!«

»Komm zum Ende!«, ruft jemand ganz in meiner Nähe.

Vincent steht auf und dreht sich drohend um.

»Wer war's?«, flüstere ich Bakewell zu.

Vincent setzt sich wieder.

»Wir alle fahren auf diesem Schiff mit dem fest schlafenden Jesus darauf, wir alle. Und falls es euch ein Trost ist, so lasst euch gesagt sein, dass es im Herzen Europas nicht Tausende sind, die der Sturm dieses gottlosen Krieges mit sich reißt, sondern dass es allein in der Schlacht um das flämische Ypern Hunderttausende sind, die man dort für ein paar Meter Bodengewinn nur mehr verschrottet. Nein!«, brüllt Gunvald über den Rand der Kanzel gebeugt, »ich muss nicht zum Ende kommen. Ich bin es bereits! Und ihr seid es nicht minder.«

»Abwarten!«

Dieselbe Stimme. Vincent ist sofort auf den Beinen. Nichts zu machen. Die Walfänger grollen ihr Amen.

Pastor Gunvald richtet das Wort erneut an sie. Die Langbärte nicken nach jedem Satz, und vorn neben Shackleton senken Jacobsen und die wunderbare Stina den Blick.

Derweil spielt die Imperial Trans-Antarctic Expedition Stille Post. Holie raunt mir die Botschaft ins Ohr: »Strikte Order vom Chef: keine Zwischenrufe!« Ich beuge mich zu Bakewell.

Gunvald wechselt ins Englische zurück. Was er seinen Landsleuten soeben ans Herz gelegt habe, sei: sich zu erinnern an König Sverre, der, wie Abt Karl Jonsson es überliefere, sich vor mehr als 700 Jahren mit seinen Mannen, den Birkbeinern, vor dem übermächtigen Feind tief ins Rauntal habe zurückziehen müssen: »Da nahm König Sverre fünf Führer, die den Weg am besten kannten. Und das war bitter nötig, denn das Wetter wurde so schlimm, wie selten geschieht. Und es schneite unermesslich. So dass sie dort verloren 120 Pferde mit goldenen Sätteln und Zäumen, Mäntel und Waffen und viele andere Kostbarkeiten. Acht Tage lang aßen sie Schnee. Aber am Tage vor Allerheiligen wurde der Schneesturm so stark, dass ein Birkbeiner den Tod fand, als der Wind ihn niederwarf und dreifach sein Rückgrat brach. Einzig ihre Schilde blieben den Mannen von König Sverre. Unter ihnen vergruben sie sich im Schnee. Und nur die Schilde der Birkbeiner kehrten aus dem Rauntal heim ... So steht es geschrieben in der Geschichte unseres Landes, die seit Tausenden Jahren das Eis kennt und den Tod im Eis. Wir kennen das Eis länger, als wir Gott kennen. Wir haben dem Eis zum Trotz den Weg zu Gott gefunden. Amen!«

»Und aus!«

Diesmal ist es Greenstreet, der aufspringt: »Wer war das? Sofort aufstehen!«

Es steht aber keiner auf. Nur Lionel Greenstreet steht dürr in seiner Erstenuniform zwischen den Bänken, und oben auf der Kanzel steht Pastor Gunvald, der keine Miene verzieht, der wartet.

Ein Schuh, ein Flenserstiefel kommt geflogen. Krachend landet er zwischen Mick und Mack.

»Daneben!«

»Blinder!«, ruft Bakewell, bevor mein Ellbogen ihn trifft.

Und ich bin mir sicher, Orde-Lees ist es, der brüllt: »Birkbeiner!«

Shackleton steht auf, er gibt Greenstreet das Zeichen, sich zu setzen, und kommt durch den Gang nach hinten. Wortlos geht er vorbei und setzt sich auf die erste freie Bank in meinem Rücken.

Von drüben kommen noch ein paar Hohnlaute; dann ist es wieder still; nur der Wind pfeift. Bevor der Pastor neu anhebt, wende ich kurz den Kopf: Shackleton sieht mich an, er hat rot unterlaufene Augen, so als würden Bart und Haarschopf des Pastors sich darin spiegeln.

»Lasst es euch gesagt sein: Fordert nicht Gottes eisigen Sturm heraus! Tragt nicht den Sturm der Gottlosigkeit in den Sturm Gottes! Tragt nicht den Krieg in das Eis! Kehrt um, wenn es euch nicht ergehen soll wie König Sverre! Kehrt um und gedenkt der Lektionen, die das Eis euch erteilt hat. Binnen eines Monats vor nicht einmal drei Jahren nahm es euch euren größten Helden und euer größtes Schiff. Denkt an Scott, der am Südpol erfror, und die TITANIC, die im Nordmeer versank.«

Pastor Gunvald verschränkt die Hände, legt sie auf den Kanzelrand und schließt die Augen. Er scheint zu beten. Ich jedenfalls bete, dass es zu Ende ist.

Aber es ist nicht zu Ende.

Gunvald hebt die grüne, in Leder gebundene Bibel langsam über den Kanzelrand.

»Was also erwartet die Fischer von Kapernaum am anderen Ufer? Ein Besessener! Einer, der in den Gräbern lebt und sich Legion nennt, denn, so sagt der Wahnsinnige zu Jesus: ›Wir sind viele.‹ ›Und er bat Jesus sehr, dass er sie nicht aus der Gegend triebe. Es war aber daselbst am Berge eine Herde Säue auf der Weide. Und die unsauberen Geister baten ihn und sprachen: Lass uns in die Säue fahren! Und er erlaubte es ihnen. Da fuhren die unsauberen Geister aus und fuhren in die Säue, und die Herde stürzte sich den Abhang hinunter ins Meer.‹«

Mit einem Knall schlägt Pastor Gunvald die Bibel zu und lässt das Buch sinken. Kein Mucks regt sich, und Gunvald sagt leise: »Begebt euch getrost in den Hafen des Glaubens an Jesus Christus, denn er ist der Bezwinger des Sturmes und der Endiger der Besessenheit.«

»Amen!«, grollen die Walfänger.

»Keine noch so geschickt bemäntelte Expedition …«

»Jetzt ist es aber gut!«, ruft jemand, Cheetham oder sogar Wild, der Ruf kommt von weit vorn. Und er zieht andere nach sich. Bakewell steckt zwei Finger zwischen die Lippen und lässt einen schrillen Pfiff hören. Und Käpt'n Worsley ist es, der durch den Handtrichter ruft: »Wann kommt eigentlich endlich die Musik?«

Vom Banner der Besessenheit, das Shackleton nicht ins Eis tragen dürfe, spricht Gunvald noch, bevor ihn Pfiffegellen und Stiefeltrampeln übertönen. Die Hälfte der Walfänger ist aufgestanden und sieht nicht erfreut herüber. Aber Jacobsen und Larsen haben ihre Männer besser im Griff. Vorn und hinten im Gang stehend, passen sie auf, dass keiner handgreiflich wird.

Die Messe ist vorüber. Der Pastor kommt von der Kanzel gestiegen. Er hat die Bibel in Händen und legt sie behutsam ab auf dem Platz in der ersten Bankreihe, wo Shackleton saß, bevor er nach hinten ging. Als der Krach nachlässt und erstes verhaltenes Gelächter hin- und herfliegt zwischen den Langbärten und uns, gehe ich durch die Bänke und suche ihn. Aber er ist nirgends. Shackleton ist nicht mehr da.

9
Cook oder: Wo wir sind, wissen wir nicht genau

Greenstreets durch Mark und Bein fahrende und am Rand des Überschnappens zitternde Kommandos gehen nahtlos über in das ohrenbetäubende Jaulen der Winschen und Gerattere der Spille. Meter für Meter kommen die grünen Ketten an Bord. Bis mit doppeltem Knall backbord und steuerbord die beiden Ungetüme aus dem Wasser brechen und gegen die Bugwand donnern.

»Anker gelichtet! Hol Anker klar!«

Abgesehen von den Heizern und dem Mann im Ruderhaus sind alle an Deck, als wir unter Sirenengeheul vom Ufer und siebzigkehligem Gekläff aus den Zwingern eine letzte Schleife um die Zerlegeplattform ziehen und dann langsam aus der Cumberland-Bucht hinauspöttern. Der Tag unserer Abfahrt mit Kurs auf die dem Weddellmeer vorgelagerten Südsandwich-Inseln ist ein wolkenloser Tag im subantarktischen Sommer, fünf Grad über null, der 5. Dezember. Holness hat mir einen fliederblütenfarbenen Pullover vermacht, nicht zu dünn, so dass ich schön warm eingepackt bin, aber auch nicht zu dick, damit Moms Grego noch darüber passt.

Ein kleiner Trupp Wikingerwalfänger hat sich am Anleger eingefunden und winkt uns Wahnsinnigen zu.

»Hoiho, ihr Birkbeiner! Macht's gut!«

Vorbei am Hobartfelsen erreichen wir die Hauptbucht, und ich bin kaum einmal unten gewesen, um sicherzustellen, dass Green nicht schon nach mir fahndet, da liegen backbord bereits Sappho Point und vor dem Klüverbaum die offene graue See. Stornoway, Hownow, Bakewell und die anderen jagen die Wanten hinauf, stiefeln über die Rahleinen und lassen die frisch gebügelten Segel in den verblüfften Wind knallen.

»Alles rauf!«, donnert Greenstreet und meint seine Männer.

»Alles runter!«, kreischt der Bos'n und meint damit die Segel. Denn wenn Vincent einen Mann meint, hört sich das anders an: »McCarthy, heb den Arsch zum Mast! Bakewell, such nicht dein Hirn, du hast keins, mach lieber die Taljen klar! Blackboro, geh lesen, aus dem Weg.«

So unter vollen Segeln dahinrauschend halten wir uns dicht an der gezackten Schneeküste der Insel. Wo die Brecher nicht turmhoch gegen die Felsenklippen branden, liegen die Buchten, die einst Cook mit Namen versah, allesamt menschenleer, mit Stränden aus schwarzem Sand, über die Gletscher kriechen, bis die Last ihres Gerölls zu schwer wird und sie ins Wasser brechen und als Eisberg davonschwimmen. Bestimmt eine Stunde lang stehe ich trotz meines Blütenpullovers bibbernd an der Reling und kann mich nicht satt sehen am äußersten Rand von diesem Außenposten der Zivilisation, dem noch einmal gewaltig Krach schlagenden letzten Zipfel der Welt, an den es ausgerechnet mich verschlagen muss. Wie soll ich das finden? »Kap der Enttäuschung« nannte James Cook das südlichste Ende Südgeorgiens, als er einsah, dass er eine Insel vor sich hatte und nicht den sagenumwobenen Südkontinent, den zu finden sein Geheimauftrag war. Wenn man von den endlosen Mühen liest, die der olle Cook auf sich nahm, um als erster Mensch so weit südlich auf dem Globus vorzustoßen, lässt sich seine Enttäuschung nachfühlen. Auch wo sie wieder ins Meer übergeht, ist die Insel eine baumlos nackte und farblose Einöde, ganz so, wie man sich das Ende der Welt immer vorgestellt hat: Alles wird weniger und weniger, alles bis auf eines: Wasser! Und dann gibt es mit einem Mal nichts anderes mehr als die See. Dass ich dennoch nicht enttäuscht bin, liegt wahrscheinlich daran, dass ich den ganzen Monat auf Südgeorgien nie das Gefühl gehabt habe, ich würde unbekannten Boden betreten. Es kam mir vor, als hätte man mir die Möglichkeit gegeben, zur Küste meines Traums hinüberzurudern und sein Inneres zu erkunden. Und das war wunderbar. Aber im Gegensatz zu Cook weiß ich ja auch, dass es den riesigen Südkontinent tatsächlich gibt, dass er kein Traum, sondern so wirklich ist wie Südgeorgien.

Auf seine ekelhafte Art hat Vincent schon Recht, wenn er mir seinen Spott ins Gesicht spuckt, denn in meinen Freistunden zwischen den Mahlzeiten sieht man mich nur noch selten ohne Buch. Nur was, bitte, kann ich dafür, wenn Shackleton mich nicht dazu anhält, im Schneidersitz zu Füßen meines Bos'n zu hocken und alte Signalwimpel zu flicken, sondern von mir verlangt, ich solle die Bücher, die ich so gewissenhaft sortiert habe, auch gewissenhaft lesen? Als er nach der Verabschiedung der Jacobsens an Bord kam, drückte er mir wortlos die Bibel an die Brust. Und in seiner Kajüte hatte ich sie kaum an ihren Platz gestellt, da kam er türknallend herein und fing an zu nörgeln. Er war furchtbar schlecht gelaunt und ich wieder bloß der Dummkopf.

»Sie nehmen sich ein Buch und lesen es. In drei Tagen frage ich Sie ab.«

»Yesser, gern, Sir. Haben Sie an ein bestimmtes gedacht?«

Hat er. Schließlich segeln wir in den drei folgenden Tagen auf derselben Route wie im Januar 1775 Cook mit seiner RESOLUTION.

Während wir Kurs Südost auf die Südsandwich-Inseln nehmen und uns eine immer kleinere Zahl Vögel über die offene See begleitet, lässt Shackletons Anspannung zum Glück genauso nach wie die der Männer. Die Gespräche im Ritz kreisen allmählich seltener um Pastor Gunvalds Andeutungen von dem gewaltigen Krieg, der in Europa tobt, und auch ihre Enttäuschung über das ausgebliebene Postschiff vergessen die Männer langsam. Mit Erreichen des offenen Meers rücken eine Zeit lang wieder die vorhergesagten Eisverhältnisse in den Mittelpunkt des Interesses, aber weil sich das Schiff als unerwartet gut getrimmt erweist und wir auf einer ebenso unerwartet friedlichen See zwischen dem 55. und 56. Breitengrad schnelle Fahrt machen, mit keinem Eis in Sicht, nicht der kleinsten Scholle, kehrt Ruhe ein und vertieft sich allmählich ein jeder so in seine Arbeit wie ich mich in Cooks Logbücher der Reisen von 1768 bis 1779. Auf halbem Weg zwischen dem Kap der Enttäuschung und der Sawodowskij-Insel, der nördlichsten der Südsandwich-Kette, an einem diesigen Morgen, an dem sich die Trennlinie zwischen Himmel und Meer in weißem Nebel nur ahnen lässt, ist keiner der Vögel, die uns seit Südgeorgien gefolgt waren und sich auf unsere Rahen setzten, wenn sie ausruhen wollten, mehr da. Das Verschwinden seiner Vögel kommt mir wie der endgültige Abschied von Südgeorgien vor, und meine Wehmut an diesem Morgen wird noch stärker und treibt mir schließlich die Tränen in die Augen, als ich sie bei Cook wiederfinde: »Ländereien, die die Natur zu ewiger Kälte verdammt, die nie wärmende Sonnenstrahlen spüren und deren fürchterlichen und wilden Anblick ich nicht mit Worten beschreiben kann; solcherart sind die Länder, die wir entdeckten. Wie mögen dann aber jene aussehen, die weiter im Süden liegen? Wer immer die Entschlossenheit und die Ausdauer besitzt, diesen Punkt dadurch aufzuklären, dass er weiter fährt, als ich es getan habe, dem will ich die Ehre der Entdeckung nicht neiden, sondern vielmehr die Kühnheit haben zu sagen, dass die Menschheit daraus keinen Nutzen ziehen wird.«

Vielleicht hat die Menschheit, abgesehen davon, dass sie Millionen von Robben, See-Elefanten und Walen hat töten können, um wertvolle Felle, Fette, Öle und Knochen weiterzuverarbeiten, bislang keinen Nutzen aus der Erforschung der Antarktis gezogen. Ein ganzes Jahrhundert verdient seinem Fortschritt dem Blubber, der Fettschicht der in den Eismeeren geschlachteten Tiere, mit dessen Öl Maschinen auf der ganzen Welt geschmiert wurden und auch die Straßenlaternen von Wales und die drei von Pillgwenlly nachts schön hell brannten, damit mein Vater meine Mutter sicher nach Haus geleiten konnte, um im Schein einer Kerze aus Waltalg mich zu zeugen. Cook hat es kommen sehen: Männer, die weiter nach Süden fuhren als er, Entdecker, denen es nicht um Profit oder Fortschritt ging, haben es sehr wohl verstanden, dem ewigen Eis einen Nutzen abzuringen. Zum Beispiel Shackleton. Seine Expedition mit der NIMROD hat ihm Ruhm und Ansehen eingebracht, so dass er sogar geadelt wurde. Sein Lehrmeister Scott muss das wie einen Hieb ins Gesicht empfunden haben. Wurde doch nicht einmal Cook zum Ritter geschlagen.

Hätte unser Sir wirklich vor, nach Lehrermanier meine

Lektüre zu überprüfen, so könnte ich etwa die Mangelerscheinungen herunterbeten, unter denen Cooks Männer litten, als an Bord der RESOLUTION der Skorbut umging: »Fauliges Zahnfleisch, blaugraue Flecken, Hautausschläge, Atemnot, zusammengezogene Gliedmaßen, trüber grünlicher Schleim im Urin, Sir!«

Doktor McIlroy hat seinen Spaß, als ich ihm die Stelle in Cooks Aufzeichnungen vorlese.

»Tja, da helfen auch Karottenmarmelade und Sauerkraut nicht mehr.«

Während sein Kollege Mack die ruhigen Tage auf See dazu nutzt, seine Hunde zu trainieren, ist Mick einer der wenigen, die nichts zu tun haben und mehr schlecht als recht ihre Langeweile verbergen. Er ist der Erste, bei dem Greens Vorhersage eintrifft: Kurz nach Verputzen einer Mahlzeit fängt er an, nach der nächsten zu fragen. Wir lungern also beide in Küchennähe herum, es ist bloß schade, dass man sich mit McIlroy nicht wirklich unterhalten kann. Denn was er beispielsweise über den Krieg denkt, ob England oder Wales zum Schlachtfeld werden könnten, oder für wie wahrscheinlich er es hält, dass es zu einem Luftkrieg kommen wird, das behält Mick für sich, er macht lieber einen lustigen Spruch: Es sei durchaus wahrscheinlich, dass das britische Rotkehlchen der deutschen Amsel ordentlich den Marsch blase. Insofern, ja, nach seiner Meinung unbedingt ein Luftkrieg.

Es ist noch Zeit bis zum Abendessen. McIlroy raucht lieblos einen Ablenkungszigarillo und fragt eher beiläufig, ob ich Parallelen zwischen Cook und Shackleton sehe. Das ist Micks andere Seite.

Ich bin mir nicht sicher. Auch Shackleton, damals noch dritter Mann unter Scott, hat der Skorbut fast umgebracht.

Ich erzähle Mick also davon, wie Cook in dem Moment zusammenbricht, als er aus dem Eis zurückkehrt. Aus dem milden Kommandanten von früher ist ein dünnhäutiger, jähzorniger Tyrann geworden, Cook neigt zu drakonischer Bestrafung durch die neunschwänzige Katze. Und er verbirgt die mörderischen Schmerzen einer Gallenblaseninfektion.

»Autsch«, macht Mick und bläst einen Rauchring.

Cook hungert so lange, bis er nur noch Haut und Knochen ist. Erst als der Naturforscher an Bord, der Deutsche Reinhold Forster, seinen geliebten Hund opfert, um den ausgemergelten Kapitän mit einer Mahlzeit zu stärken, setzt allmählich die ersehnte Genesung ein.

McIlroy überlegt eine Weile: »Gut, Hunde haben wir ja genug«, sagt er schließlich und streicht der Katze über den Rücken, die zwischen uns im Bullaugenrund schläft.

Der Zigarillo ist aufgeraucht, vom Abendessen kein Anzeichen. Vielleicht hat Shackleton eine gewisse Ähnlichkeit mit dem jungen Cook, dem selbstlos-steifen Pionier voller Skrupel. Die gehetzte Besessenheit, die den älteren Cook rauf und runter durch die Weltmeere trieb, hat eher Scott mit ihm gemein. Mick stimmt mir weder zu, noch ist er anderer Ansicht.

»DISCOVERY«, sagt er bloß und mit Seitenblick auf Green, der zwar vorbeihuscht, aber noch immer nichts in Händen hält, keine Brotkörbe, nicht einmal Servietten. Draußen vor Mrs. Chippys Bullauge sackt graue Finsternis auf graue See. Doch, das Abendbrot ist nicht mehr weit.

»Sicherlich kein Zufall, dass Scotts erstes Schiff genauso hieß wie Cooks erstes«, meint Mick gelangweilt.

Er weiß nicht, und wahrscheinlich interessiert es ihn auch gar nicht, dass es sieben Discoverys gab und dass Scotts Schiff bloß das bislang letzte mit diesem Namen war.

Die Kommandanten der sieben herunterzurattern, vielleicht wäre das eine Möglichkeit, um Shackleton Respekt abzunötigen. Dazu müsste er allerdings erst seine Drohung wahr machen und meine neugewonnenen Kenntnisse überprüfen. Aber er hat wohl andere Sorgen.

Wir haben alle ein und dieselbe Sorge. Auch am kommenden Morgen, dem vierten seit Grytviken, ist kein Eis in Sicht. Sobald die Wolkendecke aufreißt, bestimmen Worsley und Buddha Hudson unsere Position, aber sie kommen immer wieder zum gleichen Ergebnis: Laut den Angaben von sowohl Jacobsens als auch Sørlles Männern müssten wir bereits seit anderthalb Tagen auf schweres Treibeis gestoßen sein. Doch vor uns liegt nichts als Wasser.

Shackleton steigt persönlich mehrmals am Tag ins Fass hinauf und hält Ausschau im beißenden, aber völlig schneefreien Wind. Im Ritz, wo sie sich aufwärmen, diskutieren der Sir und die Ranghöchsten die mögliche Fehlerquelle. Einen Navigationsirrtum schließt Worsley aus, er weist aber dennoch Uzbird und James an, das Besteck zu überprüfen.

Es ist tadellos. Und ob unsere errechnete Position stimmt, 56° 10' südlicher Breite und 28° 30' westlicher Länge, wird sich ohnehin binnen weniger Stunden herausstellen, dann nämlich, wenn am Horizont die Sawodowskij-Insel liegt oder nicht.

Der kleinste im Raum ist anderer Ansicht. Uzbird Hussey wartet mit den Luftdruckmessungen der vergangenen Stunden auf. Sie ergeben, dass ein schwerer Sturm, wenn nicht ein Orkan aufzieht. Shackleton kombiniert am schnellsten: Falls Uzbird Recht hat, könnte der Sturm die Erklärung dafür sein, dass kein Treibeis da ist. Allerdings fegt wirklich bloß ein Orkan das Eismeer so sauber.

»Ich sehe noch ein anderes Problem«, sagt Worsley. »Falls wir in Orkanwetter laufen, ist Sawodowskij in Sichtweite zu passieren viel zu riskant. Ich schlage vor, wir kreuzen Kurs West.«

Shackleton stimmt zu für den Fall, dass der Sturm auch wirklich kommt. Noch wolle er die schnellstmögliche Positionsbestimmung durch die Sawodowskij-Insel nicht abschreiben. Damit löst er die Runde auf und geht zurück an Deck. Und kurz darauf sehe ich ihn wieder oben im Ausguckfass stehen. Cook ließ im Eismeer rote Mützen an seine Männer verteilen, rote Flauschjacken und Hosen aus rotem Flanell. Shackletons Kapuzenjacke ist schwarz, und fast genauso schwarz wird in Minuten der Himmel, als Husseys Sturm kommt.

In dieser Nacht opfern Männer Neptun, von denen ich nicht im Leben gedacht hätte, dass sie noch seekrank werden könnten. Ein Monat an Land reicht aus, so scheint es, und eine Bootsgeburt wie Vincent kübelt sich über der Reling die sieben Sinne heraus. Im Wasser leben die Fische und was alles sonst Flossen hat. Und über die See sausen die Biester mit Flügeln, da hausen die seligen Vögel. Aber auf dem Wasser lebt keiner, nichts und niemand. Da treibt bloß totes Zeug, Algen und Planken, Müll und Kadaver. Und irgendwo westlich von den Südsandwich-Inseln, die so unsichtbar sind, wie sie es jahrtausendelang waren, treibt jetzt auch der versammelte Auswurf der Männer von der ENDURANCE.

Der Sturm ist heftig. Hagelböen zerhauen zwei Segel, so dass How und Bakewell aufentern müssen und sie von den Rahen schlagen. Mit dröhnendem Gong fährt der Sturm in die über den Masttoppen auf und ab rauschende Kuppel aus Leintuch und trägt sie davon. Und kaum sind die beiden Jungs zurück auf den Wanten, bricht die Rahe, auf der sie eben noch hinaus über die Wellen balanciert sind, aus ihrer Verankerung und kracht, Spieren und Takelwerk mit sich reißend, in den Riggbunker.

Doch so heftig wie der Killer, der der JOHN LONDON den Garaus gemacht hat, ist Husseys Sawodowskijsturm nicht. Dagegen ist er ein Lüftchen. Man merkt, er hat einen Willen. Er will uns mal zeigen, was Polarluft ist, und das tut er ordentlich, indem er alle Register zieht, Fallwinde, haushohe Brecher, Hagel und Schneeböen. Er ist ein akkurater Orkan, der zu Ende bringt, was er angefangen hat, aber der auch genauso schnell wieder aufhört, wie er begonnen hat. Der Hurrikan vor Montevideo war ein Inferno, ein unerklärter Krieg zwischen Wasser und Luft, in dem sinnlos zerstört wurde, was immer seine Bahn kreuzte.

Als bei allmählich aufklarendem Wetter Kapitän Worsley die erste sichere Positionsbestimmung gelingt, errechnet er, dass uns der Orkan um genau zwei Breitengrade weiter südwärts getragen hat. Stimmt die Berechnung, haben wir Sawodowskij, Ljeskow, Wisokoi und Candlemas im Westen passiert, ohne nur eine von den vier Inseln zu sichten, und befinden uns jetzt auf halbem Wege zwischen dem Saunders- und dem Montagu-Eiland. Bereits die Hälfte der vor dem Weddellmeer in der See liegenden Sichel aus Vulkaninseln hinter uns gebracht zu haben, wäre die beste Nachricht seit Beginn der Reise. Doch wir haben noch immer kein Land gesehen, und immer noch gibt es kein Eis. Worsley nimmt es mit Humor, muss aber eingestehen, dass, wo wir sind, wir nicht genau wissen.

Wir beseitigen die Sturmschäden. Aufs Vorderdeck gestürzte Teile der Rigg haben ein Zwingergelass zertrümmert. Zwei der Hunde wurden erschlagen, die Crean und Doktor Macklin bestatten müssen. Es tröstet die beiden wenig, dass inzwischen mindestens drei Weibchen trächtig sind. Sie schnüren die Kadaver in zwei alte Seesäcke und lassen sie über die Reling ins Wasser hinab. Es waren zwei der unauffälligeren Hunde, die sich im Zwinger gut vertrugen und die Crean und Macklin, weil sie fast gleich aussahen, Jakes und Jones nannten.

Als Land ausgerufen wird, sitze ich mit der Katze am Bullauge und lese. Den Cook habe ich schon vor Tagen abgeschlossen, jetzt stecke ich bereits tief im 19. Jahrhundert, bei Robbenjägern, die zu Forschern und Entdeckern werden, bei Weddell und von Bellingshausen, die sich hundert Jahre vor Scott und Amundsen einen ganz ähnlichen Wettstreit liefern und den Ruhm schließlich teilen: Weddells JANE und BEAUFOY stoßen in das nach ihm benannte Meer vor, von Bellingshausens WOSTOK und MIRNIJ gelingt die nach Cook zweite Umrundung des Kontinents.

Man muss nicht immer der Erste sein. Ich bin einer der Letzten, die in der Jacke sind und an der mit einem Eisfilm überzogenen Reling stehend dieses nur aus Schnee, Eis und einem umbrandeten Felssockel bestehende Gebilde bestaunen, das sich im Osten aus dem grauen Meer erhebt.

Ist es Montagu? Die Chefs sind sich nicht sicher. Einige von den Eisheiligen sind vor Jahren hier vorbeigesegelt, aber keiner hat Montagu je groß beachtet. Cheetham schnappt sich Greenstreets Fernglas und erklärt, das Gerät noch vor den Augen, die Insel zur Montagu-Insel: Sie habe drei in etwa gleich große südliche Buchten mit je einem größeren Felsen, außerdem Kolonien von Kehlstreifenpinguinen, so weit das Auge reiche. Saunders im Norden habe keine Südbuchten, Bristol im Süden dagegen lasse sich leicht an dem ihr vorgelagerten Freezland-Felsen erkennen. Was wenn nicht Montagu also soll es sein?

Shackleton befühlt sich den inzwischen stattlichen Eismeerbart und wechselt Blicke mit dem Skipper.

»Kehlstreifenpinguine, was, Alf?«, spottet Worsley und versetzt Cheetham im Weggehen einen Schlag auf den Rücken.

Alf Cheetham ist baff: »Kehlstreifenpinguine, aber natürlich! Was gibt's da zu lachen?«, ruft er Worsley hinterher. »Guck doch selbst durch, wenn du's nicht glaubst. Die hocken da, Millionen davon!«

Shackleton ist bereit, die Insel vorläufig als Montagu durchgehen zu lassen. Er legt einen Arm um den völlig verdatterten Cheetham.

»Falls wir morgen die Bristol-Insel passieren«, sagt er, »muss er dir einen ausgeben. Okay? Sei nicht sauer!«

Aber kaum dass sich Cheetham davongemacht hat und Trost sucht bei seinen Hunden, ist es Greenstreet, der sein Fernglas noch einmal auf die Insel richtet und dem Shackleton zustimmend zubrummt, als er sagt: »Könnte auch die Bouvet-Insel sein, Sir. Was hieße, das wir uns völlig verfranst haben. Ich glaube es nicht, aber möglich ist es.«

Am Morgen, der die Entscheidung bringt, ob wir auf dem besten, bislang sogar eisfreien Weg in Richtung Weddellmeer sind oder ob wir seit einer Woche Kurs aufs Nirgendwo halten, ein Morgen, an dem den meisten der Appetit vergangen ist, sitze ich wieder allein mit dem seelenruhig sein Frühstück mümmelnden McIlroy im Ritz. Ganz kalt kann auch ihn unsere missliche Lage nicht lassen, weshalb er mich fragt, ob ich wisse, woher die Inselkette diesen Namen habe: Südsandwich. Ob er daher rühre, dass die Inseln zwischen Südamerika und der Antarktis liegen, praktisch wie eine Scheibe Schinken?

Ich weiß nicht, ob er die Frage ernst meint oder ob er mich bloß aufziehen will. Inzwischen gibt es so einige Herren an Bord, denen es auf die Nerven geht, wenn ich beim Tischabräumen kurz einstreue, was Cooks Männer aßen, oder wenn ich auf den Zuruf, ein Schiffsjunge solle mal nicht so eine große Lippe riskieren, antworte, es sei Cooks Schiffsjunge Nicks gewesen, der sowohl Australien als auch Neuseeland entdeckt habe. Green fand es zwar lustig, als ich ihm erzählte, dass auch Cooks Astronom Charles Green hieß, aber er will nichts mehr von meinen Büchern hören, seit ich ihm in einem Wortgefecht an den Kopf geworfen habe, dass Cooks Green auf See an der Ruhr starb und dass er sich das ruhig gesagt sein lassen solle.

In McIlroys Miene erkenne ich keine bösen Absichten; er scheint einfach bloß froh zu sein, dass er die Frühstückstafel für sich allein hat und ein bisschen plauschen kann.

»Beide«, sage ich deshalb, »das Brot und die Inseln sind, so viel ich weiß, nach irgend so einem Lord benannt.«

»Aha«, macht er mit vollem Mund. »Wieso das?«

Ich zucke bloß mit den Achseln und beginne abzuräumen. Der vierte Lord of Sandwich, der mit Vornamen John Montagu hieß, der große Mann hinter Cook, muss warten, bis er dran ist. Denn plötzlich zieht es mich an Deck, vielleicht, weil es auf dem Schiff mit einem Mal völlig still ist.

Ich schlüpfe in die Jacke, lasse – »Was'n los?« – Mick allein sitzen und steige hinauf. Ein Blick im Freien über die Schultern der an der Reling versammelten Männer genügt, und ich weiß, was passiert ist. Dort ragt eine Insel aus dem Nebel, sie ist kleiner als Montagu und sie hat einen vorgelagerten Felsen: Es sind die Bristol-Insel und der Freezland-Felsen. Doch dahinter, dort, wo sich die Passage öffnet, die Cook nach seinem deutschen Wissenschaftler und dessen Sohn die Forsterstraße nannte, liegt noch etwas. Strahlend weiß, mit pulsierend aufleuchtenden blauen Schründen liegt sie da wie eine vergessene, übersehene Küste.

Die Packeiskante.

10

Im Eis

Einen halben Tag lang laufen wir mit gedrosselten Maschinen an der Kante entlang Richtung Süden. Der Eisrand muss genau in der Mitte der Forsterstraße verlaufen, denn die Gipfel von Südthule und der kleinen Cook-Insel vor dem Bug sind bei klarer Sicht genauso weit entfernt wie die des Bristol-Eilands, das hinter uns liegt. Riesensturmvögel scheinen unentwegt zwischen beiden Felsengruppen zu pendeln, und dass ein Schiff ihre Route kreuzt, interessiert sie nur mäßig. Anders als die Skuas, die in dem Küchenabfälle über das Schanzkleid kippenden Green ihren Zeremonienmeister gefunden haben, sausen die graublauen Riesen knapp über der Wasseroberfläche auf uns zu, segeln durch die Takelage und fliegen davon, als würde es uns seltsame Vögel, die wir die Köpfe einziehen, gar nicht geben. Manchmal schimmern See und Eisrand in rosigstem Rot, dort nämlich, wo ein Krillschwarm zieht. Diese oft viele hunderttausend Tonnen schweren Versammlungen von lauter einzelnen und in dieselbe Richtung schwimmenden Krebschen sind es, was die Riesensturmvögel anlockt. Ich könne sicher sein, sagt mir Bob Clark mit einer grusligen Stimme, dass so wie die Vögel von oben an dem Krill picken, von unten die Wale sich daran gütlich tun.

An vielen Stellen öffnet sich die Barriere und bildet Spalten, die breit genug für das Schiff wären, einige sogar breit genug, um bei Nichtweitervorankommen darin zu wenden. Doch da die Kante südwärts führt, hat Shackleton Order gegeben, nicht ins Eis einzufahren. Wild und er sind abwechselnd im Fass und halten bis zum Einbruch der kaum eine Stunde währenden Dunkelheit um Mitternacht Ausschau, ob die Drift die Richtung ändert. Aber auch im Zwielicht der Nacht, in dem ich alle zwei Stunden hochschrecke und lausche, höre ich die Maschinen ruhig und gleichmäßig stampfen und die ENDURANCE langsame Fahrt machen, ganz so als ginge es frühmorgens, noch vor den heimkehrenden Fischkuttern, den Severn hinauf nach Newport.

Am nächsten Vormittag ist es so weit. In weitem Bogen verläuft die Barriere nun nach Nordwesten. Bis zum Mittag folgen wir der Kante, um festzustellen, ob sie noch einmal die Richtung ändert, dann aber lässt Worsley beidrehen, und wir kehren um und suchen nach einer geeigneten Einfahrt. Der Spalt, den Frank Wild vom Fass aus schließlich entdeckt, erstreckt sich über drei Schiffsbreiten. Da er sich, so weit man blicken kann, kaum merklich verengt, dürfte der Riss einen Kanal zwischen zwei ansonsten unversehrten Schollen bilden. Eine einzige riesige Eisplatte, eine sich über zig Kilometer erstreckende weiße Mondlandschaft, die Jahre, wenn nicht Jahrzehnte auf dem Buckel hat, ist irgendwann entlang dieser südwärts verlaufenden Linie auseinander gebrochen. In dem Augenblick, in dem der Sir dem Käpt'n und der Käpt'n seinem Ersten Offizier Greenstreet das Kommando zu halber Kraft voraus geben, hat sich bis auf die Heizer die gesamte Mannschaft auf dem Vorderdeck versammelt. Alle spähen sie über den Bugspriet voraus und folgen mit Blicken dem blauschwarzen Keil, der sich in die weiße Ebene hineinschiebt, bis er sich als haardünner Faden am Horizont darin verliert.

Nur ich schaue über Bakewells Schulter zurück achteraus auf die offene See. In der Minute, in der ich nach hinten zum Heck gehe, ist ihr Anblick ebenso verschwunden wie das Rauschen der übers Wasser fegenden Böen und das Krachen der gegen die Eiskante rennenden Brandung. Dann gibt es überall rings nur noch Eis. Und mir, an meine überfrorene Reling geklammert, kommt es so vor, als stünde ich nicht am Heck unseres Schiffes, sondern am Heck der Zeit.

Ich hatte gedacht, im Eis sei es still. Aber das stimmt nicht. Das Eis ist ständig in Bewegung. Dort, wo sie nicht zusammengedrückt wurden und sich übereinander getürmt haben, sind die Schollen zwischen einem und zwei Meter dick. Lässt sie die unter ihnen hindurchlaufende Dünung aneinander stoßen, hört man zuerst den dumpfen Schlag des Aufpralls, bevor ein langes Knirschen folgt, mit dem sich die Eisplatten aneinander reiben. Welchen Lärm das macht, merke ich, als wir wenige Stunden nachdem wir in den Packeisgürtel eingefahren sind, ein freies Becken von der Ausdehnung eines mittelgroßen Sees erreichen, in dem man wirklich keinen Mucks hört, zumal wir die Maschinen gestoppt haben, damit sich Stevenson und Holness von der Schufterei vor den Kesseln erholen können. Unter vollen Segeln rauschen wir südwärts, und während sich die Decksmatrosen einen Sport daraus machen, abwechselnd immer weiter auf dem Klüverbaum über den Bug hinauszuklettern, um mit Gebrüll einen Arm, eine Hand, einen Finger zum südlichsten Körperteil auf Erden zu erklären, nutze ich den ruhigen Tag auf der Packeislagune, um in Weddells »Reise nach dem Süd-Pole, veranstaltet in den Jahren 1821–1824« nachzulesen, was der Kapitän der JANE über die »Stinker« zu sagen hat; so nämlich heißen die Riesensturmvögel für ihn, seit er mit ansieht, wie ein einziger Schwarm »in wenigen Stunden wohl zehn Tonnen See-Elefantentran frisst«.

Weddell schätzt, dass nach 30 Jahren Robbenjagd im Südmeer 20000 Tonnen See-Elefantentran auf dem Londoner Markt verkauft und mehr als 1,2 Millionen Pelzrobbenfelle von amerikanischen und britischen Robbenschlägern erbeutet worden sind. Bob Clarks Lippen verengen sich zu einem untröstlichen Strich, als ich ihm die Zahlen präsentiere, und die anderen wollen sich ihre Laune nicht verderben lassen.

Aber mit der Ruhe ist es ohnehin vorbei. Als wir den See im Eis am Abend durchquert haben, kündigt ein von allen Seiten kommender, ab- und anschwellender Scharrlaut ein großes Treibeisfeld an. Wie groß es wirklich ist, wissen wir, als es zwei Tage lang so klingt, als würden wir durch Kies fahren, egal wohin an Bord man sich flüchtet, um zu lesen oder sich einfach bloß unbemerkt die Ohren zuzuhalten.

In der Woche vor Weihnachten passieren wir zwischen dem 60. und 65. Breitengrad in gebührendem Abstand eine Flotte gigantischer Eisberge. Einige sind mehrere Quadratkilometer groß, alle aber über hundert Meter hoch und vollkommen flach, so dass ich mit eigenen Augen sehe, weshalb sogar die erfahrensten Navigatoren und Geologen von früher glaubten, Land entdeckt zu haben, das, obwohl sorgsam in den Karten verzeichnet, kein Mensch je wiederfand. Scheinbar unbeweglich treibt ein Tafeleisberg im Meer, die Dünung bricht sich an seinen weißen oder blauen Klippen und die Wogen spritzen daran hoch wie die Brandung an einem Riff. Es gibt Eisberge, durch die die See Tunnel gebohrt und in die sie tiefe, nicht einsehbare Höhlen gegraben hat, und jede sich darin brechende Welle hallt dröhnend in den nachtblauen Kammern wider. Im Wasser sieht man den Schatten des Bergs, aber man kann sich nie sicher sein, ob dieses dunkle, bis ans Schiff reichende Feld nicht doch sein unter Wasser verborgener Rumpf ist, in dessen Innern Eis und Geröll lautlos durchs Meer schwimmen. »Wracks einer vernichteten Welt« nennt Forster die Eisberge der Antarktis. Ist wieder einer vorüber, atmen wir auf und lauschen eine Zeit lang beruhigt dem rauen Klatschen der Wellen gegen das geschmeidig wogende Packeis.

Die Tage vergehen mit dem Auffinden von Spalten und Rissen, durch die wir uns hindurchzwängen können, und der stets aufs Neue ernüchternden Einsicht, dass auch der breiteste Durchlass vor einer Barriere endet, wo wir entweder kehrtmachen und anderswo suchen oder uns in endlosem, die Nerven blank reibendem Vor- und Zurückstoßen das nächste Wegstück freirammen müssen. Seit dem herrlichen Tag auf der Lagune sind die beim Eisbrechen nutzlosen Segel nicht mehr aus ihren Gatten herausgekommen. Wir fahren ausschließlich unter Dampf, was dazu führt, dass jeder freie Mann, sei er Offizier, Wissenschaftler oder Teerjacke, zum Kohleschippen eingeteilt ist. Und so haben die auf den Meter genau berechneten Rammstöße, bei denen sich der Bug auf das Eis hebt, bis er zurückgleitet und von neuem gegen die zerdrückte und aufgebrochene Stelle gelenkt wird, bereits die Hälfte der Kohle aus McNeishs Riggbunker verschlungen, und das, obwohl wir noch nicht über den südlichen Polarkreis hinaus sind.

Shackleton wollte Ende Dezember in der Vahselbucht festgemacht haben. Das Neujahrsfest sollte bereits in einer ersten fertigen Hütte gefeiert werden. Aber am ersten Weihnachtsmorgen trennen uns von der Einfahrt ins Weddellmeer immer noch 500 Kilometer, und durch das halbe Meer hindurch, von dem keiner weiß, wie viel Eis dort auf uns wartet, müssen wir ja auch noch. Mit der ihm eigenen Nüchternheit, die auf etwas wie Feststimmung keine Rücksicht nehmen kann, rechnet uns Greenstreet im Kerzenschein des geschmückten Ritz vor, dass wir mit unserer bisherigen durchschnittlichen Tagesleistung von 50 Kilometern voraussichtlich Ende Januar Vahsel erreichen werden. Und alle wissen wir, dass uns Greenstreet auf seine steife Art Mut machen will. Doch das ändert nichts daran, dass seine uns alle betreffende Rechnung nicht stimmt: Ende Januar wird uns keine noch so große bis dahin erreichte Tagesleistung irgendwohin bringen. Das südliche Weddellmeer ist Ende Januar zugefroren.

Damit bei allem Grund dazu dennoch keine Trübsal aufkommt, teilt Shackleton die Packeiswache in Ein-Stunden-Schichten auf, so dass jeder feiern und seine Portion vom Festtagsschmaus genießen kann. Wir lassen das Königspaar hochleben, stoßen an auf die Kameraden im Krieg und singen. Dann geht über der gewendeten Tischdecke die Speisekarte herum, die ich gemeinsam mit dem Bordspezialisten in lukullischen Dingen, Doktor James A. McIlroy, ersonnen habe und die, wenn ich es recht überlege, das Erste aus meiner Feder ist seit der verunglückten Hymne auf Ennids Hinken:

Weihnachtsmenü
an Bord von Seiner Majestät unverfrorenem
Expeditionsdampfsegelschiff
ENDURANCE

Vorspeise
Skilligolee (Hafergrütze) oder
Haschierter Cracker
(eingeweichter Schiffszwieback, gesalzen)

Hauptgang
serviert an Karotten, Petersilie, Runkelrüben und Zwiebeln
Gebackene Gabelschwanzschwalbe (Schwein) oder
Kaiserpinguin nach Berliner Art (Schwein) oder
Kleines Reh (Ratte)

Dessert
Harter Nagel (Schiffszwieback und Pökelfleisch) oder
Weicher Nagel (Weißbrot und Butter – nur für Offiziere!)

Das wirkliche Festessen stammt aus Dosen. Es gibt Schildkrötensuppe, Bratfisch, Schmorhase, Weihnachtsplumpudding, gefüllte Pastete und kandierte Früchte. Madame Butterfly, interpretiert von Orde-Lees' Grammophon, dudelt im Hintergrund ein paarmal auf und ab, bis sie dort vergessen wird, und auch Creans gutgemeinter Vorschlag, ich solle etwas von Cook zum Besten geben, fällt im Blitzgeknalle von Hurleys Fotoapparaten leider auf taube Ohren. Dabei bin ich mir sicher, dass sie alle gebannt zugehört hätten: James Cook auf Tahiti, seine Männer im Liebestaumel angesichts von Inselschönheiten, die im Tausch gegen ihre Hingebungsfreudigkeit nichts weiter verlangen als Nägel. Woraufhin die stolze ENDEAVOUR schon bald auseinander zu fallen droht.

Meine Packeiswache absolviere ich in der dunklen Stunde zwischen Mitternacht und ein Uhr. Eine ganze Weile stehe ich allein an Deck und horche aufs Eis hinaus. Wenn sich im

Ritz Uzbirds trauriges Banjo eine Verschnaufpause gönnt und Worsley und Bakewell gerade kein Shanty einfällt, hört man das Ächzen und Jammern der Schollen, und manchmal klingt es wirklich so, als stünde da draußen im nicht endenden Dunkel eine Scheune, in der sich mein Vater wieder so eine kleine Werkstatt eingerichtet hat, wie er sie früher einmal besaß – nur so zum Spaß, für ein bisschen Sägen und Feilen nach Feierabend.

Clark kommt herauf und stellt sich zu mir. Leicht angetrunken, wie er ist, und mit einem schottischen Akzent, wie ich ihn so gar nicht von ihm kenne, erzählt er von seinen Lieblingstieren im Eis, den Goldschopfpinguinen. Wir gucken in den Weihnachtshimmel, wo überm Sternenband der Wasserschlange der Kanopus strahlt, und Clark sagt, er hoffe, mir einmal eine Kolonie der Goldschopfpinguine zeigen zu können.

»Gleich als ich sie zum ersten Mal sah«, sagt er mit leichtem Lallen, »schien mir ihre Farbgebung alle Fragen zu beantworten, die mich schon immer bewegt haben. Ich meine gar nicht so das Gold dieses komischen Schopfes, an dem man sie schon von weitem erkennt und der aussieht, als hätte sich jeder von ihnen ein Gesteck aus Stroh auf den Kopf gesetzt. Sondern es ist eher das Schwarze und das Weiße ihres Gefieders, dort sind nämlich in Wirklichkeit alle Farben, die man sich vorstellen kann, und bei jedem von ihnen findet man sie in anderer ... na, ich weiß nicht, ob du damit etwas anfangen kannst. Mir jedenfalls geht es so.«

Ich glaube nicht, dass ich verstehe, was Clark mir sagen will, aber weil ich mir nicht sicher bin, sage ich: »Doch, ich glaube, ich weiß, was du meinst.«

Und Clark sagt: »Ja. Deshalb habe ich es dir erzählt. Ich

kann gut verstehen, dass der Sir dich so gut leiden mag. Du bist was Besonderes. Du fragst dich nicht, was du mehr von einem Pferd weißt, seit man dir beigebracht hat, dass es auf Latein *equus* heißt.«

Ein langer, schwerer Satz, doch er bekommt ihn hin.

»Danke, Clark.«

»Jedenfalls hoffe ich, dass wir überhaupt die Chance bekommen, uns zusammen mal so eine Kolonie anzuschauen. Da fällt mir ein … die Goldschopfpinguine haben noch eine Besonderheit. Du wirst lachen, wenn du sie rufen hörst. Es klingt nämlich, als würden sie nach mir rufen. Das ist kein Witz! Ehrlich, sie rufen: Clark, Clark! Clark, Clark!«

Am Neujahrsmorgen erfülle ich mir einen Wunsch, den ich seit meiner Befreiung aus dem Spind so geheim gehalten habe wie Ennids Fisch: Ich steige in die Großmastwanten und klettere ins Fass hinauf.

Dort oben ist nichts mehr zu hören als der um die Rahen und Marse pfeifende Wind. Bei aller von innen wärmenden Sorglosigkeit, die sich einstellt, wenn man der Pracht des leeren Himmels 30 Meter näher ist als alle anderen, ist es doch aasig kalt. Um nicht zum keuchenden Fortsatz der überfrorenen Großoberbramrah zu erstarren, schlage ich den hellblauen Grego um mich wie König Artus seinen Mantel mit den 27 darauf gestickten Drachen. So von oben betrachtet ähnelt die ENDURANCE einem großen Keil, der sich durch eine schmale Rinne in ein Gewirr aus Wasserstraßen schiebt. Schwarz, blau und silbern schimmernde Seen, das sind unsere lichten Punkte, kleine eisfreie Flächen zwischen den Schollen, die uns trotz allem noch immer vorankommen lassen. Unten hinterm neuen Wetterschutz der Brücke steht der vermummte Skipper, eine Hand am Maschinentelegrafen zum Kesselraum, die andere an dem Semaphor, den McNeish aus Latten von Jakes' und Jones' zertrümmertem Zwinger gebaut hat. Das Signal, mit dem der Käpt'n dem Steuermann die ständig nötigen Kurskorrekturen übermitteln kann, ohne sich dabei heiser zu brüllen, erinnert an den von einer Turmuhr abgebrochenen Zeiger. Aber manchmal, wenn ich Worsley so dastehen sehe, die Hand an dem Holzblatt, den Kopf zurückgewandt, bis Greenstreet am Ruder auf sein Signal reagiert, denke ich an meinen Bruder: Dafydd vor dem Flugzeug des einäugigen Edward Mannock, wie er gespannt darauf wartet, den Propeller anschmeißen und zur Seite springen zu können.

Verzaubert von dem Ausblick, dusele ich vor mich hin, träume von vergangenen Dingen und stelle mir vor, was auf uns zukommen mag. Das neue Jahr lässt sich gut an. Wir haben die längste Strecke seit der Einfahrt ins Packeis geschafft, 200 Kilometer an einem einzigen Tag.

Aber es bleibt das alte Hin und Her. Am 6. Januar sitzen wir so hartnäckig fest, dass der Sir beschließt, den Hunden eine Abwechslung von ihrem Alltag zwischen Zwinger und Arztuntersuchung, Spratts' Hundekuchen und Lysolbad zu verschaffen. In ihren Schlittengruppen werden sie aufs Eis geführt und können sich austoben. Nur fünf fallen ins Wasser, werden aber gerettet. Dann wieder zwei Tage lang kräftige Fahrt bis über die 69. Breite hinaus, wo kurz vor Sonnenuntergang Eisleuchten, ein gleißend weißer Streifen am Horizont, das nächste Hindernis ankündigt: Morgens passieren wir einen Eisberg von so unfassbaren Ausmaßen, dass ihm Shackleton einen Namen gibt. Er tauft ihn »Mount Rampart«, Wallberg. Obwohl wir uns Schiffslängen entfernt an ihm vorbeidrücken, entdeckt Wild unter Wasser seine Ausläufer und schätzt, dass sie knapp neben uns mehr als 300 Meter in die Tiefe reichen. Doch der Rampart wartet auch mit einer Überraschung auf, die alle, die den Moment miterleben, in Jubel ausbrechen lässt. Hinter ihm sind Eis und Furchen, das weiße endlose Puzzle verschwunden. Dort ist nichts als Wasser, das Wasser des Weddellmeers.

Es dauert einige Zeit, bis die Jungs die gefrorenen Segel von den Rahen getreten haben, aber als sie dann fallen und festgeholt sind, fährt der Wind hinein. Der Weddellwind bläht sie auf, bricht ihnen die Kruste von der Haut, und in diesem Eiskristallregen, der auf das Deck niedergeht, rauschen wir wie entfesselt südwärts.

Tags darauf, es ist der 10. Januar, ein Sonntag, kommt ein weiterer riesiger Eisberg in Sicht, der wie ein Doppelgänger des Rampart wirkt und uns in Panik versetzt, hinter ihm könne wieder das Eis auf uns warten. Dann aber spricht sich herum, was Shackleton, Worsley und Wild von dem Berg halten. Die Position wird überprüft: 72° 10' S, 16° 57' W. Damit steht fest: Was dort aus dem hellgrünen Wasser ragt, ist kein Berg. Wir haben Coats Land erreicht, das 1904 von der SCOTIA-Expedition entdeckt wurde. Was wir für einen Eisberg halten, ist eine Steilküste aus Eis, ein Stück der Schelfeiskante des Königin-Maud-Landes. Es ist die Antarktis.

Weddell hat sie nie gesehen, und jahrzehntelang glaubte ihm niemand, wie weit südwärts er gekommen war. Der blasierte Dumont d'Urville nannte ihn einen ordinären Robbenschläger, und tatsächlich starb der Mann, in dessen Buch ich »Beobachtungen über die Schifffahrt rings um Kap Hoorn«, »Beobachtungen zum Zustand der Pole« sowie »Beobachtungen zum Auffinden der Länge durch Chronometer« finde und die Sorgfalt seiner Karten von Ankerplätzen, Naturhäfen, Vorgebirgen und Zugängen zu Land bestaunen kann, verarmt als Untermieter einer Miss Rosanna Johnstone. Wir aber segeln durch sein Meer. Tagelang können wir Robben beobachten, die im Wasser spielen, sich windwärts auf den Eisschollen räkeln und nichts davon ahnen, dass sie nach diesem einen Herrn für alle Zeit Weddellrobben heißen.

Am feierlich zum Greenstreet-Tag erklärten 15. Januar trennen uns noch 350 Kilometer von der Vahselbucht. Im Schatten der weißen Steilwand, unter der wir hindurchfahren, springen und tauchen Robben, schwimmen in unserer Gillung um die Wette und durchpflügen mit ihren Schnauzen das Wasser wie eine Schweineherde; aber sie folgen uns keinen Meter weiter südwärts, sondern ziehen alle in Richtung Norden davon. Die Abwanderung der Weddellrobben und Krabbenfresser ist ein sicheres Zeichen dafür, dass es Winter wird.

Doch solange das Meer offen ist, segeln wir. Auch der folgende Tag ist ein besonderer. Der Sir erhält Gelegenheit, nicht nur einen Eisberg zu taufen, sondern einem neuentdeckten Streifen Land einen Namen zu geben. Zu Ehren desjenigen unter den Geldgebern seiner Expedition, der am tiefsten in die Tasche gegriffen hat, nennt Shackleton den Gletscher, der sich aus dem Hinterland bis zu der 600 Meter über dem Schiff in die Höhe ragenden Steilwand herabwälzt, Caird-Küste. Ihre Eisdecke wirkt öde und abweisend und ist von unüberbrückbaren Spalten durchzogen. Nirgends ist ein Stück Felsen zu sehen. Ganz anders die Bucht, zu der wir keine sechs Stunden später kommen. Ihr Eis fällt flach ins Wasser ab, und als wir beidrehen und uns die Maschinen dicht heranbringen, wird klar, weshalb in Brückennähe mit einem Mal Hektik herrscht. Die Höhe der Eiskante bietet eine vollkommene Anlandemöglichkeit, und auf dem flachen Eisfeld des Gletschers darüber ließe sich eine Basisstation errichten. Shackleton, Wild, Worsley und die Eisheiligen ziehen sich zur Beratung ins Ritz zurück. Sogar die Katze wird daraus verbannt. Worsley drückt sie mir an der Galleytür in die Arme. Nicht einmal Kaffee darf ich ihnen servieren.

Angesichts der Distanz, die die transkontinentale Schlittenreise bewältigen muss, entscheidet Shackleton, es noch etwas weiter südlich zu versuchen. Falls wir vor der Vahselbucht auf Packeis treffen, wollen wir hierher zurückkommen. Worsley peilt die genaue Position: 76° 27' S, 28° 51' W. Sie bestätigt, dass wir innerhalb von 24 Stunden über 200 Kilometer zurückgelegt haben. Dann segeln wir ab.

Am kommenden Morgen zieht aus nordöstlicher Richtung ein Sturm auf, der bis zum Mittag Orkanstärke erreicht. Vor seinem Schneetreiben und weil wir nicht wirklich vorankommen, suchen wir in der Lee eines gestrandeten Eisberges Schutz. Die ganze Nacht hindurch müssen Heizer und Männer auf der Brücke Schwerstarbeit leisten, um das Schiff hin und her zu manövrieren, der Rest der Crew schippt den Schnee von den Decks und kloppt das Eis ab, nur damit es sich in Minutenschnelle wieder über allem schließen kann.

Zwei Tage lang dauert der Schneesturm und liegt die ENDURANCE versteckt hinter dem auf Grund gelaufenen Eisberg wie in der Kniekehle eines Riesen, der sich das Bein gebrochen hat. Als der Orkan abflaut und wir uns hinaustrauen, hat sich die Bucht in allen Richtungen, so weit man blicken kann, mit Packeis gefüllt. Da es nun egal ist, welchen Kurs wir nehmen, versuchen wir es weiter südwärts, wo ein dunkler Streifen am Himmel steht, ein Wasserhimmel, der eine breite offene Fahrrinne verspricht. Am Nachmittag des 18. Januar dringen wir erneut ins Eis ein. Und wir schaffen gigantische 18 Kilometer in sechs Tagen. Das Eis ist vollkommen anders beschaffen als alles, was uns bislang aufhielt. Die Schollen sind dick, weich, scheinen fast nur aus Schnee zu bestehen und heben und senken sich träge in einem Eisbrei, durch den das farblos-trübe Wasser kaum noch hindurchschwappen kann. Uns bleibt nichts zu tun, als mit anzusehen, wie das Meer allmählich gefriert und unser Schiff einschließt.

Welche Vorwürfe sich Shackleton macht, die eine Küste, an der wir hätten landen können, ausgelassen zu haben, merke ich an der Erregung, in die ihn am 24. Januar um Mitternacht Greenstreets Meldung versetzt, es tue sich rund 50 Meter vor dem Bug ein Riss im Eis auf. Wir setzen alle Segel. Die Maschinen werden hochgefahren. Drei Stunden lang stehen wir an Deck und schreien uns warm, schreien uns dem Anblick der kaum 40 Kilometer entfernten Küste der Vahselbucht entgegen.

Zwei Stunden Fahrt durch offenes Gewässer, und wir hätten unser Ziel erreicht. Aber wir kommen dem Durchlass keine Planke breit näher. Und schließlich friert er vor unseren Augen wieder zu.

Dritter Teil

DIE GEFRORENEN BÜCHER

»Wir brauchen einen Spalt!«
Ein Fahrrad, ein Klavier und ein Ballon
Das Gewicht des Lebens spüren
Die antarktische Uhr
Maschinistenwache – Feindschaften
Das zitternde Wrack
Ein Berg aus Habseligkeiten
Die brennende Puppe
28 Fische für das Lager der Geduld
Weißer Fleck im Schnee

I

»Wir brauchen einen Spalt!«

Seine hellblauen Augen, die ein wenig eng beieinander stehen, haben den Glanz zweier frischer Münzen. Fast könnte man meinen, er habe soeben geweint, so funkeln sie manchmal. Während so mancher Unterhaltung mit Frank Wild habe ich bemerkt, wie er plötzlich Vertrauen zu mir fasst, so froh ist er, wenn er unter vier Augen freundschaftlich mit jemandem umgehen kann. Seine Rolle als Shackletons Sprachrohr lässt uns alle, auch ihn selbst, viel zu oft vergessen, dass er eigentlich ein heiterer und verbindlicher Mann ist. Vielleicht wirkt Wild deshalb meistens ziemlich unglücklich, wenn er zur versammelten Crew spricht. Viel lieber würde er ein paar schnelle, witzige Kommandos schmettern und den Rest einem jeden mit einem Blick sagen.

Warum ist es weder mit den Hunden noch mit den Motorschlitten möglich, über das Packeis bis zur Vahselbucht vorzudringen?

Die Frage lässt sich allein mit Blicken nicht beantworten. Frank Wild ist dabei, die Beschaffenheit der Eisfläche zwischen uns und dem Festland zu schildern, ihre unter dem Schnee versteckten tödlichen Gefahren, als ein einzelner heftiger Stoß das seit vier Wochen eingeschlossene Schiff erschüttert.

Auf den dumpfen Knall folgt ein furchtbares Kreischen, dann ein zweites, noch schrilleres.

Mein erster Gedanke ist, dass ein Schiff die ENDURANCE unter Beschuss nimmt, ein deutscher Panzerkreuzer, dessen dreimal so großer Stahlrumpf sich krachend und kreischend durchs Eis fräst, um uns zu rammen.

»Alle Mann raus!«, brüllen Shackleton, Greenstreet und Vincent. Das Mittagessen ist zu Ende, die Robbenroulade mit Kartoffeln wird niemand mehr essen, wir schmeißen das Besteck von uns und stürmen an Deck.

Der Anblick, der sich uns dort bietet, ist ein völlig anderer als erwartet und lässt mich wie alle diejenigen, die keine Ahnung haben, in wilden Jubel ausbrechen. Unmittelbar vorm Bug der ENDURANCE ist die Scholle entzweigebrochen. Eine Rinne hat sich gebildet, und nur 250 Meter trennen das Schiff von einem freien See im Eis, auf dem wir weg kämen, südwärts.

Niemand braucht uns zu sagen, was zu tun ist. Mit Spaten, Pickeln und Sägen bewaffnet springen wir über Bord. Ich dresche auf das weiße Feld ein, bis die langsam von den Zehen und Fingern aufwärts kriechende Taubheit die Hüften und Schultern erreicht. Japsend falle ich in den Schnee, und langsam dämmert mir, warum die Eisheiligen so ruhig geblieben sind.

Aus den Augenwinkeln kann ich es sehen. Kaum fließt das Wasser, wird es schon träge, wird zu Brei und erstarrt. Ja wirklich, es sieht aus, als würde es krepieren. Wasser, das verendet. Sinnlos, die Rinne offen halten zu wollen. Die Kälte ist schneller.

Und dabei hat noch nicht einmal der Herbst begonnen.

Bist ein wichtiger Tag, du 25. Februar 1915, denke ich da

liegend, im Schnee vor dem ganz und gar mit Raureif überzogenen Schiff. Heute ist nicht nur das Wasser, heute ist die ganze Expedition gestorben. Kannst dir was drauf einbilden.

Eine Woche nachdem der Sir die driftende Eisfläche zwischen uns und der langsam zurückbleibenden Küste für unpassierbar erklären musste, haben wir wohl oder übel einzusehen, dass wir auch die offene See aus eigener Kraft nicht werden erreichen können. Wir sitzen fest im Mahlstrom Weddells, der sich im Uhrzeigersinn nach Norden dreht und, wie Kapitän Jacobsen es vorhergesagt hat, alles, auch uns, mit sich fortreißt, weg von der Vahselbucht und weg von der Route zum Pol.

»Wir sitzen fest wie eine Mandel in der Schokolade«, sagt Orde-Lees beim Abendbrot. Und obwohl niemandem nach Lachen zumute ist, honoriert der Sir diesen Aufmunterungsversuch, indem er Tante Thomas fragt, ob er bereit sei, künftig statt der Motorschlittenüberwachung die Proviantmeisterei zu übernehmen.

»Danke, Sir, große Ehre, Sir, danke, danke«, lautet die Antwort. Und da gibt es doch noch Gelächter.

Da die ENDURANCE aufgehört hat, Schiff zu sein, und weil uns jetzt Herbst und Winter bevorstehen, acht Monate in Kälte und Dunkel, wird die Bordroutine formell außer Kraft gesetzt. Wir verwandeln uns von einem nautischen Gefährt in eine treibende Küstenstation, die südlichste auf der Welt. Nicht nur Orde-Lees, alle erhalten wir neue Aufgaben. In alphabetischer Reihenfolge gehen wir auf Nachtwache, zwölf Stunden, in denen man für die Sicherheit des Schiffes, das Heizen der Öfen und die meteorologischen Aufzeichnungen verantwortlich ist. Die undankbare erste Wache fällt Bakewell zu. Ihm gilt das Mitgefühl aller, als sie in ihre Kojen kriechen und sich einmummeln, während er in den Nachtwind an Deck steigt. Mit ihm tauschen möchte niemand, nur ich werde es müssen. Schon morgen nämlich ist das zweite B an der Reihe. Oh, hieße ich Zackboro.

Im Licht der letzten kleinen Lampe, die im Ritz brennt, sieht es so aus, als wäre er eingeschlafen. Die Ellbogen liegen angewinkelt auf der Seekarte, die er auf dem Tisch ausgerollt hat, und in die Armbeugen hat er den Kopf gebettet. Die glänzende Haut auf seinem kahlen Hinterkopf spiegelt lustig den Lichtschein. Ich frage mich, ob ich ihn wecken und, mit allem nötigen Respekt, zu Bett schicken soll.

Aber Frank Wild schläft nicht. Seine Augen stehen weit offen und ruhen auf der Karte, rot unterlaufene, hundemüde Augen, wie wir sie nach der Schinderei im Eis alle haben. Ab und zu beknabbert er einen Hautfetzen an der Unterlippe, und als ich um den Tisch herumgehe und ganz in sein Gesichtsfeld trete, hebt er kurz den Blick und lässt die Brauen in die Stirn zucken.

»Ah, du bist's, Merce. Schläfst du gar nicht?«

»Nein, Sir. Ich dachte, ich schaue mal nach Bakewell und leiste ihm etwas Gesellschaft. Ich wollte ihm einen Tee holen. Für Sie auch einen?«

Er hört mir nicht zu. Er ist mit den Gedanken woanders, in einem Raum in seiner Vorstellung, mit den Koordinaten der Seekarte, die vor ihm liegt, und in einer Zeit in der Zukunft, die von der Dauer der Polarnacht bestimmt wird. Fast unmerklich schüttelt Frank Wild den Kopf, und ich bin mir sicher, dass dieses kleine stumme Nein nicht nur der Wohltat eines heißen Schluckes gilt, die er sich zumindest in Gegenwart eines anderen verbietet. Nein, nein, die Lage, in die sie uns gebracht haben, ist Wild so unbegreiflich und so unerträglich wie Shackleton.

Allen voran hat er den ganzen Monat lang versucht, das Schiff freizubekommen. Wenn der Rest seines Trupps schon längst um den Ofen hockte und sich die steifen Finger rieb, war Wild mit dem nächsten, dem übernächsten immer noch draußen auf den Packeishügeln vor dem Bug und schaufelte den Schnee weg, um die Platte der gefrorenen Dünung freizulegen. Und war er nach zehn Stunden Schippens zu kraftlos, das Eis in der Rinne aufzuhacken oder doch mürbe zu pickeln, so stapfte er wenigstens zum Schiff zurück und holte für einen, dessen Axt im Eisbrei verschwunden war, eine neue, damit der an seiner Stelle weitermachen konnte.

»Weiter, weiter, Männer, weiter!«

Die Temperatur sank Mitte Februar auf minus 15 Grad. Und obwohl eine offene Rinne schneller wieder zufror, als es möglich war, die ENDURANCE durch sie hindurchzupressen, gab Wild die Hoffnung nicht auf: Nach seiner Ansicht konnte das Tempo der Eisdrift dazu führen, dass sich ein Spalt von einer zur anderen Minute zu einem ausreichend breiten Kanal weitete. Vorausgesetzt, wir schafften einen Spalt.

»Wir brauchen einen Spalt!«, brüllte er deshalb jeden Tag bestimmt 100-mal. »Passt auf, dass der Spalt offen bleibt!«

Zurück aus der Kombüse, schenke ich ihm einen Becher Tee ein. Er lächelt, setzt sich auf und nimmt ihn.

»Ist nett von dir«, sagt er. »Aber bring jetzt mal Bakewell welchen. Der hat eine Aufwärmung viel nötiger.«

Also steige ich an Deck und stiefele nach vorn zur Brücke, deren Licht auf die Zwingerreihen und das Vorderdeck fällt, bevor es sich im Dunkel jenseits des Bugspriets verliert.

Irgendwo dort draußen in der Eiswüste knallt es, und man kann sicher sein, dass dort nichts ist, was lebt, atmet, wach ist oder schläft. Der Lärm kommt vom Clinch des Wassers mit dem Eis, und genauso kalt klingt er auch.

In dem kleinen Kommandoraum hängt die Ofenluft voller Schwaden von Bakewells Zigaretten.

»Und?« Aus der Pelzkapuze guckt mich sein Rumtreibergesicht an.

»Wild ist wach, sonst niemand. Mann, der ist fix und fertig.« Ich muss husten. »Aber glauben will er's immer noch nicht.«

Wir lassen den Tag noch einmal vorbeiziehen. Ich warte, bis Bakie den Becher ausgetrunken hat, und gehe dann leise, um die anderen nicht zu wecken, hinunter zu meiner Bunk.

Aber ich kann nicht schlafen. Und Lust zu lesen habe ich auch noch. Also wieder raus, durchs Funzellicht des Mittschiffflurs zurück ins Ritz.

Da sitzt Frank Wild noch immer über seiner Karte.

»›Log, Lot und Länge‹?«, fragt er, als ich vorbeischleiche zum Bullauge.

Das ist es, was dem Zwerg Boss das Leben so schwer macht: Er bekommt nicht wirklich mit, was ringsumher passiert, so beschäftigt ist er mit der Vorbeugung, Vermeidung und Beseitigung von Unglücken aller Art. Seit dem unrühmlichen Abbruch von Kommodore FitzRoys Navigationsfibel habe ich mich durch mehr als 1500 Seiten Entdeckerhistorie gegraben.

»So in etwa«, sage ich matt.

Ich lese die Logbücher von John Biscoe, jenes kühnsten von allen Robbenschlägern, über den selbst Weddell nur mit größter Hochachtung schrieb. Von 1830 bis 1832 ist Biscoe mit seiner Brigg TULA und dem Trawler LIVELY im Südmeer unterwegs. Als Drittem nach Cook und Bellingshausen glückt ihm die Umsegelung der Antarktis. Biscoe ist der Erste, der in dem gen Feuerland ragenden Horn aus Inseln, Riffs und Felsen einen Teil des seit Jahrtausenden gesuchten Festlandes erkennt, die Antarktische Halbinsel. Fast seine gesamte Crew stirbt während der Reise an Skorbut oder siecht im kalten Bauch der TULA dahin, doch Biscoe, dem nur noch seine zwei Maate und ein Schiffsjunge zur Hand gehen, segelt weiter. Sein Schiff ist, schreibt er, »nur mehr eine Masse aus Eis«. Überzeugt, von Land abgebrochenes, überfrorenes Gestein vor sich zu haben, lässt Biscoe Eisberge unter Kanonenbeschuss nehmen, setzt ein Boot aus und sucht die von Wolken panischer Sturmvögel umflatterten Trümmer ab. Nach zweieinhalb Jahren kehrt er 1833 mit einer Ausbeute von ganzen 30 Robbenfellen nach London heim. Ich hätte Frank Wild gern vorgelesen, was John Biscoe am Ende seiner Reise schreibt: »Ich tat alles in meiner Macht Stehende, um die Leute an Bord bei guter Laune zu halten, und setzte oft ein Lächeln auf, obwohl es in mir ganz anders aussah.« Aber als ich aufblicke von dem vergilbten *Geographical Journal*, das seine 80 Jahre auf dem Buckel hat, ist er dort drüben am Tisch wohl doch endlich eingeschlummert.

2

Ein Fahrrad, ein Klavier und ein Ballon

Als 1902 Otto Nordenskjölds ANTARCTIC vom Packeis zermalmt wurde, suchte die schwedische Geologenexpedition Zuflucht auf einem der nördlichsten Zipfel der antarktischen Halbinsel, auf dem winzigen Paulet-Eiland. Die Männer bauten eine Hütte, die noch immer stehen soll, und harrten monatelang auf dem nackten Fels aus, ehe sie gerettet werden konnten. Auf Robbensuche fanden sie eines Tages in den Kliffs ein Gaffeltopp, an dem Fetzen einer britischen Flagge hingen. Es war die Mastspitze von John Biscoes Begleittrawler LIVELY, der 70 Jahre zuvor in der Drake-Passage gesunken war. Die Drift des Weddellmeers hatte die Gaffel 5000 Kilometer weit im Kreis befördert, und niemand konnte sagen, ob nur einmal.

Auch Kapitän Scott machte einen solchen unglaublich scheinenden Zufallsfund. Beim Anlegen eines Depots für den Marsch zum Südpol stieß seine Mannschaft auf einem sich weithin erstreckenden Eisfeld in drei Meter Tiefe auf Metall und grub schließlich einen Schlitten aus. Es war derselbe Motorschlitten, den, gezeichnet von George Marston, ich in Shackletons Buch gesehen habe. Seit dessen NIMROD-Expedition steckte das Gefährt vier Jahre lang im Ross-Schelfeis. Und es steckt dort noch immer. Da ihm Shackletons Angelegenheiten gleichgültig waren, ließ Kapitän Scott den Schlitten wieder eingraben.

Bei Motorschlitten hört für unseren neuen Proviantmeister Orde-Lees der Spaß auf, und so beeilt er sich zu erzählen, dass in seinen Augen kein anderer als Scott die absurdesten Dinge in die Antarktis mitgebracht und hier zurückgelassen habe. Abgesehen von ihm selbst natürlich! Er grinst. Zwischen uns steht das Fahrrad, das er soeben von Bord geschoben hat. Im hellen Eislicht sehe ich, dass es schwarzen Lack nur noch als Tüpfel aufweist. Eine tiefbraune Rostkruste überzieht den ersten antarktischen Drahtesel.

»In der Ross-Hütte zum Beispiel steht ein Klavier«, sagt er und überprüft die Speichen, von denen trotz monatelanger Lagerung des Rads im Ankergatt keine gebrochen scheint. »Auf dem aber hat nie jemand gespielt, denn weder Scott noch ein anderer von seinen Männern konnte Klavier spielen.« Tante Thomas legt den langen Kopf schief und bleckt die Zähne. »Warum also hat er es mitgenommen?«

Ich habe keine Ahnung. Vielleicht, um Klavier spielen zu lernen.

»Halt mal den Lenker.« Er bückt sich und sucht nach dem Ventil.

»Sind, glaube ich, Vollgummireifen«, sage ich nach unten.

»Hm.« Er richtet sich wieder auf. »Stimmt.« Er ist so groß und fast so massig wie Crean, und doch macht er auf mich den Eindruck, als würde er den eigenen Muskeln und Knochen nicht trauen. Als stünde er auf Stelzen im eigenen Körper. Umständlich steigt er auf. Jeder andere von seinen Ausmaßen würde einsehen, dass dieses Fahrrad zu alt und zu klein für ihn ist, dass es erstens riskant und zweitens lächerlich wäre, nur eine Spritztour über die Hafenmauer damit zu unternehmen. Nicht so Thomas Orde-Lees. Dass kein anderer auf die Idee käme, mit diesem Wackelding aufs

Eis hinauszuradeln, macht für ihn erst den Reiz der Sache aus.

»Alles klar. Kannst loslassen.« Er zieht die Schneebrille über die Augen. »Mal sehen, was die Totschläger so treiben.«

Damit steigt er auf die Pedale. Das Hinterrad dreht durch, er tritt noch fester, und ab fährt er. Mit dem Burberry-Anzug, dem Stiefelwerk und der Schneebrille sieht er aus wie ein Flugzeugmechaniker, der über ein verschneites Landefeld flitzt. Zwei, die ihm auf dem Pylonenweg entgegengestapft kommen, treten applaudierend beiseite, als er vorbeischlittert.

Mich ruft mein Herr und Meister, weshalb ich zurück aufs Vorderdeck gehe, wo Green dabei ist, die in weiße Streifen zerschnetzelte letzte Robbe der mageren Ausbeute vom Vortag in die Kühlkiste zu schütten.

»Mehr Eis«, sagt er bloß, was heißt, dass ich einen weiteren Block für die Fleischkühlung schneiden gehen soll. Bei minus 20 Grad scheint Greens Mundwerk einzufrieren. Sein Kinn ist weiß wie Robbenfleisch, und er redet, als käme er gerade vom Zahnarzt. Also wieder runter, aufs Eis, mal gucken, ob er noch fährt.

Wir treiben. Aber dass ich auf einer kaum zwei Meter dicken Schicht aus Schnee und Eis stehe, die auf dem Südpolarmeer dahinschwimmt, merke ich genausowenig, wie dass sich der Erdball dreht und durchs All rast. Es scheint alles stillzustehen. Nur wenn ein Eisberg nicht einmal mehr die verbliebenen vier Stunden Tageslicht braucht, um an unserem Schiff vorüberzuziehen, wird man von einer Angst, die anwächst wie der sich nähernde Berg, sanft daran erinnert, dass alles in dieser weißen Weite in Bewegung ist. Ende Februar, als wir frisch eingeschlossen waren, hatte sich das Packeis kaum merklich parallel zur Küste in westlicher Richtung geschoben. Anfang März drehte es nach Westnordwest und gewann an Tempo. Worsley und Hudson nahmen eine Lotung vor. Sie ergab, dass der Meeresgrund von knapp 250 Meter schnell auf über 1000 Meter Tiefe fiel. Damit konnten wir sicher sein, dass uns die Eisdrift in ihrem Hauptstrom entlang der antarktischen Halbinsel nach Norden mit sich reißt und dass sich Eisbarriere und Vahselbucht nunmehr in unserem Rücken befinden. Der Tag von Orde-Lees' Fahrradpatrouille übers Eis ist der 6. April, der 72. Tag, seit wir eingeschlossen sind, und die beiden Männer, die ihm auf dem Pylonenweg entgegenkamen und nun wieder am Schiff stehen, um dem Sir Meldung zu erstatten, sind Worsley und Hudson. Ihre vor dem Bug vorgenommene Positionsbestimmung ergibt, dass wir mit einer Geschwindigkeit von vier Kilometern am Tag nach Norden driften. Obwohl sie sich um keine Handbreit bewegt hat, ist die ENDURANCE 180 Kilometer weit von den Eismassen mitgewälzt worden.

Shackleton nimmt die Nachricht gelassen auf. Er steht genau über mir an der Reling und wirkt fast froh, als er Worsley bittet, den Mann im Fass, es ist Hownow, abzulösen und auf Robbenausguck zu gehen. Ich kenne diese Fröhlichkeit inzwischen. Peinlich genau achtet Shackleton darauf, sich Enttäuschung und Besorgnis nicht anmerken zu lassen. Wirklich fröhlich ist er ganz anders. Unterhalten wir uns über ein Buch, das er mir zu lesen gegeben hat, weicht alle Anspannung aus seinem Gesicht, dann funkelt in seinen Augen eine verschmitzte Erregung, und er hört nicht auf zu lächeln, wofür er sich mindestens einmal bei mir entschuldigt.

Ich nutze die Gelegenheit und frage zu ihm hinauf, ob ich

mir von der Pyramide aus Eisblöcken, die für den Bau der Hunglus nicht benötigt wurden, einen heraustrennen kann.

»Zur Fleischkühlung, Sir!«

Er blickt zu mir herunter und mustert mich, als würde er mich zum ersten Mal sehen. »Nehmen Sie. Immer nehmen«, sagt er fröhlich.

Mit einem einzigen bösen Axthieb zerhaut Green den Eisblock, und die hellblauen Trümmer und glitzernden Splitterchen rasseln hinab in die Zwischenräume der randvoll mit Fleisch gefüllten Kiste. Hownow stakst vorbei, in seinem gelben Schneeanzug steifgefroren von einer Stunde in der Ausguckmars. Green hebt die Axt in seine Richtung, zeigt seine Zahnwracks und verzieht das Lächeln über den Witzversuch zu einem angewiderten Grinsen, als How ihm einen Vogel zeigt. How hat Mühe mit den Stufen. Die Knie lassen sich nicht durchdrücken. Und er weiß, dass er 20 Minuten vorm Ofen im Ritz brauchen wird, ehe er die Mütze von den Haaren abgelöst bekommt.

»Robbe zwei Strich südwest!«, schmettert Worsley oben im Fass durch sein knallrotes Megaphon, das Einzige, was man vom Deck aus von ihm sehen kann.

»Korrigiere: drei Strich. Robbe drei Strich südwest!«

Einen knappen Kilometer jenseits des doppelten Rings aus kleinen und großen Eisblockkegeln, der das Schiff wie eine Wagenburg umgibt, innen die 30 Hunde-Iglus, die Hunglus, und einen Schneeballwurf weiter außen die mit Wimpelstöcken gespickten Pylonen, die im Falle von Schneetreiben und Blizzard der Orientierung dienen sollen, weit da draußen auf dem offenen Eis jagen sie: zwei Hundeschlittengespanne mit fünf Männern und ein Proviantmeister auf dem

Fahrrad. Sie sind nur kleine, im feinen Schneestaub unscharfe und langsam von der Stelle kommende Gestalten. Worsley im Mast dirigiert sie, Crean und Macklin lenken die Schlitten, McIlroy und Marston halten die sich im Blutrausch hechelnden Hunde im Zaum, und Frank Wild läuft zu Fuß oder auf Skiern zu der Stelle, wo die Robbe liegt.

Nur ein leiser Knall saust herüber zum Schiff.

»Gehört, Träumerle? Nachschub«, sagt Green und setzt sich auf die fertige Kiste, damit sie besser schließt. »Wird nichts heut mit deinen drei Stunden.«

Ausgenommen die Nachtwache, die am folgenden Tag freigestellt ist, muss jeder von uns drei Stunden am Tag seinem Dienst nachgehen, Kohle schippen, Eis hacken. Die übrige Zeit bleibt zur freien Gestaltung. Doch natürlich hat das Anlegen eines möglichst großen Vorrates, bevor in drei Wochen die Polarnacht beginnt, Vorrang, und so sind in Wirklichkeit zumindest die Männer, die auf Beutejagd gehen, sowie der Proviantmeister, der Koch und ich fast den ganzen Tag mit dem Beschaffen, Überwachen und Verstauen des Fleisches für uns, die Hunde und die Katze sowie des Blubbers und Trans für die Öfen und Lampen beschäftigt. Und da niemand ein so gutes Auge beweist wie der Skipper, ist Worsley weit öfter, als er es müsste, im Fass, dirigiert die Jäger mit Rufen und Fahneschwenken und warnt sie vor plötzlich durch Eisspalten nahenden Schwertwalen oder Seeleoparden. Nach Shackletons allabendlich im Ritz verkündeten Berechnungen haben wir auf diese Weise an die 5000 Pfund Fleisch- und Fettvorräte eingelagert, genug für 90 Tage, ohne auf unsere Trocken- und Dosenrationen zurückgreifen zu müssen.

90 Tage … Anfang Juli werden wir schon monatelang im Dunkel gelebt haben.

Draußen auf dem Eis haben sich inzwischen zwei Gruppen gebildet. Während die Hälfte der Männer die Hundegespanne auf Abstand hält und die Tiere, so gut es geht, daran hindert, sich gegenseitig an die Kehle zu gehen, wartet auf die anderen der schwierigste Teil der Arbeit, nämlich die Bergung der Robbenkadaver, von denen manche mehr als 500 Pfund wiegen. Die Dämmerung hat eingesetzt, deshalb kann ich nicht sehen, wie sich Wild, Crean und McIlroy, der seine chirurgischen Kenntnisse anwendet, über das tote Tier beugen. Aber ich weiß, denn ich habe es zigmal mit angesehen, dass jeder ihrer Handgriffe sitzt, damit es nur schnell geht: Solange die Robbe noch warm ist, bekommen die, die sie häuten und zerlegen, keine Frostbeulen an den Händen.

Schließlich ist das Erste, was ich in der sich eingrauenden Weite auftauchen sehe, weder ein Schlitten noch Frank Wild auf seinen Skiern. Tante Thomas kommt geradelt, ruhig und gemächlich, wie an einem warmen Winterabend Reverend Hackett von einem selig Entschlafenen nach Pillgwenlly heimkehrt.

»Fahr nicht gegen den Baum!«

Worsley klebt auf halbem Weg zum Deck an den Wanten und trötet in seine Flüstertüte. Und Orde-Lees tippt sich an die Kapuze und winkt.

Kurz darauf lehnt das Fahrrad an Greens Kühlkiste. Orde-Lees ist fast überall mit einer weißen Schicht bedeckt, und Hunderte winziger Eiszapfen hängen an Schneebrille und Mützenrand.

»Gut zum Nachdenken, so ein Veloziped.« Er spricht sehr langsam und ist heiser; denn da das Gebell der Hunde jedes Geräusch übertönt, wird auf dem Eis aus voller Kehle gebrüllt.

»Es ist mir wieder eingefallen: Das allermerkwürdigste Ding, das je im Eis war, das war der Ballon, mit dem Scott über der Ross-Insel schwebte. Hast du davon nicht gelesen, Blackboro?«

Ich habe es nicht, und ich glaube es ihm auch nicht.

»Hieß EVA, soweit ich mich erinnere. Scott flog den Ballon einmal und nie wieder, denn danach war das Ventil kaputt. Mehrere hundert Meter hoch ist er angeblich gestiegen. Wahrscheinlich konnte Scott vor lauter Begeisterung gar nicht mehr aufhören, Sandsäcke abzuwerfen.«

Er kichert, dass die Eiszapfen in seinem Kinnbart klingeln.

»Und wusstest du übrigens, dass Wilbur und Orville Wright vor dem FLYER Fahrräder gebaut haben?«

»Äääh«, macht Green, »geht mir weg mit euren Geschichten.«

3

Das Gewicht des Lebens spüren

Ausgerechnet an einem Sonntag, an dem es in dichten Flocken schneit, sehen wir zum letzten Mal die Sonne. Eine Zeit lang hält sich noch ein dunstiges, täuschendes Zwielicht, in dem man die starren Umrisse des Schiffs vorm Horizont ausmachen kann. Aber Entfernungen abzuschätzen ist jetzt kaum noch möglich, und selbst das Eis vor den Schneeschuhen sieht man so verschwommen, dass der Spaziergang um den Pylonenweg gefährlich wird. Bobby Clark hat sich vorm Bug ein Loch ins Eis gedrillt und holt mit einem am Klüverbaum befestigten Ausleger allerlei Meeresgetier herauf. Er ist schon mehrfach in eine Senke gestürzt und über einen Eisgrat gestolpert, die er noch meterweit entfernt geglaubt hat. Seiner Sammlerwut tut das keinen Abbruch. In Dutzenden von Honiggläsern, die an einer Fußleiste entlang im Ritz stehen und im Licht der Tranlampen blau und grün funkeln, schwimmen die merkwürdigsten Tierchen und Pflanzen, Organismen, die nie einem Lichtschimmer ausgesetzt waren und schon immer in so vollkommener Dunkelheit lebten wie auch wir das müssten, hätten unsere Urururahnen nicht das künstliche Feuer erfunden.

Wir weinen der Sonne nicht nach. Sie kommt ja wieder, zwar erst in einem halben Jahr, aber das macht nichts. Kann man eh nicht ändern. Dass er uns zur Not eine Sonne aus

Holz zimmert, sagt McNeish, und für Alf Cheetham ist es Zeit, seinen monatlichen Witz loszuwerden. Im selben Moment, in dem das Eis das letzte Sonnenlicht schluckt, bestellt er bei McNeish eine Badehose, eine aus Kastanie.

In der Runde, die sich eines Abends im Ritz versammelt, bin ich nicht der Einzige, dem auffällt, dass Shackleton nicht mehr so düster und traurig wirkt, seit das Schiff pünktlich zum Beginn der Polarnacht winterfest ist. Seine bessere Stimmung verbessert die Stimmung aller. Er weiß selbst am besten, welches Vorbild er für jeden von uns ist. Aber es verdenkt ihm auch keiner, wenn er mal Schwäche zeigt. Denn so wie sein Zorn beweist uns seine vergrübelte Wut, dass er mit aller Leidenschaft an unserer Lage Anteil nimmt und nicht bereit ist, sich der Verbitterung hinzugeben, zu der er neigt und zu der er allen Grund hätte.

Für Tom Crean ist eine von Sir Ernest gefällte Entscheidung über jeden Zweifel erhaben. Crean sitzt nur zwei Plätze weiter, und ich würde ihm allein deswegen nicht widersprechen, weil dieses Profil, das ich sehe, jahrelang gerahmt im Zimmer meines Bruders hing. Und doch bin ich anderer Meinung und glaube, dass Shackletons Fähigkeit, uns alle bei der Stange zu halten, in Wirklichkeit auf einem tiefen Zweifel beruht. Es stimmt nicht, was er so gern von sich behauptet, dass er nämlich von einem gefassten Plan nicht abzulassen und ein einmal anvisisiertes Ziel nicht aufzugeben vermag.

Ich glaube, er hat weder einen fixen Plan noch ein festes Ziel. Shackleton zweifelt. Er zweifelt von Anfang an, und er zweifelt noch, wenn er am Ziel ist. Crean, Cheetham, allen den Eisheiligen geht es um Entdeckung, Überwindung, Eroberung, Triumph. Shackleton geht es ums Glück. Er ist der Abenteurer, nicht ich. Ein kurzer, schweißtreibender Ringkampf mit sich selbst, schon ist ihm auch der Kummer willkommen. Widrigkeiten, wie Wild sie mit der quirligen Energie des von der Ordnung Besessenen zu vermeiden oder rückgängig zu machen Himmel und Hölle in Bewegung setzt, stacheln Sir Ernest nur zu noch größerer Begeisterung an, zu einer so überbordenden Zuversicht, dass er sie mit uns, die darüber bloß staunen können, teilen muss, und das zu seiner allergrößten Genugtuung. Hat er sie ausgekostet, meldet sich der Zweifel zurück.

Nach dem üblichen Toast auf die Frauen, die Geliebten und darauf, dass sie einander nie begegnen mögen, den Worsley ausbringt, ergreift der Sir das Wort und bringt uns mit wenigen Sätzen in Verlegenheit. Er entschuldigt sich unumwunden für das Scheitern der Expedition. Und er räumt den Fehler ein, nach Erreichen der Caird-Küste nicht beigedreht zu haben und gelandet, sondern stattdessen weiter südwärts gesegelt zu sein.

»In der Hoffnung, es noch besser zu treffen. Was für ein dummer Trugschluss! Ich wünschte, ich hätte an diesem Tag auf den Skipper und auf euch gehört, Frank, Tom, Alfred!«

Er sieht jedem der vier fest in die Augen, und ich kann ermessen, was es für ihn bedeuten muss, das im selben Raum zu sagen, in dem an jenem Tag vor fünf Monaten der Eisrat tagte und er sich gegen die vier durchsetzte.

»Es durchläuft mich heiß und kalt, wenn ich bedenke, dass wir alle jetzt in unserer Hütte sitzen, die Forscher ihre Studien und die anderen die Vorbereitungen für den Marsch vorantreiben könnten. Und ich mag mir gar nicht vorstellen, welche Strapazen McIntosh und seine Männer im Rossmeer auf sich genommen haben, um Depots für uns anzulegen, die wir vielleicht nie zu Gesicht bekommen werden.

Euer aller Leistung kann ich gar nicht genug wertschätzen. Seid versichert, dass ich alles tun werde, um ausnahmslos jeden von euch heil nach Haus zu Frau und Kindern zu bringen. Oder zu seiner Geliebten.« Gelächter. »Ich danke euch. Bei aller Schmerzlichkeit ist es schön, diese Zeit gemeinsam mit euch zu verbringen. Ich möchte keines dieser Gesichter missen.«

»Auf den Sir!«, ruft der treue Alf Cheetham und hebt sein Glas.

»Auf Sir Ernest«, raunt es zurück, und mir steigen ein Kloß in den Hals und Tränen in die Augen.

Shackleton steht auf. Die, die es ihm gleichtun wollen, bittet er, sitzen zu bleiben. Er steht allein. Der rückblickende Teil der Ansprache ist vorbei, es folgt der Blick nach vorn. Ich lehne mich zurück. Ob ich noch ein Glas Portwein …?

Aber was er sagt, das saust auf mich nieder wie Greens Eisaxt und haut meine Gleichmut in Splitter. Er möchte, dass auch ich aufstehe.

Und als ich zögere und fragend in eine Tafelrunde blicke, die mich angrient, möchte er, dass ich etwas über die Polarnacht erzähle. Hier und jetzt. Er setzt sich. Mir wird schwarz vor Augen.

»Sir, die Polarnacht, ich kenne die Polarnacht nicht, ich habe noch keine erlebt«, stammele ich. »Und die, die grade anfängt, scheint mir … mir etwas zu kurz zu sein, als dass ich etwas darüber … etwas für alle Bedeutsames … Unterhaltsames …«

»Bravo«, sagt Mick, »ein dunkler Einstieg. Guter Anfang.« Alles grölt.

»Ruhe, Gentlemen, ich bitte Sie!« Shackleton lächelt, aber er lacht nicht. Es ist ihm ernst.

»Ganz ruhig, Merce. Keiner will Sie hier vorführen. Ich dachte mir, Sie erzählen uns einmal, was Sie über die Polarnacht gelesen haben. Es ist wichtig, dass einer von uns die Bücher liest. Und dass er uns erzählt, was darin steht ... Aber Sie müssen nicht, wenn Sie nicht wollen.«

Natürlich muss ich nicht, das weiß ich von selbst. Ich sage, dass ich mich setzen möchte. Und ich setze mich.

»Na gut.« Shackleton ruckt mit dem kahl geschorenen Kopf. Das hat er sich anders vorgestellt. Er schiebt die Hände ineinander. Betretenes Schweigen.

Ich weiß, dass ich es könnte. Und frage mich gerade noch, warum ich's also nicht tue. Da höre ich mich schon, ich rede. Und alle anderen sind still.

»Bei Polarnacht fällt mir zuallererst ein Wort ein, das mir Hurley gesagt hat. Es ist ein Inuitwort, und ich weiß nicht, ob ich es richtig ausspreche: Perlerorneq.«

Ich sehe zu Hurley hinüber – der Prinz nickt.

»Es steht für den Kummer der langen Polarnacht und heißt so viel wie ›das Gewicht des Lebens spüren‹. Ja, stimmt, ich habe vor kurzem zwei Berichte von Mitgliedern der BELGICA-Expedition gelesen, die vor 16 Jahren hier überwintert haben. Aber ich kann wirklich nicht viel erzählen. Was ich gelesen habe, beschreibt der Ausdruck ziemlich genau. Die Männer waren die Ersten, die einen Winter auf dem Packeis erlebt haben, und einer von ihnen, Frederick Cook, schreibt in seinem Tagebuch von dem schwarzen Vorhang, der zwischen eisiger Einsamkeit und äußerer Welt niederfällt, und darüber, wie schnell er sich auf die Innenwelt der Seele legt. Gruselig, wie ein Vampirroman wird es, wenn er zum Beispiel schreibt, dass die Nacht Woche für Woche mehr Farbe aus dem Blut saugt. Und irgendwo heißt es bei ihm, bei Frederick

Cook, er könne sich nichts Entmutigenderes und Zerstörerischeres für seine Kameraden und sich vorstellen. – Reicht das?«

»Hast du nicht was von Polarnachtschönheiten?«, ruft einer. »Von Mädchen?«

»Oh Gott, hör auf!« Stornoway lässt das Kinn auf die Brust klappen. »Mir geht sofort die Hose auf.«

»Und das«, sagt Shackleton, »wollen wir nicht riskieren, Mister McLeod. Fahren Sie fort, Merce. Vielleicht kommen Sie zu den Verlockungen erst am Schluss.«

»Tja, also gut. Das andere Ihrer Bücher, Sir, über die Reise mit der BELGICA ins Weddellmeer, ist von einem T.H. Baugham und heißt ›Bevor die Helden kamen‹ … ehrlich, Käpt'n, so heißt es! Was ich da gelesen habe, hat nichts von Dracula-Romantik. Nach drei Wochen Dunkelheit befielen die Crew Melancholie und Depressionen. Die Männer konnten sich auf nichts konzentrieren, und sogar das Essen wurde ihnen zur Qual.«

»Wieso? War Green an Bord?«

»Scher dich zum Teufel.«

»Sschhtt. Rand halten.«

»Um die Anzeichen von Wahnsinn zu bekämpfen, die sie aneinander feststellten, fingen sie an, im Kreis um das Schiff zu laufen. ›Irrenhauspromenade‹ nannten sie die Strecke. Ein Mann starb an Herzangst, ein anderer wurde nach hysterischen Anfällen taubstumm, und einer zwängte sich in eine winzige Nische, weil er meinte, die anderen trachteten ihm nach dem Leben. Es waren Männer aus sieben Nationen an Bord. Baugham schreibt, es sei ein Albtraum in sieben Sprachen gewesen. Irgendwann hatte sich jeder in einem anderen Winkel des Schiffes eine Höhle gebaut, wo er aß und vor sich hin dämmerte. Sie redeten nicht mehr miteinander, und die Gruppe brach völlig zusammen.«

Als Shackleton keine Anstalten macht, ihn zu bremsen, erinnert mich McLeod an die Mädchen. Er will wissen, ob schon einmal welche im Eis waren, wann, wie viele und, vor allem: Wie jung waren die?

Ich erkläre, dass ich noch von keiner Frau im Eis gelesen habe. Stornoway wäre nicht Stornoway, wenn er nun nicht Spaß mit Ernst verwechselte. Erst gibt er sich enttäuscht, dann ist er es wirklich, und beleidigt sagt er schließlich böse: »Dann hol wenigstens deinen Fisch raus und lies endlich den Zettel von deiner …«

»Halt's Maul, McLeod«, sagt Bakewell über den Tisch.

Und sofort Vincent: »Sachte, sachte, Mister Yankee Doodle.«

Die Stimmung im Ritz ist nicht länger heiter, und ich bin mir nicht sicher, ob das Shackletons Absicht war. Er verzichtet darauf, meine Ausführungen zu kommentieren, lässt sie lieber auf die Männer wirken, und erst als die Runde sich allmählich auflöst, nimmt er mich beiseite und entschuldigt sich für den Überfall.

»Schon in Ordnung, Sir.«

Er ist sehr ernst und flüstert fast. »Merce, Sie wissen, es kann sein, dass wir das Schiff verlieren. In diesem Fall werden wir keine Bücher mitnehmen können. Dann wären Sie und ich die Einzigen, die sie gelesen haben.«

»Yesser.«

»Wann werden Sie sie alle gelesen haben?«

Ich weiß darauf keine Antwort. Es gibt Bücher, die ich noch einmal lesen müsste, und es gibt welche, die ich vor mir herschiebe, weil ich weiß, wie finster sie enden. Es gibt genug Männer auf der ENDURANCE, die darin vorkommen.

»Gehen Sie davon aus, dass Sie noch ein halbes Jahr haben«, sagt er mit einem Blick, der mir zu verstehen gibt, woran er keinen Zweifel mehr zu haben scheint.

Ich begleite ihn an Deck. Ein schwaches Südlicht steht am Himmel, und der Lichtschein zweier Sturmlampen erhellt den Backbordhalbkreis der Hunglus, wo Macklin und Hurley die Nachtfütterung vornehmen.

»Sie wissen, wer der Mann in der Nische war«, sagt er, als er sich schon zum Gehen gewendet hat. »Der, der Angst hatte, die anderen auf der BELGICA würden ihn umbringen.«

»Ja, es war Amundsen, Sir.«

»Ein feiner Zug, dass Sie es nicht erwähnt haben. Gute Nacht!«

Zum Schlafen kommt Shackleton in dieser Nacht unterdessen nicht so schnell. In der zur Viererkajüte umgezimmerten Offiziersmesse, die die darin hausenden Wild, Crean, Marston und Worsley »Die Stallungen« genannt haben, stellt der stockbetrunkene Greenstreet seine musische Seite unter Beweis und führt ein Zweimannstück auf, dessen Rollen Lord Effingham (mit Rußbart) und Mister Charcot (mit Rußbart und Monokel) er der Einfachheit halber beide selbst übernimmt. Ausgebuht wird er von einer bunt verkleideten Gruppe von Raufbolden. Uzbird Hussey hat sich mit Pflaumenmus ein blaues Auge gemalt. Unentwegt zerrt er an einem kleinen Jungen herum, der piepsig greint, an Frank Wild erinnert und von Frank Wild gespielt wird. Eine Flasche Malzwhiskey macht die Runde. Als sie leer ist und durch das offene Bullauge aufs Eis fliegt, entscheidet die Mehrheit, in Sir Ernests Kajüte umzuziehen, wo weitere Spirituosen vermutet werden. Shackleton wird ein Ständchen gebracht, er spendet Beifall, ist aber nicht bereit, den Alkohol herauszugeben. Stattdessen besticht er uns mit Schokolade und vertreibt uns schließlich mit der Androhung, Sonette aufzusagen.

4
Die antarktische Uhr

Bei Temperaturen von zwischen minus 30 und minus 40 Grad geschehen unvorhersehbare Dinge. Einmal schütte ich einen Becher kochend heißen Wassers aus, und es gefriert, noch bevor es den Plankenboden erreicht. Wenn man zu lange blinzelt, frieren die Augenlider zusammen, was im ersten Moment immer einen furchtbaren Schock bedeutet. Nach langen Aufenthalten im Freien schmiegen wir uns wie die Katze an den Ofen. Und leckt man dann an einer Stelle über die Sachen, die man ausgezogen hat, und presst die Stelle an die Kajütwand, bleiben die Joppe oder der Pullover wie durch ein Wunder daran hängen. Man soll nicht glauben, dass es ab bestimmten Temperaturtiefen egal ist, ob die Luft nun minus 20 oder minus 37 Grad misst. Es ist ein Unterschied wie zwischen Frühling und Hochsommer, bloß auf der anderen Seite der Empfindung, dort, wo es keine Jahreszeiten gibt.

Ende Mai und Mitte Juni, zwischen dem 125. und 145. Tag im Eis, veranstalten wir zwei Wettkämpfe, die trotz bitterer Kälte die gesamte Mannschaft in ihren Bann ziehen. Tagelang ist auf der etwas windstilleren Steuerbordseite ein Spielfeld planiert worden, und als die sechs Sturmlampen, die an Deck zur Verfügung stehen, darauf gerichtet sind, pfeift der Sir, der es sich nicht nehmen lässt, Schiedsrichter zu sein, eines Vormittags in diesem dämmerigen Flutlicht das auf volle 90 Minuten angesetzte Fußballspiel an: Die Vahsel Bay Wanderers mit weißen Unterhemden über den Schneeanzügen kicken gegen Weddell Sea United, die die klaren Favoriten sind; schließlich verfügt ihre Elf über eine Schneebrille mehr.

VB WANDERERS
Coach: F. Wild – Ersatz: A. Kerr, G. Marston, H. McNeish

Tor *T. Crean*
Rechter Verteidiger *R. James* *J. Vincent* Linker Verteidiger
Rechter Läufer *T. McLeod* *F. Wild* Linker Läufer
Mittelläufer *A. Cheetham*
Rechtsverbinder *M. Blackboro* *L. Hussey* Linksverbinder
Rechtsaußen *H. Hudson* *J. McIlroy* Linksaußen
Mittelstürmer *W. How*

*

W. Bakewell Mittelstürmer
Linksaußen *T. McCarthy* *A. Macklin* Rechtsaußen
Linksverbinder *F. Hurley* *E. Holness* Rechtsverbinder
L. Greenstreet Mittelläufer
Linker Läufer *L. Rickenson* *J. Wordie* Rechter Läufer
Linker Verteidiger *R. Clark* *F. Worsley* Rechter Verteidiger
T. Orde-Lees Tor

WS UNITED
Coach: F. Worsley – Ersatz: C. Green, W. Stevenson

Weddell Sea United gelingt es indessen nicht, aus seinem Vorteil Kapital zu schlagen. Zwar wird rasch deutlich, dass sich die Partie auf der rechten Außenbahn entscheidet, wo sich die Ärzte Mick und Mack ein packendes Torschützenduell liefern. Als sich beim Halbzeitstand von 4:3 für Vahsel Bay der bis dahin verlässlichste Rückhalt Weddell Seas, Spielertrainer »Wuzzles« Worsley, jedoch eigenhändig auswechselt und bei Wiederanpfiff Charles Green an seiner Stelle auf den Platz gezerrt wird, gerät das Teamgefüge durcheinander. Abgesehen von vereinzelten gelungenen Kontern über das ansonsten nur selten harmonierende Stürmergespann McCarthy – Bakewell, gelingt ws United so gut wie nichts mehr. Green weigert sich beharrlich, nur einen Fuß zu rühren. Das Ausscheiden von Torwart Orde-Lees (nach Stirnschuss durch Vahsel-Bay-Mittelstürmer How) komplettiert das Debakel. Wild, Hussey und ich treffen je zweimal für die Wanderers und sorgen für den 4:9-Endstand. Ein Kantersieg. Mit Gelb wegen Foulspiels bestraft wird niemand, wegen Meckerns alle. Die Siegerehrung entfällt: Hinterm Vahsel-Bay-Tor will Schiedsrichter Shackleton, ein meist abwesender Referee, die Flosse eines *Orca gladiator* gesichtet haben.

Eine Woche vorm Wintersonnenwendtag prahlt der Jonas-Orden-Träger Hurley beim Mittagessen damit, dass sein Gespann das schnellste sei: Mal abgesehen von seinen anderen acht könne doch wohl kein Köter mit seinem Leithund Shakespeare Schritt halten.

Lachhaft!

Wilde, von Shackleton noch angestachelte Empörung unter den fünf anderen auf diese Weise herausgeforderten Schlittenführern schaukelt sich im Ritz zum Tumult hoch.

Und wenngleich die Handgreiflichkeit bloß gespielt ist, geht dabei eine Handlast Teller zu Bruch. Niemand, nicht mal Mutter Green scheint sich daran zu stören. Ich aber kehre die Scherben zusammen und mache mir so meine Gedanken.

Ein Rennkurs wird festgelegt. 800 Meter lang, führt er einmal um den Pylonenweg, Start und Ziel ist der von neuen Eishöckern übersäte Bolzplatz. Einen Tag lang dürfen die sechs ihre Schlittengespanne noch trainieren. Jeder von ihnen wählt sich einen Assistenten, erhält eine Sturmlampe und fährt hinaus aufs Eis zum Üben, an einen Lieblingsplatz irgendwo in der Dunkelheit.

Aus allen Richtungen schallen durch die Nacht die Hundekommandos:

»Mush!«

»Ha!«

»Ghee!«

»Whoa!«

»Ha!«

Bereits Anfang April musste Frank Wild einen Hund namens Bristol erschießen, der an einer rätselhaften Erkrankung litt. In wenigen Tagen verlor Bristol nahezu die Hälfte seines Gewichts, und so, regelrecht aufgezehrt von einem unsichtbaren Peiniger in seinem Innern, verkroch sich der arme Kerl apathisch, mit milchig trüben, furchtbar traurigen Augen, in den Hunglu, bis Frank Wild ihn holen kam. In den vergangenen Wochen wurden zwölf weitere Hunde von Bristols Krankheit befallen und mussten getötet werden. Nach dem Verlust der beiden vor den Südsandwich-Inseln und den 13 im Verlauf der Drift verendeten sind damit von den ursprünglichen 69 noch 54 am Leben, mindestens drei befinden sich jedoch in schlechter Verfassung. Und da sich bislang noch kein Hund von der Krankheit erholt hat, wird Wild wohl noch des Öfteren mit einem von ihnen aufs Eis hinauslaufen und auf blutbespritzten Skiern allein wieder zurückkommen.

Jeder der sechs Schlittenführer kennt seine Tiere genau und pflegt ein zärtliches Verhältnis zu den Ungeheuern. Ich halte mich, so lang wie möglich, fern von ihnen, weiß ich doch, dass nur die Zurschaustellung körperlicher Überlegenheit Wirkung bei ihnen zeigt. Von einem zum anderen Moment gehen sie aufeinander los und beißen sich blutig. Ginge keiner dazwischen, ich bin mir sicher, sie würden sich binnen Stunden so lange gegenseitig zerfleischen, bis keiner mehr übrig wäre. Viele, viele Seiten seiner Bücher widmet Amundsen den Hunden, die mit ihm im Eis waren, manche charakterisiert er sogar genauer als die Männer, die ihn begleitet haben. War im Winter die Zeit des Hungerns gekommen, war es Zeit, die Hunde zu töten, dann heizte Amundsen den Primuskocher voll an, damit er die Schüsse nicht hörte. Er machte ein Foto von einem seiner Norweger und schrieb auf die Rückseite: »Mangels Damen macht Rönne ein Tänzchen mit den Hunden«. Er ist der Größte, und Shackleton hat Recht, man soll Amundsens Leistung nicht schmälern, indem man von Nischen erzählt, in die er sich in jungen Jahren verkroch, um nicht seinerseits zerfleischt zu werden. Im Zelt am Südpol ließ Amundsen einen Brief an König Haakon zurück, den Scott überbringen sollte, falls die Norweger den Rückmarsch nicht schafften. Die Bitte dürfte Scott fast noch mehr als die Niederlage gekränkt haben, und doch ist sie bloß Ausdruck von Amundsens Zweifeln. Auf dem Weg zum Pol hat er sich fast täglich selbst fotografiert: Mann mit langem, fragendem Gesicht, riesiger Nase und den traurig funkelnden Augen eines Bassets.

Alle, die sie füttern oder waschen, pflegen und kraulen, besonders aber die sechs, die sich tagein, tagaus mit ihnen herumscheren müssen, haben die Hunde verändert. McIlroy ist wieder so dürr wie in Buenos Aires, weil er nicht den ganzen Tag in der Galley Essbarem auflauert. Marston zeichnet zwar noch, aber nimmt er einen Eisberg in Angriff, wird mit Sicherheit ein Hundekopf daraus. Hurley duftet nicht länger nach Prinz, sondern nach Shakespeare, dem er nicht von der Seite weicht, seit sie beide in einen Spalt stürzten, in dem Minuten nach ihrer Rettung die schwarzweiße Schnute eines neugierigen Orcas auftauchte. Macklin der Sanfte trennt jetzt zwei ineinander verbissene Kläffer, indem er kurzerhand beiden einen Kinnhaken versetzt. Und Wild wird von allen in Watte gepackt und mit Stirnküssen bedacht, wenn er ohne zu murren wieder einmal die Aufgabe übernimmt, um die ihn so gar keiner beneidet.

Niemand aber kümmert sich mit einer liebenden Fürsorge um die Hunde wie der große Tom Crean. Er hat Nächte im Hunglu zugebracht und damit acht Welpen am Leben erhalten, die nun beinahe ausgewachsen sind. Greenstreet, der wie durch ein schleichendes Elixier Woche für Woche mehr von seinem Offiziersgebaren verliert, soll demnächst ihr Training übernehmen und dieses siebente Schlittengespann leiten. Zuvor allerdings muss er die creansche Liebesschule durchlaufen, so lange, nehme ich an, bis er dieses Wundermittel nicht mehr braucht.

Am Mittag des 16. Juni startet das antarktische Derby. Alle haben wir an diesem 143. Tag im Eis frei, und viele sind dem Anlass gemäß angezogen. Holie, How und Kerr haben sich als Buchmacher verkleidet und bieten Wetteinsätze in antarktischer Währung an: Schokolade und Zigaretten. Doch ihre Quoten – 6:4 auf Wild, doppelter Einsatz auf Crean, 2:1 gegen Hurley, 6:1 gegen Mack, 8:1 gegen Mick, Marston ohne Vorgabe – akzeptiert niemand.

Shackleton gibt das Startsignal, indem er eine Sturmlampe blinken lässt. Angetrieben von den Anfeuerungsrufen der Fans und dem Brüllen der Fahrer, stürmen die Gespanne los über das im Zwielicht bläulich schimmernde Eis. Macklin liegt zunächst vorn. Bos'n und Songster sind beinahe ebenbürtige Leithunde und treiben Sue, Judge, Steward, Mac und die drei anderen in ihrem Gespann zu hohem Tempo an. Doch die hinteren Hunde können nicht lange mit Bos'n und Songster mithalten, Macklins Schlitten fällt stetig zurück. Rasch abgeschlagen sind die Gespanne von Marston mit seinem Leithund Steamer und von Dr. McIlroy, dessen Hund Wolf der Einzige ist, von dem wir annehmen, dass er wirklich ein reiner Wolf ist. Als solcher findet er keinen Gefallen an dem Zirkus und schert gleich zu Beginn aus. Eine Zeit lang kann Crean mithalten, doch dann macht auch sein Leithund seinem Namen alle Ehre. Sourly scheint es zu verdrießen, dass er nicht mithalten kann, deshalb gibt er sich gar nicht erst Mühe. Säuerlich schnuppert er im Schnee herum. Entschieden wird das Derby zwischen den Schlitten von Hurley und Wild, die bis zum Ende des Pylonenwegs vorm Bug der ENDURANCE auf gleicher Höhe liegen:

Shakespeare	*Sailor*
Soldier	*Lupoid*
Martin	*Owd Bob*
Jerry	*Samson*
Bummer	*Bony Peter*
Rugby	*Horre*
Rufus	*Tosse*
Hackensmidt	*Helge*
Noel	*Saint*
Frank Hurley	*Frank Wild*

So kommen die beiden Schlitten mit 18 Hunden und zwei Männern auf den Platz gejagt. Alle sind wir zur Ziellinie gespurtet und verfolgen johlend und pfeifend das Finish. Hurley, in einem roten Mantel, den er sonst wo ausgegraben hat, mit einer kleinen australischen Fahne um den Ärmel gewickelt, steht auf dem Schlitten, während Wild tief gebückt auf seinem kauert. Und Wild gewinnt. Hurley wird Zweiter, gefolgt von Macklin und Crean, dann McIlroy und schließlich Marston. 2 Minuten und 16 Sekunden hat Wilds Schlitten für die 800 Meter benötigt.

Proviantmeister Orde-Lees, der schlotternd vor Kälte neben mir steht, ist nicht zufrieden.

»Wilds Biester sind im Durchschnitt elf Pfund leichter als Hurleys, weshalb Hurley für mich der technische Sieger ist. Bin mal gespannt, ob ihm der Zwerg Boss ein neues Rennen anbietet.«

Die Revanche findet ein paar Tage darauf statt, und diesmal fahren die Gespanne mit Beisitzern. Hurley mit Passagier Hussey gewinnt, aber nur weil Shackleton unterwegs von

Wilds Schlitten fällt. Der Sir ist so enttäuscht von sich, dass er freiwillig alle Wetten bezahlt. So oder so ist es ein unglücklicher Tag für Frank Wild. Am Abend meldet ihm Crean den Zusammenbruch von drei weiteren Hunden, und obwohl Wild diese Nachricht schwer mitnimmt, überlässt er keinem anderen die Tötung. Dr. McIlroy ist es, der schließlich darauf besteht, dass Wild die Kadaver zurück an Bord bringt, damit sie obduziert werden können. Drei Stunden dauert die Untersuchung, für die das Ankergatt hergerichtet wird, drei Stunden, in denen sich eine lähmende Niedergeschlagenheit breit macht. Aber dann haben Mick und Mack den Auslöser von Bristols Krankheit ausgemacht. Es ist ein Wurm, ein roter Darmwurm, den sie in jedem der drei Kadaver haben finden können und der mit einer Länge von mehr als 30 Zentimetern die Hunde praktisch von innen auffrisst. Macklin ist am Boden zerstört, als er uns mitteilt, dass wir nichts tun können, um die Tiere zu kurieren. Ja, wir können nicht mal verhindern, dass der Bristolwurm auch die übrigen befällt. Es gibt kein Entwurmungsmittel auf der ENDURANCE.

Tom Crean schlägt die Hände vors Gesicht. Als er sie wegnimmt, sind seine Augen geschlossen. Crean weint und sagt leise, ehe er sich abwendet: »Es gibt 5000 Grammophonnadeln an Bord, aber nicht eine Tube Entwurmungsmittel, was?«

Cheetham machen Creans Tränen fassungslos: »Ja, verflucht! Tom hat doch Recht, oder? Sind wir eine Hundeschlittenexpedition oder ein Musikdampfer?«

Shackleton lässt sie gehen, denn er weiß, dass Creans Kritik ihm gilt und dass sie berechtigt ist. Und in eine Ferne blickend, die nicht da ist, nicht im Ritz, hat er als Erster begriffen, was die Entdeckung der Ärzte bedeutet: Mit diesem

Teufel im Leib hätten die Hunde die 3000 Kilometer über den Kontinent nie und nimmer geschafft.

Die Gewissheit, die Hunde verlieren zu müssen, bei Verlust des Schiffes also vielleicht ganz auf uns allein gestellt zu sein, lastet eine Zeit lang auf der ganzen Mannschaft. Darum sind alle froh, als es etwas zu feiern gibt, auch wenn bereits zwei weitere Hunde die an dem Tag fällige Extraportion Robbe nicht mehr anrühren mögen.

An diesem 22. Juni haben wir die Mitte der Polarnacht erreicht und begehen den Wintersonnenwendtag mit einem kleinen Festessen und anschließenden »Rauchkonzert«. Chippy McNeish hat dafür eine Bühne ins Ritz geschreinert. Sie wird von Wimpeln und Fähnchen geschmückt, und Hurleys in Kaffeedosen steckende Acetylenlampen tauchen sie in helles Licht.

»Gott segne unsere geliebten Hunde«, steht auf einem Stück Pappe gemalt, das über der Bühnenmitte baumelt.

Shackleton übernimmt die Rolle des Zeremonienmeisters, der die Darsteller präsentiert. Den Anfang macht Orde-Lees. Als Pastor Gunvald verkleidet warnt er die Gemeinde vor dem Sold der Sünde. Jimmy James tritt als kaiserdeutscher Herr Professor Doktor von Schopenbaum auf und hält einen langatmigen, nur aus einsilbigen Wörtern bestehenden Vortrag über das Fett. Macklin intoniert den tropischen Gesang auf den aufbrausenden Skipper Eno, eine Hommage an Käpt'n Worsley, der sich allerdings weigert, gemeint zu sein. Kerr wird im Landstreicherkostüm als Spagoni der Troubadour angekündigt, vergisst aber den Text und verwandelt sich in Stuberski den Toreador, dem das Publikum zuraunt: »Er wird sterben! Er wird sterben! Sterben!« Marston wird gezeichnet, Wild rezitiert Longfellows »Das Wrack des Hesperus«, und Greenstreet, der sich als Betrunkener mit dicker Tomatennase selbst darstellt, ist der Letzte, den wir auf die Bühne lassen, ehe das Damenprogramm beginnt: Hudson als Haitianerin, Rickenson als Londoner Strichmädchen und Bakewell als hinkendes Liebchen, das immerzu »Äffchen!« ruft, »ach du mein Äffchen!« Er hat Glück, dass er mich um Erlaubnis gefragt hat. Den größten Applaus erntet McIlroy als Spanierin mit tiefem Ausschnitt und Schlitz im Rock. Es folgt ein kalter Imbiss und der Toast auf den König. Vier Stunden lang vergessen wir allen Kummer, und als es Mitternacht ist, haben wir uns hinübergelacht in die zweite, die abnehmende Hälfte der Dunkelheit.

5

Maschinistenwache

Nach und nach wird mir klar, was die Männer der BELGICA so zu Schatten ihrer selbst hat werden lassen. Vielleicht war es der Skorbut, der sie schließlich glauben ließ, sie wären Vampire und könnten nur überleben, indem sie einander den Garaus machten. Doch was war die Ursache für den Skorbut? An Bord gab es genügend frische Nahrung, durch die sein Ausbruch hätte verhindert werden können. Die Mannschaft der BELGICA kümmerte es nicht. Das Gemüse vergammelte in den Fässern. Anstatt zu schlachten und sich an dem frischen Fleisch zu kräftigen, ließ man die Tiere in ihren Verschlägen erfrieren.

Etwas ganz und gar Widersinniges geschieht mit einem, wenn man eine einzige monatelange Nacht durchlebt. Ich bin davon überzeugt, es war nichts anderes als Schlafmangel, was Amundsen und den anderen jede Kraft geraubt hat. Denn ich sehe es ja mit eigenen Augen, wie die Polarnacht allmählich Gespenster aus uns macht. Blasse, verfrorene, mürrische Typen sind die meisten von uns geworden, und hätten wir nicht alle den gleichen Bart am Kinn hängen, man könnte uns tatsächlich für einen versprengten Stamm von Blutsaugern halten, so liegen wir mit aufgeklappten Lidern stocksteif in der Bunk. Da ist es gut zu wissen, was Hurley irgendwo gelesen hat, dass nämlich Vampire erstens keine

Bärte haben und dass sie zweitens das Licht scheuen, weil Licht sie zu Asche verbrennt. Vampire sind wir also nicht, ersehnen wir doch nichts so sehr wie die Rückkehr des helllichten Tages. Dennoch können wir seit Wochen kein Auge zutun.

Zunächst ist es zu kalt. Die letzte Zeit vor der Rückkehr der Sonne verbringen wir beinahe alle notgedrungen unter Deck. Ende Juni beginnt ein fürchterlicher Blizzard, der nicht mehr aufhört und in dessen an- und abschwellendem Pfeifen und Greinen die Außentemperatur bis auf minus 57 Grad fällt. Nur die sieben Männer, denen die Fütterung der Hunde obliegt, verlassen noch das Schiff. Shackleton besteht darauf, dass sie Sicherungstaue tragen, und um nicht trotzdem weggeweht zu werden, kriechen sie auf allen vieren zu den Hunglus hinaus. Der Schnee, den die Orkanböen vor sich her treiben, ist ein trockener, scharfer Staub, der durch alle Kleiderschichten dringt und die nackte Haut verbrennt wie siedendes Wasser. Rot wie ein Hummer ist Creans Brustkorb, als er berichtet, dass sich auf der Luvseite der ENDURANCE riesige Schneewehen gebildet haben. In Lee dagegen fegt der Sturm das Eis blank. Marston erzählt, so weit er im Licht der Sturmlampe habe blicken können, liege gefroren die Dünung, ein schwarzgrünes Meer aus Glas. Jimmy James' Zwergenregenschirm, das selbst konstruierte Windmessgerät auf dem Dach der Brücke, misst eines Morgens 320 Stundenkilometer, bevor es abbricht und im heulenden Dunkel verschwindet.

Allmählich gehen die Tran- und Blubbervorräte zur Neige, weshalb Worsley Order ausgibt, die Befeuerung der Kajütöfen auf ein Minimum zu reduzieren. So hocken bei Tag immer mindestens 20 von uns in dem überheizten Ritz aufeinander und schlagen die Zeit tot, bis es bibbern gehen, in die Koje kriechen heißt. Gehen wir schlafen, ziehen wir nichts von unseren Sachen aus. Wir ziehen an, was wir haben, Pullover, Jacken, Mäntel, Mützen, Schals und Stiefel. Und wenigstens einmal die Nacht, trotz Dreifachkleidung schlotternd, stakst ein jeder steif zurück an den Ofen im Ritz, wo er die Katze auf den Schoß nimmt, sich aufwärmt und den Lohn abholt, der dem Geist zusteht. Die Wache hat jedem nächtlichen Besucher einen heißen Becher Tee und einen Keks zu spendieren.

In einer dieser Nächte raubt mir zudem ein trockener Husten den Schlaf. Um Bakewell und Holness nicht länger lästig zu sein, setze ich mich knirschend und knackend auf, komme hoch und schlurfe endlich, nach einer Ewigkeit, durch den Mittelgang.

Was ist das für ein Rauch hier?, denke ich, bevor mir klar wird, dass es der Atem ist, den ich huste.

Sechs Wachen habe ich selbst absolviert, und schon wieder ist das Alphabet bei R. Rickenson ist an der Reihe. Sein Freund und Kollege Kerr sitzt bei ihm am Ofen und leistet ihm Gesellschaft. Maschinistenwache. Die beiden trinken Tee, teilen sich brüderlich die schnurrend vom einen zum andern wandernde Mrs. Chippy und plinkern sich in die winzigen Augen. Fünf Glasen vorbei, eine Stunde noch bis zur Ablösung. Und der Blizzard heult. Während ich allmählich auftaue, lauschen wir seinen zwei Stimmen. Seit Wochen fegt der Schneesturm um das Schiff, aber wie sehr er sich auch an den Aufbauten reibt und, weit oben im Dunkel, durch die Wanten jagt, er klingt immer gleich, mal heller, mal dunkler, heller und wieder dunkler. Fast empfinde ich manchmal Mitleid mit ihm, denn so einsam und seelenlos sollte nichts auf der Welt sein, nicht mal dieser Wind, der unmittelbar von den Sternen zu kommen scheint.

Mittlerweile ist mein Husten eingenickt. Ich schlürfe den Tee, den Rickenson mir gebrüht hat, und tunke den Belohnungsbiskuit hinein. So durch und durch von wohliger Wärme und köstlichem Geschmack erfüllt, ist es sogar schön, dass mein Gespensterkostüm Kerr und Rickenson ein Gesprächsthema eingibt: Waschen. Kleiderwäsche bei minus 50 Grad ... geht das denn?

Während Kerr unnötige Gedanken daran verschwendet, wie es zu bewerkstelligen sei, die gewaschenen Klamotten trocken zu bekommen, bevor sie zu Kleiderbrettern gefrieren, gibt sich Rickenson als Anhänger der Trockenwäsche zu erkennen.

»Einmal in zwei Wochen krempelst du den Plunder um, und fertig.«

Kerr sieht ihn verständnislos an. Was Rickenson ihm da vorschlägt, ob er es nun ernst meint oder nicht, scheint für ihn nicht vereinbar mit dem Berufsethos des Maschinisten. Des Öls und des Schmierfetts, der Spuren der Arbeit sich wieder zu entledigen gehört für Kerr genauso zum Job wie die Pflege von Ventil und Pleuelstange. Nur, auch Rickenson ist ja Maschinist, und ein guter dazu. Müde und verwirrt forscht Kerr in den Zügen seines Freundes, ob der ihn auf den Arm nehmen will.

»Du hast ja 'n Knall«, sagt er versuchsweise lustig.

Und Rickenson: »Nö, kein Stück. Aber ich rede auch nur vom letzten Schritt, bevor einem der Dreck wirklich auf den Pelz rückt, dann wenn man nichts mehr zu wechseln hat.«

»Klar. Aber noch haben wir ja genug Klamotten, und so soll es auch bleiben.«

»Hoffen wir's.« Rickenson nippt an seinem Tee. Indem er die Katze krault, ruhen seine rot geriebenen Augen einen Moment lang auf mir, und mir dämmert, dass er keineswegs Spaß macht. Er spricht aus Erfahrung. Ein heftiges Rütteln läuft durch den Rumpf. Der Sturm wirft sich gegen das Schiff, und wir warten, bis die Bö die Kurve kriegt, ablässt, abhebt und weiterjagt.

Das alte Heulen ist zurück, und Rickenson sagt: »Du musst selber wissen, wie du es machst. Ich für meinen Teil halte es so, dass ich die dreckigen Sachen wegpacke, bis die, die ich anhabe, noch dreckiger sind, dann wirken die alten fast sauber, und ich ziehe sie mit Freuden wieder an.«

Ist das nun ein Ratschlag oder ein Geständnis? Kerr und ich zögern. Kerr benagt eine Daumenkuppe, er gibt mir Gelegenheit, mich zu äußern, und als ich das nicht tue, sagt er: »Hm. Was meinst du, Merce?«

Vertrackte Sache. Ganz gleich, was ich sage, sie werden meinen, ich verrate, wie ich selbst es mit dem Kleiderwechseln halte. Dass wir so gut wie keine Möglichkeit dazu haben, ist uns allen dreien klar. Und ebenso, dass diese Unterhaltung auf einen bestimmten Punkt zusteuert. Also raus damit! Kerr und Rickenson sehen mich an. So müde wirken sie gar nicht mehr.

Ich gebe zu, dass ich Rickensons Maßnahme für erfindungsreich halte, und die zwei nicken. Ich sage, nicht Mäntel, Jacken, Hosen, naja, und eigentlich nicht mal Socken seien ja wohl das Problem. Nicken.

»Wo es schwierig wird, tja, und da muss man sich halt für das eine oder andere entscheiden, das ist, so wie ich es sehe, verbessert mich, wenn ich falschliege, die Unterwäsche.«

Kerr: »Völlig richtig.«

Und Rickenson: »Gut. Reden wir drüber.«

Und ich … huste, weil ich die Nacht sowieso verloren gebe.

»Okay. Wer fängt an?«

51°17' westliche Länge, 68°43' südliche Breite, Lotung 1800 m über Grund, Drift bei drei Knoten: 185. Tag im Eis. So lautet Worsleys Eintrag ins Logbuch vom 26. Juli, dem Tag, als mittags für eine gute Minute zum ersten Mal die Sonne über den Horizont blinzelt. Der Orkan ist abgeflaut und nur mehr ein heimtückischer, flach übers Eis dreschender Sturm aus Südost: In einigen hundert Kilometer Entfernung, so unsichtbar wie unerreichbar und dennoch mit Sicherheit dort, wo Biscoe sie gesehen hat, liegt die Antarktische Halbinsel. Langsam, aber stetig schrammen wir an ihrer Ostflanke entlang nordwärts.

»Stell dir vor, wir stehen am Strand von Sizilien«, sagt Bob Clark im Schneetreiben an der Reling zu mir, wo ich die herrliche frische Luft kaue.

»Ja, gut. Hab ich.«

»Fein. Dann stell dir vor, da drüben liegt Ägypten, bloß dass es hier Larsen-Schelfeis heißt.«

Ich bin nicht der Einzige, dem das nautische Rüstzeug dazu fehlt, um sich ein lebendiges Bild vom Verlauf unserer Odyssee zu machen. Einige studieren den Kartenteil der Enzyklopädie, andere, die noch vor Wochen dabei weggenickt wären, lauschen mehr oder weniger gespannt einem Diavortrag, den Worsley und Greenstreet eines Abends im Ritz halten. Damit auch der Rest der Mannschaft auf dem Laufenden bleibt, gibt Shackleton bei einem spartenübergreifenden Team die antarktische Uhr in Auftrag, die Geologe Wordie, Physiker

James, Maler Marston und Fotograf Hurley dann auch wirklich gemeinsam austüfteln. Sie funktioniert verblüffend simpel: Eine Holzscheibe vom Umfang eines kleinen Wagenrades stellt den in etwa runden Umriss des Weddellmeeres dar. Den Ziffern auf dem Zeigerblatt sind geographische Punkte zugeordnet, an denen sich die ENDURANCE, die Spitze des Zeigers, jeweils zu einer bestimmten Zeit befunden hat: Südgeorgien liegt auf zwölf Uhr. Auf halb zwei bis halb drei Uhr befindet sich die Kette der Südsandwich-Inseln. Und Coats Land, Shackletons ausgelassene Küste, passierten wir um vier. Das Schiff wurde eingeschlossen um halb fünf, und seitdem hat uns die Eisdrift dreieinhalb Stunden lang mit sich geschleppt: Das Larsen-Schelfeis nämlich liegt genau auf acht Uhr.

Bei der Einweihung gerät der Sir ins Schwärmen. Er ist ganz aus dem Häuschen: »Macht es euch klar! Noch zwei Stunden. Das müssen wir doch schaffen! Zwei Stunden muss unser kleiner Zeiger auf seiner verteufelten Scheibe durchhalten, und wir haben die nördliche Spitze der Halbinsel erreicht.« Immer öfter stelle er sich den Moment vor, wenn das Eis mit einem Mal auseinander weicht und die ENDURANCE freikommt: »Falls sie es schafft, Gentlemen, wird sie ganz sachte ins Wasser rutschen. Vielleicht schwingt sie kurz aus, und das kann dann mächtig schaukeln! Aber dann schwimmt sie. Dann schwimmt sie!«

Wir hängen die antarktische Uhr zu den Fahnen des Empire ins Ritz. Jeden Abend vor dem Essen rückt Wild oder Worsley den Zeiger einen Fingerbreit weiter. Und doch haben wir noch nicht mal die Neun-Uhr-Marke durchschritten, als der Lärm und die Schläge beginnen, mit denen das Weddellmeer sich daranmacht, unser Schiff zu zerdrücken.

6

Feindschaften

Kaum haben wir die Kälte überstanden, sind es die Eispressungen, die die meisten nicht schlafen lassen. Mit dem Ende des Blizzards Anfang August steigt die Temperatur auf frühlingswarme minus 20 Grad. Ohne Mütze, das Gesicht nur von Bart und langer Mähne geschützt, räumen die, die noch Kraft haben, eine Woche lang die Schneelast von den Decks. Es ist so viel Schnee, dass er erst nach Tagen weniger zu werden scheint. Als schließlich Brücke und Zwinger wieder zum Vorschein kommen, ragt die von ihrem Tonnengewicht befreite ENDURANCE einen ganzen Meter höher aus dem Eis.

Am Himmel wabern blassgrüne Schleier. Sie reichen ringsherum bis zum Horizont, pulsieren, schwellen an und ab und verschmelzen mit der Finsternis. Funkelnde kupfergrüne Strahlenbüschel tasten sich von Stern zu Stern, und scheinbar zum Greifen nah über den Masttoppen flackern warmrote Flammen, von denen ab und zu eine hinauf in den wolkenleeren Raum züngelt. Über Bakewells Gesicht huscht wie ein langsames Erröten das Licht, das im Osten ein apfelsinenfarbener Nebel zurückwirft. Und wenn wir den Kopf drehen, schaut über den Eisrand im Westen nicht nur eine Sonne, sondern da stehen drei, die echte Sonne und zwei Täuschungen.

Nicht einmal Bakewells Kunst des Fluchens bleibt davon unberührt. Er saugt die Backen ein und vergrößert die Augen. Die Haut um die Augen ist trocken und gespannt. Er kann ein Gähnen nicht unterdrücken, und doch ist er ehrlich beeindruckt: »Hölle«, sagt er und verschluckt den Rest.

So unfassbar schön sie auch sind, in den Stunden von Südlicht und Nebensonnen ist es für kurze Zeit hell genug, um zu erkennen, in welche schlimme Lage der Schneeorkan unser Schiff gebracht hat. Vor dem Blizzard war das Packeis eine nahezu durchgehend feste Masse. Jetzt ist es in unzählige kleine Trümmer zerbrochen. Gedreht, emporgehoben und eingezwängt, bieten sie dem Wind Millionen neuer Angriffsflächen. Den behemotischen Schwung nennt Hussey die Kraft, mit der Böen und Seegang die beweglichen Schollen verschieben, ohne dass berechenbar wäre, wohin. Sichtlich geschmeichelt, dass sein Fachgebiet mehr und mehr in den Vordergrund rückt, meint Hussey zwar, das Schiff habe nichts zu befürchten, da es mitten in einer dicken, harten Scholle sitzt. Doch wie lang das so bleibt, weiß auch der kleine Uzbird nicht. Er zuckt mit den Achseln und greift sich das Banjo. Und durch die einschläfernd süße Melodie hindurch hört man es rumpeln und donnern.

Je heller der Tag wird, umso deutlicher zeigt er das Ausmaß der Zerstörung, die das in Bewegung versetzte Eis anrichtet. Den Pylonenweg gibt es nicht mehr. Backbord haben ihn die Ausläufer eines Eisberges weggefräst, und steuerbord, dort, wo er auf den Fußballplatz mündete, zieht sich ein mal grauer, mal milchig silberner Kanal hin, je nachdem, ob er gerade auseinander gestemmt oder zugefroren ist. Ein schwarzes Fähnchen, eines der Tücher aus meinem Ölzeugspind, das in einem der Eisblockkegel steckte und uns bei

Schneetreiben den Weg zurück zum Schiff zeigte, hängt jetzt Hunderte Meter entfernt zerknickt an einem Druckgrat, zu dem sich eine blau und eine grün schimmernde Scholle aufeinander geschoben haben.

Nachts, in den 16 noch immer stockfinsteren Stunden, kann man sie hören, Schollen, die sich jammernd und ächzend den Weg durch das Alteis bahnen. Manchmal heulen sie lauter als die Hunde, die zwar noch in den Hunglus sind, aber wohl schon ahnen, dass sie bald an Bord gebracht werden. Dann plötzlich ist alles totenstill. Bis ein Riss durch den Halbschlaf geht und das wohltuende Schweigen in unserer Kajüte ohrenbetäubendem Krach weicht.

Bakewell fährt hoch und stöhnt: »Was ist das? Himmel, Arsch und …!« Und während wir ins Dunkel lauschen, höre ich Holies Zähne klappern.

Es gibt Nächte, erfüllt vom Rattern eines endlosen Eisenbahnzugs mit quietschenden Achsen, und zur selben Zeit tutet ein Schiffshorn und ertönt das Dröhnen einer nahen Brandung. Einmal kommt es mir so vor, als schreie draußen auf der Scholle eine alte Frau, und immer wieder sind dumpfe Trommelwirbel sogar von dort zu hören, wo doch gar nichts sein kann, auf der anderen Seite der Planke nämlich, tief unten im Eis neben meinem Ohr.

In einer lang ersehnten Nacht, in der es sich ohne Pelzhandschuhe in der Bunk aushalten lässt, blättern sich meine Fäustlinge im Schein der Kerze durch Shackletons Exemplar der BELGICA-Berichte. Ich lese nach, was Amundsen über die Überwinterung schrieb: »Von lähmendem Grauen gepackt, suchte ich mir eine Nische ganz vorn im Bug, die ich mit stinkenden Kartoffelsäcken verbarrikadierte. Es half nichts. Jetzt war ich die anderen zwar los, doch der Lärm, die Schläge, meine Furcht und die grenzenlose Müdigkeit blieben. Sie leisteten mir in meinem Loch treue Gefolgschaft.«

Da steht es: grenzenlose Müdigkeit. Als ich die Stelle zum ersten Mal las, nahm ich an, Lärm und Schläge der anderen Männer seien es gewesen, wovor Amundsen solche Angst hatte. Jetzt weiß ich, in Wahrheit waren es die Eispressungen, die ihn auch in seiner Nische mit derartigem Grauen erfüllten, dass er nicht mehr schlafen konnte.

Aufgewühlt von dieser Entdeckung, nehme ich Buch und Kerze und schleiche hinaus. Im Mittelgang ist das ferne Krachen des Eises noch zu hören, erst im Ritz werden es das Murmeln der Wache und seiner Besucher, das Knistern und Zischeln des Ofens übertönen.

Doch der Tropf, der da hockt, ist allein. Eben will ich sagen, was alle Geister sagen: »Na, was treibst du? Hast Tee für mich?« Da sehe ich, wie weit das Alphabet schon wieder ist. Wir sind bei V… verflucht!

»Es zieht. Rein oder raus«, sagt Vincent und rückt seinen Stuhl beiseite. »Brauchst gar nicht immer so zu tun, als würde ich dich auffressen wollen.«

Ich lege das Buch auf den Tisch und stelle die Kerze hin. Aber ich blase sie nicht aus. Kann sein, dass ich gleich zurückgehe.

»Falls das so wirkt, tut es mir leid.« Ich setze mich neben ihn und sehe mich um nach Mrs. Chippy. »Ist keine Absicht.« Sogar die Katze hat Reißaus genommen.

»Scheiß drauf.« Er öffnet die Ofenklappe, sofort springt die Hitze des brennenden Blubbers heraus, und er schließt die Tür wieder, indem er dagegen tritt. Hinter ihm, unmittelbar anschließend an Bobby Clarks Honiggläserbatterie, liegen an der Täfelung hochgestapelt die Speckstreifen und dünsten den muffigen Geruch aus, unser Antarktisparfüm. Vincent rümpft die Nase und dreht sich danach um. Alles, so kommt es mir vor, um mich nicht ansehen zu müssen.

»Und jetzt muss ich dir'n Tee aufbrühen, oder?«

»Musst du nicht.«

Zähneblecken. »Muss ich wohl. Ist doch Sir-Order, oder hab ich da was nicht mitgekriegt?«

»Weiß ich, was du mitkriegst?«

Er steht auf, und eine Zeit lang habe ich sein Riesengesäß vor mir. Der Hosenboden, der sich darüber spannt, kann einem leidtun, so mächtig ist Vincents Hintern. Eis schmelzen, Wasser aufkochen, Tee hinein, ziehen lassen, Becher abwischen und Tee in Becher einschenken. Stumme Minuten.

»Da.«

Ich schlürfe, und während ich schlürfe, sinke ich langsam zurück in die Gedanken an mein Buch, und auch der Bos'n fährt fort mit dem, was er gemacht hat, bevor ihn ausgerechnet ich aus der Versunkenheit gescheucht habe. Er dreht den Zigarettenvorrat für morgen. Tabak auf das Blättchen, zack, einmal linksherum, zack, einmal rechts, Blättchen gerollt und an den Mund. Drüber fährt seine kolossale Zunge. Woher hat der Mann bloß diese unfassbar glatte Visage? Eine Haut wie gegossen. Keine Pore zu sehen, Narben oder nur Falten, nichts. Vincents Hände sehen wie Arbeitshandschuhe aus, aber sein Gesicht ist das des Babys, das er einmal war.

»Und … dein Fisch«, fragt er, »was macht er?«

»Keine Ahnung. Zappeln jedenfalls nicht.«

»Immer dabei, was?« So wie er das sagt, klingt es fast zärtlich.

»Japp.«

Vincent kichert, leise und gemein, und ein Blick blitzt herüber.

Vielleicht hätte er sich hinreißen lassen und noch etwas gesagt. Aber es wird laut jetzt, in der Ferne ist ein Poltern zu hören, das feine Zittern der Druckwelle läuft durchs Schiff und lässt ein paar Nieten in ihren Streben kreischen. Jeden anderen hätte ich in diesem Moment gefragt, wie er unsere Chancen einschätzt, dass wir dem Eis noch entkommen.

Er steht auf und bläst die Kerze aus.

»Oder hattest du vor, uns abzufackeln?«

»Vergessen. Tut mir leid.«

»Scheiß drauf.«

»Mach ich.«

»Dann ist es ja gut, Blackboro!«

Es hat keinen Sinn, sich mit ihm anzulegen. Alle, die wir hier aufeinander hocken, durch die Bank sind wir verbohrt. Aber er, unser Bos'n, ist der verbohrteste. Ich kann mich nicht erinnern, John Vincent je von etwas anderem als Arbeit, Pflicht und Gehorsam sprechen gehört zu haben. Mittlerweile reden alle offen von Frauen, Mädchen, davon, was sie tun werden oder tun würden. Er nicht. Hinter der vorgehaltenen Hand heißt es, unser Bootsmann sei andersherum. Unwahrscheinlich. Die ihn als Schwulen abstempeln, machen es sich zu leicht. Es sind dieselben, die meinen, in Wahrheit sei Holie ein Mädchen, zumindest fühle es sich so an. Dieselben, die eine Nacht im Hunglu empfehlen oder dem, der auf Hündin nicht kann, er möge sich Chippys kleine Schiffstigerin in die Koje mitnehmen. Oder ein zurechtgeschnippeltes Stück Robbenfleisch: »Ist warm, weich und heult nicht.« Vincent weiß davon, aber er lästert nicht mit, er schweigt. Wer ein echter Bos'n ist, der duldet kein Geschwätz vorm Mast, doch haben sie Freiwache, lässt er seine Matrosen gewähren. Vincent polkt sich an der Nase, und hinter seiner glatten Stirne scheint er zu denken: Solange die Saubande ihren Job macht, soll's mir egal sein.

»Hauptsache lesen«, sagt er und unterbricht damit meine Gedanken. »Bücher lesen und sich damit wichtig machen.«

Genau, das ist der Punkt. Die Arbeit. Der Angelpunkt, um den sich für ihn alles dreht. Arbeit verrichten, Soll erfüllen. Soll erfüllt, neue Arbeit, hopphopp. Deshalb mag er mich nicht. Oder vielleicht mag er mich ja insgeheim sogar – wer kann das bei ihm sagen? Und trotzdem verachtet er mich dafür, dass er mich nicht in den Fockmast hinaufjagen kann, dorthin, wo alle Träumerei ein Ende hat, weil da entweder jeder Handgriff sitzt oder der letzte ist.

»Meine Arbeit ist, euch das Essen zu bringen.«

Das ist ihm keinen Kommentar wert. Auch Vincent ist müde. Einen Seitenblick hat er dafür übrig, ein Lippenzucken, bevor die Zunge das nächste Blättchen beleckt. Ich muss es hinnehmen, wie es ist: Sich mit ihm zu streiten führt zu nichts, und mit Freundlichkeit komme jedenfalls ich bei John Vincent genauso wenig weiter.

Soll ihn der Teufel holen. Ich mag es einfach nicht, wie er seine Beleidigungen vorbringt, so nämlich, als gehörten sie zum Gespräch. Anfangs scheint er sich nur unpersönlich zu äußern und baut bloß hier und da einen tückischen Witz ein. Aber auf einmal kommen in vollem Ernst die Gemeinheiten. Er glaubt, mir etwas verraten zu müssen. In Grytviken hätten ein paar von seinen Leuten vorgehabt, mir eine Lektion zu erteilen. Hätten den Plan damals leider fallen lassen, und zwar, weil er Wind davon bekommen habe.

»Pech, Jungchen.«

Er bedauert, dass sie mich nicht drangekriegt haben, und ich, ich muss ihm noch dankbar dafür sein.

Er ist fertig mit seinen Zigaretten und legt sie behutsam in eine kleine Büchse, wo sie genau hineinpassen.

»War mir ziemlich schnuppe, ob sie dich in einen Sack stecken und ein paarmal den Grund der Bucht angucken lassen«, sagt er. »Nö, ehrlich, mit blinden Passagieren, die sich einschleimen und anbiedern und die sich außerhalb der Rangfolge stellen, mit denen verfährt nun mal die schuftige Teersau nicht anders, das weiß auch einer wie du, nehme ich mit meinem Spatzenhirn an.«

Häme hin, Häme her, was will er wissen? Ob ich eine Ahnung davon hatte? Sage ich ihm, dass Bakewell es mir gesteckt hat, fällt es auf Bakewell zurück, der gleichfalls zu Vincents Leuten gehört. Und tue ich so, als wüsste ich von nichts, bin ich wieder nur das Träumerle, das von nichts, was wirklich zählt, den blassesten Schimmer hat.

Am cleversten wäre, zu sagen: »Wieso den Plan fallen lassen? Im Sack über Bord geworfen und dreimal runter auf Grund tauchen lassen, genau das haben sie ja mit mir gemacht!« Und dann mal schauen, wer morgen wegen Insubordination Dresche vom Bos'n bezieht.

»Ich hab mir so was schon gedacht«, sage ich stattdessen. Und um erst mal Luft zwischen uns zu bringen, stehe ich auf, gehe zum Tisch und nehme das Buch.

»Danke aber für deine Offenheit, Vincent. Und für den Tee.«

»Offenheit. Na, klar! Bitte, bitte. Mann, du bist doch nicht ganz bei Trost! Nimm deine Kerze mit. Aber die bleibt aus, verstanden?«

»Bleibt aus, versprochen. Gute Nacht.«

»Versprochen. Gute Nacht«, äfft er mich nach. »Diese Tour zieht bei mir nicht. Und damit du's weißt: Keinen interessiert, was du in diesen Büchern liest. Ist allen schnurzegal, geht das rein bei dir?«

»Ist klar.«

»Jungchen, ich sage dir, das, worum es geht im Eis, das steht nicht in den Büchern. Das hat man hier drin, im Blut. Mein Großvater war 1839 im Südmeer und ist hier ersoffen, man weiß nicht, wo, nicht wann und vor allem nicht, wieso. Aber ich weiß, wovon ich rede, da brauch ich keine Bücher. Oho, 1839, hört, hört! So ein Schwachsinn! Mich kotzt der ganze Entdeckermist an.«

»Deine Sache. Ach, Vincent, bevor ich's vergesse: Bei der nächsten Wache den Tee bitte mit Keks. Geht das?«

Nun aber schnell raus!

»Nächste Wache!«, donnert er mir hinterher. »Da gibt's dieses Schiff nicht mehr. Ja, los, hau schon ab, du Idiot!«

Nein, Freunde werden wir im Leben nicht. Müssen wir da für immer Feinde bleiben? Warum nicht. Viel lernen kann man nicht vom Eis, aber das eine doch: Auch Feindschaft ist eine Form von Verbundenheit.

7

Das zitternde Wrack

In den ersten Oktobertagen durchschreitet der Zeiger die Neun-Uhr-Marke auf der antarktischen Uhr im Ritz. Draußen, auf dem Eis, können wir deutliche Anzeichen dafür ausmachen, dass es Frühling wird: Zunächst ergeben Bobby Clarks tägliche Wasserproben eine Zunahme an Plankton, dann sichtet Wordie einen ersten einsamen Kaiserpinguin. Er lockt den neugierigen Vogel aus dem kleinen eisfreien See, in dem er gemächlich dahinpaddelt, auf unsere Scholle. Dort tötet er ihn genauso mit dem Messer wie Wild ein paar Tage darauf die erste Krabbenfresserrobbe, die sich nah genug herantraut, um von Greens Abfällen zu kosten. Die Tiere sind zurück. Ein halbes Jahr lang waren sie auf den Südorkneys, Südgeorgien oder in Patagonien. Während wir im Finstern durch das Eis gekreiselt sind, Theater gespielt und unsere Hunde erschossen haben.

Die Niedergeschlagenheit, die sich seit dem Juliblizzard an Bord breit gemacht hat, vertreiben diese ersten Wärmeboten nicht. Als wir die Hunde an Bord holen, sind nur noch 29 am Leben, mindestens ein Dutzend davon abgemagert bis auf die Knochen. Und eines frühen Morgens, als das Schiff ohne unser Zutun plötzlich freikommt und mitten auf dem Meer in einem Teich umgeben von Schollen schwimmt, gelingt es uns nicht, die Kessel hochzufahren, weil Eis in den Rohren ein

Leck in die Wasserleitungen gesprengt hat. Stunden vergehen, bis wir alle gefrorenen Segel gesetzt haben. Und wir kommen 100 Meter voran, ehe die kaum merkliche Dünung wieder zu Brei gefriert und uns seelenruhig einschließt.

Die Pressungen nehmen nicht ab, sondern sie werden mit dem größeren Spielraum der im Wasser driftenden Eistrümmer nur stärker. Der Sir, der Skipper und die Eisheiligen halten unbeirrt am Glauben fest, dass wir es dennoch schaffen werden, und sie lassen keine Gelegenheit aus, einem, der den Kopf hängen lässt, Mut zu machen. Doch selbst die Stursten und Widerspenstigsten unter uns, diejenigen, die immer einen eigenen Kopf haben, der frohgemute Hussey, der zähe Bakewell, Tante Thomas, Marston, sie alle schütteln jetzt nur den Kopf, wenn man sie nach den Chancen des Schiffes fragt, sie verdösen die Tage, gähnen sich durch die Wachen und schwanken zwischen Gleichgültigkeit und Aufgebenwollen. Bitter, aber es scheint so zu sein, dass, wenn alle um einen herum den Teufel an die Wand malen, es so gut wie unmöglich ist, allein für sich selbst weiter an eine günstige Wendung zu glauben.

Wohin mit der eigenen Hoffnung, wenn keiner mehr davon hören will? Ich habe nie daran gezweifelt, dass die ENDURANCE heil dem Eis entrinnen wird, so lange nicht, bis mir Vincent in jener Nacht im Ritz verraten hat, welche Chance davonzukommen er unserem Schiff noch gibt: keine! Bei Bakewell, Holness oder How, bei Freunden oder Kameraden hätte ich das als Schwarzseherei abgetan. Bei Vincent aber kann ich mir sicher sein, dass er weiß, wann ein Feind übermächtig ist.

Also hopp, Leute, hopphopp! Lasst alle Hoffnung fahren!

Am 10. Oktober, Tag 259 im Eis, treffen zwei Schläge das Schiff und kündigen an, was uns bevorsteht. Der eine ist die erste Pressung, die den Rumpf unmittelbar angreift. Keine Scholle sitzt mehr als Puffer dazwischen, als binnen Sekunden ein Druckgrat den Bug mehrere Mann hoch in die Luft hebt und zugleich den am Heck umklammerten Rumpf unter Kreischen und Jaulen zusammenquetscht. Unter Deck hört man Pfosten und Spanten ächzen, bevor sie mit lautem Knall brechen. Sei es um ihn zu schützen oder um Schutz bei ihm zu suchen, hat sich auf der Brücke eine kleine Gruppe um den Sir geschart. Ans Ruder geklammert sehe ich, wie sich der Fockmast biegt, biegt wie ein Bäumchen im Wind. Greenstreet in den weiß geschimmelten Resten seiner Erstenuniform steht ganz in der Nähe. Er hält sich an einem Spill fest und kann die Augen nicht von dem Schauspiel lassen, bis Tom Crean zu ihm hinunterspringt und ihn wegzerrt.

Aber der Mast bricht nicht. Den Bug über die zerklüftete Horizontlinie gehoben und das Heck tief ins Eis gedrückt, verharrt die ENDURANCE, bis die Pressung nachlässt. Und mit Einsetzen der Dunkelheit beginnt es friedlich zu schneien.

Der zweite Schlag an diesem Tag trifft uns kaum weniger heftig, doch er stammt nicht vom Eis. Er ist hausgemacht. Ausgerüstet mit den heil gebliebenen Lampen, haben wir uns übers Schiff verteilt, um eine Schadensliste zu erstellen. Green und ich räumen auf, was von der Küche übrig ist. Wir werfen die von den schiefen Wänden geplatzten Schränke, Regale und alles Zeug, das sich darin befand und zu Bruch gegangen ist, aus der Kombüse in die Galley. An Brettern und Scherben klebt ein Brei aus Mehl und mit Glassplittern durchsetztem Ketchup. Der Haufen, den wir im Flackern der Galleyfunzel aufschichten, leuchtet rosig und fängt schnell an zu stinken.

Wie üblich reden wir bei der Arbeit kein Wort. Doch mir

brennt es unter den Nägeln, ich will etwas wissen, und deshalb stelle ich Green beiläufig eine Frage, die nichts mit Kochen oder Saubermachen zu tun hat.

»Vincent hat mir erzählt, sein Großvater ist am Pol ertrunken. Wissen Sie was davon, Mister Green?«

Mister Green gibt bloß ein Brummen von sich.

Ich versuche es noch mal. »1839, sagt Vincent. Ich frage mich, ob sein Großvater mit Ross unterwegs war oder …«

Green geht einfach hinaus. Und als er zurückkommt, ist es wie üblich: Bei der Arbeit reden wir kein Wort.

Stevenson und McCarthy kommen vorbei. Lustlos begucken sie sich den Zustand der Außenwände und schlurfen mit den Schneeschuhen durch die Soße auf den Planken, um Risse und Verwerfungen aufzuspüren.

»Schon gehört?«, sagt Stevenson, als sie fertig sind. »Eben macht die Runde, Sørlle hat in Stromness dem Alten dringend davon abgeraten, mit diesem Mistschiff ins Eis zu fahren. Dachte, das interessiert euch.«

Während McCarthy schon auf der Stiege nach unten ist, stopft sich Stevenson der Heizer, der nichts zu heizen hat, eine Pfeife. Er grinst in sich hinein. Was er denkt, braucht er nicht zu sagen. Er hat's immer gewusst.

»Aha.« Green ist wenig beeindruckt. »Und du bist die Tratschtante, die sich einen dabei feixt, ja? Geh aus dem Weg.«

»Ich sage nur, dass der Kahn wohl schlecht packeistauglich sein kann, wenn sogar der Norweger das so sieht. Sie haben uns nicht reinen Wein eingeschenkt, die Herrschaften, und jetzt sind wir die Dummen.«

»Äähh.« Greens Hände sind rot von Ketchup. »Was für eine Sauerei. Willst du mit anpacken? Also mach, dass du Land gewinnst. Erzähl deine Geschichte den anderen Heulsusen.«

Stevenson verzieht den Mund zu einem angewiderten Lächeln. Ein paarmal schlurft er über die Planken, auf denen er steht, dann geht er, ohne noch etwas zu sagen.

»Was grinst du, hä?«, fragt mich Green. »Hast nach dem Apfelmus gesehen?«

Ich nicke. »Eine Kiste ist ganz geblieben.«

»Also. Gibt's Apfelmus heut Abend. Der Mistkerl. Stellt sich hin und schwärzt den Boss an. Äähh. Ich schick ihm die Ratten heut Nacht!« An dem von Robbenblut und Ketchup rot gefleckten Tuch, das ihm zwischen Gürtel und Bauch klemmt, wischt sich Green die Hände ab. »Nichts auf der Pfanne, aber quatschen. Das können sie alle. Vincent und sein Großvater. Ja, von dem quasselt er immer auf See. Ob er mit Ross unterwegs war, weiß ich nicht. Frag ihn selber.«

Was Thoralf Sørlle in Stromness wirklich sagte, erfahren wir einige Tage später von Shackleton persönlich. Es ist eine der wenigen pressfreien Stunden bei Tageslicht, während deren wir auf dem Vorderdeck zusammenstehen. Beinahe warm kommt mir die Luft vor, nur minus 10 Grad kalt ist es, so dass viele nicht einmal eine Kapuze auf dem Kopf haben. Der Sir trägt einen Filzhut und weißen Pullover. Er ist heiter. Und er lässt uns zunächst wissen, dass er selbst es gewesen ist, der Wild, Crean und Greenstreet angewiesen hat, Kapitän Sørlles Ansichten zur Tauglichkeit der ENDURANCE unter der Mannschaft zu verbreiten.

Mürrisch sehen die Männer ihn an. Das Funkeln in ihren Augen kommt nicht vom Licht, es ist Missmut. Unsere Gesichter sind schwarz vom Blubberruß, manche aufgedunsen von Frostbeulen, und wir zausen uns, während wir zuhören, die struppigen, verklebten Bärte.

Shackleton spricht leise und bedächtig. Nur wenn das Eis dröhnt, erhebt er die Stimme. Es gebe niemanden, der das Schiff besser kenne als Sørlle, beginnt er, deshalb sei er auf Südgeorgien zu ihm gefahren.

»Kapitän Sørlle ist in Sandefjord gewesen, als die POLARIS, unsere spätere ENDURANCE, gebaut wurde. Ursprünglich sollte sie im Nordmeer eingesetzt werden, im Brucheis vor Spitzbergen. Nun war die Frage, inwieweit die Eisverhältnisse im Nordmeer vergleichbar sind mit denen im Weddellmeer. Um es kurz zu machen: Wir waren uns einig, dass die ENDURANCE jedes Eis befahren kann, vorausgesetzt, sie bleibt manövrierfähig. Kapitän Sørlle war jedoch der Ansicht … nein, das stimmt nicht. In Wahrheit prophezeite mir Sørlle, dass die ENDURANCE im Packeis stecken bleiben und zermalmt werden würde.«

»Woher will der das wissen?«, fragt der Zimmermann.

»Tja, Sørlle meinte, weil sie nicht den abgerundeten Rumpf von Amundsens FRAM hat, der zwischen den Druckgraten auf und ab rollen kann. Der Kapitän sagte wörtlich – Tom, du warst dabei, verbessere mich, wenn ich mich irre –, er sagte, das Packeis würde uns in die Zange nehmen und zerquetschen, weil …«

Alle Blicke wandern hinüber zu Crean. Er nimmt die Pfeife aus dem Mund, sieht müde in die Runde und sagt: »… weil das Eis das, was es mal hat, nicht wieder hergibt.«

»Ich habe ihm nicht widersprochen. Ich war nur der Meinung, dass wir auf Packeis gar nicht treffen würden, und falls doch, dass wir es auf dem Weg zur Vahselbucht bequem würden umfahren können. Ich bin immer davon ausgegangen, dass wir einen durchschnittlichen antarktischen Sommer erleben würden, ich habe nie in Erwägung gezogen, dass es über Monate hinweg zwanzig Grad kälter sein könnte als üblich! Gentlemen«, sagt Shackleton, indem er die Hände hebt und beide Daumen auf sich richtet, »hier liegt mein Fehler. Ich muss neidlos anerkennen, dass Sørlle diese Möglichkeit mitbedacht hat.«

»Niemand konnte das ahnen!«, ruft Wild. Abseits ans Schanzkleid gelehnt, macht er keinen Hehl daraus, dass ihm Shackletons freiwillige Verteidigungshaltung nicht gefällt.

Shackleton nickt. »Das stimmt wohl, Frankie. Nur geht es mir gar nicht darum, nachträglich Für und Wider gegeneinander aufzurechnen. Es hat alles, von Anfang an, gegen unsere Fahrt gesprochen. Das Geld, der Krieg, der Stopp in Buenos Aires, der Monat in Grytviken und dann das Eis, das immer dort war, wo es nicht sein sollte. Verhext! Mach es dennoch, habe ich mir gesagt! – Ich will Ihnen sagen, auch wenn es die meisten erstaunen wird: Ich habe nie das Gefühl gehabt, zu scheitern. Ich habe es nicht mal jetzt. Denn wir haben nichts unversucht gelassen. Und noch sind wir unterwegs. Dr. McIlroy, Sie finden das amüsant?«

»Nein, Sir. Ja, doch, weil es stimmt, Sir. Die Reise hat allerdings einen anderen Verlauf genommen als geplant.«

Zustimmendes Knurren ist zu hören, und in den Augen derer, die einen Schuldigen suchen, funkelt der Zorn.

»Sehr richtig. Zumindest wir sechs auf den Schlitten wären inzwischen lange tot. Bei diesen Hunden? Ein weiterer Fehler, ein weiteres Beispiel für die miserable Planung, für die allein ich verantwortlich bin. Aber gut. Damit werden sich andere befassen. Was mir am Herzen liegt, ist folgendes: Etwas ganz und gar Seltsames haftet dieser Reise an. Weil sie nie hätte stattfinden dürfen, weil alles, was schief gehen konnte, schief gegangen ist, weil sich jedes Bedenken im Nachhinein als richtig erwies, kommt es mir so vor, als wären wir gar nicht ins Südmeer gesegelt, sondern als wären wir vollends aus der Welt verschwunden. Als hätte es uns aus jedem menschlichen in einen Bereich absoluter Unwirklichkeit verschlagen. Manchmal sehe ich einem von uns zu und denke: Das tut dieser Mann doch gar nicht wirklich, es ist nur ein Traum, dass er wie besinnungslos seit Stunden wieder und wieder einen Spalt ins Eis drischt, nur damit der wieder zufrieren kann. – Ob wir das Schiff werden halten können, weiß ich nicht. Ich glaube es nicht, aber ich bin mir sicher, dass jeder von uns sein Bestes gibt, um es zu versuchen. Ich will, dass wir uns unabhängig von Erfolg oder Scheitern in einem Punkt einig sind: Wir wollen heimkehren. Wir wollen in unser Leben zurückfahren. Damit diese Glücklosigkeit ein Ende hat. Sagt mir, Leute, ob wir darin einer Meinung sind. Jeder andere Vorschlag ist mir willkommen.«

Drei Tage nach Shackletons Ansprache auf dem Vorderdeck reißen schwere Eismassen, die sich knirschend am Heck entlangwälzen, Teile des Achterstevens aus seiner Verplankung. Steuerbord strömen Wasser und Eistrümmer ins Schiff und fluten den Kesselraum und die meisten Ladegatten. Alle verfügbaren Männer werden an die Bilgepumpen beordert, doch können nichts ausrichten: Leitungen und Ansaugöffnungen sind zugefroren. Worsleys Versuch, sich gemeinsam mit Hudson und Greenstreet hinunter in den Kielraum durchzuschlagen, scheitert vor einem unüberwindbaren Bollwerk aus Kohle, die aus den Bunkern gebrochen ist und sich über das dort lagernde Blubber von 60 Robben ergossen hat. McNeish, Vincent und andere errichten drei Meter vor dem Achtersteven einen Kofferdamm, um das restliche Schiff vor dem eindringenden Wasser abzuschirmen. Hurley versammelt einen Trupp, der vor dem Bug Spalte ins Eis sägt, um den Druck vom Rumpf zu nehmen. Wir übrigen pumpen. 15 Minuten Pumpen, 15 Minuten Pause, zwölf Stunden lang, unterbrochen nur von einer Stunde Pause, in der uns Green unter dem haferschleimgrauen Himmel mit Porridge und Tee versorgt. Als wir weitermachen, gibt Shackleton Order, Hunde, Schlitten und zwei der drei Beiboote vorzubereiten für den Fall, dass wir das Schiff fluchtartig verlassen müssen.

Aber es dauert noch zehn weitere Stunden, bis es so weit ist. Wir pumpen. Als das Eis das Ruder vom Heck reißt, sagt McNeish: »Das macht nichts. Ich bau ein neues.« Das Eis schließt den Kofferdamm ein, zerdrückt ihn und presst die Trümmer durch die wimmernden Mittelgänge. McNeish nimmt einen neuen in Angriff. Wir pumpen. Riesige Druckgrate türmen sich backbord auf. Wenn sie gegen den durchgeschüttelten Rumpf rollen und sich festklammern an der Ausbauchung des Schanzkleids, gibt die ENDURANCE tierartige Laute von sich, ihr Holz heult und jault, ehe wieder ein Deck nachgibt und seine Balken bersten. Als das Heck aus dem Eis steigt und sich Stück für Stück aufrichtet, bis es schließlich sieben Meter über der Scholle steht, und als der gefrierende Eisbrei die Bordwände hinaufkriecht und beginnt, sich über die Decks zu wälzen, hört man Vincent und McNeish noch immer an dem zweiten Kofferdamm hämmern. McNeish brüllt: »So könnte es hinhauen!« Wild holt die beiden von Bord. How und Bakewell findet er an den Pumpen. Hunde, Schlitten, Boote und alle Ausrüstungsgegenstände von Wert sind steuerbord auf eine große Scholle verbracht, die sicher erscheint. Shackleton und Wild nicken sich zu. Dann verlassen auch sie das zitternde Wrack.

8

Ein Berg aus Habseligkeiten

Was schuld ist an der Zerstörung unseres Schiffes, steht schon seit langem fest. Abergläubisch, wie man nun mal auf hoher See wird, war uns allen aufgefallen, dass die heftigsten Eispressungen stets dann einsetzten, wenn einer, sei es aus langer Weile oder um festzustellen, ob es noch lief, Orde-Lees' Grammophon anstellte. Ich habe es selbst erlebt, als Jock Wordie mir erzählte, er habe eine Aufnahme von Liedern aus Purcells Oper über König Artus in seinem Überseekoffer. Kaum dass wir die Platte anspielten, begann eine so fürchterliche Pressung, dass es Wordie und ich stillschweigend nur als gerecht empfanden, als ihr neben vielen anderen Sachen auch die Purcell-Aufnahme, die völlig zerkratzt wurde, zum Opfer fiel. Weil aber keiner sich traute, laut zu sagen, was alle dachten und einander zuflüsterten, blieb das Eisgrammophon stehen, wo es war. Dort im Ritz wurde es zwar nicht länger benutzt, doch es übte auch schweigend seine Macht aus. Rollte eine Pressung heran, fragte irgendwann ganz bestimmt einer, ob etwa unter Deck Musik gehört wurde.

Worsley macht diesem Spuk ein Ende. Als trauriger Kapitän ist er der Letzte, der vom Wrack seines untergehenden Schiffes wegtritt und einen der Schlitten besteigt, die uns ins Eis hinaustragen sollen. Bevor sich die Karawane in Gang setzt, ruft der Skipper nach vorn, so dass wir alle es hören:

»Will jemand den Dudelkasten mitnehmen? Er schwimmt ganz oben in der Luke. Na, was ist?«

Aber er erhält keine Antwort, nicht einmal von Orde-Lees. Worsley hat ein ganzes Schiff verloren, da wird ihm Orde-Lees nicht mit seinem Grammophon kommen. Obwohl sein Blick verrät, dass er mindestens so traurig ist wie der Käpt'n. Jeder muss Abschied nehmen, von fast allem. 200 Meter vom Wrack entfernt bauen wir die Zelte auf und verbringen eine erste, scheußliche Nacht auf dem Eis. Die Bodenmatten sind nicht wasserdicht und die Stoffzelte so dünn, dass das Mondlicht hindurchschimmert. Dreimal bricht die Scholle unmittelbar neben dem Lager, und jedes Mal müssen wir die Zelte abbrechen und sie an anderer Stelle wieder aufbauen. Am Morgen weckt uns Sir Ernest, indem er jedem einen Becher mit heißer Milch ins Zelt reicht. Worsley und Wild sind in der Dämmerung zum Wrack hinüber, haben einen Petroleumkanister geborgen und eine provisorische Kombüse errichtet. Für die meisten scheint diese Wohltat eine Selbstverständlichkeit zu sein, sie haben es nicht mal nötig, sich zu bedanken.

Wild, der völlig übermüdet ist, platzt der Kragen: »Wenn noch einer der Herren die Schuhe geputzt haben möchte, stelle er sie bitte vors Zelt!« Mit hochrotem Gesicht stapft er durch den Schneeregen davon.

Shackleton lässt uns einen Kreis bilden. Er stellt sich in die Mitte und beginnt, seine Taschen zu leeren. Ein goldenes Etui, seine goldene Taschenuhr, ein paar Goldmünzen, alles was er sich in den Schneeanzug hat stopfen können, um diesen Auftritt so dramatisch wie möglich zu gestalten, landet auf dem Eis. Ich stehe ganz in seiner Nähe, stocksteif weniger vor Erschöpfung und Kälte, sondern weil ich nicht wage, mich mit der Bibel, die ich in Händen halte, zu bewegen. Während ich auf Shackletons Zeichen warte, sie ihm zu reichen, erklärt er mit ernster Miene, dass es unbedingt erforderlich sei, wie die Tragelast der Schlitten auch das Gewicht jedes einzelnen Mannes auf ein absolutes Minimum zu reduzieren.

»Nur so werden wir es überhaupt schaffen, die Boote zu ziehen. Und auch für die Hunde müssen wir die Schlitten so leicht wie möglich machen. Ich kann nicht sagen, wie weit wir marschieren müssen, bis wir in die Boote wechseln können, aber ...« Shackleton gibt mir einen Wink, an seine Seite zu treten; und er zwinkert mir in dem Moment zu, als er mit einer Lüge fortfährt: »Aber nachdem Blackboro und ich noch einmal die verschiedenen Expeditionen durchgegangen sind, die zu Fuß im Eis unterwegs waren, bin ich zum Schluss gekommen, dass diejenigen, die sich mit Ausrüstung und Instrumenten für jede Eventualität belastet haben, weit schlechter gefahren sind als jene, die zugunsten größtmöglichen Tempos auf allen Ballast verzichteten. Frage sich deshalb jeder, was er wirklich benötigt! Den Rest werfen Sie weg. Mitnehmen können Sie, was Sie auf der Haut tragen, plus zwei Paar Handschuhe, sechs Paar Socken, zwei Paar Stiefel, einen Schlafsack und ein Pfund Tabak. Außerdem zwei Pfund an persönlicher Ausrüstung! Nehmen Sie bei Ihrer Auswahl keine Rücksicht auf den Geldwert der Sachen. Verglichen mit Ihrem und dem Überleben aller ist nichts von Relevanz. Merce, Sie schlagen bitte die Bibel auf und lesen vor, was uns die Königinmutter zum Geleit geschrieben hat.«

Ich tue, wie mir geheißen, und lese vor, wahrheitsgemäß. Obwohl es eine günstige Gelegenheit wäre, nun meinerseits eine kleine Lüge einzuflechten.

Der Mannschaft der ENDURANCE zugeeignet von Alexandra, 31. Mai 1914. Möge Gott Euch helfen, Eure Pflicht zu tun & Euch sicher durch alle Gefahren zu Lande und zur See geleiten. »Mögest Du all die Werke des Herrn schauen & all seine Wunder in Ewigkeit.«

Shackleton nimmt die Bibel, reißt die Seite mit der Widmung heraus und wirft das Buch aufs Eis. Acht Stunden gibt er uns, bis wir entschieden haben müssen, was wir brauchen und was wir zurücklassen wollen.

Ich muss nicht lang überlegen, denn ich habe ja nichts außer den Klamotten, die ich am Leib trage, und den paar Sachen, die mir Holie und Bakie auf Südgeorgien vermachten: Pullover, Stiefel, Schneeanzug und Brille. Und weil alle Bücher, die mir ans Herz gewachsen sind, auf dem Wrack verbleiben und mit ihm untergehen sollen, bleibe ich ganz leicht unter meinen zwei Pfund. Nur Ennids Fisch muss ich anrechnen. Der aber wiegt so gut wie nichts.

Alles Mögliche wandert auf den Haufen nicht lebensnotwendiger Dinge: Uhren, Stifte, Dosen, Schuhe, Taue, Meißel, Lupen, Töpfe und ein Kartenspiel. Eine Zeit lang überlege ich, was von den besonders schönen Sachen ich mitnehmen könnte, um es später seinem Besitzer zurückzugeben; aber dann sage ich mir, dass es unfair den anderen gegenüber wäre, nur einem eine Freude zu machen, und entscheide mich daher, alles liegen zu lassen. Bob Clark weint, als er alle die Gläser mit Wasserproben, Flechten und Tierchen, die er vom Schiff hat retten können, nun doch verloren geben muss. Genauso Marston, der bis auf einen kleinen Skizzenblock seine gesamte Ausrüstung zurücklässt, Leinwand, Farben und alle fertigen und halbfertigen Bilder. Auch der Prinz erhält keine Sondererlaubnis. Um auf dem Schlitten Platz für seine Kameras zu haben, hat Hurley die Kisten mit den Fotonegativen an Bord gelassen, nur um jetzt auch Fotoapparate und Spinnenstativ schweigend auf den Berg aus Habseligkeiten zu legen. Eine kleine silberne Handkamera, mehr bleibt ihm nicht. Wie die meisten von uns bin ich in fast 300 Tagen im Eis nicht warm mit ihm geworden, jetzt aber hoffe ich, dass es Hurley vielleicht tröstet, zu sehen, wie viele Fotos am Ende im Schnee liegen: Aufnahmen von Frauen, Kindern, Eltern, Geschwistern, Freunden. Von Schiffen über Schiffen. Und dazwischen auch die kleine Zeichnung aus Käpt'n Worsleys Kajüte, der Reiter, der im Galopp das Kind rettet. Noch einmal sehe ich mir das Bild an und versuche den Grund für den panischen Schrecken der beiden zu entdecken. Aber die Zeichnung verrät ihn mir auch diesmal nicht.

Zwei Ausnahmen gestattet der Sir: Mick und Mack können nahezu ihre gesamte medizinische Ausrüstung in dem kleinen Kutter mitnehmen, und Uzbird darf sein Banjo in dem Walfängerboot verstauen.

Stornoway hat drei Brillen auf der Kapuze, und er ist so dick eingepackt in Schneeanzug, Jacke und Umhang, dass ich ihn erst nicht erkenne, als er sich heranpirscht: »Zeig mal die Tasche, die du deiner Forelle genäht hast!« Er knufft mich mit dem Ellbogen.

Ich knöpfe den Grego auf und lasse ihn die Fischtasche befühlen. Er ist sichtlich beeindruckt. »Dreifachnaht, hm?«

»Japp.«

Mir kommt eine Idee. Ich biete ihm an, eine ähnliche Tasche in seinen Umhang zu nähen, wenn er mir dafür eine Information besorgt.

»Schieß los. Was willst du wissen?«

Fünf Minuten später ist er zurück. Er sagt bloß ein Wort: »Sabrina.«

»Bist du sicher?«

»Der Name des Schiffs, mit dem sein Großvater untergegangen ist. Vincent sagte SABRINA.«

Auch andere nehmen sich meine Gregotasche zum Vorbild und nähen sich ihren kostbaren Besitz auf die Kleider: Besteck, Zahnbürste, Kamm und Nagelschere, Orde-Lees sogar eine Klopapierreserve. Bald sitzen Taschen überall an ihren aufgeplusterten Burberrys, innen haben die Anzüge Buckel und außen Beulen, selbst an Ärmeln und Hosenbeinen.

Shackleton, Hurley, Hudson und Wordie bilden einen Pioniertrupp. Sie fahren mit einem Schlitten voraus, um die Route zu erkunden. Als sie zurück sind, stellt sich der Sir auf den Schlitten: »Lassen Sie uns jetzt zur Robertson-Insel aufbrechen, Gentlemen!«, ruft er uns zu.

Es ist nasskalt, windig, und es schneit. Unser Jubel hält sich in Grenzen. Crean und Macklin erschießen drei Welpen und einen jungen Hund namens Sirius, der keine Gelegenheit mehr hatte, sich in eines der Teams einzupassen. Es wird abgestimmt, ob McNeishs Katze am Leben bleiben soll. Sie soll. Wir zäumen die restlichen Hunde an. Dann schirren wir uns selbst vor die Boote.

Zu fünfzehnt ziehen wir die beiden Schlitten, auf denen das Walfangboot und der Kutter festgezurrt sind. Jeder von ihnen hat ein Gewicht von annähernd einer Tonne. Zwölf lenken die Lastschlitten oder helfen, wo es beim Überwinden von Graten und Spalten notwendig ist, den Hunden beim Ziehen. Die Schlitten pendeln: Haben sie eine Etappe zurückgelegt, werden sie entladen, fahren zurück zum Lager beim Wrack und holen die nächste Fuhre. Im Stundentakt wechseln sich Bootsschlepper und Schlittenlenker ab. Der Sir geht zu Fuß. Er prüft die Eisdecke, kontrolliert die Rampen, die wir über die Druckgrate bauen, er versorgt uns mit Getränken und muntert uns auf mit kleinen Geschichten. Sobald ein Schlitten stecken bleibt, ist er zur Stelle und hilft schieben oder schleppen.

Einmal höre ich, wie er zu Bobby Clark sagt: »Na komm, mein guter alter Junge, das schaffst du. Zehn Minuten noch, dann kommt Frankies Schlitten vorbei und nimmt dich mit. Ich habe ihm genug Kekse für alle gegeben. Komm, ich fass mit an, und wir ziehen das letzte kleine Stück gemeinsam. Oder du gehst voraus und prüfst die Scholle!« Er legt ihm den Arm um die Schultern. »Guter Vorschlag, Bobbybob?«

Die Robertson-Insel liegt nordwestlich von uns vor der Küste der Antarktischen Halbinsel. Shackletons und Wilds Plan sieht vor, dass wir uns zu Fuß in diese Richtung durchschlagen, solange das Eis trägt. Noch ist die Scholle, über die wir hinkriechen, drei bis sieben Meter dick. Schreitet der Sommer voran und bricht das Eis, sollen wir in die Boote wechseln und die verbleibende Strecke durch das Treibeis rudern. Und haben wir die Insel erreicht, soll ein kleiner Trupp auf die Halbinsel übersetzen und dort über das Gebirge marschieren bis zu den Buchten im Westen, wo im Sommer zahlreiche Walfänger jagen. Während der Rest von uns eine Hütte baut und ausharrt, bis die Retter geholt sind.

Ein kühner und eleganter, ein shackletonscher Plan. Der einen winzigen Haken hat.

Die Robertson-Insel liegt 350 Kilometer entfernt. Unser Tross aber hat nach drei Tagen erst ganze anderthalb Kilometer hinter sich gebracht. Die Scholle, über die wir hinkriechen, driftet nicht nach Nordwesten, sondern nach Nordosten, sie nimmt uns also kein Stück der Wegstrecke ab. Wieder ist es das Wetter, was uns einen Strich durch die Rechnung macht: Mit drei Grad unter null ist es viel zu warm für die Jahreszeit. Es schneit in einem fort, und der Neuschnee legt sich nass und pappig Schicht um Schicht auf das Alteis. Beim Versuch, darüber zu traben, versinken die Hunde bis zum Bauch. Der Sir auf seinen Skiern verschwindet bis zu den Knien. Und wir, vor unsere zwei Riesennussschalen gespannt, schleppen uns, bis zum Nabel eingesunken, zentimeterweise voran.

Am 1. November, Tag 281 im Eis und eine knappe Woche nach Aufgeben des Schiffes, erklärt Shackleton auch den Plan, aus eigener Kraft die Robertson-Insel zu erreichen, für nicht durchführbar. Wir nehmen es gelassen auf. Zumal Shackleton keinen Grund zu verzagen sieht: Ab sofort ist die Paulet-Insel an der Nordspitze der Halbinsel unser Ziel, jenes kleine Eiland, auf das sich vor zwölf Jahren schon Nordenskjölds ANTARCTIC-Expedition hat retten können und wo die Männer damals das Gaffeltopp von Biscoes LIVELY fanden. In der Hütte, die die Schweden auf der Insel errichteten, sei eine ausreichende Menge Notproviant eingelagert, verkündet der Sir enthusiastisch, dafür lege er die Hand ins Feuer. Schließlich habe er selbst geholfen, die Paulet-Hütte im Zuge von Nordenskjölds Rettung zu einer Notbasis auszubauen.

So müde und enttäuscht, so hin und her gerissen zwischen Hoffen und Bangen, wie sie sind, äußern die Ersten offen Zweifel. McNeish der Zimmermann, Stevenson der Heizer, Green der Koch und noch ein paar andere, die ihrem Ärger endlich Luft machen wollen, glauben ihm nicht mehr.

Shackleton lässt es dabei bewenden. Er berät sich mit Worsley, Wild und Crean, und nach einer Weile holt Greenstreet mich zu dem kleinen Kreis dazu, der sich an einem der Bootsschlitten in den Windschatten zurückgezogen hat.

Ich soll den Versammelten bestätigen, dass Shackleton 1903 einer der Retter der Männer von der ANTARCTIC war.

»Ja«, sage ich und sehe Shackleton fest in die Augen, »so habe ich es gelesen.«

Hurrarufe sind nicht zu hören, als das Kommando ergeht, Boote und Schlitten zu entladen und ein festes Lager zu errichten. Als es aufhört zu schneien, sehe auch ich am südlichen Horizont Spieren und ein krummes schwarzes Rohr über das Eis ragen – klägliche Überbleibsel von Masten und Schornstein unserer ENDURANCE. Drei Tage lang haben wir uns unserer Rettung entgegengeschleppt und müssen nun doch aus der Ferne mit ansehen, wie das Schiff Stück für Stück vom Eis zerdrückt wird. Shackleton lässt darüber abstimmen, welchen Namen unser neues Zuhause erhalten soll: »Lager auf dem Eis« und »Lager auf der Scholle« erhalten nur wenige Stimmen. Nach dem Meer, auf das wir warten, entscheidet sich die große Mehrheit für »Lager auf See«.

Als die Zelte und Hunglus stehen und das erste Abendbrot verteilt ist, gehe ich zu Shackletons Zelt. Er liegt ausgestreckt auf der Matte, die Hände unter dem Kopf verschränkt, und öffnet die Augen. Als er mich sieht, sagt er meinen Namen.

»Eine einfache Frage, Sir.«

»Wegen der Paulet-Hütte, nehme ich an. Kommen Sie herein, Merce, ich will es Ihnen erklären.«

»Nein, Sir. Sie brauchen mir das nicht zu erklären. Sagen Sie mir bitte: Zu welcher Expedition gehörte 1839 ein Schiff namens SABRINA?«

9
Die brennende Puppe

Rundherum, heho und rundherum!

Seine Stiefelspitzen berühren meine, mal halten wir einander an den Händen und mal an den Schultern fest, und so wirbeln wir mit anderen verschmierten und verrußten Pärchen durch das Lager auf See, How und Holness, Hurley und Wordie, Cheetham und Crean, Bakie und Blackie: rundherum, heho und rundherum! Uzbirds Banjo schrammelt, und Worsley und Greenstreet schmettern einen Shanty zu Ehren des Orcas, der vor ein paar Tagen aus einem Spalt auftauchte und sich zwei von unseren Hunden geholt hat. Vorüber fliegen die wärmer gewordenen Novembertage, die wir mit Warten auf den Untergang des Schiffes verbracht haben. Und vorüber fliegen in der Ferne das Wrack und das Schlittengespann, das zwischen ihm und dem Lager pendelt, um zu bergen, was wir zur Befestigung unserer schmelzenden Heimstatt gebrauchen können. Und die Mannschaftszelte, unter die wir Plankenboden gelegt haben. Und der neue Ofen aus Teilen der früheren Kombüse, der sogar ein Dach bekommen hat. Heho! Zur großen Freude aller ist es gelungen, kurz bevor das Eis es unter sich begrub, auch das letzte Beiboot zu retten. Wir tanzen drum herum. Willkommen, Dingi! Ist es erst so weit, werden wir uns auf drei Boote verteilen und ein Drittel mehr an Vorräten aufs Wasser mitnehmen können. Und herum um den Sir, der ernst dreinblickt, aber klatscht. Der Größe nach hat er den Booten die Namen seiner spendabelsten Unterstützer gegeben: Der Walfänger heißt fortan JAMES CAIRD, der Kutter DUDLEY DOCKER und das kleine Dingi STANCOMB WILLS. Da steht McNeish. Hakt den Zimmermann ein! Komm, Chippy, sei kein Spielverderber. Aber er will nicht. Hat zu tun! Die Boote hochseetauglich machen, ihr Schanzkleid erhöhen, jedem einen Mast und Treibanker verpassen ... nein, Chippy, das passiert nicht von allein, hast Recht, du alter Griesgram!

»Tanzt ruhig! Tanzt ihr nur.«

»Und ob! Es ist Guy-Fawkes-Tag! Komm, Chippy, lass liegen, gleich brennt die Puppe!«

Der vom Bugspriet gebrochene Klüverbaum der ENDURANCE ist zu mächtig, um auf einem der Boote zum Einsatz zu kommen, und dennoch hat ihn der Sir ins Lager bringen und Chippy einen fest in der Scholle verankerten Aussichtsturm daraus bauen lassen. Seit er steht, gibt es wieder Ausguckwachen, die nach Spalten und weiteren Orcas Ausschau halten sollen. Zwei Bisse, und weg waren die beiden Hunde. So schnell schlingen nicht einmal Sailor und Shakespeare ein Pinguinkükengerippe hinunter. Der Neun-Meter-Bursche konnte gar nicht anders, als uns für eine merkwürdige, sicherlich schmackhafte Vogelgattung zu halten: nicht Königs- und nicht Kaiser-, eher so eine Art Teufelspinguin.

Denn was soll ein von seiner langen Reise durch den Atlantik sterbenshungriger Killerwal, der seine wie ein Kuhfell gemusterte Schnauze durchs Eis bohrt, von uns halten, wenn er sieht, dass wir an ein Holzgerüst eine Puppe aus Kleiderresten gehängt und sie angezündet haben? Er weiß nichts von einem Guy-Fawkes-Tag, weiß nicht mal, was

Musik ist und weshalb wir seltsamen Vögel uns eingehakt haben und mit Juchhe um das brennende Bündel herumspringen.

»Och, armer Orca, gräm dich nicht!
Ich trinke einen Becher Rum auf dich!
Und wenn das dünne Eis zerbricht,
friss einen Andern und nicht mich!
Och, Orca, komm, ich bitt dich drum,
Ich schmeck nach 40 Jahre altem Rum!«

Dabei hat der, der das mitjohlt, selbst keine Ahnung, was wir denn eigentlich feiern. Bakewell ist es egal: Endlich einmal kann er sich voll laufen lassen, »ausknocken«, wie er das nennt, kann das Schleppen und die Kälte vergessen.

»Sing mit, Chippy! Los, sing mit!«

An den Schultern wirbelt Bakie mich herum, und in seinen Augen brennt die Puppe. Aber wie ich sie da hängen sehe, während ich um sie herumfliege, bestürmen mich ganz andere Gedanken: Plötzlich weiß ich, dass der wirkliche Grund für den Turm nicht die im Eis lauernden Gefahren sind. Denn wenn nicht gerade Guy Fawkes verbrannt wird, steht Shackleton wie zuvor im Fass unseres Schiffes lange Stunden oben auf der kleinen Plattform über dem Eis. Und immer blickt er nach Süden, dorthin, wo das Wrack liegt.

Ich denke zurück an vergangene 5. November. Guy Fawkes! Das war der Mann, der vor 300 Jahren das englische Parlament samt König Jakob I. in die Luft sprengen wollte. So hat es mir mein Dad erklärt. Nach Emyr Blackboros Meinung kann Guy Fawkes nur einen Grund für seinen Schießpulveranschlag gehabt haben: Er war Waliser. Am Guy-Fawkes-Tag sitzt man an der Familientafel beieinander, geht zum Volksfest und macht einen Spaziergang ins Grüne, auch wenn es am Guy-Fawkes-Tag in ganz Wales wie aus Kübeln regnet. Der alte walisische Regen sorgt dafür, dass die wenigsten Guy-Fawkes-Puppen verbrennen, so kann man sie im kommenden Jahr wieder verwenden. Ich erinnere mich an keinen sonnigen Guy-Fawkes-Tag, der heutige ist mein erster. Es wird sogar Sommer! Für Mom ist Guy Fawkes der Beginn der Winterzeit, alles Obst ist eingekocht und jede Rechnung beglichen, oder etwas stimmt nicht in Gwens Kasse. Bakewell, dem ich all das erzähle, schnappt nach Luft. Einem Amerikaner sagt unser Puppenfeiertag nichts, er hält ihn für eine weitere Marotte spleeniger Inselmonarchisten. Immerhin, etwas verbindet auch er mit dem Datum: Am 5. November vor einem Jahr haben wir mit der ENDURANCE Grytviken erreicht.

»Wo war denn da eure Puppe, hm? Habt doch nicht etwa den Guy-Forks-Tag vergessen?«

Offenbar doch. Und ich glaube, ich weiß auch, weshalb: Seinerzeit haben wir nur an die fremden Küsten gedacht, Küsten, die auf uns zu warten schienen. Heute dagegen sind wir auf dem Weg nach Haus. Bloß kann ich das Bakewell nicht erklären. Denn er weiß ja gar nicht, was das ist, ein Zuhause.

Ich aber weiß es nur allzu gut! Zum ersten Mal seit langer Zeit hänge ich traurigen Gedanken an meine Familie nach, als Bakie und ich am frühen Abend von Guy Fawkes aufbrechen, um uns von Hurleys Schlitten zum Wrack mitnehmen zu lassen.

Doch zum Glück werde ich schon bald abgelenkt. Die

Fahrt über die Scholle verlangt höchste Konzentration. Immer wieder müssen wir absteigen und einen verdächtigen Schneestreifen untersuchen. Und nicht nur einmal stellt sich heraus, dass ein mit lockerem Schnee angefüllter Spalt nur auf uns gewartet hat. Wir umfahren diese Fallen in weitem Bogen, und nach mehreren Stunden erreichen wir endlich das Wrack. Nur noch die Hunde abschirren und festpflocken. Dann stehen wir vor dem leise ächzenden Trümmerfeld, das einmal unser Schiff war.

Hurley hat nur seine Fotonegative im Sinn. Und er weiß genau, wo er die verlöteten und abgedichteten Blechkanister, in denen sie sich befinden, suchen muss, in den »Stallungen« nämlich, der alten Offiziersmesse zwischen Mittschiff und Bug. Leider ist das gesamte Zwischendeck nicht mehr dort, wo es mal war. Teile der Galleywände ragen über die zerdrückte Back hinaus in den freien Himmel, ein paar nackte Kojen liegen heckwärts auf dem Eis, und die Treppe, die unter Deck führte, führt nirgends mehr hin. Aufrecht steht sie zwischen den zerquetschten Zwingern, und nur das Eis klettert ohne Eile darauf empor.

»Okay«, sagt Hurley, »ich gehe es an. Mal sehen, was sich machen lässt.« Ein Griff, ein Tritt, und er hat das Schanzkleid erklommen. Die Bordwand der ENDURANCE ist kaum noch höher als die unseres Dingis.

»Viel Glück!«, rufen wir ihm nach, und Hurley winkt, bevor er die Brille über die Augen zieht und zum ersten Pickelschlag ausholt.

Bakewell hatte sich vorgenommen, ein paar warme Klamotten zu bergen. Der Zustand der Mannschaftsquartiere lässt ihn schnell davon Abstand nehmen. Als wir selber auf dem Hauptdeck stehen, hat zwar Hurley schon einen Weg nach unten gefunden. Und wir hören, wie er auf dem Weg zur Offiziersmesse im Ritz und Mittelgang alles kurz und klein haut. Doch an ein Vordringen in die Matrosenkajüten ist nicht zu denken. Fassungslos stehen wir am Rand eines Kraters, den der verschwundene, offenbar vom Eis in die Tiefe gerissene Fockmastbaum hinterlassen hat. Wir blicken in einen zertrümmerten Raum, in dem ein grauer Eisbrei schwappt und wo Schollenbrocken Kojen und Spinde zermalmt haben. Dort hinunterzusteigen verbiete ich ihm.

Er hat ja noch andere Aufträge auszuführen. Für McNeish soll Bakie Latten von bestimmter Dicke mitbringen, die zur Umrüstung der Boote benötigt werden. Kerr fehlen zur Fertigstellung seines Zeltofens Muffen und Schellen. Obwohl er ihre Existenz bezweifelt, hat Green die Kiste Corned-Beef-Dosen geordert, die von einem der letzten Pendlertrupps angeblich an Deck gesichtet worden ist. Und schließlich haben ihre Erbauer den Wunsch geäußert, die antarktische Uhr solle ins Lager gebracht werden. Bakewell will die Holzscheibe besonders für Marston wiederbeschaffen. Unserem Zeichner ist so gut wie nichts von den Dingen, an denen sein Herz hing, geblieben, weshalb er wie ein bärtiges Phantom mit großen glasigen Augen im Lager herumsitzt und jedermann im Weg ist. Die Uhr zu reparieren und zu verschönern, ja, das würde Marston sicherlich aufmuntern.

Wo er anfangen wolle zu suchen, frage ich Bakewell, und er zuckt mit den Achseln. Doch ich merke, wie mächtig es ihn unter Deck zieht, ins alte Ritz zu Hurley, der dort hämmert und hackt und Hilfe bestimmt gebrauchen kann.

»Ich glaub, ich geh zuerst runter, die Uhr holen. Wer weiß, wie lang das noch möglich ist. Und du?«

»Och«, sage ich mindestens so arglos wie er, »vielleicht

schaue ich mal, was von dem Haufen draußen auf dem Eis übrig ist.«

»Du hast es auf die Bibel abgesehen, gib's zu, du kleiner Royalist!«

Bakewell bückt sich und lugt über den Rand des Lochs hinunter in das dunkle Quartier. Ich hätte es wissen müssen: Wo einmal meine Bunk war, hat eine Scholle, die es nicht abwarten konnte, ihren Stoßzahn durch die Bordwand gebohrt. Feuchte Kälte steigt herauf. Es riecht wie im Kellergewölbe der St. Woolo's Kathedrale.

»Ja, die Bibel, warum nicht«, lüge ich. »Und vielleicht hole ich mir auch Shackletons Goldsachen« – die Uhr, das Etui, die Münzen, die mir nun wirklich gestohlen bleiben können.

Er klettert über den Rand.

»Bakewell! Du gehst da nicht runter!«

»Und ob ich das tue. Der Gang scheint mir nämlich ganz frei zu sein. Und du mach, was du willst! Hauptsache, du lässt dich nicht erwischen. Achte auf Spalte, klar? Nimm einen Eisstock mit. Bis gleich!«

Er lässt sich hinunter. Das Letzte, was ich von ihm sehe, sind die Finger seiner Fäustlinge, wie sie sich an die überfrorenen Decksplanken klammern. Dann lässt er los.

Die Bibel der Königinmutter, Shackletons Golduhr und alle die anderen aussortierten Dinge sind nicht mehr da. Die Scholle hat sie in den zehn Tagen, die seit der Evakuierung vergangen sind, längst verschluckt und mit sich fortgetragen. Alle Bilder, alle Souvenirs, verschwunden. Mit leeren Händen gehe ich zurück zum Schiff.

Ich habe noch etwas anderes zu tun, und endlich hält mich nichts mehr davon ab.

Um zum Heck zu gelangen, muss ich zunächst vom Wrack hinunter. Den Weg nach achtern versperrt an Deck eine Barriere aus hässlichem, graugrünem Eis. Spanten, Taue, Spieren und allerlei nicht mehr erkennbaren Kram hat der Wall eingeschlossen und mit sich gewälzt. Zweimannhoch türmt sich das Eis am Hauptmast empor, und zuoberst kullert im Schneewind das vom Topp gebrochene, verwaiste Ausguckfass.

Vorsichtig taste ich mich auf der Scholle nach achtern und gehe um das Heck herum. Es ist in erbarmungswürdigem Zustand. Wo Spriet und Steuer aus dem Rumpf gerissen wurden, klafft eine breite, schiefe Wunde. Sie ist weiß, weil das gesamte Achterschiff mit Eis gefüllt ist, das in alle Richtungen presst. Bugwärts bricht es sich durchs Schiff, seitwärts sprengt es die Bordwand und hier, vor meinen Augen, will es zum Heck wieder hinaus. In eine hässliche zerfetzte Holzwand hat das Eis den prachtvollen Heckspiegel unseres Schiffes verwandelt, und sein Name darauf ist zur Hälfte bereits ausradiert:

END NCE
Lo on

Über das hintere Backbordfallreep klettere ich hinauf und komme wie erhofft hinter dem Eiswall aufs Achterdeck. Schanzkleid, Spille und Aufbauten sind ebenso verwüstet wie Mittschiff und Bug. Der Kreuzmast in Marshöhe abgeknickt. Baum und Rahen haben das Achterhaus unter sich begraben, das Dach von Worsleys Kajütseite ist eingestürzt. Doch zu meiner großen Freude hat das Eis das Deck noch nicht erreicht und scheint heckwärts Shackletons Kajüte heil geblieben.

Von Bakewell und Hurley ist hier hinten nicht das Geringste zu hören, die Eismanschette über dem Mittschiff schluckt alle Geräusche von weiter vorn. Ein Knarren und rascher werdendes Klopfen gibt das Wrack von sich, wenn eine Pressung anrollt. Die ENDURANCE zittert und rüttelt unter meinen Füßen, und in den Pausen zwischen den Pressungen ertönt von allen Seiten ein Scharren und Schmatzen. Das Eis ist ganz nah. Wahrscheinlich trennt uns bloß die fingerdicke Planke, auf der ich stehe, und mich schaudert bei dem Gedanken an die beiden Verrückten da unten in ihrem ganz und gar weißen Bergwerk.

Der erste Blick in den Korridor zwischen Shackletons und Worsleys Kajüten lässt nichts Gutes erahnen. Der Gang ist in sich verdreht, wie zusammengepresst und wieder auseinander gezogen, fast überall ist die weiß lackierte Täfelung von den Wänden geborsten, und es gibt kein Dach mehr. Gegen den Himmel hebt sich der heruntergekrachte Kreuzbrammast ab, der das Dach zerfetzt und Worsleys Kajüttür aus Schloss und Angeln gesprengt hat. Der Boden ist rutschig. Ich bücke mich und streiche über den hauchdünnen Film, den die Eismasse durch die Planken drückt.

Die Kajüte des Skippers hat sich in eine Ruine voller Gerümpel verwandelt. Kaum brusthoch ist sie noch, und schummriges Licht hängt in dem schiefen zugigen Raum, in dem ich nass, als wäre ich über Bord gefallen, in eine Wolldecke gemummelt aufhörte, blinder Passagier zu sein. Wohin hat es Worsleys Schreibtisch verschlagen? Und sollte er die Mappe mit dem Zeitungsausriss mitgenommen haben?

Männer für wagnisreiche Fahrt gesucht

»Hätten Sie die Güte, sich endlich abzutrocknen. Ich werde das nicht für Sie machen.«

In der Eisbrühe schwappen Buchseiten, Handtücher, vielleicht auch jenes, das er mir damals, vor 13 Monaten, reichte.

Der Raum ist zu niedrig, um sich darin umzusehen, und es scheint auch nichts heil geblieben zu sein, was ich dem Käpt'n mitbringen könnte. Die halb aufgeweichten, halb gefrorenen Buchseiten stammen aus »David Copperfield«.

Außerdem kann ich nicht länger warten. Ich will endlich wissen, was aus Shackletons Büchern geworden ist.

Doch die Tür zu seiner Kajüte klemmt, sie ist verzogen, und von innen scheint etwas dagegen zu drücken.

Es geht nicht, nein. Ich gebe es auf.

Backbord wie steuerbord ist das Bullauge fest verriegelt und von innen verhängt. Was tun? Ich gehe nach vorn aufs Hauptdeck und suche die Eiswalze nach einem längeren Metallteil ab. Und als es mir gelungen ist, ein Stück Decksrelingbeschlag aus dem Eis zu wuchten, krabbele ich mit diesem Stemmeisen auf allen vieren über die Hängebrücke des Kreuzmastes hinüber aufs halbe Kajüthausdach. Shackletons Seite ist tatsächlich unversehrt. Nicht einmal Eis liegt darauf.

Verschnaufpause.

Hier oben höre ich den Prinzen etwas rufen, und Bakie brüllt etwas zurück. Es geht den beiden gut.

Das Lager im Norden hüllen Schnee und Nebel ein, nur dort, wo am Aussichtsturm die Reste der Puppe schmoren, zwirbelt sich in der Ferne eine dünne Rauchschnur in die Höhe. Doch die kann auch von einem der Öfen stammen. Green hat angedroht, Blubberpudding zu kochen.

Im Osten, Westen, Süden nichts als Eis.

Eis. Als ich drei Planken lose gehebelt und genug Isolierschicht für einen Einstieg weggerissen habe, fällt Licht in den Raum, und sofort wird mir klar, es wäre besser gewesen, diese Gruft nicht zu öffnen, sondern sie dem Eis zu überlassen.

Tränen schießen mir in die Augen. Was für ein Anblick! Heraufgepresst aus dem zertrümmerten Heck, hat das Eis nur Wände und Dach von Shackletons Kajüte unversehrt gelassen. Bis kurz unter die Dachplanken füllt die bläulich weiße Masse den gesamten Innenraum aus, so dass ich, kaum die Beine durch den Einstieg gesteckt, unmittelbar auf dem Eis stehe.

Ich reiße weitere Planken aus dem Dach, und als das Loch groß genug ist, beginne ich, mehr aus Zorn als aus Lust an der Suche, zu graben. Je tiefer ich komme, desto lockerer wird das Eis. Und es stecken lauter Sachen darin, die es eingeschlossen und durch den Raum gewälzt hat. Ich stoße auf Shackletons Hut und seine Schreibmaschine, und ich lege die ersten Bücher frei, drei Bände der Enzyklopädie. Dann noch zwei davon, zusammengefroren zu einem ungleichen Drilling ausgerechnet mit Dalrymples »Historischer Sammlung der verschiedenen Reisen nach der Südsee im 16., 17., 18. Jahrhundert und der daselbst gemachten Entdeckungen«. Ich hatte den Wälzer kurz nach Einfahrt ins Eis zu lesen begonnen und bald darauf Shackleton zurückgegeben, empört darüber, dass Dalrymple trotz Cooks Entdeckungen weiterhin von einem bewohnten, warmen Südkontinent schreibt. Jetzt halte ich das Buch wieder in Händen und kann doch nicht mehr darin lesen. Das Eis hat die Seiten zu einem festen Block gefroren. Ein Teil davon ist herausgesprengt, nicht mehr vorhanden. Aber ich kann ohnehin nur wenig mitnehmen. Eigentlich muss alles hier bleiben, die Bücher, die mein Relingeisen ausgräbt, genauso wie Shackletons Galoschen und das kleine Blechpferd, das ihm seine Kinder als Talisman auf die Reise mitgaben. Ich stelle das Pferdchen aufs Eis, gebe ihm einen Schubs, und es schlittert hinunter in eine dunkle Ecke der Kajüte.

Ich habe mir ein hüfttiefes Loch in das Kajüteis gegraben, als ich linker Hand auf ein aus der Verankerung gerissenes und im Stück bis nach hier oben transportiertes Bücherbord stoße. Schicht für Schicht das vor den Buchrücken liegende Eis abgetragen, stelle ich mit rasendem Herzen fest, dass es das richtige ist: die Entdecker des 19. Jahrhunderts. Doch offenbar sind auf ihrer Wanderung durch das Eis nicht alle Bücher im Regal stehen geblieben, ich entdecke Bellingshausen, Weddell, Dumont d'Urville und Ross, dazwischen aber klaffen Lücken. Zwei Bände, die ich noch vor kurzem gelesen habe, fehlen, der Bericht über Kemps Eismeerfahrt mit der MAGNET im Jahr 1833 und das Logbuch der amerikanischen Antarktisexpedition unter Leutnant Wilkes. Und leider fehlt auch das Buch, das ich so gern mitgenommen hätte.

Ein Blick hinauf durch das Dachloch sagt mir, dass es Zeit wird, zurückzufahren. Die Dämmerung setzt ein. Das Jaulen der Hunde ist viel lauter geworden, so als würden ihnen verbleibendes Licht und zurückzulegende Entfernung den Grad der Gefahr eingeben, den die Fahrt übers Eis mit sich bringt. Ich klettere hinauf. Und oben auf dem Dach mache ich mich lang, lege die Hände vor den Mund und rufe.

Nichts. Die beiden sind noch unten.

Also einen letzten Versuch!

Ich reiße die Bücher aus dem Regal, schleudere sie alle hinaus aus dem Loch und versuche dann, so tief wie möglich in das Eis hinter dem leeren Bord vorzudringen. Den Wilkes finde ich nach wenigen Sekunden. Vorsichtig schabe ich um das Buch herum und lege es frei. Es liegt Deckel an Deckel mit einem anderen, einem gelbroten, auf dessen Rücken ich schon die Jahreszahl erkenne.

oh al ny
E ecku en it d IZA S TT *und d* S NA
1839 m a arkti n O

1839, das muss es sein! Ich kratze die weiße Kruste ab, hauche und sehe zu, wie die Buchstaben durchs Eis zu schimmern beginnen.

John Balleny
Entdeckungen mit der ELIZA SCOTT *und der* SABRINA
1839 im antarktischen Ozean

10

28 Fische für das Lager der Geduld

Einer, der von der Scholle rutscht und in das drei Grad kalte Wasserloch fällt, wo Käpt'n Worsley seine Tiefenlotung vornimmt, der weiß noch, was die Zeit ist, denn der spürt am eigenen Leib, wie furchtbar langsam sie vergeht. Vierzehn Tage brauchen die Klamotten, um zu trocknen.

Tagein, tagaus liege ich auf meiner sich allmählich auflösenden Matte im Zelt und klammere mich an das Buch. Im Halbkreis sitzen sie um mich herum, Clark, Hussey, Bakewell, schwarze, ausgemergelte und langhaarige Gestalten mit Zahnschmerzen und Frostbeulen. Sie erzählen sich Witze, denken sich Lieder aus und erfinden Kochrezepte, und diese Geisterspeisen, die unser Zelt zur Attraktion machen, so dass jeder einmal hereinschneit und einen Happen Wörter kostet, sie werden fetter, sahniger, süßer mit jedem Tag.

Kommt Vincent herein, heißt es schnell den Buchrücken zudecken, damit er nicht sieht, was ich lese. Dann nutze ich die Gelegenheit, um mir die Beine zu vertreten, stopfe das Buch in den Hosenbund und gehe vors Zelt. War sein Großvater wirklich dabei, als Käpt'n John Balleny, ohne es zu ahnen, die Durchfahrt zum Rossmeer und damit den einzig möglichen Zugang zum Pol entdeckte? Oder hast du gelogen, mein Bos'n? Ich setze mich auf die Futterkiste bei den Hunglus und lese weiter, bis mich Doktor Macklin auch von dort vertreibt.

»Buch gerettet, Merce? Entschuldige, aber die Würmer haben Kohldampf.«

Macks Gespann ist als Einziges übrig geblieben. Nachdem wir auch das Lager auf See abgebrochen haben und 15 Kilometer weiter nordwestlich über die Scholle gezogen sind, hat Wild an einem einzigen Nachmittag erst seine und dann auch Creans, Marstons und McIlroys Hunde erschossen. Und als Hurleys verbliebene sieben schließlich auch die letzten Dinge für uns aus dem Lager auf See in das neue »Lager der Geduld« geschleppt hatten, musste Wild sie ebenso hinter den Eishügel führen, 35 Hunde, für die kein Futter mehr da war und die nun uns als Futter dienen. Mager, zottelig und verfilzt sehen mich Macklins sechs Köter mit ihren großen fragenden Augen an.

Vincent kommt aus dem Zelt. Gesättigt von einer Phantompastete, schleppt er seinen Wanst voller Wind zu unserer kleinen Bootswerft hinüber. Dort ist sein Freund und väterlicher Tröster Chippy McNeish mit der Pfeife im Mundwinkel dabei, das Dingi zu kalfatern. Und dort lehnt sein Handlanger und Prügelknabe Stevenson an der aufgebockten DUDLEY DOCKER und schwingt seine Reden, denen nur der spindeldürre Schiffstiger zuhört. Mrs. Chippy aber kann es gleichgültig sein, wer sich großtut vor ihr, solange er nur einen Happen Robbe für sie hat. Ich warte, bis Vincent unter seinesgleichen ist, dann schlendere ich zurück zum Zelt und mache es John Balleny und mir bequem auf meiner Schmelzwassermatte.

Bakewell: »Kennt jemand von euch Donuts?«

Hussey: »Klar! Wo denkst du hin!«

Bakewell: »Sind ganz einfach zu machen. Ich mag sie am liebsten kalt und mit Erdbeermarmelade bestrichen.«

Wordie: »Erdbeermarmelade, nee, dazu hätte ich gern ein Omelett.«

Es ist ein gewöhnlicher Morgen im Lager der Geduld, dieser Morgen, an dem ich zum ersten Mal den Namen von Balenys Schiffsjungen lese: Er hieß nicht Vincent, sondern, ausgerechnet, Smith, was aber noch nichts heißen will.

Doch es ist auch der Morgen, an dem für uns alle die Zeit stehen bleibt. An diesem 21. November 1915, dem 301. Tag, seit uns das Packeis vor Antarktikas Küste einschloss, sinkt die ENDURANCE.

Der Sommer ist zurück. Die Wärme lässt das Eis schmelzen, und wo seine dünn und dünner geriebenen Schollen zerbrechen, kommt lakritzschwarz das Wasser zum Vorschein. Seit Wochen hat Shackleton dem Moment entgegengefiebert, in dem die Eiszangen aufgehen und die Klammer, die unser Schiff zerdrückt hat, das Wrack loslässt. Als es so weit ist, steht er allein auf dem Turm, und sein gellender Ruf ist zugleich Klageschrei und Kommando, wir sollen alles stehen und liegen lassen, aus den Zelten kommen und nach Süden schauen.

»Sie sinkt! Sie sinkt!«

Also wieder hinaus. Ja, da ist sie noch. Hat das Heck aus dem Eis gehoben. Bug und Mittelschiff aber sind schon ganz unter Wasser und warten darauf, in die Tiefe fahren zu dürfen.

»Seht sie euch an.«

»Sie sinkt«, kommt es noch einmal von oben, und diesmal klingt es zufrieden, so wie am Totenbett einer sagt: »Gleich hat sie's geschafft.«

Sir Ernest kommt die Leiter herab und stellt sich in unsere Mitte.

»Betet für sie«, sagt Alf Cheetham. »Sie hat uns beschützt wie eine Mutter, sie war ein gutes Schiff.«

»Ein gutes Schiff«, stimmt der Zimmermann ein, »weiß Gott, das war sie und das bleibt sie!«

Und wir lassen sie hochleben: »Hipp, hipp, hurra! Hipp, hipp, hurra!«

Das Heck in die Höhe gereckt, hält sie lange inne, so als wolle sie uns Gelegenheit geben, dieses letzte Bild von ihr auszukosten und für immer in Erinnerung zu behalten.

»Halt aus!«, möchte man ihr zurufen, denn sie ist am Ertrinken.

Ein Wimpernschlag, und weg ist sie, wie ein Kind auf der Rutsche in die Tiefe gesaust. Ein Aufschrei läuft durch unsere Reihen, während dort drüben, kilometerweit weg zwischen den Graten, nichts mehr ist und während ich nicht anders kann, als mir das Wrack vorzustellen, das unter uns in die schwarze Tiefe gleitet.

Mach's gut, ENDURANCE.

Brasst rund die Rahen!

So haben wir also uns aufs Eis gerettet und haben alles, was wir zum Überleben brauchen, von Bord gerettet, nur unser Schiff, das haben wir nicht retten können, das ist untergegangen. Einen seltsamen Anblick bietet das neue Lager: Es sieht wie ein Schiff ohne Schiff aus. Denn es ist alles da: Deckshaus, Kombüse, Schornstein, Boote, Mast. Macks Hunde liegen faul in der Gegend herum, wie sie es an Deck getan haben, und wir gehen weiter unseren kleinen und großen Beschäftigungen nach. Auch wenn uns Shackleton mit Einfühlungsvermögen und Überzeugungskraft auf die Zelte verteilt hat, so bilden doch wie an Bord Matrosen, Heizer und Maschinisten eine Gruppe, eine zweite die Ärzte, Forscher und Künstler und eine dritte die Chefs, der Skipper, die Offiziere und Eisheiligen. Und genauso sind Green, der miesepetrige Koch, und ich, sein verbummelter Steward, eine Klasse für sich: Wir kochen für alle, bringen allen das Essen. Es ist kein Geisteressen bloß aus Wörtern, es ist echt, das heißt, es schmeckt zwar scheußlich, aber es hält uns am Leben. Ab und an gibt es Hund, und nicht alle bringen es übers Herz, sich ein Stück von Sailor oder Shakespeare zwischen die Zähne zu schieben. Ansonsten aber ist es das gleiche Essen wie auf dem Schiff, nur mit dem Unterschied, dass es das Schiff nicht mehr gibt.

Als ich ein Junge war, wurde in Pillgwenllys Nachbarort Mynyddislwyn die alte Bethel-Kirche abgerissen, um die Newporter Docks auszubauen. Ich erinnere mich an das verwirrende Gefühl, wenn ich über den einen ganzen Sommer lang brachliegenden Platz rannte: Mit der Kirche schien dort auch die Zeit verschwunden zu sein. Besonders der eingeebnete Friedhof am Uskufer, über den der heiße Wind strich, kam mir wie ein Zeitloch vor, in dem jede Stimmung unbegrenzt anhielt, ob ich traurig war oder froh. Zwischen den Ligustersträuchen zogen Regyn und ich uns nackt aus. Und die Krebse, die wir aus dem Fluss holten, wirkten mit ihren roten Stiefeln wie Räuberhauptmänner.

Den Gestank des Ligusters und den Geschmack der wilden Erdbeeren auf der Uferböschung haben wir nie mehr vergessen, auch dann nicht, als uns die Erinnerung an Mynyddislwyn peinlich geworden war. Sosehr zumindest Regyn sich wünschte, die Zeit ausradieren zu können, das Gefühl aus diesem Sommer verging nicht, weder bei mir noch bei ihr.

Wenn die Zeit stillzustehen scheint, ist man von der Zukunft abgeschnitten. Man rettet sich dann entweder von Augenblick zu Augenblick, indem man wartet und hofft, dass einer gewillt ist, die Zeit mit dir zu teilen, oder aber man träumt sich in die Vergangenheit zurück, zu den Süßspeisen, den Erdbeeren, rot wie die Stiefel der Flusskrebse, oder zu einem Schiffsjungen namens Smith. Damals, als das Kind, das ich war, bedeutete mir die Gegenwart nichts. Ich spürte bloß, die Zeit steht still, und war nicht einmal verblüfft. Im Eis aber gibt es kaum Schlimmeres, als zu spüren, wie die ohnehin verlangsamte Zeit ins Stocken gerät und gefriert. Deshalb notieren diejenigen, die auf der ENDURANCE Tagebuch führten, im Lager jedes Wort und jedes Zipperlein ihrer Schlafsackgenossen. An den Zeltstangen baumeln mit lauter seltsamen Zeichen versehen die Kalender, die die Evakuierung überstanden haben, und Wild und Worsley lassen es sich nicht nehmen, weiterhin täglich exakt Position, Lottiefe und Tempo unserer Scholle ins Logbuch einzutragen. Ein dicker Tintenstrich teilt das Buch in ein Vorher und Danach: Hier ging sie unter!

So vergeht der Dezember. Die Adventssonntage schmelzen zu einem einzigen Nachmittag zusammen, an dem es viermal Robbenbraten und Pinguinpudding gibt. Und jedes Mal spielen die Geisterköche danach in meinem Zelt ein Wissensquiz mit denselben paar aus der Enzyklopädie herausgetrennten Seiten, die Hurley zur Polsterung der Negative in die Blechkanister gestopft und so vor dem Eis bewahrt hat: Was heißt »Ormolu«? Wo liegt »Ormoc«? Und eben sind das weihnachtliche Robbenragout und die Pinguinpastete aufgefuttert, als Bob Clark die entscheidenden Hinweise im kniffligsten der Rätsel erfragt: Wer war »Eleanor A. Ormerod«?

»War sie Wissenschaftlerin?«

»Ja«, sagt Jimmy James.

»Wusst ich's doch! Biologin?«

»Ja«, sagt Jimmy James.

»Ha! Erforschte sie nicht die Saurier?«

Gerechtigkeit widerfährt Mrs. Ormerod am Silvesterabend: Sie war nicht nur Insektenforscherin, sie war die Naturforscherin schlechthin, ja, liest Jimmy James vor, »sie war die Demeter des 19. Jahrhunderts«.

Darauf stoßen wir bei Robbensteak und Pudding vom Pinguin an. Und schon ist 1916. Aber das macht keinen Unterschied.

In den ersten sechs Wochen nach Neujahr driften wir gute 200 Kilometer nach Norden. Die Paulet-Insel liegt nur weitere 250 Kilometer entfernt in nordwestlicher Richtung, doch noch immer liegen zigtausende Grate und Spalten zwischen uns und dem festen Land. Die Strecke könnte ebenso gut 2500 Kilometer betragen. Solange sich das Eis nicht öffnet und wir in die Boote wechseln können, sind wir an unsere Scholle gefesselt und treiben mit der Packeisdrift, wohin es ihr gefällt.

»Dinge, die es gibt, aber nicht gibt im Eis«, heißt ein Spiel, das uns während dieser warmen Sommertage im Januar und Februar beschäftigt. Die Idee dazu stammt von Sir Ernest, den Unterhaltsamkeit und ausgleichende Wirkung des Enzyklopädie-Ratens nicht unbeeindruckt gelassen haben. Einmal, als ich Hurley und ihm Tee ins Zelt bringe und den beiden bei einer Poker-Patience über die Schulter schaue, ist Shackleton mitten in einer Glückssträhne und gewinnt auf dem Papier nach einem seidenen Regenschirm, einem Spiegel und einer Keats-Sammlerausgabe nun von Hurley auch das heiß umkämpfte Abendessen im Londoner Savoy. Ausgelassen gibt Sir Ernest zu, jede Form von Quiz zu verabscheuen. Doch für die Zufriedenheit der Männer will er gern in diesen sauren Apfel beißen.

Das Spiel geht ganz einfach: Einer denkt sich eine Sache aus, die es zwar irgendwo, aber nicht im Eis gibt, und die anderen versuchen reihum, sie zu erraten. Da wir 28 sind, können wir zu jedem Begriff 27 Fragen stellen, um ihn einzukreisen und herauszubekommen. Der es schafft, erhält als Gewinn nach Wahl entweder einen Keks oder ein Stück von den letzten zwei Tafeln Schokolade. Schafft es keiner, erhält den Gewinn derjenige, der sich den Begriff ausgedacht hat.

Bereits in den ersten Runden stoßen wir auf Probleme. Eine hitzige Diskussion entzündet sich an der Frage, ob es im Eis Tannen gibt. Jock Wordie vertritt die Meinung, dass es innerhalb der Polarkreise keinerlei Bäume gibt, somit auch keine Tannen. Orde-Lees hält dagegen, dass Teile des Schiffes und der Schlitten aus Tanne gefertigt wurden, und so wie er die Sache sieht, bleibt Tanne Tanne.

Ähnlich ergeht es dem Begriff, mit dem Greenstreet ins Rennen um ein Stück Schokolade geht: »Gras«. Er wird zwar nicht erraten, dafür aber abgeschmettert, als Doktor McIlroy seine eiserne Reserve aus der Brusttasche zieht, eine Viertelscheibe Weißbrot aus dem Grytvikener Backofen von Stina Jacobsen.

»Da ist gutes norwegisches Getreide drin, und Getreide, bester Mister Greenstreet, ist nichts anderes als Gras.«

Ganz in Shackletons Sinn, erstreckt sich das Spiel über Wochen. Einige Male gibt es heftigen Streit, etwa zwischen Vincent und Orde-Lees um den Begriff »Grammophon«.

Vincent behauptet, es gebe kein Grammophon im Eis, seit unseres glücklicherweise mit der ENDURANCE untergegangen sei. Orde-Lees widerspricht. Niemand könne wissen, wo sein Grammophon jetzt sei. Vielleicht treibe es auf einer Scholle übers Meer. Vielleicht finde man es eines Tages wieder, unversehrt.

»Nein«, sagt Vincent. »Es ist weg, für immer. Der Satan hat es sich wiedergeholt.«

Wir beschließen, dass das Spiel nicht funktioniert. Doch schon am nächsten Tag sitzt eine kleine Gruppe wieder zusammen, und als die ersten Keksprämien ausgezahlt sind, kommen nach und nach alle wieder dazu und versuchen ihr Glück.

Hussey gewinnt, als er Cheethams »Hornissen« errät, Holie schafft es, seine »Tower Bridge« durchzubringen, und ergattert ein Stück Schokolade, und für den größten Wirbel von allen sorgt ausgerechnet der seit der Tötung seiner Hunde so gut wie verstummte Tom Crean, als er nach 27 erfolglosen Fragen seinen Begriff offen legt: »Amundsen«.

Shackleton verkündet das Ende des Spiels, indem er eine Extrarunde ausruft. Sie soll einem einzigen Thema vorbehalten sein, Frauen.

»Jeder, der sich beteiligt und den Namen einer Frau nennt, die ihm lieb ist«, sagt er, »erhält Keks oder Schokolade. Und weil dieser Butterkeks, dem kein Zahn fehlt, mich so anlächelt, will ich der Erste sein und ihn mir verdienen.«

Damit greift er in die mit gemalten Reitern, Hunden und Wäldern bunt verzierte Blechdose.

»Im Namen meiner Frau, Caroline Shackleton«, sagt er und beißt unter unseren stummen Blicken in den goldenen Keks. »Und im Namen meiner Geliebten, ebenfalls Caroline Shackleton.«

Der Erste, der es ihm nachmacht, ist der Skipper.

»Theodora Worsley«, sagt der Käpt'n und nimmt einen Keks. »Mmhh! Jawohl, Gentlemen, so duftet sie!«

Und während wir noch lachen, langen schon Marstons Finger in die Dose und sind ebenso bunt von lauter Farbe. Kein Tag vergeht, an dem Marston nicht an Namen, Ziffern und Bildern malen würde, mit denen er die ihm zurückgebrachte antarktische Uhr schmückt.

»Hazel Marston, Gott schütze sie.«

»Ja, George, das tut er«, sagt Shackleton. »Da bin ich mir sicher.«

Der Reihe nach fallen die Namen von Ehefrauen, Bräuten, Müttern und Töchtern. Einige zücken gar Fotografien der betreffenden Ladys und jungen Damen. Aber es gibt auch Geheimniskrämer.

So sagt Holie nur: »Rose.«

Und Wordie meint: »Wer sie ist, wird nicht verraten, nur dass sie Gertrude Mary Henderson heißt. Gilt das?«

Jeder Name gilt. Bakewell bekommt sein Stück Schokolade für ein Barmädchen aus Brooklyn mit Namen Lilly, Crean bleibt Stina Jacobsen treu, und Mick McIlroy kennt alle sieben Vornamen Ihrer Majestät, der Gattin unseres Königs: Mary Augusta Louise Olga Pauline Claudia Agnes Prinzessin von Teck.

Einer der Letzten, die noch einen Keks ergattern, bin ich. Nachdem ich lange gezögert habe, ob ich überhaupt einen Namen nennen soll, ist mein Hunger nach etwas Süßem doch größer als mein Zweifel, und so folge ich der Stimme meines Herzens und sage zu meiner eigenen Überraschung den Namen meiner Schwester, Regyn.

Über den Spielen verstreichen einer nach dem anderen die Tage des Sommers, und wie die Zeit vergeht, merken wir nur daran, dass wir immer dünner werden. Darin gleichen wir dem Eis der Scholle, auf der wir über das nicht enden wollende Weddellmeer treiben. Schmelzwasserseen bilden sich überall dort, wo wir länger als ein paar Tage kochen und schlafen, und nicht selten bricht, kurz nachdem wir ein Zelt umgesetzt haben, die See durchs Eis und frisst ein weiteres Leck in unser gefrorenes Floß.

Die Durchlöcherung hat ihre Vorteile: Ab und zu taucht aus dem Wasser einer der wenigen Krabbenfresser auf, die sich zu dieser Zeit an die Polargrenze verirren, und bevor die verblüffte Robbe begreift, dass sie mitten unter Robbenfresser geraten ist, hält Wild das Gewehr schon in Anschlag. Frank Wilds Treffsicherheit rettet an einem Tag Anfang April Stornoway das Leben, als der im Glauben, eine prächtige Weddellrobbe entdeckt zu haben, mit gezücktem Messer auf ein Wasserloch losrennt. Keine zehn Meter vor ihm und getrieben vom wohl selben Irrglauben wuchtet sich ein grau und schwarz getigertes Ungeheuer aufs Eis. Mit toten Augen sieht es sich um, es hat Flossenfüße, und es stößt gellende Schreie aus einem Maul voller Nadeln.

»McLeod! Zurück! Stornoway, nicht!«

Doppelt so groß und doppelt so schnell wie er, schießt der Seeleopard in einer Mischung aus Gleiten, Schlängeln und Watscheln auf den wie ein Kind brüllenden Stornoway zu, und die Raubrobbe hat unseren übers Eis stolpernden Vollmatrosen fast erreicht, als Frank Wild den Karabiner abfeuert und nicht einmal nachzuladen braucht.

Den Bauch des Seeleoparden finden Sir Ernest, Green und ich voller seltsamer, ganz und gar weißer Fische. Es sind Eisfische, wie uns Bob Clark erklärt, die kein rotes, sondern weißes Blut besitzen. Und es sind 31 an der Zahl, doch abzüglich dreier halb verdauter bleiben genau 28, so dass jeder von uns einen Fisch erhält.

Ein kleiner Seeleopard, silbern mit schwarzen Tüpfeln, daneben das Datum und die Ziffer für unseren 435. Tag im Eis … Liebevoll hält George Marston unser Festmahl im Lager der Geduld auf der antarktischen Uhr fest.

So bekümmert wir sind, weil wir an nichts anderes mehr denken können als ans Essen, so wunderbar ist es, mit vollem Magen an einem der Schollenseen entlang übers Eis zu stapfen und sich das offene Meer vorzustellen. Weit kann es nicht mehr sein! Zumal das Meer die ganze Zeit da ist. 3000 Meter tief und lakritzschwarz liegt es unter meinen Füßen.

11

Weißer Fleck im Schnee

»Was ist so tragisch daran, ein Meer nicht entdeckt zu haben? Hm, das verrat mir mal.«

Er versteht nicht, was mein Problem ist. Natürlich, er kann sich gut vorstellen, dass man ein Meer nach ihm benennt, das Bakewellmeer, aber wenn es nicht dazu kommt?

»Na und. Damit kann ich leben.«

Wir versenken die Eispickel in den Hosenbeintaschen und schultern jeder den Block, den wir aus dem Grat herausgetrennt haben. Es geht zurück ins Lager.

»Also pass auf«, sage ich zu Bakewell. »Unterbrich mich nicht, dann erklär ich's dir.«

Ich beginne ganz von vorn: Wenn es Cook war, der das Haus der Antarktis entdeckte, so war es Ross, der die Tür fand, durch die Scott, Shackleton und Amundsen dann schließlich hineingingen – das Rossmeer. Der Entdecker des Schlüssellochs aber, das war eben jener alte und im übrigen sehr fromme Robbenfänger namens John Balleny.

An Bord seines Schoners ELIZA SCOTT, erzähle ich Bakewell, schoss Balleny am 1. Februar 1839 mit dem Sextanten die Sonne. Er errechnete, dass er sich 450 Kilometer weiter südlich befand als je ein Mensch vor ihm. Verborgen hinter dem Horizont, bei klarer See zwei Tage entfernt, lag, ohne dass Balleny es ahnte, die Einfahrt in das Meer, das heute nach Ross heißt.

Packeis und Nebel zwangen die ELIZA SCOTT und die kleine SABRINA, in nordwestlicher Richtung weiterzusegeln. Nach zehn Tagen Fahrt entdeckte Balleny eine Gruppe Vulkaninseln. Der Kommandant der SABRINA ließ sich zu einem der trostlosen Eilande hinüberrudern, um Gesteinsproben zu bergen. Thomas Freeman war der erste Mensch, der jenseits des Polarkreises Boden betrat.

Ich erzähle Bakewell auch von den zwei Tagen, an denen sich das Schicksal von Vincents Großvater entschied, dem 13. und dem 24. März 1839. Am 13. März verzeichnete Balleny in sein Logbuch: »Heute Morgen kam Kapitän Freeman an Bord, brachte den Schiffsjungen Smith und nahm den Schiffsjungen Juggins mit.« Elf Tage nach diesem nicht weiter begründeten Tausch auf hoher See fuhren die beiden Schiffe unmittelbar nördlich der Polarfront in stürmisches Wetter. Die SABRINA brannte nachts eine Seenotfackel ab. Doch Balleny sah sich außerstande, Freemans Männern zu Hilfe zu eilen. Das blaue Licht blieb das Letzte, was er von seinem Begleitschiff sah. Die SABRINA sank, und mit ihr gingen Kapitän Freeman und der Schiffsjunge mit dem Spitznamen »Juggins« unter.

Die ELIZA SCOTT segelte nach London zurück, gerade rechtzeitig, damit ein anderer ihre Logbücher abschreiben lassen und mitnehmen konnte auf die eigene Expedition: Ross' Schiffe EREBUS und TERROR folgten Ballenys Kurs, und ihnen gelang es, in das Meer hineinzufahren, das dem Robbenfänger verborgen geblieben war.

»So!«, sage ich. »Das ist die ganze Geschichte.«

Bakewell lässt seinen Block vor dem Zelteingang fallen. Matsch spritzt zu allen Seiten, so nass ist der Schnee.

»Pech! Aber immerhin sind sie heil nach Hause gekommen. Und du bist sicher, dass dieser Juggins Vincents Opa war? Wie alt war er denn? Er war doch schon Vater.«

Laut Heuerliste war Jacob »Juggins« Vincent genauso alt wie ich, als Bakewell und ich uns begegneten, 17 Jahre. Und er stammte aus Birmingham, so wie unser Bootsmann. Ob Balleny wusste, dass sein Schiffsjunge bereits Vater war, oder ob es Juggins selbst wusste, davon steht in den Logbüchern nichts.

Während es von Tag zu Tag offensichtlicher wird, dass sich unsere Scholle auflöst und wir am Verhungern sind, lese ich Ballenys Bericht mehrere Male, um mir alle wichtigen Einzelheiten einzuprägen. Doch ich frage mich, zu welchem Zweck eigentlich. Aus Vincents Gesicht ist die Glätte ebenso verschwunden wie sein Hochmut. Dieselbe schlaffe, schmutzige Bekümmerung hat sich dort eingegraben wie in alle Gesichter. Was soll ich ihm sagen? Dass ich seine Behauptung überprüft und, tja, in seiner Familiengeschichte nachgelesen habe, wie sein Großvater umkam? Soll ich sagen, es tut mir leid, Vincent, aber die furchtbare Wahrheit ist, dass Juggins nur eines tragischen Zufalls wegen vor 75 Jahren ertrank?

Müssten wir jetzt nicht in Abfällen nach Fleischresten wühlen, die selbst die Hunde und die Katze verschmäht haben, und müssten wir nicht Tag und Nacht gewahr sein, dass uns die Scholle unter dem Schlaflager zerbricht und wir in ein Meer fallen, über dem sich das Eis wieder schließt, sondern säßen wir stattdessen satt und heiter bei Kognak und Tabak in der Hütte an der Vahselbucht und harrten der Rückkehrer von der ruhmreichen Zu-Fuß-Transversale … vielleicht wäre es dann möglich, mit John Vincent zu reden und ihn vom Wert dieses Büchleins zu überzeugen.

Gelbrot wie Orangen liegt es in meiner Hand. Wochenlang war es gefroren, und ebenso lange habe ich es neben dem Fisch auf dem Herzen getragen, damit es auftaut und trocknet. Wer er war, Juggins, der Schiffsjunge des John Balleny, wissen nur sein Enkel, ich, mein Freund Bakie und dieses Buch. Ich werfe es über die Eiskante, und im Nu ist es versunken.

Bakewell hat Recht: Was soll ich mich um die Toten kümmern, wenn es gilt, dass wir am Leben bleiben? Ein täglich schmalerer Grat trennt uns von Verhungern, Erfrieren oder Ertrinken. Wenn wir bisher vom Glauben zehrten, wir hätten es geschafft zu überleben, so müssen wir allmählich einsehen, dass wir im Grunde seit Monaten bloß damit beschäftigt sind, unser Sterben hinauszuzögern. Es ist Anfang April. Der nächste Winter steht uns bevor. Noch fliegen die Sturmschwalben und Skuas, sicheres Zeichen für offenes Wasser. Und nachts hören wir Wale die Schollen zertrümmern und an der Luft blasen. Doch die Damen und Herren Robben tummeln sich in anderen Breiten. Unsere Vorräte sind fast aufgebraucht. Da es kein Blubber mehr gibt, können wir die Öfen nicht mehr befeuern, daher essen wir die verbliebenen Fetzen Pinguin- und Robbenfleisch roh, halb verdorben, halb gefroren. So abscheulich sie schmecken und so erniedrigt man sich dabei vorkommt, der Hunger ist stärker und noch stärker die Angst, zusammenzubrechen und im Moment des Aufbruchs zu schwach zu sein, um vom Eis ins Boot zu kommen. Hunger und Angst, beides zusammen schafft nackte Verzweiflung, und sie stoppt kein ausgedachtes Rezept mehr, kein Spiel und kein Sir Ernest Shackleton. Alle die Monate, all die Zeit an Bord und in den beiden Lagern auf dem Eis ist nie auch nur ein Brocken Kakao aus den Vorratskisten verschwunden. Doch als die Scholle zerbricht und wir uns auf einer überschwemmten und so winzigen Platte wiederfinden, dass, auch wenn wir noch Kraft dazu hätten, wir nicht Fußball darauf spielen könnten, da fehlen eines Morgens die letzten Stücke Fleisch in Greens Eistruhe. Und selbst Wilds Gebrüll ändert nichts mehr daran, dass der Dieb unerkannt bleibt. Denn wir sehen alle gleich aus, betrübt und entsetzt und verängstigt und hungrig.

Wild erschießt die letzten Hunde. Und nach langem Hin und her verrät McNeish das Versteck der Katze. Wild erschießt auch sie. Von da an besteht unsere Tagesration aus 200 Gramm Hundedörrfleisch, drei Würfeln Zucker, einem Keks und einem halben Becher in Wasser gelöster Trockenmilch. Das übrige Wasser ist tabu. Es wird aufgespart für die Bootsfahrt und unter Bewachung gestellt. Wer trinken will, nimmt sich eine Tabakdose voll Eis in den Schlafsack mit und lässt es von der Körperwärme schmelzen. Eine Nacht ergibt einen Esslöffel Wasser.

Die Zeit der herzerwärmenden Kabbeleien ist vorbei. Es gibt offenen, bösen Streit. Jimmy James wird bezichtigt, sich nie zu bedanken, Orde-Lees wirft man Geiz vor. Als er eines Nachmittags entkräftigt zusammenbricht, weil er sich die Hälfte der Tagesration für den Abend aufgespart hat, lassen ihn Vincent, Stevenson und McNeish auf dem Eis liegen. Shackleton erkennt Vincent noch am selben Tag den Bootsmannsrang ab und degradiert ihn zum einfachen Matrosen.

»Sie schimpfen mich Jude«, sagt Orde-Lees abends im Zelt, »und Wild lässt es geschehen.«

Am Morgen nach einer Regennacht sind die Boote bis zur Hälfte in die aufgeweichte Scholle gesunken. McNeish weigert sich, mitzuhelfen, die JAMES CAIRD zurück aufs Eis zu ziehen.

»Was ist da los?«, brüllt Shackleton von der DUDLEY DOCKER herüber. Mit ein paar Schritten ist er bei unserem Hauptboot.

Worsley erstattet Bericht: »McNeish hier meint ...«

Shackleton fällt ihm ins Wort, es ist das erste Mal: »Halten Sie Ihre Männer zur Arbeit an, Käpt'n. Bewegt euch, das ist ein Befehl!«

McNeish rührt sich nicht. Das einzig Helle in seinem Gesicht ist das Weiße in den Augen, mit denen er den Sir anstarrt.

Und er sagt: »Sie haben keinerlei Befugnis.«

Und Shackleton: »Reden Sie mit mir nicht über Befugnisse! Wer hat Sie befugt, 20 Männer hier herumstehen und frieren zu lassen? Sind Sie befugt, das Leben dieser Leute aufs Spiel zu setzen, während Sie uns wissen lassen, was Sie denken?«

Und McNeish: »Ich denke, das Boot wird auseinander brechen.«

Und wieder Shackleton: »Was kümmert mich das verdammte Boot! Ich muss mich um die verdammten Männer kümmern und darum, dass sie am Leben bleiben! Dafür bin ich verantwortlich.«

»Tja, ich bin für mich selbst verantwortlich«, sagt McNeish, »und das heißt, dass es mich kalt lässt, wenn mir ein Bastard, der Fähnchen in den Schnee steckt, vorschreiben will, was ich zu tun habe.«

Vincent kommt um das Boot herum und stapft zum Zimmermann hinüber. »Kein Schiff, kein Heuervertrag. Was Sie befehlen, braucht uns nicht zu kratzen.«

Shackleton geht auf die beiden zu. Er stoppt erst, als sie auseinander treten, und fährt sie an: »Ich bin der Leiter dieser Expedition! Ihr Vertrag besteht mit mir und nicht mit dem verfluchten Schiff. Tun Sie, was ich Ihnen sage, und ich sorge dafür, dass Sie am Leben bleiben. Sollten Sie aber das Leben der Männer in Gefahr bringen, werde ich Sie auf der Stelle erschießen.«

Aber es geht auch anders. Im Zelt geraten erst Macklin und Clark, dann auch Orde-Lees und Worsley in einen Streit, in dessen Verlauf Greenstreets Becher mit Milch zu Boden fällt. Er fährt herum und beschuldigt Clark, das Unglück verschuldet zu haben, und als Bob Clark protestiert, brüllt ihn Greenstreet nieder.

Alle stehen wir da, zottelig und bärtig, und starren auf den Fleck, wo die Milch im Schnee versickert ist. Clark ist der Erste, der aus seinem Becher einen Schluck in Greenstreets Becher schüttet, und alle folgen wir stumm seinem Beispiel.

Dagegen versucht der Prinz, die aufgelöste Stimmung zu nutzen. Er will möglichst viele von seinen Fotonegativen im Boot unterbringen.

Sir Ernest möchte genau wissen, wie viele Aufnahmen Hurley von der ENDURANCE hat retten können.

»500, Sir, fünf Kisten.«

»Gut, vielleicht nehmen wir 100 mit«, sagt Shackleton.

Und Hurley: »Das reicht nicht. 200. Und Sie treffen die Auswahl.«

Shackleton hält seinen Becher in den leichten Schneefall. »Wird nicht weniger, schauen Sie«, sagt er. Er sieht in den Becher und nippt an der Milch. »Sagen wir 150, wir treffen die Auswahl gemeinsam, und ich setze ein Schreiben auf, durch das, falls ich sterbe, die Rechte an Sie zurückfallen.«

Zufrieden lächelnd willigt Hurley ein.

Und Shackleton sagt: »Sie haben den Trick nicht bemerkt, wie? Ich habe nämlich überhaupt nicht die Absicht zu sterben.«

Vierter Teil

DIE NAMENLOSEN BERGE

Drei Boote – Der Handschuh
Auf dem schwarzen Strand
Anweisungen für die Zeit der Abwesenheit
Woge – Der unsichtbare Vierte – Gespenster

1

Drei Boote

441 Tage nachdem unser Schiff im Eis eingeschlossen wurde und 16 Monate seit Verlassen der Insel Südgeorgien, sichtet der Ausguck am Morgen des 9. April Land. Im Nordwesten, rund 100 Kilometer entfernt, überragen deutlich graue Felshöhen die Fläche aus zerspelltem Eis und Wasser, auf der wir treiben.

Im schweren Regen auf die Scholle gekniet, festgehalten von zwei Männern mit weit aufgerissenen Augen, schießt Worsleys Sextant die Sonne. Seine Berechnung lässt nur zwei Möglichkeiten zu: Die Gipfel sind entweder jene des Joinville-Eilands, der nördlichsten Insel des antarktischen Kontinents, oder was wir dort am Horizont sehen, sind bereits die im offenen Meer liegende Clarence- und die Elefanten-Insel. Gemeinsam ist diesen drei letzten Außenposten der Antarktis, dass zwischen ihnen hindurch wie durch ein breites Tor die See wogt. Alle wissen wir: Sollte es uns nicht gelingen, auf einer der Inseln zu landen, wird uns die Drift hinaustragen in die Orkanweiten der Drake-Passage.

Shackleton verliert keine Zeit. Nach einem eiligen Frühstück werden die Zelte abgebrochen und die Boote zum Wassern bereitgemacht. Es gelten dieselben Bestimmungen wie nach Verlassen des Schiffes: Der Käpt'n darf das Navigationsbesteck, die Ärzte ihre medizinische Ausrüstung, Hurley

Handkamera und vereinbarte Menge Negative, Hussey das Banjo mitnehmen; uns übrigen bleibt einzig das, was wir auf dem Leib tragen.

Die Plätze in den Booten werden zugeteilt. Im größten, der JAMES CAIRD, fahren der Sir, Wild und elf weitere Männer. Worsley bildet mit neun anderen die Besatzung der DUDLEY DOCKER, und Crean erhält das Kommando über das kleine Dingi, die STANCOMB WILLS. Die vier, die mit Tom Crean fahren, sind Vincent, Holness, Bakewell und ich.

Bis zum frühen Abend sind wir so weit. Die Boote liegen kieloben in sicherer Entfernung zum Schollenrand. Wir warten, bis das Prasseln in Nieselregen übergeht, dann stellen wir die Boote eins nach dem anderen auf, schleppen sie zum Wasser und fieren sie hinunter. Auf Sir Ernests Kommando steigen Worsley, Crean und er selbst als Letzte ein. Die See in der Rinne ist schwarz, und der Regen nimmt wieder zu. Nach einem letzten Blick über die Scholle legen wir ab.

»Bin mal als Hobo mit dem Zug durch Alaska«, sagt Bakewell neben mir an den Riemen. »Da, guck hin. Die verlassenen Goldgräberkäffer am Klondike, genau so sahen sie aus.«

Mir ist nicht nach Reden zumute. Weil wir das kleinste Boot haben, sollen wir uns zwischen den beiden anderen halten, und die geben ein ordentliches Tempo vor. Rudern! Nicht meine Welt. Aber alles ist besser, als noch länger auf dem Eis zu sein und zu warten, dass es unter einem wegschmilzt. 30 Zentimeter, dicker war die Scholle am Ende nicht mehr. Über Creans Schultern hinweg spähe ich in den Vorhang aus Nebelschwaden, durch die der Regen strömt und in mein Gesicht peitscht. Wo ist die Scholle? Verschwunden. Und mit ihr das Lager, unser Lager der Geduld.

»Ruhig«, sagt Tom Crean plötzlich. »Sie fahren mit Shackleton, nicht mit Scott. Ganz ruhig, Merce.«

Es ist das erste Mal, dass ich Scotts Namen aus seinem Mund höre, und tatsächlich beruhigt es mich.

Die tiefgraue, aufgewühlte See ist voller Eisbrocken. Schaukelnd in der Dünung ächzen und krachen die Schollen. Unsere kleine Flotte hat zu einem ruhigen, zügigen Tempo gefunden, und ein paar Stunden lang ziehen wir gleichmäßig durch den Abendregen über dem Eismeer. Kommando zur Langsamfahrt gibt der Sir nur, wenn die Rinne allzu eng wird und droht, einen der Kutter einzuklemmen, oder wenn von einem Eisberg, den wir nicht weit genug umfahren können, ein Schneebrett in die See rutscht und dann eine Woge anrauscht voller blauer, spitzer Schollendorne.

»Hände in die Boote! Duckt euch!«

Die Woge stürzt über uns hinweg, ergießt sich ins Boot und durchnässt alles und jeden. Brocken treffen Nacken und Rücken und bleiben auf dem Bootsboden liegen, als wir ihn leer geschöpft haben. Klatschnass weiter. Pullen und Eis lutschen. Und wieder Shackletons Stimme aus der vorneweg laufenden CAIRD.

»Duckt euch! Hände in die Boote!«

Ein Wunder, dass kein Riemen in die Brüche geht. Hinter mir flucht Vincent und schnappt Holie nach Luft. Bakewell sagt nichts mehr, und es ist so dunkel geworden, dass ich nicht einmal erkennen kann, welches Gesicht er macht.

Shackleton lässt stoppen. Zunächst wir, dann auch Worsleys Boot gehen längsseits. Wir haben uns wieder. Über die dick zugefrorenen Schanzkleider hinweg werden Handschuhhände gedrückt, Gesichter gestreichelt, Witze gerissen.

Eine Scholle für die Nacht. Wild lässt lospaddeln und kundschaftet eine ebene Platte von rund 50 Schritt Länge aus, die spitz zulaufend zur Dünung liegt. Green und der kleine Tranofen werden darauf abgesetzt, dann bringen meine Ruderer die STANCOMB WILLS an die Kante und hieven auch mich hinauf. Das Eis ist fest und wunderbar sauber.

»Äähh!« Green spuckt Kautabaksoße. »Steh nicht rum. Blubber rein und Feuer an.«

Als die entladenen Boote kieloben auf der Scholle stehen und die Zelte aufgebaut sind, ist das Nachtessen fertig. Der Hundeeintopf wärmt den steifen Körper, und in zwei Zelten hört man Gesang und Gelächter. Während Uzbird Banjo spielt, gehen Bob Clark und ich den Nachthimmel ansehen, ein schwaches Südlicht und einen Sternschnuppenregen.

Doch diese erste Nacht auf See wird ein Albtraum. Vom sanften Geschaukel der Dünung kaum in den Schlaf gewiegt, weckt uns ein lautes Krachen. Mit flackernden Sturmlaternen schwärmen wir aus und stellen fest, dass ein Eisberg die Scholle gerammt und so unglücklich gedreht hat, dass sie nun quer zur Brandung liegt. Zudem sind wir nicht allein. Eine Schwertwalfamilie hält ganz in der Nähe nach einem Mitternachtsmahl Ausschau; im Dunkel hört man die großen Orcas blasen, und brav geben die Kleinen ein Prusten zur Antwort.

Mitten in der Nacht trifft ein schwerer Brecher die Platte. Sie schwankt einmal auf und ab, dann bricht sie. Der Eisriss rennt durch den Zeltboden, reißt das Zelt aus der Verpflockung und ist in Sekunden ein meterbreit gähnender Spalt voller schwarz darin schwappendem Wasser.

Jeder, der es geschafft hat, sich mit dem Schlafsack in Sicherheit zu robben, brüllt: »Spalt! Zu Hilfe! Spalt in Zelt vier!«

Wild und Worsley kommen herbeigestürzt. Sie wollen durchzählen lassen. Doch der Tumult ist zu groß. Und Shackleton wartet nicht, bis er sich gelegt hat. Er schreitet die Bruchkante ab und leuchtet ins Wasser.

»Die Zeltplane! Zieht sie weg, damit ich sehen kann!«

Drei Mann zerren die Plane aufs Eis.

Wild schreit: »26! Zwei fehlen!«

Im selben Moment fällt der Lichtkegel, der über die Wellenkämme gleitet, auf die Umrisse eines Mannes.

Holie. Es ist Holness, der dort schwimmt. Mit dem Arm, den er aus dem Schlafsack hat befreien können, schlägt er um sich. Shackleton stürzt auf die Knie. Die Lampe fällt ins Wasser. Er packt den Schlafsack und wuchtet Holness mit einem einzigen Ruck aufs Eis.

Nochmaliges Durchzählen ergibt, dass sich Wild in der Aufregung vertan hat. Mit dem geretteten Holie sind wir vollzählig. Und wir hätten wohl keine Chance gehabt, einen weiteren Vermissten zu bergen. Denn kaum dass wir uns in Sicherheit gebracht haben, krachen die beiden Schollenteile wieder aneinander. Im Lampenschein ein Streifen Gischtdunst, mehr bleibt von dem Spalt nicht übrig.

Ich fasse mit an und trage Holie in seinem vollgesogenen Eiswassersack durch den Sprühschleier.

»Wisst ihr was?«, sagt er. »Grade wollt ich mir eine Zigarette drehen. Jetzt ist mein ganzer Tabak futsch.«

Seine großen, blanken Augen sind rot unterlaufen, und lauter nasse Strähnen hängen ihm wirr über den Schädel.

Aber er kann schon wieder lachen. Denn Hussey meint: »Gute Gelegenheit, das Gequalme sein zu lassen.«

Um die Last der Boote zu verringern, trennen wir uns schweren Herzens von einer Reihe von Sachen, die wir an Land sicherlich gut gebrauchen könnten: Hacken, Schaufeln, Lattenbretter und drei Kisten Trockenobst bleiben auf der Scholle zurück. Dafür, dass keiner die Dörrpflaumen und Datteln hat vertragen können, haben wir das Zeug weit mit uns herumgeschleppt.

Es weht ein kräftiger Ostwind, der sogar noch auffrischt. Der Sir gibt Anweisung, die Riemen einzuziehen und Segel zu setzen. McNeishs wochenlange Schufterei, um die drei Nussschalen mit Masten zu versehen, macht sich bezahlt, und alle sind wir dem Zimmermann dankbar, nicht auch den zweiten Tag hindurch pullen zu müssen.

Mit dem Wind rollen schwere Seen heran. Die Wogen brechen sich an den Schollenkanten, und die zurückgischtende Brandung gefriert noch im Fallen und hagelt auf unsere schlingernden Boote. Alles überzieht sich mit Eis. Ich kann zusehen, wie Creans nachtblauer Mantel allmählich weiß wird und erstarrt, und bei jeder kleinsten Bewegung, mit der er das Ruder korrigiert, höre ich Tom Creans Mantel knacken und krachen.

Während die Landmasse im Westen in Nebel und Dunkel verschwindet, flüchten wir uns in der zweiten Nacht vor Eisbergen und Orcas auf eine Scholle, die über einen großen, eisfreien See treibt. Ausgenommen Holness, dessen Beine und Füße Zeichen von Erfrierungen zeigen, hat jeder einmal 20 Minuten lang Wache zu schieben. So können wir alle ein paar Stunden schlafen und blicken am Morgen immerhin ausgeruht auf das Schauspiel, das der trübe neue Tag für uns bereithält.

Wir sind am äußersten nördlichen Ende des Weddellmeeres angelangt. Getrieben von der schnellen Südströmung und zurückgeworfen von der kräftigen Dünung der offenen See im Norden, wirbelt das Eis in Trümmern und Brocken um unsere Scholle und trägt sie schaukelnd und schwankend mit sich fort. So weit das Auge reicht bedeckt die Meeresoberfläche eine auf und ab wogende und unter tosendem Lärm aneinander schrammende Treibeismasse, die in weiten Kreisen nach und nach hinausgeschwemmt wird in die Weiten von Pazifik und Atlantik. Endlose Eisströme, von Antarktikas Gletschern und Schelfebenen ins Weddellmeer geschoben und nach Norden gedriftet, treffen auf die schnellen warmen Ströme der Drake-Passage, und all das Eis, dem eben noch nichts auf der Welt etwas anhaben konnte, zerstößt, zerreibt und zernagt nun der Mahlstrom der Wellen.

Keine Scholle entkommt der gewaltigen Eismühle. Auf einen Eisberg zu wechseln, wie eine Gruppe um Greenstreet und Hudson es vorschlägt, lehnt Shackleton barsch ab, zu Recht, wie sich herausstellt: Drei Tafeleisberge kentern vor unseren Augen einer nach dem anderen und ragen noch stundenlang tiefblau in den Himmel, bevor sie zusammenstürzen und sich ihre Eismassen in die See ergießen. Wieder ist unsere Flucht eine Frage des richtigen Zeitpunkts, und so lässt uns der Sir Stunde um Stunde auf der Scholle ausharren und zusehen, wie sie unaufhaltsam in die Eismühle hineintreibt.

Wir halten die drei Boote bereit, warten, dass unser schmelzendes Floß zerbricht, und bald kauern wir auf einer schmalen weißen Zunge, auf der Wellen schwappen und Treibeis strandet.

»Bist du sicher, dass du noch abwarten willst?«, fragt schließlich sogar Wild, als er von einer Patrouille zurück ist.

»Die Ränder sind morsch. Wird schwer, die Boote darüberzuhieven.«

»Ich warte.«

Zwei Stunden später steht Wild wieder neben ihm, und Shackleton sagt: »Ich warte, dass uns diese holde Schönheit da drüben entdeckt.«

Die Schönheit ist eine schmale Rinne offenen Wassers, die sich ihren Weg durch die Schollenlandschaft bricht. Breiter und breiter und bald deutlich zu hören, zersplittert der Riss das Eis und zeigt uns das dunkle darunterliegende Wasser.

Schneller als erwartet ist der Riss bei uns.

Und ebenso schnell schmettert Greenstreet: »Sie bricht!«

Wir kippen die Boote. Shackleton gibt Befehl, den Schollenrand so weit abzuschlagen, bis festes Eis zutage tritt. Wir hauen eine Bucht in die Scholle, dahinein fieren wir die drei Boote, und als die Rinne die Scholle erreicht, bricht sie sie mit einem Knacks in der Mitte durch.

Wir aber sind auf und davon, fahren plötzlich auf offenem Wasser, 100 Ruderschläge vielleicht noch getrennt von der See und dem Ende des Eisstroms.

Die im Nebel verschwundene Landmasse taucht nicht wieder auf, und Dunst und Schneeschauer machen Worsley eine genaue Positionsbestimmung unmöglich. Einen Tag und eine Nacht lang sieht es deshalb so aus, als würde sich unser Plan, in nördlicher Richtung am Packeisrand entlang auf das Clarence-Eiland und die Elefanten-Insel zuzuhalten, erneut ändern. Shackleton erwägt stattdessen, die Hoffnungsbucht auf der Antarktischen Halbinsel anzusteuern. In nordwestlicher Richtung zur Festlandküste zu segeln hätte den Vorteil, dass wir auf jeden Fall auf Land träfen. Anderenfalls hieße es mit

Booten ohne ausreichende Ausguckhöhe in der hoch laufenden See zwei Felseninseln zu finden, winzig klein, dunkel wie Nacht und Meer und umgeben von nicht einmal durch Cook kartographierten Kränzen aus Riffen. Und einmal verfehlt, wartet hinter den beiden nichts als das Tosen der um die Polkappe rasenden Wogen.

Aus Angst, auf einer Scholle zurück in den Mahlstrom getrieben zu werden, verbringen wir die Nacht in den an einem Eisberg vertäuten Booten und sind am Morgen unter einer Schnee- und Eisschicht halb erfroren. Stunden vergehen, ehe von allen Riemen die schenkeldicke Eismanschette abgeschlagen ist. Green und ich krabbeln auf ein Plateau über den Köpfen der anderen. Wir seilen den Tranofen und sämtliches Zeug, um ein wärmendes Frühstück zuzubereiten, herauf und kriegen das Feuer mit unseren kläglichen Blubberresten doch nicht heiß genug. Es muss alles zurück in die Boote, wo die kleinen Primuskocher ihr Bestes geben, damit wir Milch und Hund wenigstens lauwarm auf den Löffel bekommen.

Shackleton plagen plötzlich auftretende Ischiasschmerzen, die jedoch schnell wieder abklingen, wenn ihm Mick oder Mack eine Spritze setzen und ich oder ein anderer, den er darum bittet, ihn massieren. Crean, Worsley, Wild, Bakewell und ich sind als Einzige noch einigermaßen gut beieinander. Die übrigen Gesichter teilt die diesige Helle des Morgens in solche voller Jammer und Schmerzen und solche voller Groll und Verhärtung. Holies Füße scheinen nicht mehr gesunden zu wollen. Seine Stiefel sind zu dünn und können nicht trocknen, und als der Sir anordnet, ihn auf die CAIRD zu bringen, damit sich ein Arzt um ihn kümmern kann, stellt Mack fest, dass schon drei von Holies Zehen unwiederbringlich erfroren sind.

»Setzt Segel!«, kommt der Befehl durch den Regen, der so hart ist wie Hagel.

Wir kommen heraus aus dem Schatten des Eisbergs und sehen sofort, wie dicht uns das Treibeis auf den Fersen ist. Der Plan, die Hoffnungsbucht anzusteuern, wird fallen gelassen. Der Eisstrom schiebt sich die Küste hinauf und schottet die Halbinsel ab. Er lässt uns keine andere Wahl, als nach Norden zu segeln, und so nehmen wir doch wieder Kurs auf die zwei in den Meerweiten verborgenen Inseln.

2

Der Handschuh

Aber wie wunderbar, am Rand des Eises hin über das offene Wasser zu preschen. Die Seevögel begleiten uns hinaus auf das Meer, und auf vorübergondelnden Schollen schlafen sanft gewiegt vereinzelte Robben und kleinere Pinguingruppen. Endlich können wir unsere Geschwindigkeit wieder selber bestimmen und unser Vorankommen in die eigenen Hände nehmen.

In allen drei Booten hält der Mast den Seeböen stand. Sobald wir an einem Eisberg festmachen, um zu essen und Holies Fuß zu versorgen, klettert Chippy McNeish von Boot zu Boot und überprüft mit starrem Blick und zart über das Holz tastenden Pranken Verankerung der Bäume, Aufhängung der Spieren, Rudergängigkeit, Spilllauf und so weiter. Breitbeinig und brummend steht Chippy im schwankenden Boot, und immer halten ihn mindestens zwei bei den Beinen und umfassen ihn wie einen ehrwürdigen Alten und Weisen, wenn er Anstalten macht, sich zu setzen und währenddessen sein tonloses »Wird halten« nuschelt. McNeish der Zimmermann, unser Skipper und Navigationsgenius Worsley und der Sir sind die drei, in deren Händen unser Überleben ruht. Mit Argusaugen wachen wir über sie, und wenn wir aneinander gedrückt vor Kälte und Nässe nicht eindämmern können, drehen sich unsere kargen Gespräche unter den Planen und

Decken fast ausschließlich um diese drei und das Wunder des Zusammenspiels ihrer Fähigkeiten.

Seit der Tötung seiner Katze und dem Streit mit Sir Ernest auf der Scholle hat sich McNeish ganz in sich selbst zurückgezogen; er sagt nur das allernötigste. Shackleton beobachtet jeden seiner Handgriffe, und er ist sich nicht zu fein, dem Zimmermann für jede von dessen meisterlich simplen Maßnahmen zu danken. Doch das Band zwischen den beiden ist genauso zerschnitten wie dasjenige zwischen dem Sir und seinem degradierten Bootsmann, und keine noch so große Bewunderung kann deshalb darüber hinwegtäuschen, dass die Besatzung der ENDURANCE nicht mehr die alte ist. Unser aller Ziel, das Überleben, hat uns schließlich doch gespalten und einander entfremdet. Und auch wenn es den meisten nicht klar sein dürfte, vergeudet Shackleton nicht wenig von seiner Kraft und Ausdauer, indem er uns alle dennoch bei Laune halten muss.

Auch die vierte Aprilnacht seit Verlassen des Lagers verbringen wir in den Booten: 40 Seekilometer vor den Zieleilanden treiben nur halb überschwemmte Schollen im Meer, und auch der Eisberg, an dem wir festmachen, erscheint Wild und Crean, die ihn eingehend prüfen, als ein trügerisches Asyl.

Mit der Dunkelheit fällt die Temperatur auf 20 Grad unter null. An Schlaf ist nicht zu denken. In Dreierkette liegen die Boote hintereinander an der Eiswand vertäut, Schneebretter krachen herab und überschütten uns, es regnet, hagelt, schneit im Wechsel und wild durcheinander, und wenn im Dunkel ein anderer Berg vorbeitreibt, rauschen Wogen heran, die sich in die Boote ergießen und uns trotz Persenning, Segeltuch, Decken und Mänteln, unter die wir gekrochen sind, bis auf die Haut durchnässen.

Für den armen Holness hat uns Shackleton den verängstigten und völlig erschöpften How in die STANCOMB WILLS gesetzt. Er, Bakewell und ich hocken aneinander gekauert unter mehreren Schichten aus Stoff und Planen, bewegen uns nicht und versuchen, so wenig Körperwärme wie möglich nach draußen dringen zu lassen. Ich halte Bakie fest umarmt; zwischen uns, auf dem nackten Bootsboden, kauert How, den wir wärmen und Stunde um Stunde flüsternd trösten, ehe ihn Kälte, Hunger, Erschöpfung und der furchtbare Schlafmangel irgendwann übermannen. Schlotternd sinkt How in ohnmächtigen Schlummer.

Anfangs fragt Crean alle Stunde einmal herüber, ob wir noch leben.

»Ja!«, antwortet einer, und wir horchen, ob Tom Creans Bass noch einmal erklingt.

»Gut!«, ruft er nach einer Weile.

Ich frage nach Vincent, mit dem Crean zusammenhockt. »Lebt er noch?«

»Mach dir mal um mich keine Sorgen, Blackboro«, kommt es postwendend durch die Decken zurück.

In der zweiten Nachthälfte verstummen wir, und sogar die Vergewisserungsrufe der drei Bootskommandeure hören auf. Nur Prasseln des Regens, Meeresbranden und Herniederkrachen des Schnees dringen noch zu mir. In reglosem Taumel sitze ich eine Ewigkeit da, halte mich an meinem Freund fest und bibbere sein Zittern mit.

Ich will die Augen nicht zumachen. Der böse Schlaf, der auf mich wartet, ist ein Abgrund, wimmernd mit meiner Stimme lauert er mir auf. Hownows heißer Schädel zwischen den Schenkeln scheuert mir die Haut wund. Doch seinen Kopf beiseite nehmen will ich auch nicht. Und wollte ich's, ich könnte es nicht. Keinen Finger kann ich rühren.

Dicht an meinem Ohr liegt Bakies Mund. Eine Zeit lang schnarcht er, doch meistens ist da bloß sein Keuchen. Es klingt kaum anders als das leise Greinen des Windes.

Nur einmal, ganz von fern, meine ich zwei Worte zu verstehen.

»Der Fisch!«, haucht Bakie. Träumt er? Oder es war doch bloß der Wind.

Der Fisch! Ja, geistert es mir durch den Sinn, ich hole Ennids Fisch heraus. Wann, wenn nicht jetzt?

Lies ihren Gruß, nur Mut, und wenigstens der stumme Jammer hat ein Ende.

Und in Gedanken greife ich nach ihm, mit Fingern, an denen alle Beulen und Kratzer verheilt sind. Flugs knöpfe ich die Tasche auf und halte die Forelle in Händen. Helles Licht fällt auf ihr buntes Holz, und mein Herz pocht mir im Hals, als ich die Klappe öffne. In ihrem Bauch liegt gar kein Zettel, es steckt ein rotes Büchlein darin. An der winzig kleinen Kopie von Mister Muldoons Kontobuch erkenne ich den bösen Traum, und doch kann ich die sieben Seiten, mehr hat das Büchlein nicht, deutlich vor mir sehen und lesen, was darauf geschrieben steht:

Die Hölle ist nicht heiß, sie ist eiskalt,
du Teufel,
und ich, der einmal Juggins hieß,
mein Gott,
ich friere immer noch! Drum sag du mir,
du Teufel,
warum ich denn gestorben bin!

Am Morgen wabert ein so dichter Nebel über der See, dass ich die Gesichter der Männer vorn im Bug der CAIRD nicht erkennen kann. Holies leises Winseln dringt durch die Stille. Tom Crean tastet How nach Frostbeulen ab, dann setzt er sich hinter ihn und schließt den Matrosen in seinen Mantel. Im Blick der beiden, in Vincents, auch Bakewells, in jedem wilden Blick sehe ich Spuren von Albträumen wie dem meinen.

Shackleton lässt durchzählen. Er hat einen Arm um den Mast der JAMES CAIRD geschlungen und lauscht auf jeden Namen.

Und alle, die wir die Brauen im Schmerz so sehr zusammengezogen haben, dass man meinen kann, wir haben die Augen verbunden, alle rufen, keuchen oder heben die Stimme wenigstens zu einem Krächzen.

Wir wundern uns selbst, doch wir sind alle noch am Leben.

Von Frostbeulen gezeichnet, die Lippen und der Gaumen geschwollen, sterbensmüde und gepeinigt von der Angst, das Land verfehlt zu haben, segeln wir durch Nebel und Schnee. Als es am Nachmittag für kurze Zeit aufklart, dreht Worsley die DUDLEY DOCKER bei und peilt die Sonne. Es sind bange Minuten, in denen keiner in den drei miteinander vertäuten und auf der leichten Dünung beinahe stillstehenden Booten ein Wort zu sagen wagt. Ebenso stumm wiederholt der Käpt'n die Berechnung. Dann aber wendet er sich an den Sir, und beider Gesichter hellen sich auf.

Wir sind auf Kurs, nur 40 Seekilometer trennen uns von der Elefanten-Insel. Behalten wir unser Tempo bei, werden wir das Eiland mit Anbruch der Nacht erreichen. Jubel gibt es keinen. Wir tauschen Blicke, und so mancher schaut zum

Himmel auf. Der ist verhangen. Die Ärzte wecken Holie aus dem Dämmer.

»Land, Holness! In ein paar Stunden sind wir da! Holness!« Macklin hält Holies Gesicht in den Händen, und nach einer Weile gibt er Antwort.

»Ja«, sagt er schwach, »Land. Aye, aye. Verstanden.«

Wir haben den Fehler gemacht, aus Gewichtsgründen eine viel zu kleine Menge Schmelzeis in die Boote mitzunehmen, und bezahlen dafür bitter mit unerträglichem Durst. Kurzzeitig verschafft es Erleichterung, an einem rohen, unter dem Mantel aufgetauten Robbenfleischfetzen zu lutschen und das Blut zu schlucken; doch weil das Fleisch salzig ist, sind wenig später Durst und Schmerzen im Rachen doppelt so groß. Als McCarthy in der DOCKER und McLeod in der CAIRD kurz nacheinander in Gebrüll ausbrechen und unter wütendem Umsichschlagen nach Wasser verlangen, gibt Shackleton Order, das rohe Fleisch nur zu den Mahlzeiten auszugeben oder wenn der Durst einen Mann um den Verstand zu bringen droht. McCarthy und McLeod erhalten jeder ein Stück, und während sich ihr Mund und ihre Finger rot färben vom Blut und sie mit entgeistertem, wohl über sich selbst entsetztem Blick in die See starren, wird der übrige Proviant in das Dingi umgeladen und unser nunmehr zu schwer gewordenes Boot von der CAIRD ins Schlepptau genommen.

Am frühen Abend reißt steifer Wind den Himmel auf. Zwischen den Schneegewölken erscheinen vor dem rosigen Firmament sieben weiche, ganz von Eis und Schnee bedeckte Gipfel. Sie lassen keine Zweifel zu. Vor uns liegt die Elefanten-Insel. Ein Schwarm Sturmmöwen kommt uns begutachten. Die prächtigen Vögel schießen herab, fliegen kurz auf

Augenhöhe neben den Booten und kippen dann unvermittelt in eine Bö, deren Wind sie ins Dunkel mitnimmt und davonträgt. Unseren Booten macht der ablandige Luftstrom, den die Möwen so behände zu nutzen verstehen, schwer zu schaffen. Denn so gut es tut, die tiefschwarzen Umrisse der Insel wachsen und wachsen zu sehen, so hilflos sind die Boote der Gezeitenkabbelung ausgesetzt, die mit umso schwereren Sturzseen kreuz und quer um die Riffe tost, je näher wir der Insel kommen.

Mit Einbrechen der Dunkelheit gehen neue dichte Schneeschauer nieder. Worsley und Shackleton stimmen sich von Boot zu Boot brüllend ab, und schließlich erhält der Skipper die Erlaubnis, mit der DUDLEY DOCKER vorauszufahren und einen Landeplatz zu suchen. Im Bug der CAIRD richtet Shackleton den Lichtschein der Kompasslampe auf das Segel, um Worsleys Boot einen Orientierungspunkt zu geben. Eine Weile flackert von der DOCKER ein Licht zurück, und durch das Flockengestöber über den Wellenkämmen sehe ich das angestrahlte Segel, das die Klippen und Hänge der Insel schon zigfach überragen. Dann aber bleibt das Lichtsignal aus. Noch lange steht Shackleton am Mast und starrt durch den Schnee. Das Licht kommt nicht mehr zurück. Doch Shackleton wendet sich erst ab und steigt zum Bootsheck hindurch, als Greenstreet brüllt, Wild sei am Ruder ohnmächtig geworden.

Die CAIRD holt das Segel ein. Damit wird der Kontakt zu Worsleys Boot verloren gegeben. Nur bei ruhigerem Boot können die Männer in der CAIRD den steifgefrorenen Wild von der Ruderpinne lösen und in die Bootsmitte hieven. Auf tauben Beinen stehen Bakewell und ich am Mast und spähen nach vorn zum Hauptboot. Mehrere Mann massieren Wild vom Brustkorb abwärts warm, ehe sie Körper und Glieder auseinander biegen können.

Er kommt zu sich. Neben ihm, halb aufgerichtet und mit großen Augen ins Dunkel starrend, liegt Holness. Als Wild stöhnt, stöhnt Holie mit und fängt an zu weinen.

»Zwölf Stunden sitzt der Mann so am Steuer«, sagt Tom Crean zu uns und scheint vergessen zu haben, dass dasselbe für ihn gilt.

»Mister Bakewell!«, ruft er. »Lösen Sie das Schlepptau. Wir gehen längsseits.«

»Längsseits, aye.«

Wild liegt ausgestreckt im Boot und blinzelt aus der Kapuze. Sein Burberry-Anzug ist ein Geglitzer aus Schneekristallen. Er wendet den Kopf und sieht herüber zu uns fünfen in der STANCOMB WILLS. Als Wild Crean erkennt, will er aufstehen.

Shackleton hält ihn zurück. »Du bleibst verdammtnochmal so lange liegen, bis ich dir aufzustehen erlaube!«

»Schluss mit dem Quatsch!«, sagt Wild erbost und setzt sich auf. »Es geht mir gut. Wir müssen weiter.« Seine Stimme ist heiser, und die geschwollene Zunge erlaubt ihm nur langsam zu sprechen.

Shackleton ist nicht minder erbost: »Zeig mir deine Hände!«

Wild will nicht; stattdessen sieht er wieder zu Crean her, ganz so, als würde er nicht begreifen, wie Crean es fertig bringt, jenseits des Bootes zu sitzen.

»Deine Hände. Zeig sie her, du sturer Bock!«

Crean nickt. »Zeigen Sie sie ihm, Mister Wild«, sagt er ruhig.

Eine Sturzsee rennt über die Boote und durchnässt uns

zum zigsten Mal. Als sich die Gischt verlaufen hat, richtet Shackleton die Lampe auf die Hände, die Wild in die Höhe reckt. Nur eine steckt im Handschuh. Die andere ist nackt. Sie ist rot und blau angelaufen, und von Höckern und Beulen aufgedunsen, erinnert sie mehr an einen Stumpf als an eine Hand.

Shackleton zieht einen Handschuh aus und hält ihn wortlos Wild so hin, dass er die Hand hineinstecken kann.

Wild will den Handschuh nicht.

»Nehmen Sie ihn, Frank!«, rufen gleich mehrere.

Und Shackleton: »Nimm, Frank, oder willst du die Hand verlieren?«

»Ich werde ihn nicht nehmen«, sagt Wild. »Ich habe meinen verloren, und dafür, dass ich zu dumm bin, soll jetzt einer von euch aufkommen? Kommt gar nicht infrage. Du behältst deinen Handschuh, Ernest, und ich gehe zurück ans Ruder. Es geht mir gut.« Wild will aufstehen.

Shackleton hält ihn an der Schulter nieder. »Geh meinetwegen ans Ruder zurück. Aber du gehst nicht ohne diesen Handschuh. Such's dir aus: Entweder du ziehst ihn an, oder ich werfe ihn ins Meer.«

Mondlicht liegt auf den Wellen, die unsere zwei Boote durchpflügen. Zwischen Nebelbänken und Schneeschauern ist es so hell, dass ich in den schwarzen Klippen, an denen wir vorbeirauschen, einzelne Felsen erkenne. Ich presse das Gesicht über die Reling hinaus in den Wind. Nebelfetzen schlagen mir entgegen. Die JAMES CAIRD befindet sich in halsbrecherischer Fahrt, und sie zerrt unser Dingi mit sich an der Leine immer dichter an die Insel heran. Bläulich schwarze Steinmassen reichen in spitzen Keilen bis in die Brandung. Ich beuge mich hinaus und suche vergebens ihre Gipfel. Dunkle, schmale, zerrissene Täler und Grotten tauchen auf, öffnen sich und sind im Dunkel hinter uns wieder verschwunden, Gletscherbäche und Wasserfälle, weiß stäubend und lautlos, so nah, dass ich den Hauch ihrer Kühle auf dem Gesicht zu spüren vermeine. Dabei weiß ich doch, dass die Salzgischt der See jedes Lüftchen, das von Land kommt, auf der Stelle schluckt.

Ein paar Stunden lang schießen wir so an der Nordküste der Elefanten-Insel hinauf durch die Nacht. Frank Wild sitzt wieder am Ruder der CAIRD. Am Ruder der STANCOMB WILLS sitzt immer noch Tom Crean. Er summt. Seine Zunge muss ebenso geschwollen sein wie meine, und die Sturzseen überschütten ihn genauso wie mich. Das Salz zerfrisst uns die letzte Haut im Gesicht, und dick und schwarz, wie Pferdeschnecken im nassen Gras, sind unsere Lippen. Crean summt. Er ist der Held meines Bruders. So wie Tom Crean, sagt Dafydd, musst du dir Setanta vorstellen, den keltischen Achill, der einen Ball schlug und damit den Hund des Culain tötete und der aus Verzweiflung darüber Culain anbot, fortan sein Hund zu sein. Cuchulain, der Hund des Culain, wurde der größte Held und nahm es in einem fairen Kampf sogar mit den Rittern der Tafelrunde auf. Nur, sagt Dafydd, ein fairer Kampf ist natürlich für einen Engländer etwas viel verlangt.

Crean ist es auch, der Worsleys Boot entdeckt. Er packt mich bei der Schulter und zeigt mir die Position. Im Gischtdunst und Nebel vor der Steilwand kaum auszumachen, geistert ein dürrer Lichtstreif über die Wellenkronen zu uns herüber.

»Der Skipper!«, krächzt Crean. »An den Bug! Gehen Sie

es melden, Merce. Aber holen Sie sich fest, verstanden? Nicken Sie, wenn Sie mich verstanden haben!«

Ich nicke. Das Sicherungstau um die Brust geknotet, lasse ich mich auf den Bootsboden nieder und robbe unter den Ruderbänken hindurch bugwärts. Als ich dort auftauche, reißt mir der Wind die Kapuze vom Kopf. Ich bekomme kaum Luft. Doch im Heck der CAIRD, so als hielte er das Schlepptau, an dem wir hängen, eigenhändig fest, sehe ich in Rufweite die Umrisse von Frank Wild. Dicht über seinem Kopf schlägt der Wind den Baum mit dem geblähten Segel hin und her.

Ich weiß, ich habe nur Kraft für einen einzigen Ruf.

Was rufen? Ich muss zugleich auf mich und das wiedergefundene Boot aufmerksam machen; backbord von uns segelt es einen knappen Seekilometer entfernt vor einer tiefgrauen Gletscherwand, es hält Kurs auf eine Nebelbank, die es wieder verschlucken wird, ehe es irgendeiner von Shackletons Männern in der CAIRD entdecken kann.

Ich zerre mir den Handschuh von der Linken und brülle, so laut ich nur kann: »Heiho!«

Und im selben Moment, da Frank Wild an der Ruderpinne herumfährt und die Augen aufreißt, recke ich den nackten Arm über die Reling des Dingis und zeige an: Backbord, halt Ausguck!

In der ruhigeren Brandung vor einem flach auslaufenden Eishang kommt die DUDLEY DOCKER längsseits. Ihr Segel ist notdürftig geflickt, das Boot leckgeschlagen. Worsleys Männer sind seit Stunden pausenlos am Wasserschöpfen. Nur Greenstreet und Orde-Lees sitzen reglos einander zugewandt im weiß gefrorenen Bug und starren zu uns her. Orde-

Lees hat sich einen Fuß von Greenstreet unter den Pullover gesteckt, er hat den Fuß dadurch vor dem Erfrieren bewahrt.

Der Skipper hat noch andere Neuigkeiten. An der Nordostspitze der Elefanten-Insel hat die DUDLEY DOCKER einen Landeplatz gesichtet. Nur ein schmaler, steiniger Uferstreifen am Fuße unzugänglicher Klippen, ein trostloses, dem Sturm ausgesetztes Eckchen, aber ein Landeplatz.

»Wir sollten es versuchen, Sir!«, übersetzt Cheetham Worsleys Gekrächz. »Sir, was meinen Sie dazu?«

Shackleton blickt über die nebelverhangene See nach Osten. Der Tag bricht an, der 445. unfreiwillige Weddellmeertag. Dann nickt er und ist einverstanden.

Käpt'n Worsley erhält Order, mit der DOCKER vorauszusegeln, dabei jedoch unbedingt in Sichtweite zu bleiben. Dicht unterhalb der sich ins Meer schiebenden Gletscher fahren unsere drei Boote nach Norden. Es ist ein Morgen mit Schauern aus schwerem, pelzigem Schnee bei minus 10 Grad. Immer wieder aber dreschen Böen von der See herein, die um ein vielfaches kälter und so heftig sind, dass auch das Segel der CAIRD mehrfach vom Mastbaum platzt und wir in einer Gletscherbucht Schutz suchen müssen. Dort treiben Süßwassereisklumpen in der Dünung. Und für die nächsten Stunden lutschen wir an dem unerwarteten herrlichen Durstlöscher und schieben die betäubenden Eisstückchen im Mund von Wunde zu Wunde.

Ein tückischer Riffbogen schirmt den Strand, auf dem wir landen wollen, gegen die hereinrollenden Brecher ab. Der Sir entscheidet, dass als erstes Boot das Dingi den engen Durchlass zwischen den Riffs passieren und in der dahinterliegenden Bucht eine Tiefenlotung vornehmen soll. Die STANCOMB WILLS wird vom Schlepptau gelassen. Wieder rudern. Wir legen uns längsseits der CAIRD und nehmen Shackleton an Bord.

Das Riffportal passiert, gelangen wir in die Bucht, unter den Felswänden ziehen wir die Riemen ein. Vom Greinen des Sturms und Donnern der Brandung ist zwischen den Klippen nur ein gespenstisches Echo zu hören. Es schwillt an und ab, fast ebenso schnell wie vom Rudern das Blut in meinen Händen pocht.

Creans Lotung ergibt eine ausreichende Tiefe auch für die zwei großen Boote, und so erhalten Wild und Worsley das erhoffte Signal mit der Sturmlaterne. Langsam kommen sie in die Bucht gefahren, schließen zu uns auf, und nebeneinanderher gleiten dann unsere Boote durch das plötzlich ganz stille Wasser.

Niemand sagt etwas. Nur Shackleton ruft manchmal nicht sehr laut den Kurs. Und im selben Moment, als unter mir der Kiel des Dingis über den schwarzen Kies schrammt, bestimmt er denjenigen, der als erster Mensch die Elefanten-Insel betreten soll. Hinüber zur JAMES CAIRD ruft er: »Gentlemen! Heben Sie Mister Holness auf diesen Strand.«

3
Auf dem schwarzen Strand

Nirgends ist ein Baum zu sehen, kein Strauch, kein Krüppelholz, nicht einmal Büschelchen wenigstens von dem blassen gelben Tussock-Gras, das auf Südgeorgien wächst und zwischen den Felsen leise im Wind zirpt. Auf der Elefanten-Insel gibt es kein pflanzliches Leben, zumindest keines, das sichtbar wäre für die Augen gewöhnlicher Schiffbrüchiger. Bobby Clark entdeckt schon im Hinsinken auf den durchwaschenen Kies Flechten und Moose. Die dürren Beine gespreizt, sitzt er auf dem Strand und kratzt mit einem Fingernagel auf den Steinen herum, die er vor sich aufgehäuft hat und die so dunkel sind und so leuchten wie hinter der Brille seine Augen. Während einiger Monate im Jahr, erzählt er uns, leben Zügel- und Eselpinguine in riesigen Völkern auf der Insel. Und ihren Namen habe die Insel nicht zu Unrecht. Hier würden so unfassbar große See-Elefantenkolonien überwintern, dass es bislang nicht einmal mit Fabrikfangschiffen gelungen sei, sie auszurotten. Weit und breit ist kein Tier zu sehen. Ein Erkundungstrupp, bestehend aus Crean, Hussey und Bakewell, kehrt niedergeschlagen ins Lager zurück. Sogar die Skuas haben uns im Nebel über dem Meer allein gelassen, als sie merkten, dass von uns nichts zu holen ist. Vielleicht also ist es so, wie Vincent spottet, vielleicht hat sich die Welt, während wir aus ihr herausgefallen sind, weitergedreht, und der Krieg und der Fortschritt haben den See-Elefanten schließlich doch den Garaus gemacht. Tja, könnte schon sein. Von uns abgesehen, die wir auf dem Strand herumlungern und das Gefühl genießen, festen Boden unter den Füßen zu haben, rührt sich auf der Insel nicht das Geringste. Die Wolkenschatten laufen über leere Klippen und durch leere Schluchten. Nichts als Stein. Darüber ein Dutzende von Metern dicker Panzer aus Schnee und Eis. Die Elefanten-Insel. Heißt sie nicht deshalb so?

Im Westen der Sonnenuntergang, und vor dem Himmelsdunkel in goldenem Halbkreis auf der See die ausgezackte Feuerscheibe bald breiter als die ganze Insel. Gäbe es Holz, wir könnten auf unserem Strand um ein Lagerfeuer sitzen. Doch das einzige Stück Holz auf der Insel, das nicht zu den Booten gehört, zumindest nicht zu unseren, ist eine Planke, die durch das Riff in die Bucht gespült wird und die Frank Wild aus dem Wasser fischt. Das Brett ist so leicht, dass Wilds gesunde, vom Handschuh befreite Hand ausreicht, um es heraufzutragen und vor die Zelte zu legen. Die Planke ist grün, sie muss monatelang in der See getrieben sein, und doch ist ihr Holz unverwechselbar. Das Brett war einmal ein Stück eines Kirschbaums.

Wild stapft zurück zum Wasser hinunter.

»Frank, bleib in Lagernähe!«, ruft ihm Cheetham nach und sagt dann leiser in die Runde, was wir alle wissen, dass nämlich ein Sturm, wenn nicht gar ein Orkan in der Luft liegt.

»Er wird nicht fertig damit«, meint Orde-Lees, nicht ohne um sich zu blicken, ob Shackleton in der Nähe ist und ihn hören kann.

Shackleton ist mit Chippy McNeish bei den Booten und bespricht dort angeblich die nötigen Maßnahmen zur Schadensbehebung.

So wie Frank Wild wieder unten am Wasser steht, erinnert er mich plötzlich an etwas Vertrautes und Liebes. Die Hand in Shackletons schwarzem Fellhandschuh auf den Rücken gelegt, sieht er aus wie der Napoleon auf dem Bild im Kontor meines Vaters.

»Womit, meinst du, wird er nicht fertig?«, will Hurley wissen. Er lässt dabei die Augen nicht von dem Sonnenuntergang; schussbereit hat er die Kamera in Händen.

»Was weiß ich.« Orde-Lees ist wie üblich auf der Stelle beleidigt. Er nimmt einen Stein und schließt die Faust darum.

Hurley schießt das Bild nicht. Nach den Fotos von der Landung bleibt ihm Material für nicht einmal ein Dutzend Bilder. Er sagt zu Orde-Lees: »Frank weiß genau, was auf ihn zukommt. Oder hat er zu dir etwas anderes gesagt?«

Orde-Lees schickt Hurley einen finsteren Blick. Aber er widerspricht nicht.

Hurley legt die Kamera beiseite. »Also hör auf, das Orakel zu spielen.«

Shackleton und der Zimmermann kommen im Halbdunkel von den Booten herüber. Auf halbem Weg trennen sie sich, und Shackleton geht zu Wild ans Wasser hinunter.

»Chippy, setz dich zu uns«, grölt Vincent McNeish zu, ohne die Zigarette aus dem Mundwinkel zu nehmen. »Hier ist es grad sehr lustig!«

Aber McNeish bleibt nur stehen, winkt einmal und taucht dann in sein Zelt. Zu gern wäre ich bei seiner Unterredung mit Sir Ernest dabei gewesen. Ich bin mir sicher, in Wahrheit drehte sich ihr Gespräch nur um eines, die Katze. Doch jeder, den es in die Nähe der Boote trieb, wurde von Greenstreet oder Shackleton davongejagt.

Orde-Lees schmollt. Es wäre das erste Mal, dass er eine

Belehrung hinnähme, die nicht von Shackleton oder Wild kommt. Vincent, selbst als bloßer Matrose, existiert für ihn nicht mehr, seit der ihn im Schnee hat liegen lassen. Hurley dagegen stand in der Rangfolge stets unter Orde-Lees, der sich immer noch entweder als Ingenieur oder Proviantmeister versteht. Uns allen scheint es schwer zu fallen, Respekt vor einem Mann zu haben, dem seine Funktionen der Reihe nach abhanden kommen. Denn es gibt keine Maschinen, die Tante Thomas warten, und es gibt kein Essen, das er prüfen, verwalten und gerecht verteilen könnte.

Er lässt den Stein von der einen in die andere Hand rollen, während er zuhört oder nicht zuhört, wen Vincents Spott als nächsten trifft.

Marston ist an der Reihe. »Was ist das eigentlich, Kunst?«, fragt Vincent mit einem Hieb auf Marstons Schulter.

Der sagt: »Viel Arbeit, John, verflucht viel Arbeit.«

Und wieder Vincent: »Und immer harte Hoden, was? Und wofür? Am Ende stirbt jeder wie ein Hund. Und wie ein stinkender Köter wirst du vergessen.«

Cheetham springt Marston bei. Die Toten soll man ruhen lassen, sagt er zu Vincent.

Vincent jault. »Weißt du, warum wir die Toten vergessen, Herr Schlau? Weil wir sie nicht mehr brauchen.«

Erst als es wieder still ist, vielleicht weil wir alle zusehen, wie die Sonne zu einer Sichel auf der Meeresoberfläche zerschmilzt, erst da greift Orde-Lees an. So plötzlich fährt er auf Hurley los, dass der sich duckt und abwehrend einen Arm hebt.

»Es hat durchaus seine Gründe, wenn ich meine, Sie auf etwas aufmerksam machen zu müssen, Mister Hurley!«, schreit Orde-Lees und hebt sich auf die langen Beine. »Ich verbitte mir künftig eine derartige Insubordination, wenn es recht ist. Sie sind der Bordfotograf, halten Sie sich Ihrem Berufsstand gemäß entweder im Hintergrund oder, falls Ihr Geltungsdrang dies nicht zulässt, reißen Sie das Maul gefälligst dort auf, wo Sie unter Ihresgleichen sind!«

Bereit, Hurleys Widerspruch auf der Stelle niederzubrüllen, hat Orde-Lees den Mund selbst weit aufgerissen. Er ist derjenige, der die meisten Zähne verloren hat, Eckzähne und Schneidezähne hat er fast keine mehr. Dagegen hat sich der Prinz vergleichsweise gut gehalten. Von den Frostbeulen ist sein Gesicht nur leicht aufgedunsen, und auf der Schädelseite, die er mir zuwendet, sind ihm alle Haare ausgefallen.

Hurley hat nicht die Kraft, Orde-Lees Paroli zu bieten. Er schweigt, und er schließt im Schoß die Kamera in seine steifen Hände.

Aus dem Dunkel am Ufer lösen sich die Umrisse von Shackleton und Wild; sie haben den plötzlichen Lärm bei den Zelten gehört und kommen herauf zu uns. Alle stehen auf. Einige, zu meiner Verwunderung auch Vincent, machen, dass sie aus der Schusslinie kommen.

»Ärger, Alfred?«, wendet sich Shackleton an Cheetham, als Wild und er vor unserer dunklen Traube stehen bleiben.

»Nicht der Rede wert. Es gab ein Missverständnis, aber das ist, soweit ich sehe, ausgeräumt.«

»Ist dem so, Mister Orde-Lees?«

»Sir, das müssen Sie Hurley fragen, Sir.«

»Ich frage Sie beide. Wäre Ihnen das recht?«

Auf der Elefanten-Insel können wir nicht überleben. Bob Clark gelingt es zwar, Shackleton davon zu überzeugen, dass es an anderer Stelle einen besseren Lagerplatz geben müsse, einen, von dem aus Pinguine und See-Elefanten zu jagen möglich ist. Der Ausblick auf ein Ende des Hungerns ändert jedoch nichts an unserer Ohnmacht gegenüber den Sturmwinden, die am Tag nach unserer Landung einsetzen und über die Insel ziehen. Hussey kann die Windstärke nur schätzen. Er schätzt sie auf größer als 12, was meteorologisch gesehen gar nicht möglich ist. Uzbird gesteht, dass er von derartigen Böen noch nicht gehört hat. Das Hauptzelt wird in Stücke gerissen und weht über Bucht und Riffbogen aufs Meer hinaus, wo wir es wie einen großen Vogel verschwinden sehen. Eisplatten, so groß wie die Bände der Enzyklopädie, segeln quer über den Strand und zerplatzen an den Klippenwänden. Töpfe, Pfannen und ein Rost verschwinden aus Greens Felsnischenküche und fliegen Stunden später wieder vorbei, als hätten sie eine Runde um die Insel gedreht. Auch Mister Green selbst wird umgeweht und fortgewälzt, unter Rütteln und Zerren trägt ihn der Wind zur Bucht hinunter und will seine Beute schon ins Wasser schleudern, da sind Crean, Vincent und Bakewell zur Stelle und stemmen sich mit vereinten Kräften gegen den Raub unseres Kochs. Wir ziehen die Zelte zurück bis dicht an die Felsen. Die großen Boote werden gekippt. Fortan dienen sie den Männern aus dem zerstörten Hauptzelt als Behausung. Wir haben alle den Trost der Wärme nötig, doch diese acht verdienen ihn besonders. Stechend feiner Schnee dringt durch die Ritzen zwischen Kies und Booten, hüllt die Männer und ihre Habseligkeiten ein und stellt den tauben Füßen immer neue Fallen.

Obwohl Frank Wilds Hand alles andere als verheilt ist, erhält er von Shackleton den Auftrag, gemeinsam mit vier weiteren Männern an Bord der STANCOMB WILLS auf Erkundungsfahrt Richtung Westen zu fahren, sobald der Blizzard nachlässt. Shackleton teilt ihm als Begleiter Crean, Marston, Vincent und Bakewell zu. Wild nimmt den Auftrag entgegen wie eine Bestrafung, eine Reaktion, die mir auch dann rätselhaft bleibt, als er zu Shackleton sagt, er habe gehofft, noch ein paar Tage ausruhen zu können, damit die Hand rechtzeitig wieder in Ordnung komme.

Rechtzeitig für was? Im Heulen des Sturms geht mir diese Frage nicht mehr aus dem Kopf.

Der dritte Tag auf der Elefanten-Insel, der Tag, an dem das Dingi in See sticht, um an der Westküste nach Nahrung und einem Lagerplatz zu suchen, ist der 16. April. Es ist der 448. Tag im Eis. Fünf Tage lang sind wir ihm entronnen, doch an diesem Tag ist das Eis wieder da. Vom Ausguck in den Klippen sieht Greenstreet es zuerst. Er brüllt wie von Sinnen, so als wäre da draußen das unwahrscheinlichste von allen Dingen in diesen Breiten. Doch was er sieht, ist kein Schiff, sondern eine graue, in sich wogende Wand. Das Treibeis zieht sich zu einem Gürtel zusammen.

»Antarktika will in den Winterschlaf«, sagt Shackleton in meinem Rücken. Im Singsang des Windes, der über den Strand streicht, habe ich ihn nicht kommen hören.

Er ist allein. Überraschungskontrolle. Ofenstichprobe.

»Es sieht so aus, Sir. Guten Morgen.«

»Sie säubern den Tranofen, Merce, das ist löblich. Und es zeugt von Hoffnung, dass wir recht bald wieder etwas zu kochen haben werden. Ich musste gerade an unsere Bücher denken. Sie lesen wohl nicht mehr?«

»Sir? Nein. Es gibt keine Bücher mehr.«

»Von Logbuch, Navigationstafeln und den Tagebüchern der Männer abgesehen, stimmt das.« Er streckt einen Arm aus und versucht ein Lächeln. »Gehen Sie ein Stück mit mir, Merce.«

Der Wind lässt sich wieder berechnen. Und der Schnee stürzt nicht mehr von allen Seiten herab. Unten am Wasser fällt er beinahe senkrecht aus dem völlig weißen Himmel. Greenstreets Ablösung klettert die Klippen hinauf, es ist Rickenson, der sich da strichdürr über die Felsvorsprünge nach oben tastet; an den nach außen gekehrten Nähten seines Schneeanzugs ist er leicht zu erkennen.

Shackleton gibt Schlendergeschwindigkeit vor. Er will wissen, ob ich meine Nachforschungen über Balleny und die SABRINA noch zu einem Ende habe bringen können, und ich bejahe.

»Und haben Sie schon mit Mister Vincent über Ihre Entdeckung gesprochen?«

Ich will mir mein Erstaunen darüber, dass er im Bilde ist, nicht anmerken lassen. Wahrscheinlich konnte es McLeod nicht für sich behalten, dass ich ihn zu Vincent geschickt habe. Oder Green hat irgendetwas von meiner Fragerei durchblicken lassen.

Ich verneine, hätte es mir anders überlegt. Vincents Familie gehe mich nichts an. »Ballenys Buch ist auf der Scholle geblieben, Sir.«

Er bleibt stehen. Wir bleiben beide stehen. Vor uns, auf der dem Meer zugewandten Buchtseite, liegt das Riffportal. Vor ein paar Stunden ist dort die STANCOMB WILLS hinausgesegelt, und noch jetzt, wo da nichts ist als Wasser, ist für mich dort Bakewell und winkt herüber aus dem sich rasch entfernenden Boot.

»Wir werden das Eis nicht los«, sagt Shackleton. »Es dürfte um diese Zeit gar nicht hier sein. Aber es ist hier.« Er presst die Lippen aufeinander. »Vier Wochen, vielleicht auch nur drei, und die Insel ist eingeschlossen. Reicht die Zeit, um einen Fleischvorrat anzulegen, mit dem wir überwintern können? Was meinen Sie?«

»Noch haben wir nicht einmal Tiere entdeckt, Sir.«

»Hoffen wir, dass Bob Clark Recht behält. Und falls es auf dieser Insel Tiere gibt, wird Mister Wild sie finden.« Er setzt sich in Bewegung. Ich mache zwei große Schritte, schon bin ich wieder auf gleicher Höhe mit ihm. Shackleton verschränkt die behandschuhten Hände hinter dem Rücken und sagt: »Ich kann nicht warten, bis wir eine ausreichende Fleischmenge beieinander haben. Das Risiko, dass wir zuvor eingeschlossen werden, ist eindeutig zu hoch. Hier zu überwintern ohne Vorräte, ich mag mir das gar nicht ausmalen. Entsetzlich. Der Fuß von Mister Holness bedarf dringend stationärer Versorgung. Mehr als ein Dutzend Männer ist nervlich am Ende. Alles Gründe, weswegen ich mich entschieden habe, mit einem der Boote nach Osten zu segeln und Hilfe zu holen, bevor wir erneut einfrieren.«

Nach ein paar stummen Schritten gibt er mir einen Klaps und lässt die Hand auf meinem Rücken liegen. »Überrascht Sie das so? Sie sind ganz bleich.«

»Ich stelle mir die Seekarte vor, Sir. Und wenn ich mich nicht täusche, liegt ostwärts weit und breit kein Land.«

Wir haben den Strand in seiner ganzen Länge einmal abgeschritten. Vor einem großen, von der Flut noch ganz glitzernden Felsen machen wir kehrt. Shackleton will nicht an der Wasserlinie entlang zurückgehen. Er zeigt schräg über den Strand zu den Zelten hinauf.

»Kommen Sie«, sagt er. »Ich zeige Ihnen etwas.« Seine Hand liegt noch immer auf meinem Rücken.

Greenstreet springt vom letzten Vorsprung in den Kies hinunter. Zähneklappernd und außer Atem berichtet er knapp, das Eis vor der Insel habe sich nicht nennenswert bewegt. Die Stunde Ausguckwache in den Klippen hat ihn gezeichnet, er schlottert und kann sich nur mit Mühe gerade halten. Zum ersten Mal empfinde ich beinahe Zärtlichkeit für unseren Ersten Offizier. In all der Zeit lag nie auch nur die Spur einer Verächtlichkeit im Auftreten von Mister Greenstreet, und so ist es auch jetzt, da ich neben dem Sir zu ihm trete.

»Legen Sie sich aufs Ohr, Lionel«, sagt Shackleton, und Greenstreet stakst mit steifen Beinen zu den Booten hinüber und schlüpft darunter.

Mich führt Shackleton in die andere Richtung, zu einer zwar ganz und gar trockenen, für ein Zelt jedoch zu kleinen Nische zwischen den Klippen. In dem dort viel helleren Kies liegt ein Kreis aus Steinen und Steinchen, so ausgelegt, dass sie Figuren, Bilder und sogar Zahlen ergeben. Und außerhalb des Kreises ist bestimmt ein Dutzend Häuflein aus weiteren, jeweils vollkommen gleichförmig scheinenden Bausteinen aufgeschichtet. Noch bevor Shackleton etwas sagt, weiß ich, was ich vor mir habe.

»Nicht zu fassen. Er hat sie aus Steinen wieder zusammengesetzt.«

»Tja«, sagt Shackleton, »und das aus dem Gedächtnis. Soweit ich weiß, hat Marston keine Skizzen mitgenommen.«

»Ja, er bestand darauf, alles auf dem Eis zurückzulassen. Sie ist wunderschön, Sir.«

Auf Höhe des Viertels zwischen neun und zwölf Uhr geht Shackleton vor der antarktischen Uhr in die Hocke.

»Und jetzt schauen Sie her, Merce«, sagt er und zeigt auf

zwei kleine schwarze Steine im Kies. »Das ist das Clarence-Eiland, und hier sind wir, auf der Elefanten-Insel. Im Süden liegt das Weddellmeer, aus dem wir kommen; es ist voller Packeis, bis hinauf zu uns. Kein Weg führt dorthin zurück. Und ebenso ist uns der Norden versperrt, hier. Mit einem kleinen Boot wie der JAMES CAIRD kommen wir nie und nimmer über die Drake-Passage bis nach Feuerland oder zu den Falklands.«

»Aber im Westen, Sir, liegt die Halbinsel, westwärts um die Spitze herum müssten wir es bis zu den Walfängerbuchten schaffen«, sage ich voller Begeisterung für meinen Einfall, denn es will und will mir nicht in den Kopf, weshalb er das Naheliegende nicht erkennt, sondern immer, immer noch sämtliche Schwierigkeiten addiert, bloß um am Ende doch wieder auf die schwierigste Lösung von allen zu verfallen.

Shackleton blickt lange in den Kies, bevor er mir das Gesicht zuwendet. Er ist alt geworden. Es fällt mir im selben Moment auf, als er sagt: »Ich würde Ihnen den Gefallen gern tun, aber wir können nicht nach Westen segeln, Merce. Es geht nicht.«

»Warum nicht? Ich verstehe es nicht. Cook hat es vorgemacht. Er ist ...«

»Cook ist nach Westen gesegelt, das ist richtig. Aber er kam nicht aus dem Weddellmeer, musste also nicht westwärts durch die Drake-Passage. Gegen die westliche Strömung dort könnten wir mit einem Schiff wie der ENDURANCE und mit einer ausgeruhten Mannschaft vielleicht ankreuzen. Mit einem sieben Meter langen Beiboot ist das völlig ausgeschlossen. Haben Sie mir nicht selbst erzählt, Sie wüssten, was ein Killersturm anrichtet?«

Unser Gespräch über den Untergang der JOHN LONDON liegt anderthalb Jahre zurück; er hat es nicht vergessen.

»Hier«, sagt er und zeigt auf den flachen, länglichen Stein von der Form einer Feder, den George Marston unterhalb der Zwölf-Uhr-Ziffer platziert hat. »Von hier sind wir losgefahren. Das ist Südgeorgien. Was meinen Sie, wie weit es bis dahin ist?«

Ich habe keine Vorstellung. Doch ich habe eine schreckliche Ahnung. Dorthin will er fahren. Pastor Gunvald hat Recht gehabt: Er ist wahnsinnig. Zwischen Elefanten-Insel und Südgeorgien liegen auf der antarktischen Uhr anderthalb Stunden, eine Handvoll Steinchen. In Wirklichkeit ist es eine unvorstellbare Entfernung, die aus nichts als Wasser besteht.

»1500 Seekilometer«, sage ich und starre ihn an.

Und Shackleton: »1800, gut geschätzt. Strömung und Wind werden das Boot praktisch von selbst hinbringen. Die Besatzung – fünf Mann werde ich mitnehmen – hat lediglich zwei Aufgaben zu erfüllen: Wir müssen das Boot segeltauglich und den Navigator am Leben halten. Gelingt uns das, ist die Reise in sieben Tagen zu schaffen. Und in gut zwei Wochen können wir alle gerettet sein.«

Sie können einem leidtun, die vier, die mit Shackleton und Käpt'n Worsley – kein anderer kommt als Navigator infrage – auf dieses Himmelfahrtskommando gehen werden. Doch noch größere Sorgen mache ich mir um mich selbst als einer der 22, die in der Trostlosigkeit der Elefanten-Insel zurückbleiben und zusehen sollen, wo sie das zum Überleben nötige Fleisch und Blubber hernehmen. Ganz zu schweigen davon, dass, sollte es die CAIRD nicht bis nach Südgeorgien schaffen, keine Seele auf der ganzen Welt weiß und je erfahren wird, wo wir 22 Zurückgelassene zurückgelassen wurden. Beim besten Willen kann ich diese Befürchtungen nicht hinunterschlucken und mich in ein Schicksal ergeben, das dieser dort im Kies hockende Mann über mich verhängt hat.

»Sir!«, sage ich laut und stehe auf. »Es geht mir nicht um mich, aber Sie überlassen 22 Mann dem Schicksal?« Den Satz nicht als Frage zu formulieren, fehlt mir der Mut.

Shackleton holt tief Luft. Er steht gleichfalls auf. »Nein«, sagt er. »Ich überlasse die 22 nicht ihrem Schicksal, sondern dem Kommando von Mister Wild und Mister Greenstreet. Frank Wild wird, sosehr ihn das bekümmern mag, aufgrund seiner Handverletzung auf der Insel bleiben müssen. Er wird die Mannschaft bis zu meiner Rückkehr anführen.«

Das war es, was Orde-Lees abends auf dem Strand meinte: Nicht auf die Reise mitkommen zu können aufgrund eines verlorenen Handschuhs, damit wird Frank Wild nicht fertig. Deshalb heute Morgen seine Niedergeschlagenheit. Wild hofft, die Hand auskurieren zu können, und wird stattdessen von Shackleton auf Erkundungsfahrt gesandt. Hatte er denn überhaupt vor, Wild mitzunehmen?

Es überläuft mich heiß und kalt, und während wir aus der Felsennische hinaus in den Wind treten, der über den verlassen daliegenden Strand weht und mir die Kapuze auf den Kopf klappt, spüre ich, wie mir das Blut ins Gesicht schießt. Sollten die vier, die Wild in der STANCOMB WILLS begleiten, die vier sein, die mit Shackleton und Worsley nach Südgeorgien segeln werden? Crean, Marston, Vincent und Bakewell! Sollte die Erkundungsfahrt auch eine Probefahrt sein?

»Erlauben Sie eine Frage, Sir. Haben Sie die Crew für die Fahrt bereits ausgewählt?«

»Ja. Alle bis auf einen wissen Bescheid und sind, es soll niemand gezwungen werden, einverstanden und bereit.«

Bis auf einen! Falls Bakewell ausgewählt wurde, ist er dieser eine, der noch nichts von seinem Unglück ahnt. Denn er hätte es mir erzählt. Er hätte es mir in jedem Fall gesagt.

Der Schneefall nimmt wieder zu; oben bei den Zelten ist er schon ein Gestöber und hüllt die Traube dürrer Gestalten ein, die sich dort versammelt haben. In Fellhandschuhen halten sie den Napf und den Becher für die kalte Hundesuppe und den Schluck Milch.

»Nun mal langsam, ihr Schmeißfliegen!«, hört man Green keifen, und dann das Gebrumm derer, die ihm Kontra geben.

»Ich kann nicht sechs Männer dieser Gefahr aussetzen und selbst hier auf meine Rettung warten«, sagt Shackleton. »Deshalb werde ich das Unternehmen leiten. Kapitän Worsley ist der wichtigste Mann. Wenn einer dieses winzige Boot nach Südgeorgien navigieren kann, dann er. Als Steuermann und als den tüchtigsten Seemann, den ich kenne, nehme ich Tom Crean mit. Sie waren mit ihm im Dingi und wissen daher, zu welchen Leistungen Crean fähig ist, auch auf menschlichem Gebiet, und darauf wird es besonders ankommen. Eine Woche lang zu sechst auf engstem Raum zusammengepfercht, wird uns die nervliche Belastung das Äußerste abverlangen. Der Matrose, der sich während der gesamten Expedition jeder Belastung gewachsen gezeigt hat und an dessen Loyalität und Mannschaftssinn ich nie Grund zu zweifeln hatte, ist …«

»… Bakewell«, sage ich tonlos.

»Ihr Freund, richtig.« Vor den zwei einschneienden Bootsrümpfen bleiben wir stehen. »Ich bin sehr froh, dass auch Mister Bakewell bereit ist, mitzufahren.«

»Das freut mich, Sir.«

Er glaubt mir keinen Augenblick. »Ich habe keine Wahl. Damit alle gerettet werden können, muss es das Boot nach Südgeorgien schaffen, und das wird nur geschehen, wenn die besonderen Fähigkeiten der sechs zusammenwirken und vollkommen harmonieren. Doch das ist nur die eine Seite, Merce. Sie haben nämlich verdammt Recht: Die 22, die hier bleiben, darf ich dabei nicht vergessen.«

Shackleton blickt um sich. Er vergewissert sich, dass niemand uns zuhört. Mit einem flammenden Blick sieht er mich an. Und gepresst sagt er: »Vincent, McNeish und Stevenson kann ich nicht gemeinsam zurücklassen, es sei denn, ich wollte riskieren, dass es hier zu Mord und Totschlag kommt. Ich riskiere es nicht, Merce! Ich nehme den größten Störenfried mit. Mister Vincent ist ein kräftiger Mann, vielleicht der kräftigste von uns allen, und er hat es nicht umsonst bis zum Bootsmann gebracht. Ich bin sicher, er wird der Reise dienlich sein, vorausgesetzt, man hält ihn bei Laune.«

»Ja, Sir. Es wird nicht einfach, aber Crean und Bakewell zusammen können ihn sicherlich in Schach halten.«

»Mister Crean und Mister Bakewell sind anderweitig verplant. Sie, Merce, werden Vincent bei Laune halten.«

Sein Arm schnellt vor und hält mich an der Schulter fest. Und das ist gut so. Ich kippe. Tränen schießen mir in die Augen. Ich kippe nach vorn, und er fängt mich auf und schließt mich in die Arme.

»Merce«, sagt er ruhig; er hält meinen Kopf vor sein Gesicht und schüttelt mich sanft. »Ich brauche Sie! Wir brauchen Sie alle! Sie sind der Einzige, an dem Vincent ein persönliches Interesse hat. Sie sind der Stachel in seinem Fleisch, und ich möchte, dass Sie eine Woche lang ordentlich in diesem Fleisch herumbohren. Sie werden sehen, seine Wut hilft uns zu überleben. Und abgesehen davon, mein Lieber, brauchen wir Sie als Koch. Tja, und außerdem sind Sie ein fantastischer Ruderer.«

4

Anweisungen für die Zeit der Abwesenheit

Der Strand, den Frank Wilds Suchmannschaft ausgekundschaftet hat, liegt 15 Kilometer nordwestlich an einer windgeschützten Bucht. Bob Clarks Einschätzung erweist sich als goldrichtig: Nicht sehr weit entfernt lebt eine Kolonie Eselspinguine. Doch die Vögel mit den zwei großen weißen Flecken über den Augen und dem rosigen Schnabeldolch scheinen es mit ihrem Nistplatz nicht sehr genau zu nehmen. Denn auch der still und verlassen daliegende Strand unterhalb der kahlen und seltsam glatten Felsen entpuppt sich unter seiner Schneeschicht als Kloake. So tief wir auch graben, die Spaten stoßen auf nichts als breiigen gelben Kotschlamm, und ein so fürchterlicher Gestank kommt aus den Löchern und Gruben für die Zelte, dass man kaum länger als ein paar Minuten darin stehen und schippen kann.

Von den Männern an den Schaufeln hagelt es Flüche, und von den übrigen erntet Frank Wild bittere Kommentare. Doch das hat auch sein Gutes. Denn zum ersten Mal seit langem fährt der Zwerg Boss wieder die Ellbogen aus und wehrt sich, anstatt bloß zu schmollen.

Shackleton stimmt das erste Dutzend erbeuteter Pinguine milde. »Zugegeben«, sagt er und hakt sich bei Wild unter, »es riecht streng! Aber, Gentlemen, dafür zählt der Eselspinguin zu den fleischreichsten seiner Gattung. Seien wir froh!«

»Nase zu und froh sein. Verstanden«, hustet Green, und sogar Wild muss lachen. Weder er noch der Sir scheinen zu bemerken, dass Greens Scherzen kein Galgenhumor ist. Und selbst ich, der ich Tag für Tag seiner Verbitterung ausgesetzt war, bemerke erst jetzt, dass die Strapazen der Bootsfahrt Green anscheinend stärker zugesetzt haben als dem Rest der Mannschaft. Ich merke es daran, dass er sich mehrere Male auf meinen Arm stützt, als wir dabei sind, die Felsenkombüse aufzubauen.

»Geht schon wieder«, hustet er. »Äääh, nun lass mich schon los!«

30 Meter vom Fuß der Felsen bis zur Wasserlinie und etwa 200 Meter in der Breite misst die steinige und vereiste Fläche von der Form einer Sichel, auf der wir die Zelte aufschlagen. Obwohl das Lager sechs Männern weniger wird Platz bieten müssen, ergeht erneut das Kommando, die zwei kleineren Boote zu kippen; Geröllsockel sollen den Behausungen Halt bei Sturm geben; mit dem halben Dutzend Robbenfellen, das uns geblieben ist, und den Segeln der Boote, die nicht mehr gebraucht werden, dichten wir sie ab. Bei Einbruch der Dunkelheit am frühen Abend ist das Lager fertig, und die Männer, die auf der Insel ausharren sollen, suchen sich ihre Schlaf- und Essensplätze für die kommenden zwei Wochen. Sie tun es ohne Murren, fast teilnahmslos.

Was sind schon zwei Wochen! Zwei Wochen sind vergangen, seit wir die Scholle verlassen haben. Es ist der 454. Tag im Eis, Karfreitag 1916. Zwei weitere Tage veranschlagt Chippy McNeish, um die JAMES CAIRD reisetauglich zu machen. Am Ostermontag soll sie in See stechen. Ich versuche, nicht daran zu denken, und bin dennoch im Taumel, fast so wie damals vor Auslaufen der JOHN LONDON aus Newport.

Bakewell hat Recht: Anscheinend habe ich nichts dazugelernt. Als ich ihn frage, wovor er mehr Angst habe, davor, die Kameraden sich selbst zu überlassen, oder davor, mit einem zusammengeflickten Beiboot ins Ungewisse zu segeln, schüttelt er bloß den Kopf und sagt: »Weder noch. Ich habe nur Bammel, dass ich nicht durchhalte. Dass dadurch das Boot nicht durchkommt. Und dass dadurch wiederum Wild und die anderen keine Chance haben, jemals zurückzukommen.« Seine Stimme ist hart und flach, er ist nervös, fahrig und angespannt; ich störe ihn dabei, sich innerlich vorzubereiten. Bald wird er gar nichts mehr sagen. Dann wird er bereit und sein Bammel nicht mehr der Rede wert sein.

Aber noch ist es nicht so weit. Er nimmt mein Gesicht in die Hände.

»Komm, Kleiner, sieh's doch mal so: Wir sechs haben es selbst in der Hand. Und was immer wir draus machen, ist besser, als hier im Pinguindreck einem Tag entgegenzufiebern, der vielleicht nie kommt. Sag's keinem weiter, aber mich lässt das jeden einzelnen verfluchten Augenblick auf Frank Wilds Strand auskosten, und das, obwohl ich vor Wehmut bald irre werde.«

Zur Morgenmilch im Hauptzelt lässt Shackleton antreten. Er gibt Rangfolge und Postenverteilung auf der Insel und an Bord des Bootes bekannt. Ich halte mich an meinen Auftrag und beobachte Vincents Reaktion. Die Nachricht, dass der Sir nicht ihn, sondern Bakewell zum Bos'n bestimmt, trifft ihn unvorbereitet, sie erschüttert ihn so sehr, dass von seiner Genugtuung, unter den auserwählten sechs zu sein, nichts übrig bleibt. Worsley Navigator, Crean Steuermann, Bakewell Bootsmann und nun sogar ich Proviantmeister – Vincent fährt bloß als Matrose mit. Als Matrose, das weiß er, hat er ab sofort jedem Befehl von uns fünfen Folge zu leisten. Als sich die Runde auflöst, blitzt aus seinen Augen der Zorn dessen, der sich übergangen fühlt, aber wenn ich mich nicht täusche, funkelt dort genauso die Traurigkeit, Naukes Traurigkeit.

Shackleton ist Vincents Verfassung nicht entgangen, er schickt mir einen auffordernden Blick und nickt in Vincents Richtung.

»Mister Vincent«, sage ich also mit flatternder Stimme, denn es ist in meinem ganzen Leben der erste Befehl, den ich erteile, »Sie melden sich beim Zimmermann, um ihm zur Hand zu gehen. Geben Sie mir Bescheid, sobald mit der Verproviantierung des Bootes begonnen werden kann.«

Im Zelteingang bleckt Vincent die Zähne, lässt sich aber nicht hinreißen, etwas zu erwidern. Stattdessen brummt Crean, Vincent solle meine Order bestätigen. Vincent bestätigt. Und kaum dass er hinaus ist, zwinkert mir Crean zu.

Mit Bakewell, der für die Ballastbeladung zuständig ist, gehe ich bei Nieselregen das Boot inspizieren. McNeish und Vincent haben den Walfängerkutter in ein vollkommenes Miniatursegelschiff verwandelt. Die JAMES CAIRD ist keine sieben Meter lang, doch nun besitzt sie Hauptmast und Klüverbaum. McNeish hat das Schanzkleid erhöht, und er hat aus Schlittenkufen und Segeltuch eine Abdeckung angefertigt, unter der Besatzung und Proviant zumindest einigermaßen vor den Sturzseen geschützt sein werden.

Es gibt zwei Einstiege ins Bootsinnere. Der eine liegt heckwärts am Steuer, der andere im Vorschiff zwischen den Masten. Dort lasse ich mich hinunter und besehe mir zum ersten Mal meine Bleibe für die kommenden Wochen. Der Raum ist so finster, so eng und so niedrig, dass es mir den Atem verschlägt. Wie sollen die Hünen Vincent und Crean, dazu ich Lulatsch und noch drei weitere Männer hier Platz finden? Und dabei ist noch kein Stück Proviant verstaut. Schon jetzt erscheint es mir ausgeschlossen, vom Bug ganz bis zum Heck zu gelangen, es sei denn kriechend, auf Händen und Knien. Denn auf halber Höhe queren den schummrigen Raum die vier Ruderbänke, die nun nichts als Streben sind und höchstens als Borde für Kleinkram dienen können.

Bakewell hockt sich in den Heckeinstieg. »Nicht gerade die Luxuskabine, von der wir geträumt haben, hm?«

Jetzt, da der Umbau abgeschlossen ist, gehört die JAMES CAIRD zunächst uns beiden. Wir nutzen die wenige Zeit, die wir unter uns sind, um liebgewordene Flüche aufzufrischen. Und einmal, als Bakewell dabei ist, nach der Größe des Stauraums die Ballastmenge zu errechnen, fragt er nach Ennids Fisch und ob ich ihn mitzunehmen gedenke.

Ich sage: »Ja, natürlich«, obwohl ich mir noch gar keine Gedanken darüber gemacht habe. »Warum fragst du?«

»Nur so. Zwei Jahre sind eine ziemlich lange Zeit, finde ich.«

»Es war Krieg. Viele werden lange weg gewesen sein.«

Er ist ehrlich verdutzt. »Also du meinst im Ernst, sie wartet auf dich?«

Ich zucke mit den Schultern, schüttle den Kopf. »Keine Ahnung. Du, so langsam geht mir dieses Bohren auf den Wecker.«

»T'schuldigung, Entschuldigung!«, sagt er übertrieben. Aber er ist sofort wieder todernst. »Und wenn es dir so ergeht wie deinem Juggins? Wenn du ihr ein Kind gemacht hast? Hast du daran schon mal gedacht?«

»Tausendmal.«

»Hoffen wir's.« Er legt das Messband aus, und beide wissen wir, es ist besser, das Thema zu wechseln.

Nie ist mir nur die Idee gekommen, ich könnte inzwischen Vater sein.

Ich gehe daran, eine Liste sämtlicher Dinge anzufertigen, die wir auf See brauchen werden, hocke in einem Lichtfleck im Vordereinstieg, wo mich der Regen nicht erreicht, und schreibe. Bakewell kriecht mir zu Füßen durch das Halblicht und stapelt die Steine, die ihm Hussey, Kerr und Cheetham im Minutentakt auf die Abdeckung legen. Als der Teppich aus Ballaststeinen verlegt ist, errechnet Bakewell ein Trimmgewicht von einer halben Tonne. Zwischen Boden und Ruderbänken ist gerade noch so viel Platz geblieben, um sich dazwischen hindurchzuzwängen. Und die meisten Steine haben empfindlich scharfe Kanten, wir müssen sie abdecken. Dennoch frage ich mich, wie wir bei schwerer See darauf liegen, gar schlafen sollen.

Shackleton und Worsley überprüfen die Trimmung, sie nicken sie ab. Bakie geht schlafen, allerdings nicht, ohne mir vorher einmal kräftig vor die Brust zu langen.

Der Schlag auf den Fisch tut weh, und Bakewell ist es immer noch ernst: »Lass ihn hier!«, sagt er und springt in den Kies. Von unten herauf grinst er mich an. »Nur ein Rat von Mann zu Mann, Merce.«

»Sie wären dann so weit? Famos«, sagt Worsley.

»Yesser.« Meine Liste ist an der Reihe. Shackleton liest jeden Posten laut vor und wartet auf Worsleys Zustimmung, ehe er zum nächsten übergeht. Zu dritt stehen wir in dem kleinen Einstieg, und immer wieder bückt sich Worsley, um sich einen genannten Ausrüstungsgegenstand an Ort und

Stelle vorzustellen, eine notwendige, eine nicht enden wollende Prozedur, während derer der Himmel vollkommen dunkel wird, so dass ein Mann mit Sturmlampe kommen muss, um auf meinen Zettel zu leuchten:

Nahrung:
300 Schlittenrationen, 200 Rationen Nusspaste, 30 Pakete Milchpulver, 600 Stück Zwieback, 1 Karton Zucker, 1 Dose Cerebos-Salz, 1 Dose Bovril-Würfel, dazu 60 Kilogramm Eis u. 200 Fassliter Wasser

Ausrüstung:
1 Nansen-Kocher, 2 Primuskocher, Dochte u. Ersatzteile, 40 Liter Petroleum, 1 Dose Spiritus, 10 Kisten Fackeln, 1 Kiste Blaulichter, 7 Kerzen, 30 Schachteln Zündhölzer, 6 Schlafsäcke, 6 Paar Ersatzsocken

»Wunderbar!«, sagt Worsley schließlich. Soeben hat er die Ersatzsocken in seiner Vorstellung im Bug verstaut. »Sie haben an alles gedacht. Nur der nautische Plunder fehlt. Oder empfehlen Sie, ohne Kompass und Sextant zu fahren, Mister Blackboro?«

»Nein. Ich habe den Plunder im Kopf: Kompass, Sextant, Fernglas, Seekarten, Navigationsbücher, Eisaxt, Aneroidbarometer. Liegt alles bereit, Sir.«

Aber das sind nicht alle Dinge, die wir an Bord nehmen. Beim Frühstück am Ostermontag bittet Shackleton jeden der 22 Zurückbleibenden um einen Gegenstand aus seiner persönlichen Habe. Jeder soll etwas Kleines und möglichst Leichtes auf die Reise schicken, und jeder, der möchte, kann einen

Brief schreiben, den wir sechs in Südgeorgien mit dem ersten Postschiff nach Haus zu senden versprechen.

Viele sind zu schwach, um zu schreiben. Mit großen, tiefroten Augen sehen mich How und McLeod an, die die ganze Nacht Eis geschmolzen und in die zwei Trinkwasserfässer für die CAIRD gefüllt haben. Hownow überreicht mir ein Foto seiner Frau, auf dessen Rückseite er einen kurzen Gruß gekritzelt hat, und Stornoway steckt mir wortlos einen Kamm zu, noch in seinem Pergamentpapierhüllchen.

Orde-Lees wartet, bis wir alle Dinge eingesammelt haben; nervös stakst er über den Strand. Endlich nimmt er sich ein Herz, tritt vor Shackleton und salutiert: »Sir! Ich hoffe, mich von dem tiefen Respekt, den ich Ihnen schulde, nicht allzu weit zu entfernen, wenn ich Sie bitte, dies mitzunehmen nach Südgeorgien. Es gehört Ihnen!« Damit holt er Shackletons goldene Uhr hervor und überreicht sie auf der offenen Hand. Shackleton weiß vor Verblüffung nichts zu sagen. Er nimmt die Uhr und führt sie zum Ohr.

»Sie geht noch, Sir!« Orde-Lees bricht in Tränen aus.

Während das zur Flutlinie hinuntergeschleppte Boot beladen wird, gibt Shackleton im Hauptzelt letzte Anweisungen, »Anweisungen für die Zeit der Abwesenheit«. Er schreibt zwei Verfügungen. In Hurleys Tagebuch notiert er, dass im Falle seines Ablebens alle Rechte an dem während der Expedition aufgenommenen Filmmaterial in Hurleys Besitz übergehen; außerdem vermacht er dem entzückten Prinzen sein großes Fernglas.

Ins Logbuch schreibt er einen Brief an Frank Wild, der diesem das Kommando über die auf der Insel verbleibenden Männer überträgt; ferner wird Wild ermächtigt, im Falle von

Shackletons Tod an dessen Stelle Vorträge über die Expedition zu halten sowie gemeinsam mit Orde-Lees und Hurley ein Buch über die Reise der ENDURANCE zu schreiben.

»Geschätzter Herr«, heißt es am Schluss des Briefs, den jeder von uns lesen darf, »ich habe und ich hatte stets das vollste Vertrauen zu Ihnen. Möge Gott Ihr Werk und Ihr Leben segnen. Sie dürfen meiner Familie meine innigsten Grüße übermitteln und sie versichern, dass ich sie liebe und mein Bestes gegeben habe.«

Ich begleite Shackleton zu den Männern, die zu schwach sind, um die Abfahrt des Bootes vom Strand aus mitzuverfolgen. Rickenson erholt sich von einer leichten Herzattacke; McIlroy sitzt bei ihm, er legt eine Patience auf Rickensons Bauch und verbietet ihm schon deshalb jede Bewegung. Nebenan liegt Green; er verweigert jede Nahrung, und gerade weil McIlroy offensichtlich beauftragt ist, ihn zu beschwichtigen, gibt sich Green ganz dem Groll hin. Shackleton setzt sich zu ihm auf die Matte. Er fordert Green auf, meinen Nachfolger zu bestimmen.

Green röchelt. »Nachfolger für den da? So einen faulen Lumpen gibt es nicht noch mal. Proviantmeister!« Er lacht böse, bevor ihn ein ebenso böser Husten schüttelt, an dem er fast erstickt, aber nur fast.

»Komm, Charlie, sag mir: Wen möchtest du zur Schnecke machen? Ich weiß doch, dass du es auf jemanden abgesehen hast.«

»Ich? Die sollen sich alle zum Teufel scheren.«

»Stevenson«, sagt Shackleton. »Wie wäre es mit dem?«

»Gib mir eine Zigarette, Merce«, piepst Mutter Green süß und richtet sich auf.

Holness ist nicht mehr bei Bewusstsein. Bei ihm hält Doktor Macklin Wache. Er berichtet Shackleton, dass McIlroy vergangene Nacht beim Zusammenstellen des Bootsproviants auf das verloren geglaubte Chloroform gestoßen ist.

»Damit werden wir amputieren können, Sir.«

Holie atmet ganz ruhig; auf seiner Stirn stehen Schweißperlen, und ab und an überläuft ein sachtes Zucken seinen Körper. Shackleton beugt sich hinunter zu ihm, und während ich dasselbe in Gedanken tue, drückt er Holies zitternde Hand.

Wild holt uns aus dem Zelt. Denn nun ist das Boot bereit: »Es ist alles verladen, Ernest!« Ich gehe hinter den beiden Männern her und sehe, bei leichtem Schneetreiben über der Bucht sitzen Worsley und Bakewell im vorderen und Vincent und Crean im hinteren Einstieg. Ein Halbkreis aus Männern öffnet sich vor uns, und ein Dutzend anderer steht schon bereit, die CAIRD zu Wasser zu lassen. Hände, ich weiß nicht, welche, helfen mir an Bord, und erst da fällt mir ein, dass ich mich von keinem verabschiedet habe. Ich winke; und ich kann nicht mehr aufhören damit, während Shackleton jedem die Hand schüttelt. Ich winke noch immer, als er Frank Wild in den Arm nimmt und nicht mehr loslässt.

5
Woge

Wenn ich die Augen öffne, sehe ich die Wolken am Himmel ziehen. Sie sind schneller als unser Boot, denn sie haben keine Wellenberge zu erklimmen, keine Wellentäler zu durchqueren, und sie haben keine Steine im Bauch.

Wie ich da so auf der Abdeckung liege und die Sonne meine klammen Sachen trocknen lasse, sprudelt es aus mir heraus wie ein Wasserfall. Das Buch, das ich über Sir Francis Drake gelesen habe, sage ich, das sei so grau gewesen wie diese See. Seine Seiten seien vergilbt und dicht bedruckt gewesen, und die ENDURANCE stampfte durch die Forsterstraße an der Eisbarriere entlang, als ich mich in meine Bunk verkrochen und mit bis in den Hals pochendem Herzen von diesem streitlustigen Seefahrer gelesen hätte, der ja eigentlich ein Freibeuter gewesen sei.

»In welchem Jahr genau, bringe ich nicht mehr zusammen, doch es war irgendwann gegen Ende des 16. Jahrhunderts, als Drake die Südspitze Feuerlands erreichte und dort, wo man eine sich endlos nach Süden erstreckende Landmasse vermutete, auf eine Wasserstraße stieß. Man stelle sich das vor. Da lag ein namenloses Meer. Keiner vor ihm hatte es gesehen. Drake muss sich gefühlt haben, als hätte er soeben zwei Kontinente voneinander getrennt. Geben Sie zu, Vincent, dass Sie das nicht kalt lässt.«

Vincent scheint gar nicht zuzuhören; seit wir auf See sind, hat er mich keines Blickes gewürdigt.

»Gehen Sie davon aus, dass auch Mister Vincent Drakes Leistung zu schätzen weiß«, sagt Crean trocken. Er nickt mir zu.

Also fahre ich fort. »›Es ist ein großes und freies Gebiet‹, schrieb Drake in sein Logbuch, und dass er sich auf einer Klippe auf den Bauch gelegt und Arme und Oberkörper über den Abgrund gestreckt habe. Weiß jemand, wie die Klippe heute heißt? Kap Hoorn heißt sie, und die See, die Drake entdeckte, trennt Amerika von der Antarktis. Es ist die Drake-Passage.«

»Tatsächlich?«, sagt Vincent. »Ich dachte, die Karibik.«

Nach drei Tagen Fahrt hat die CAIRD gut 200 Seekilometer hinter sich gebracht. Seit wir den Treibeisgürtel vor der Elefanten-Insel durchrudert und in der offenen See Segel gesetzt haben, liegt Drakes Meer im Sonnenschein, und auch ich liege im Sonnenschein auf der Bootsabdeckung, verdöse die zwei Stunden Pause und lasse die Bilder, wie sie kommen, durch meinen Kopf ziehen, rasch und blass, ganz so wie die Wolken am Himmel ostwärts strömen. Wir können im Freien sein, können uns aufteilen. Für die in der Enge unter Deck die größte Erleichterung.

Crean sitzt summend am Steuer. Worsley liest Zahlenreihen im Nautischen Almanach nach. Vincent flickt. Es ist ein Riss im Klüversegel. Drei Mann sind auf Wache, drei ruhen sich aus. Drei Schlafsäcke belegt, drei trocknen im Wind. So geht es Schicht um Schicht, Woge um Woge, die in unserem Rücken heranrollt, das Boot hebt und höher hebt und auf ihrem Kamm voranträgt, bis es ins nächste Tal hinuntergleiten kann. So bedrohlich die Riesenwellen auf den ersten Blick wirken, für uns haben sie längst ihren Schrecken verloren. Ich strecke den Arm über den Bootsrand. Grau, nichts als grau sind die Wogen, grau wie das Buch über Drake. Schon der nannte sie Kap-Hoorn-Roller, und ohne dass ich davon erzählt habe, heißen sie so auch für John Vincent.

»Der Erste, der sie durchsegelte, war 200 Jahre später Cook. 1500 Seekilometer in nordöstlicher Richtung überwand die ADVENTURE binnen dreier Wochen. Die Stürme, auf die er in der Passage traf, nannte Cook ›beeindruckend‹. Wer Cooks Sprache kennt, weiß, was er damit meinte.«

Worsley sieht von seinem Buch auf. »Beeindruckend«, sagt er, »das ist toll. Wie der alte Schinder wohl unser Vorhaben gefunden hätte?«

Vincent verzieht keine Miene. Doch aus seinen Blicken, die vom Skipper zum Steuermann und zurück wandern, spricht tiefstes Unverständnis. Was Crean und Worsley bezwecken, was sie an meinen Klugscheißereien finden, ist ihm ein Rätsel. Er wischt sich mit der Pranke übers Gesicht. Er kommt nicht dahinter.

So schön kann es nicht bleiben. Es ist uns allen klar. Am vierten Tag dreht der Wind. Er kommt aus Süden und treibt zwei Tage lang eisige Böen durch die Wellentäler. Im gefrierenden Nieselregen kann nur derjenige länger im Freien bleiben, der dick eingemummt am Steuer sitzt. 80 Minuten lang muss er ausharren, bevor ihn die zwei, die nicht in den Schlafsäcken liegen, durch den Einstieg unter Deck zerren, wo einer ihn trockenrubbelt, warmmassiert und verköstigt, während der andere schon nach oben an die Pinne geschlüpft ist und sich festzurrt, um nicht über Bord gespült zu werden. Jeden Tag sind 18 Steuerschichten zu besetzen, dreimal täglich kauert jeder an der Pinne. Er hat die CAIRD auf Kurs zu halten, komme, was wolle. Mehr wird nicht von ihm verlangt. Er hat nichts zu tun, außer sich mit aller Gewalt gegen den Wind zu wehren, der ihn fortblasen und ins Meer wehen will, und sich gegen die Gewalt der Dünung zu stemmen, die ohne Unterlass am Ruderblatt rüttelt, um es aus dem Heck zu brechen.

Irgendwann am sechsten Tag ist es so kalt geworden, dass der Regen in Schnee übergeht. Bald stürzt er vom Himmel wie eine endlos hohe Wand. Einen Tag und eine Nacht kreuzen wir blind durch nicht aufhörendes Weiß, taub vom Lärm der ins Meer rauschenden Flockenmassen, immer von der Angst verfolgt, auf eine Scholle oder einen Eisberg aufzulaufen, und ohne Möglichkeit zu Positionsbestimmung und Lotung. Der Schnee macht eine zweite Dauerwache an Deck vonnöten. Auf dem dahinrasenden Boot hin und her krabbelnd, dabei nur von einem Strick gesichert, muss der Mann so gut es geht Abdeckung, Segel und Takelung schneefrei halten, wobei ihm der Schnee, den die dritte Wache von unten aus den Einstiegen schippt, beständig in die Quere kommt: Entweder landet die Schaufelladung in seinem Gesicht oder auf einer soeben freigeräumten Stelle. Und hat man auch diesen Matsch über Bord geschleudert und ruht, bäuchlings auf die Abdeckung gestreckt, einen Arm um den Mastbaum geklammert, ein paar Lidschläge lang aus, ist jeder Zentimeter an Deck und auch man selber erneut dick eingeschneit und gefährdet mit seinem Gewicht das Boot und sechs Leben, an dem noch 22 andere hängen. Da bleibt dem Schneemann so gut wie keine Zeit, auch mal nach dem Mann am Ruder zu sehen. Wo ist der? Der Einstieg eine einzige Verwehung. Wessen Ärmel ist das? Ein halbes Dutzend Mal bin ich es, der dort hockt und einschneit. Doch genauso oft bin ich dann wieder der, der zusehen muss, wie der Mann am Heck im Schnee versinkt. Und weil ich weiß, wie er sich fühlt, krieche ich als Schneemann zu ihm hin, wische ihm ein Atemloch vom Mund und atme auf, als säße ich dort selbst.

Denjenigen unter Deck ergeht es inzwischen nicht besser. Durch die Einstiege wirbelt der Schnee bis in die letzten Winkel. Die Körperwärme der drei, die schlafen und die für anderthalb Stunden nichts wecken kann, lässt den Schnee auf der Stelle schmelzen, und das zurückbleibende Wasser sammelt sich zwischen den Ballaststeinen, wo es stehen bleibt und mit den Bewegungen des Bootes hin und her schwappt. Das Wasser ist eisig, und abschöpfen lässt es sich nur, wenn man die Steine verlagert. In den wenigen Niederschlagspausen zwischen dem fünften und siebten Tag versuchen wir etliche Male, die schwarzen und zumeist kopfgroßen Brocken, die mittschiffs im Schneewasser liegen, auf Bug und Heck zu verteilen, ohne dadurch die Trimmung zu gefährden. Doch es gelingt weder Bakewell und Vincent noch Shackleton und Crean. Immer wieder legt sich die CAIRD so unerwartet auf die Seite oder hebt so plötzlich den Bug, dass die zwei, für die gerade Platz ist, um sich die glitschigen Steine zu reichen, übereinander fallen und sich an den Kanten Arme und Beine wund schlagen. Geplagt von Ischiasschmerzen und Schlafmangel, das Gesicht tief zerfurcht, ähnelt Shackleton Tag für Tag mehr einem Greis. Doch wahrscheinlich sehen wir alle so aus, wie Vincent sagt: als hausten wir seit Monaten in einem undichten Hafenschuppen. Crean ist es schließlich, der an Shackletons Stelle ein Machtwort spricht: Das Wasser bleibt im Boot. Tags darauf hört es auf zu schneien, und die drei Ersatzschlafsäcke, die wir als Matratzen auf die Steine legen dürfen, saugen das Wasser begierig auf und geben seine Kälte an uns weiter.

Es ist so eng unter Deck, dass es zweien nicht gleichzeitig möglich ist, in den Schlafsack zu kriechen. Sogar die Bewegungen eines Einzelnen, der aus den durchnässten Kleidern herauswill, um sich wenigstens halbwegs trockene Unterwäsche darunterzuziehen, muss ein anderer koordinieren. Meistens ist es Shackleton oder Worsley, der sich in einen Einstieg kauert und die Kommandos erteilt: »Jetzt den Fuß links, Tom, und Sie, Bakewell, ziehen die Beine ans Kinn. Festhalten!« Von oben meldet ein anderer heranrauschende Brecher und Sturzseen: »See trifft Boot backbord!« Und unten schmettert Worsley: »Mister Vincent bleibt liegen, Mister Blackboro daneben, Ernest, verflucht, halt dich fest, oder willst du …?« Etliche Male fliegt alles, was nicht verzurrt oder in Kisten und Fässern verstaut ist, durcheinander. Kocher, Navigationstafeln, Socken, Briefe, Kerzen, alles liegt irgendwann einmal in der Brühe zwischen den Steinen, wo längst nicht mehr nur Wasser schwappt. Milchpulver löst sich dort auf, Zwiebackbrei schwimmt da, und nicht immer gelingt es, den Inhalt von Mutter Greens blauer Emaillekasserolle, in die wir uns erleichtern, rechtzeitig durch den Einstieg nach draußen zu befördern. Der Gestank, den das Bilgewasser verbreitet, ist ein anderer als jener auf der Elefanten-Insel, es stinkt weniger nach Kot, sondern mehr nach Verwesung, und der Geruch lässt sich nicht vertreiben, auch dann nicht, als wir allen alten Schmutz aus dem Wasser geschöpft haben und peinlich darauf achten, dass jeder neue auf der Stelle entfernt wird. Es stinkt trotzdem, es stinkt von Tag zu Tag mehr.

Seit dem siebenten Tag auf See entschuldigt sich Shackleton immer öfter dafür, dass seine Berechnung, Südgeorgien binnen einer Woche erreichen zu können, offensichtlich nicht stimmen kann. Die Drake-Passage bietet keinerlei Anhaltspunkt zur Positionspeilung. Es gibt kein Riff, kein Eiland, nicht den kleinsten aus dem Wasser ragenden Felsen. Doch auch nach acht Tagen sichten wir weder Tang noch Seevögel, nichts, das auf nahes, zwei oder drei Tage entferntes Land hinwiese. Die See ist grau, stürmisch und endlos, eine einzige auf und ab rollende Woge unter einem kalten verhangenen Himmel. Einmal, als wir mit Crean an Deck sitzen und über meinen Bruder reden, fragt mich Shackleton, ob ich mir vorstellen könne, dass irgendwann Flugzeuge derartige Distanzen überwinden. Ich habe lauter Haare im Mund, feine, nichtmenschliche Härchen, von denen es unter Deck wimmelt und deren Herkunft sich keiner erklären kann, und weil ich ganz damit beschäftigt bin, sie herauszubekommen und in den Handschuh zu spucken, sage ich, ohne über Shackletons Frage nachzudenken: »Ja.« Es ist nur eine plötzlich aufflammende Sehnsucht, weniger danach, fliegen zu können, als nach Dafydd, Regyn und meinen Eltern. Aber in diesem Moment ist das ein und dasselbe, und auch Shackleton, dem die Haare genauso zu schaffen machen, sagt gepresst, während in unserem Rücken Tom Crean sein ewig gleiches unverständliches Lied summt: »Ja. Es kann nicht anders sein.«

Am neunten Tag nutzt Worsley ein Loch in der Wolkendecke, um die Sonne zu schießen. Wortlos zurück unter Deck, kriecht er mit dem durchweichten Navigationsbüchlein und der handtellergroß zusammengefalteten Seekarte Kopf voran so tief wie möglich in den Bug. Er ist der einzig halbwegs trockene Winkel an Bord, der einzige Ort, wo er ungestört rechnen kann. In den Schlafsäcken zu seinen Füßen liegen Vincent und ich so eng beieinander, dass wir uns trotz des schweren Seegangs atmen hören. Jeder ein Bein des

Skippers gepackt, um ihm Halt zu geben, wenn sich der Bug der CAIRD hebt, dann auf dem Wellenkamm kippt und mit Getöse eintaucht in den Rücken der Woge, stecken wir die Köpfe zusammen und warten auf Worsleys Kommando, ihn aus der Nische zu ziehen. Wie wir alle trägt der Skipper eine wollene Strumpfhose, darüber Tuchhosen und darüber den Burberry-Overall. Jeder haben wir über zwei Paar Socken knöchelhohe Filzstiefel an und tragen zusätzlich Finneskoes, Stiefel mit hohem Schaft aus Rentierleder, die Fellseite außen. Worsleys Finnenschuhe, die dicht vor Vincent und mir hin und her schlagen und uns immer wieder ins Gesicht treffen, sind schlaff, vollgesogen mit Wasser und haben, wie die unseren auch, alles Fell längst eingebüßt. Zuvor hatten sie zwar diese feinen, silbernen Härchen. Doch die nun überall kleben, sind so viele, dass sie nicht allein von sechs Paar Finneskoes stammen können. Sie bilden eine Fellschicht innen an den Bootswänden, schimmern im Bilgewasser und schwimmen in der Milch.

Kurz schwojt das Boot nur leicht über backbord, und mir fällt ein Spruch meines Vaters ein: Man muss die Gelegenheit beim Schopfe packen, ehe sie kahlköpfig ist. In die plötzliche Stille hinein sage ich laut, was ich beim Anblick von Worsleys Schuhen denke, ich frage Vincent, der vor sich hin stiert, um mich nicht ansehen zu müssen, ob er Robinson Crusoe gelesen habe.

»Ja«, sagt er. »Als Junge.« Er sieht mich an. »Da bist du platt.«

Damit könnte er Recht haben. »Beeindruckend«, hätte Cook gesagt.

Die nächste Welle rollt heran, bricht sich am Bug und reißt ihn in die Höhe. Wir packen wieder zu.

»Gleich!«, brüllt Worsley. »Lieber Gott in der Höhe, was für eine …«

»Ich muss dran denken«, sage ich zu Vincent, »dass, als sein Schiff untergeht, Robinson nichts von seinen Kameraden retten kann als drei Hüte, eine Mütze und zwei Schuhe … zwei, die nicht zusammengehören. Macht sechs Sachen von sechs Männern.«

»So viele, wie wir sind«, sagt Vincent. Es klingt ungläubig und abwehrend, aber keine Verächtlichkeit liegt darin.

»Genau.«

Der Skipper zappelt.

»Zieht mich raus«, ruft Worsley, »das hält ja kein Mensch aus!«

Wir ziehen. Über Worsleys Beine hinweg sagt Vincent: »Und jetzt mal, was ich denke: Die Schuhe sind es nicht allein. Es ist vor allem das verdammte Rentierfell dieser dreimal verdammten Skandinavier.«

»Ein unvorstellbarer Lärm herrscht da drin«, keucht Worsley, indem er sich zwischen uns aufsetzt. »Es dröhnt von allen Seiten wie Gongschläge. Mann, mir saust der Schädel! Aber ich habe sie, ich hab die Zahlen! Und wisst ihr was …«

»Einen Moment, bitte, Sir!«, sage ich verwirrt. »Vincent war gerade … er hat etwas entdeckt.«

Worsley ist nicht einmal beleidigt, so perplex ist er.

»Der Gestank, Frank, Sir«, sagt Vincent schnell, und sein riesiges Gesicht läuft rot an, »er kommt von deinen Schuhen, von dem Rentierfell, und das ist doch auch in den Schlafsäcken!«

Um ganz sicherzugehen, hat Worsley seine Berechnung zweimal wiederholt, während Vincent und ich ihn festhielten und Frieden miteinander schlossen. Noch Stunden nachdem wir aus dem Bug gekrabbelt sind, ist der Skipper auf dem Ohr, das er sich nicht hat zuhalten können, taub, doch auch ohne zu verstehen, was wir sagen, merkt man ihm die Verblüffung darüber an, dass Vincent und ich plötzlich miteinander reden.

Vincents Verdacht bestätigt sich, als er und ich einen der drei Matratzenschlafsäcke untersuchen: Außen ist er fast trocken und unbeschädigt. Aber innen hat sich das Fellfutter vollständig aufgelöst, und das zurückgebliebene nackte, zu Brei verfaulte Leder ist es, was süß-säuerlich derart nach verdorbenem Fleisch stinkt. Es ist nicht einfach, Crean und Bakewell, die so fest schlafen wie die Steine, auf denen sie liegen, von der Notwendigkeit zu überzeugen, ihnen die weiche Matte wegzunehmen. Nachdem alle Worte nicht fruchten, genügen schließlich ein Blick in den Sack und leichtes Wedeln. Vincent und ich werfen die Schlafsäcke über Bord, und ein paar Stunden später ist der Gestank fast völlig verschwunden.

Worsleys Berechnung ergibt, dass wir nach zehn Tagen Fahrt rund 1250 Seekilometer hinter uns gebracht haben. Und, was noch wichtiger ist, sie ergibt, dass wir bis auf eine Abweichung von 25 Seekilometern in nordöstlicher Richtung genau auf Kurs Südgeorgien fahren. Bleibt uns der Westwind erhalten, kann er die CAIRD binnen 48 Stunden zu ihrem Ziel tragen, vorausgesetzt, wir verfehlen die Insel nicht; denn segeln wir an der Nordspitze vorbei, am Willis-Eiland, am Bird-Eiland und an allen winzigen Felsen, über die sich Südgeorgien ins Meer verliert, dann gibt es keine Umkehrmöglichkeit für unsere Nussschale, dann findet sie sich auf einer See wieder, die landlos dahinwogt bis nach Australien. Worsley, dem Neuseeländer, soll es recht sein. Shackleton und Crean aber kommen überein, dieses Risiko von vornherein auszuschließen. Der Plan, die Insel nordwärts zu umsegeln und das Boot aus eigener Kraft in die Stromness-Bucht zu manövrieren, um Leith Harbour oder Kapitän Sørlles Walfangstation anzulaufen, wird fallen gelassen. Das neue Ziel ist die Südküste Südgeorgiens, die breit genug ist, um sie auch dann nicht zu verfehlen, wenn die Kursabweichung die Sichtgrenze überschreitet. Viele windgeschützte Buchten liegen dort, und Gletscher, und Bäche mit klarem, sprudelndem Wasser. Aber noch etwas anderes liegt dort. Dort versperrt ein Gebirgszug den Weg zu den Walfängersiedlungen an der Nordküste, ein Gebirge, das keinen Namen hat, weil es noch kein Mensch durchquert hat.

»Das, Gentlemen, wird sich ändern!«, sagt Shackleton, und in seinen Augen funkelt er schon, der Schnee auf den südgeorgischen Gipfeln. Dabei ist ringsum noch immer nichts als die See, aus der nur die paar Zahlen ragen, die Worsley zu einer Insel zusammengesetzt hat.

54 ° 38' Süd, 39° 36' West, 110 Seekilometer von der Küste Südgeorgiens entfernt, so ist unsere Position am 8. Mai, einem Montag. Für uns ist es der 15. Tag auf See, für die auf der Elefanten-Insel der 470. Tag eingeschlossen im Eis.

Die See wird wieder wilder; die Kap-Hoorn-Roller sind zurück. Sie drängen ihre Berge vor die Augen und sorgen sogar für ihr eigenes Wetterschauspiel. In den Wogentälern ist die Luft von dem ringsum tosenden Wasser so nass, dass es in Strömen regnet, während oben auf den Kämmen feiner Schnee fällt. Stunde um Stunde saust die CAIRD aus dem Rieseln in den Platzregen hinunter und steigt wieder hinauf in den Schnee. Und obwohl es stets dieselben grauen schmutzigen Wolken sind, die am Himmel dahinziehen, kommt es mir zwei Tage lang so vor, als würden sich Herbst und Winter, Winter und Herbst um mich streiten und als wären die beiden Jahreszeiten gar keine Zeiten, sondern zwei Reiche, die im Krieg miteinander liegen, weil das eine kälter als das andere ist. Beide, Kälte und Nässe, dringen uns bis in die Knochen. Alle haben wir Salzwassergeschwüre an Handgelenken, Fußknöcheln und Knien, doch Vincent scheint zudem an Rheuma zu leiden, und alles, was McIlroys halbierter Medizinkasten dagegen hergibt, ist ein Fläschchen Hamamelis-Tinktur, die Vincent bloß ein müdes Lächeln abringt. Vom Schüttelfrost durchzuckt, wälzt er den abgemagerten Leib in den Schlafsack. Eine Weile schlottert er noch, doch dann schläft er ein und liegt ruhig da, solange das Auf und Ab des Bootes ihn nicht auf den Steinen herumwirft. Durch den Einstieg rieselt der Schnee, und kurz darauf prasselt wieder der Regen herein.

Nach Ablauf seiner Freiwache ist Vincent zurück auf dem Posten. Shackleton hat sich getäuscht. Sowenig wie irgendeiner von uns muss John Vincent durch besondere Maßnahmen dazu gebracht werden, sein Soll zu erfüllen. Auch als er sich ohne Schmerzen kaum noch bewegen kann, geht er vor den Mast, zurrt sich daran fest und heftet die salzverkrusteten Augen auf den Horizont. Er ist es, dem von dort aus am Mittag des 16. Tages ein kaum metergroßes Tangbüschel weit oben in der Dünung einer Sturzsee auffällt. Es ist das erste Zeichen für Land.

Von da an durchforsten wir mit Blicken den Himmel nach Vögeln. Und sie kommen. In den wenigen Sekunden, die das

Boot auf einem Wellenkamm steht, bevor es hinabpflügt ins nächste Tal, sehen wir ihre Schwärme im Südosten über dem Meer fliegen. Was für Vögel sind es? Wir schließen Wetten ab. Bakewell entdeckt einen kleinen Teppich aus Treibgut, über dick bealgtes Tauwerk miteinander verbundene Spieren, deren Anblick uns jubelnd in die Arme fallen lässt. Doch wo ist die Insel? Die Berge sind so hoch! Warum sehen wir sie nicht? Die Wolken jagen zu tief und auch viel zu dunkel über den Himmel voraus.

»Halt dich an die Vögel!«, ruft Worsley. Sie sind mittlerweile so nah, dass wir sie unterscheiden können, Eissturmvögel, Blausturmvögel und Seeschwalben. Crean, der das Ruder nicht mehr verlässt, folgt ihrem Kurs, und sein Singsang an der Pinne wird umso lauter, je lauter die Vögel unser Auftauchen vermelden.

»Da!«, ruft Shackleton, »da, der Himmel reißt auf, gleich wird es hell und wir sehen die Gipfel!«

Ein breiter Streifen hellen Himmels fliegt von Westen heran, tatsächlich, das Wetter schlägt um.

In derselben Sekunde brüllt Crean.

Es ist das erste Mal, dass ich ihn so schreien höre, denn was er wie von Sinnen brüllt, ist wie der Text seines Liedes, keiner versteht ihn: »Sie kommt!«, schreit er. »Holt fest alle Mann!«

Es ist kein Riss in der Wolkendecke, was dort von achtern auf uns zugerast kommt. Es ist der weiße Gischtkamm einer Woge, deren Höhe alles übertrifft, was ich mir ausmalen kann. Ihr Dröhnen verschluckt jeden Laut, und für ein paar Augenblicke, während die CAIRD noch das voranlaufende Wellental durchschneidet, sind alle Geräusche des Meeres verschwunden.

Es bleibt keine Zeit, die Segel zu reffen. Nichts in den verbleibenden Sekunden ist wichtig, nur irgendwo Halt zu finden und sich dort festzuklammern. Crean wirft sich die Ruderleine um. Er zurrt sich an der Pinne fest. Der Mann am Mast sinkt auf die Abdeckung, Worsley ist es; er schlingt Arme und Beine um den Baum. Durch den Vordereinstieg stürzt Vincent nach unten, durch den hinteren Kopf voran ich, und mir folgt nur noch Shackleton.

»Drei Mann unten!«, schreit er, und ich sehe, seine Stirn blutet. Von Deck kommt keine Antwort. »Tom!«, brüllt Shackleton, »Tom! Wie viele?«

Und auch ich brülle: »Wo ist Bakewell?«, da fängt die CAIRD an zu hüpfen, sie hüpft wie ein Floh auf und ab. Shackleton und ich fallen übereinander. Steine fliegen durchs Boot, die Wasserfässer rollen über uns hinweg, und im Bug sehe ich Vincent sitzen und wie sein Kopf so lange von unten gegen eine Ruderbank schlägt, bis sie krachend entzweibricht. Im selben Moment ist das Rütteln vorüber, und das Boot hebt den Bug, so rasch, so leicht, so völlig lautlos steigt es immer weiter, als hätte es Flügel bekommen und segelte dem Wasser davon. Blitzartig wird mir klar, wo wir sind, auf dem Kamm der Woge nämlich, so dass die Abfahrt ins Tal unmittelbar bevorsteht.

Als sich der Bug senkt, kommt das Wasser herein. Im Nu ist das Boot vollständig geflutet. Die Wassermassen sind eisig und von solcher Gewalt, dass Vincent und mit ihm alles, was noch im Vorschiff verblieben war, in einem einzigen Schwall zum Heck gespült wird. Die CAIRD rauscht hinab. Das Wasser flutet zurück und sammelt sich im Bug. Shackleton, Vincent und ich verkeilen uns mittschiffs, wo jeder jeden festzuhalten versucht und wo wir nach Luft japsend gemeinsam auf den Aufprall warten.

Es dauert lang, so lange, dass ich es ein Dutzend Mal keuchen kann: »Bakewell! O Gott, Bakewell!«

Der Aufprall drückt das Boot ganz unter Wasser. Jedes Geräusch erstirbt, und die Farbe des Wassers, jetzt, da das Licht fehlt, wechselt, Drakes graues Meer wird glasgrün.

Mit einem Mal weiß ich: Wir gehen unter.

»Wir sinken«, stöhnt Vincent in meinem Arm.

Aber Shackleton, mit seinem blutverschmierten Gesicht, weiß es besser: »Es kann nicht sein«, keucht er, »und es darf nicht sein. Ich verbiete es.«

6

Der unsichtbare Vierte

Zu fünft schleppen wir anderthalb Tage später das halb zertrümmerte Boot so weit wir es schaffen einen kleinen Geröllstrand hinauf. Er liegt tief im Innern der König-Haakon-Bucht an der Südküste von Südgeorgien.

Seit Stunden hat keiner ein Wort gesagt, und selbst am Ziel der Reise bringen wir außer einem tiefen, hässlichen Stöhnen nichts heraus. 36 Stunden lang haben wir nichts getrunken, seit die Woge die beiden Proviantfässer zerschlug und Shackleton, Vincent und ich im Bauch der CAIRD mit ansehen mussten, wie sich unser Trinkwasser in das hereinbrechende Meer ergoss. Meine Zunge ist zum Knebel geschwollen. Ich habe gebellt, als die Klippen von Kap Demidov vor mir aus der Brandung ragten, ich habe vor Glück geheult wie der selige Shakespeare vor Hurleys Schlitten, und noch im Schutz des Strandes, das Sprudeln des Gletscherwassers im Ohr, kann ich nicht aufhören, an die Pein zu denken, von der Scott schrieb und die ich nun selber erlebt habe: die Todesangst, vor Durst zu ersticken.

Erst beim Anblick des Bächleins, das aus dem Eisüberhang auf den Felsboden plätschert, fallen wir uns stumm in die Arme. Das Wasser macht unser Überleben gewiss. Worsley und den vor Entkräftung taumelnden Vincent schickt Shackleton auf der Stelle zum Trinken. Crean, er und ich gehen zuvor zurück zum Boot, um Bakewell zu bergen und auch ihn zu dem Gletscherbächlein zu tragen.

Hinter einem zweimannhohen Eiszapfenvorhang einige Schritt über der Hochwasserlinie entdeckt Worsley eine Felsengrotte, die groß genug für drei Schlafsacklager, den verbliebenen funktionsfähigen Kocher und die Reste unseres Proviants ist. Dahinein ziehen wir uns zurück, nachdem wir die JAMES CAIRD vertäut und entladen haben. Ich bereite einen Eintopf aus Robbendörrfleisch zu, und mit dem frischen Wasser erhält jeder so viel Milch, wie er trinken mag. Shackleton erteilt Schlaforder: Vincent, der vor rheumatischen Schmerzen minutenlang kaum ansprechbar ist, erhält einen Schlafsack für sich, den zweiten teilen sich Crean und Worsley, den dritten unser Verletzter und ich. Sir Ernest übernimmt die erste Zweistundenwache, er pendelt zwischen Grotte und Boot. Vor dem Zapfenvorhang bricht die Dunkelheit herein, und in unserem Unterschlupf wird es rasch vollkommen finster, vollkommen still.

Unten am Ende des Schlafsacks verkeilen sich unsere Stiefel. Ich halte Bakewell im Arm.

»Schscht! Ruhig … ganz ruhig …«, sage ich nah an seinem Ohr und streichle ihm die verschwitzte Stirn, wenn in seinem Innern eine neue Schmerzwelle anrollt und sich sein Körper zusammenkrampft.

»Ist gut«, flüstere ich, »alles ist gut. Du hast es geschafft, lieber, lieber Bakie, kein Wasser mehr da.«

Er bibbert und murmelt. Der Arm, der ihm das Leben gerettet hat, ist unter dem Overall hart wie ein Stück Holz, und dort, wo ihn der Klüverbaum unter sich begrub und festhielt, ist das Fleisch schenkeldick geschwollen. Bei jeder Berührung stöhnt er dumpf auf, so lange, bis ich die Hand fortnehme.

»Bakie, du, ich muss schlafen«, keuche ich. »Ich sterbe vor Müdigkeit. Und du musst auch schlafen, hörst du? Schlaf jetzt! Es ist alles vorbei, alles ausgestanden, und es gibt nichts zu tun für dich. Du kannst einfach hier liegen und dich ausruhen. Und morgen sind deine Sachen trocken und die Sonne scheint, dann werden wir den Arm kühlen und er bekommt eine Schiene. Ich gehe nicht weg, ich schlaf bloß ein bisschen!«

Ab und an weckt mich sein Schlottern oder ein besonders lautes Stöhnen, ansonsten aber schlafe ich, schlafe tief und bewusstlos wie nie zuvor in meinem jungen, doch an Schlaf wahrlich nicht armen Leben. Als Worsley mich weckt, ist es noch nicht ganz Tag. Es regnet. Im Grotteneingang sind mehrere Zapfen von der Decke gestürzt, und durch die entstandene Zahnlücke pfeift spottend der Wind. Crean, der die zweite Wache übernommen hat, schläft, er schnarcht in Shackletons Arm.

»Sind Sie bei Kräften?«, fragt Worsley mit freundlichen Augen, und als ich nicke, sehen wir nach Bakewell. Bleich ist er, doch er schläft, und seine Stirn ist kühl und völlig trocken.

Drei Tage lang verlassen wir die Grotte nur, um das Boot zu sichern oder auf Jagd nach Essbarem zu gehen. Albatrosse nisten auf einem Hang über den Klippen; Shackleton schießt einen Jungvogel und dann auch die Mutter. So groß und so schwer ist das Tier unter meinen Händen, dass ich mir ausmale, wie es sein muss, einen Engel zu rupfen. Ein ganzes Segel voller Bültgras bringen Crean und Worsley von den Klippenhängen mit; sie legen die Grotte damit aus, und ich zweige uns ein paar Büschel ab und verkoche sie im Albatroseintopf. Wir essen und schlafen, essen, trinken, schlafen.

Wir essen, trinken, rauchen, plaudern und schlafen tagelang. Am dritten Abend in der Grotte gleichen wir zwar noch immer langhaarigen Gerippen. Shackleton, Worsley, Crean und ich sind aber so weit ausgeruht und zu Kräften gekommen, dass es uns keine große Mühe bereitet, McNeishs hölzernes Oberwerk und die Behelfsabdeckung von der CAIRD zu entfernen. Wenngleich sie dem Boot weiteren Halt nimmt, ist die Maßnahme notwendig, denn Shackleton beschließt, den beiden Verletzten nur noch eine Ruhenacht zu gönnen, bevor wir zehn Kilometer tiefer in die König-Haakon-Bucht eindringen und zu ihrer Spitze segeln wollen. Die Seekarte verzeichnet dort gastlicheres, Fjordküsten ähnelndes Gelände, Strände, flach genug, um das nun viel leichtere Boot auch zu viert über die Hochwasserlinie zu ziehen. Geschützt vor den winterlichen Seewinden, sollen die drei, die dort zurückbleiben, unter dem gekippten Boot ausharren. 55 Kilometer, zehn weniger als von der Grotte aus, beträgt laut Worsleys Berechnung die Entfernung von der Buchtspitze über das Gebirge im Inselinnern bis zu den Walfangstationen von Stromness und Husvik an der Nordküste. Worsley erklärt dazu, er sei ein Seemann und kein Bergsteiger. Er sagt uns damit nichts anderes, als dass er bereit ist, bei Bakewell und Vincent zu bleiben. Shackleton, Crean und ich sollen den Marsch wagen.

Bei stürmischem Regenwetter verbringen wir einen weiteren Tag in der Grotte, wo ich Bakewells Armschiene erneuere und ihm und Vincent etwas von den Büchern erzähle, die ich über Kapitän Scotts Rückmarsch vom Pol gelesen habe. Immer wieder, ganz so wie ich meinen Bruder damit gelöchert habe, fragt einer der beiden, warum Scott, Bowers und Wilson sterben mussten. Warum fehlte ihnen im Schutz ihres

Zeltes die Kraft, das Ende des Blizzards abzuwarten? Wo war der Fehler? Vincent machen diese ungelösten Fragen so zornig, dass er sich fluchend in den Schlafsack verkriecht. Ich weiß keine Antwort, nicht ohne die Bücher. Und Crean, der seinerzeit von Scott zurückgeschickt wurde und nur deshalb die Tragödie am Pol überlebte, Tom Crean, der mitanhört, was ich flüstere, während ich Bakies Arm versorge, der irische Riese, wie Scott ihn nannte, Crean flickt im Flämmchenlicht des Kochers seine Hose und schweigt.

Vier Stunden lang segeln wir inseleinwärts. Je näher wir der Buchtspitze kommen, umso mehr Vögel sehen wir in den Lüften und auf den Klippen der Felsenufer. Kurz nach Mittag ziehen wir die CAIRD auf einen sanft abfallenden Strand aus schwarzem Sand und Kieseln. Eine See-Elefantenkolonie hat in der Nachbarschaft ihr Winterquartier bezogen. Auf der Stelle schicken die Tiere zwei Jungbullen als Kundschafter zu uns herüber. Es sind so viele, dass Worsley, Bakewell und Vincent auf unabsehbare Zeit mit Nahrung und Brennstoff versorgt sein werden. Sollten wir drei anderen in eine Gletscherspalte stürzen, sollten wir erfrieren oder verhungern oder alles zusammen, können die drei bis zum Frühling ausharren. 250 Seekilometer sind es mit dem Boot um die eisfreie Insel bis nach Stromness. Fragt sich, wie viele Mann auf der Elefanten-Insel im Frühling noch am Leben sein werden.

Wir kippen die JAMES CAIRD in sicherer Entfernung zur Hochwasserlinie. Die hölzerne Höhle erhält einen dichten Sockel aus Steinen, einen Teppich aus Bültgras und einen Wall gegen den Wind. Nach der Familie von David Copperfields Amme nennt Worsley das Lager Haus Peggotty.

Drei Tage lang halten uns Nebel, Regen und Schneetreiben

davon ab, aufzubrechen. Wir nutzen die Zeit, um Haus Peggotty so behaglich wie möglich einzurichten, Vorräte anzulegen und die Marschausrüstung wieder und wieder zu überprüfen. Um den Routenverlauf festzulegen, unternimmt Shackleton lange Ausflüge auf einen steilen, schneebedeckten Hang im Nordosten, Wanderungen, während deren er hin und her überlegt und, wie er sagt, Zwiesprache mit Frank Wild hält. Er vermisst Wild, so sehr, dass er oft sogar Crean, ohne es zu merken, mit Wilds Namen anspricht. In unserer siebenten Nacht auf Südgeorgien, der Vollmondnacht auf den 17. Mai, deren Licht Shackleton für den Marsch fest eingeplant hatte, ist er so unruhig, dass er statt zu schlafen Stunde um Stunde Nägel aus den überflüssig gewordenen Bootsplanken zieht. Kaum dass wir anderen wach sind, bittet er Crean und mich um unsere Schuhe und schlägt die Nägel in die Sohlen, genau acht Stück in jeden Stiefel.

Mit Crean kommt Shackleton überein, dass wir unabhängig von der Wetterlage in der nächsten Nacht aufbrechen werden, und zwar lediglich mit leichtem Gepäck. Die drei Schlafsäcke verbleiben bei den Wartenden, die Überlandmannschaft soll während des dreitägigen Marsches im Wechsel schlafen, immer überwacht von mindestens einem, der unter keinen Umständen einnicken darf. Jeder trägt seine Zuteilung an Schlittenrationen und Zwiebacken selbst. Verteilt werden Primuskocher und Brennstoff für sechs warme Mahlzeiten, ein kleiner Kochtopf, eine Schachtel Zündhölzer, zwei Kompasse, ein Fernglas, ein 15-Meter-Seil und die Eisaxt. Es sind keinerlei persönliche Dinge erlaubt.

Er dulde keine Ausnahme, sagt Shackleton und zeigt auf mein Herz, auf Ennids Fisch. »Das gilt auch für Ihren Talisman, Merce.«

Dann liest er vor, was er in Worsleys Tagebuch geschrieben hat:

»Kapitän, ich stehe kurz vor dem Versuch, die Ostküste Südgeorgiens zu erreichen, um Hilfe herbeizuholen. Ich übergebe Ihnen die Verantwortung für Mister Bakewell, Mister Vincent und Sie selbst. Sie haben reichlich Robbenfleisch, das Sie nach Maßgabe Ihrer Tüchtigkeit mit Vögeln und Fisch zu ergänzen wissen werden. Ihnen bleiben u.a. eine doppelläufige Flinte und 50 Patronen. Für den Fall, dass ich nicht zurückkehre, rate ich Ihnen, den Winter abzuwarten und zur Ostküste zu segeln. Die Route, die ich nach Stromness einschlage, liegt nach der Kompassnadel östlich. Ich gehe davon aus, Ihnen binnen weniger Tage Hilfe zu bringen. Mit vorzüglicher Hochachtung Ernest Henry Shackleton.«

Noch einmal kriechen Bakewell und ich in unseren Schlafsack. Gegen zwei Uhr morgens weckt uns Crean. Während Worsley für alle den Rest Albatroseintopf aufwärmt, wechsle ich mit Bakie die Jacke. Er schlüpft in meinen Grego und tastet nach dem Fisch an seiner Brust, dann schließt er mich, so gut es mit seiner Schiene geht, in die Arme.

»Eins, zwei, drei«, sagt er und versucht dabei, fröhlich auszusehen. »Drei Tage, und du hast es geschafft. Dann kommt ihr mit dem Schnellboot und holt uns. Bring mir ein Bier mit. Und jetzt verschwinde, damit ich endlich diesen Zettel lesen kann!«

Vincent hat seinen Spaß und haut mir eine Pranke auf den Rücken.

Die drei begleiten uns vors Boot. Dort bleiben sie stehen, Bakewell rechts, Vincent links und Worsley in der Mitte. Und so stehen sie da noch immer, als ich weit oben von einem Schneefeld hinabschaue durch die Morgendämmerung. Ich sehe das Meer und den Strand, und ich sehe das kleine gekippte Boot, Haus Peggotty in seinem Garten aus Steinen.

Shackletons Seekarte verzeichnet nur die Küstenlinie der Insel, und sogar sie ist an vielen Stellen unvollständig. Immer wieder wird sie unterbrochen vom Kartenblau des Südmeers. Im Innern ist diese sichelförmige Zeichnung von Südgeorgien so leer und so weiß wie jenes Land in meinem alten Traum, und obwohl die Berge doch schon vom Meer aus weithin sichtbar waren, fehlen auf der Karte sogar sie. Niemand außer uns hat sie je zu besteigen gewagt. Keiner weiß, wie hoch sie sind, und sie haben keine Namen.

Mit dieser bestenfalls zur Unterstützung des Kompasses brauchbaren Karte in der Brusttasche stapft Shackleton voran über das rasch ansteigende Schneefeld. Es ist neblig und der Schnee ist locker, wir sinken ein bis zu den Knien. Um Stürze in versteckte Spalten abfangen zu können, seilen wir uns an. Shackleton läuft zehn Meter vor mir, zehn hinter mir ist Tom Crean. Wenn wir anhalten, um zu verschnaufen, sehe ich mich in seiner Schneebrille gespiegelt, meinen Bart, meine lange Mähne. Ich bin magerer, als es der spindeldürre Holie je war, dazu zerlumpt und vermummt.

Crean bemerkt, wie verdattert ich bin. »Was ist los, Merce? Schon Hunger?«

»Nix da!«, ruft Shackleton von oben. Er ist außer Atem, doch er hat das breiteste Lächeln aufgesetzt. Er ist in seinem Element, ganz Euphorie. »Erst geht es hinauf, Gentlemen!«

»Sir, mit Verlaub, ich hatte gar nicht die Absicht …!«, rufe ich.

Und Crean ruft: »Wir haben bloß die Aussicht bewundert«, was bei dem Nebel nur ein Scherz sein kann. Allerdings wäre es der erste Scherz von Tom Crean seit Montevideo. Schon sagt er ernst: »Jetzt sind wir fertig damit.«

Das Seil strafft sich. Es geht weiter. Von hinten höre ich dieselbe Melodie wie auf der Scholle, wie in den Booten und wie auf der CAIRD. Crean summt wieder.

Noch ein weiteres Mal wird diese erste, von mir gar nicht gewollte Rast verschoben. Denn vom Kamm des Schneehangs aus erblicken wir, im sich langsam lichtenden Nebel gut zu erkennen, nur wenig links von unserem östlichen Marschkurs einen großen, völlig weißen, folglich zugefrorenen Talsee. Shackleton erklärt ihn auf der Stelle zum Glücksfall, verheißt der See doch die Möglichkeit zu einer ebenen Route entlang an seinem Ostufer.

Mühelos geht es eine gute Stunde lang auf der anderen Seite des Kammes wieder hinab. Dann tauchen die ersten Risse in dem verharschten Schneefeld auf. Zunächst sind sie schmal und nicht sonderlich tief. Doch bald folgen immer breitere, deren Grund nicht mehr zu erkennen ist und die nichts anderes als Spalten sein können. Sie lassen nur einen Schluss zu, nämlich dass wir dabei sind, nicht einen von Schnee und Eis bedeckten Bergrücken, sondern einen Gletscher hinunterzusteigen. Crean und Shackleton sehen es wie ich, der ich zwar noch nie auf einem Gletscher gestanden, dafür aber von hunderten Gletschern gelesen habe und daher weiß: Ein Gletscher ist ein Strom aus Eis und strömt ins Meer, er fließt zumindest auf einer Insel niemals in einen See. Was da so einladend weiß und eben zu unseren Füßen liegt, kann, mit Verlaub, kein See sein.

Crean hört auf zu summen und spricht es aus: »Es ist kein See.«

Und der Sir zückt die Karte und faltet sie auseinander. »Ja, Tom, du hast leider Recht. Die Uferlinien stimmen. Es ist die Possession-Bucht. Es ist der verfluchte Ozean.«

Vier große Buchten verzeichnet die Karte in nordöstlicher Richtung: Possession-Bucht, Antarktis-Bucht, Fortuna-Bucht und, als Einzige besiedelt, die Bucht von Stromness, unser Ziel. Dazwischen besteht die Küstenlinie aus nichts als vergletscherten Felswänden, Klippen und Riffs. Auch wenn wir nach nur zwölf Kilometern Fußmarsch die Insel an einer ihrer schmalsten Stellen durchquert haben, nützt uns nichts. Von der verlockenden weißen Ebene zu unseren Füßen führt kein Weg zu Kapitän Sørlles Station.

Wir kehren um und steigen den Gletscherhang wieder hinauf. Crean wechselt nach vorn, Shackleton ans Seilende. Und ich zwischen den beiden frage ich mich, ob denn wohl Scott den Abstieg zur Bucht riskiert hätte oder ob er genauso umgekehrt wäre.

Wäre er noch am Leben, komme ich vor mich hin stapfend zum Schluss, und gäbe es einen Wettlauf gegen Shackleton zur Bucht von Stromness, dann wäre Scott niemals umgekehrt! Scott hätte sich, wie Dafydd sagen würde, eher eine Hand abgehackt und dann, die Axt zwischen den Zähnen, auch noch die zweite.

Warum redet Crean nie von Scott? Ich kann mir einen Drake und einen Cook, Männer, die Jahrhunderte tot sind, besser vorstellen als diesen vor vier Jahren Erfrorenen, und das, obwohl ich sein Tagebuch kenne und glaube, seine Stimme zu hören, wenn ich lese: »Die ganze Quälerei – wofür? Für nichts als Träume, die jetzt zu Ende sind.« Wo habe ich gelesen, dass er, mit zwei anderen Männern allein in der Hütte am Rossmeer, zu dem einen gesagt haben soll:

»Sie und der Idiot machen jetzt das und das«? Wobei derjenige, mit dem Scott nicht sprach, angeblich Shackleton war.

Endlich, nach sechs Stunden ununterbrochenen Fußmarschs, legen wir gegen neun Uhr die erste Rast ein. Im Morgenlicht ragt ostwärts genau auf unserer Route eine kleine Bergkette in die Höhe. Mit ihren vier durch fast waagrechte Kämme verbundenen Gipfeln sieht sie wie die Knöchel einer geballten Faust aus. Am Fuß des Schneehangs, der zum ersten Kamm führt, graben wir ein Loch in das Eis, stellen den Primuskocher hinein und rühren eine Mischung aus Schlittenration und Zwieback zusammen, die wir noch glühend heiß essen. Eine halbe Stunde darauf sind wir wieder unterwegs. Als der Hang zu steil wird, um uns auf Händen und Füßen durch den Schnee nach oben zu arbeiten, schlagen wir abwechselnd alle anderthalb Meter eine Stufe ins Eis.

Shackleton ist der Erste, der kurz vor Mittag über den Kamm auf die andere Seite blickt. Nacheinander winkt er Crean und mich zu sich. Auf allen vieren krabbele ich durch den Schnee hinauf bis zur Kammlinie und sehe hinüber.

Es führt kein Weg hinab. Wie die Däumlinge auf Gullivers Scheitel liegen wir bäuchlings auf einem fast senkrecht abfallenden Felsen, und links und rechts die nackten blaugrauen Steilhänge sind mit Eisbrocken übersät, die von unserem Aussichtspunkt aus abgebrochen und in die Tiefe gestürzt sein müssen. Bis zum Meer erstreckt sich ein unpassierbares Gelände aus Schründen und Gletscherspalten.

Dagegen landeinwärts in östlicher Richtung macht Crean mit dem Fernglas einen weich ansteigenden und ebenmäßig nur von Schnee bedeckten Hang aus. Shackleton schätzt, dass er etwa 14 Kilometer weit ins Inselinnere führt, er gibt das Fernglas mir und sagt: »Das ist der Weg. Ganz gleich, wie wir es anstellen, vor Einbruch der Dunkelheit müssen wir unten sein. Versuchen wir es über den zweiten Kamm. Trauen Sie sich zu, voranzugehen, Merce? Dann los, laufen wir zurück.«

Ich muss nur den Stufen folgen und dann, weiter unten, unseren Fußstapfen. Nach einer guten Stunde habe ich uns sicher zum Fuß des Hangs geleitet. Die Luft ist klar und kalt, der Nachmittag bricht an. Es weht kaum Wind. Doch dass hier sonst die Stürme spielen und dabei nicht zimperlich sind, sehen wir, als ich uns zwischen überhängenden Eisklippen und der Randspalte eines Gletschers hindurchführe. Der Weg ist der richtige, und doch rast mir das Herz, als ich als Erster eine sensenförmige Rinne passiere, die bestimmt an die 300 Meter tief und mehrere Kilometer lang ist und die von nichts anderem ins Eis geschnitten worden sein kann als von Stürmen, die hier seit weiß der Himmel wie vielen Jahrhunderten herumtoben.

Auch dem von mir angeführten Aufstieg auf den zweiten Kamm ist kein Glück beschieden. Alle 20 Minuten liegen wir mit von uns gestreckten Gliedern im Schnee, atmen tief die dünne Luft ein und ruhen aus vom Steigen, Seilspannen und Stufenschlagen. Gegen drei Uhr nachmittags blickt Shackleton über die Kammlinie, eine Kuppe aus hellblauem Eis, und schüttelt, das Fernglas auf der Nase, doch nur wieder den Kopf. Erneut ist es Crean, dem das Entscheidende nicht entgeht. Unten in den östlichen Tälern ziehen Nebelbänke auf, und auch hinter uns kommt über die See von Westen her der Abendnebel heran. Unsere Höhe schätzt Crean auf 1400 Meter. Wir sind zu hoch, viel zu hoch, um ohne Schlafsäcke, nur mit unseren zerschlissenen Schneeanzügen, die Minustemperaturen der Nacht überleben zu können.

»Was würde Frank Wild jetzt wohl machen?«, fragt Shackleton ins Pfeifen des Windes hinein, und als weder Crean noch ich etwas erwidern, denn zumindest ich habe nicht das Gefühl, dass Shackleton eine Antwort erwartet, sagt der Sir leise und so warm, als läge der Zwerg Boss tatsächlich in einer seltsam kleinen Schneekuhle bei uns: »Komm, Frank, gib mir einen Tipp, alte Spürnase.«

Trotz des Risikos, dass uns der Nebel einschließen könnte, entscheidet er sich dafür, diesmal nicht abzusteigen, um auf den verbleibenden dritten Hang zu gelangen. Nach einer kurzen Rast beginnen wir stattdessen ein Stück weiter unten, Stufen ins Eis zu schlagen, die um den Gipfel herumführen. Es ist eine, wie Cook genäselt hätte, eindrucksvolle Arbeit, die wir uns da machen, um einem namenlosen Berg auf der letzten Insel der Welt eine Galerie auf den Rücken zu bauen. In weichem Bogen führt der Stieg zum dritten Kamm hinan. Jede dritte Stufe schlage ich, und Shackleton und Crean sind so schnell mit den ihrigen fertig, dass ich kaum einmal nach Luft japsen kann, schon ist die Reihe wieder an mir.

Drei! Überall drei!, schießt es mir in dem stundenlangen Taumel immer wieder durch den Sinn. Drei Boote hatten wir. Wir haben drei Mann zurückgelassen. Drei Gipfel und drei Kämme hat der Berg. Scott, Bowers und Wilson, sie waren zu dritt, waren drei, drei, wie wir es sind.

Der dritte Kamm läuft so spitz zu, dass sich Shackleton rittlings darauf setzen kann. Außer Atem keuchend, blickt er durch das Fernglas. Der Nebel hüllt das Tal inzwischen völlig ein, so viel lässt sich auch mit bloßem Auge sehen. Die Sonne geht unter, es ist schneidend kalt geworden.

»Sei's drum, los, kommt, es muss gehen!«

Er klettert hinüber, und drüben beginnt er auf der Stelle, die erste Stufe ins Eis zu treten. Crean folgt ihm, dann ich. Meine Beine sind wie abgestorben.

Schon nach wenigen Metern Abstieg geht der Harsch in weicheren Schnee über, laut Crean ein mögliches Zeichen dafür, dass der Hang abflacht. Doch wetten will er darauf nicht. Stufen brauchen wir nur noch selten zu schlagen, dennoch kommen wir kaum schneller voran, so dicht werden die über den Hang heraufziehenden Schwaden. Und es dauert nur wenige Minuten, und wir stehen mit einem Mal mitten im Nebel.

Shackleton löst sein Sicherungsseil vom Gürtel und weist Crean und mich an, dasselbe zu tun. Crean protestiert, aber Shackleton lässt nicht mit sich verhandeln.

»Du machst, was ich befehle«, fährt er Crean an, mit dem er noch nie so geredet hat, und in kaum weniger scharfem Ton sagt er zu mir: »Dasselbe gilt für dich, Frank. Holt euren Blechteller heraus. Legt das Seil so zusammen, dass es eine kreisrunde Matte ergibt. Legt sie auf den Teller und setzt euch drauf. Wir werden rutschen.«

»Das ist Wahnsinn«, keucht Crean. »Wer weiß, was da unten ist.«

Dennoch gehorcht er, er faltet den Strick und platziert ihn auf dem Teller, wie es Sir Ernest vormacht.

»Wenn wir nicht erfrieren wollen, ist es unsere einzige Chance«, sagt Shackleton. »Wir rutschen zusammen, ich als Erster, so dass ihr, falls ich abstürze, euch mit etwas Glück werdet retten können. Ist das akzeptabel für dich, Tom Crean?«

Crean nickt.

»Frank?«

Auch ich nicke. »Einverstanden. Obwohl ich nicht Frank Wild bin, Sir.«

»Verzeihung. Den ganzen Morgen habe ich das Gefühl, wir sind nicht allein. Als wäre da ein vierter mit uns unterwegs. Tom geht es genauso, stimmt's, Tom? Ihnen nicht, Merce?«

Jetzt, da er es sagt, sehe ich keinen Grund, es länger zu verschweigen.

»Scott, Sir.«

»Ja, Scott vielleicht. Frank Wild wäre mir lieber!« Er lacht. »Hoffen wir, dass es in Wahrheit derjenige ist, dessen Name dieselben Initialen hat wie die JAMES CAIRD. Sie sind so weit? Dann bitte ich, die Plätze einzunehmen, Gentlemen. Gott sei mit uns. Auf mein Kommando. Bei drei. Eins, zwei …!«

7
Gespenster

Schneller und schneller geht es durch den Nebel den überfrorenen Hang hinab, wir klammern uns aneinander, ich habe die Arme um Shackletons Brust geschlungen, und auf meiner Schulter spüre ich Creans Schädel. Das Eis, über das wir auf unseren Tellern und Seilen dahinrasen, spritzt in die Höhe, krachend und rauschend, das aufspritzende Eis bedeckt uns von oben bis unten mit winzigen glitzernden Splittern. Shackleton ist der erste, der gegen den Lärm und das Tempo anzuschreien beginnt. Zuerst brüllt er bloß, so als würde die andrängende Luft durch ihn hindurchfahren, ich spüre, wie sein Brustkorb sich weitet, wie er sich zusammenzieht und wieder aufbläst. Dann aber entfährt ihm ein lautes, freudiges Johlen, das sich immer wieder in Gelächter entlädt und nur noch verstummt, wenn wir über Schanzen aus Eisbuckeln fliegen und er in meinen Armen den Atem anhält. Die Wellen, die ihn durchlaufen, gehen auf mich über, sein Lachen reißt mich mit, und eine Zeit lang, scheint mir, frage ich mich, warum ich nicht selbst lache, warum ich zu nichts anderem in der Lage bin, als mich an ihn zu klammern, da höre ich mich lachen, weiß nicht, wie lang ich schon lache, und wünsche plötzlich, diese Fahrt durch die krachend aufwirbelnden Eiskristalle würde nie mehr aufhören.

Crean singt. Er singt mir genau ins Ohr, und ich erkenne die Melodie, es ist jene, die er seit Monaten summt, endlich aber glaube ich jedes Wort zu verstehen:

»Aus den Wellen, aus den Wogen
halb geschwommen, halb geflogen,
lange vorher und noch lang danach
spricht das Pferd von Uíbh Ráthach.«

So klingt für mich, was Tom Crean singt. Er schmettert mir die Verse ins Ohr, so laut, dass vor mir kauernd auch Shackleton sie hören muss, denn während wir immer schneller werden und immer tiefer in den Nebel fahren, singt er mit in seinem viel gestelzteren Gälisch:

»In der Nähe und der Ferne
keine Seele, keine Sterne,
nichts, das länger währt
als ich Ururwasserpferd!«

Wir schießen hinab, drei keltische Gerippe, zwei trällernde Iren und ich, der Waliser, der nicht merkt, wenn er lacht.

Immerhin merke ich, dass der Eishang allmählich flacher wird. Auf der kaum noch abschüssigen Ebene verlieren wir rasch an Tempo.

Noch singen sie:

»All ihr Vögel, Bäume, Leute,
lebt und lebt, lebt immer heute!«

Und im selben Moment, als wir in eine Schneewehe rauschen, die uns bremst und schließlich zum Stehen bringt, vergeht mir das Lachen und stimme ich ein in Creans letzten Vers:

»Lebt nicht vorher, nicht danach!
Reitet nicht nach Uíbh Ráthach.«

Wir steigen von unseren Tellern, stehen auf mit wackelnden Knien und fallen uns zugleich kichernd und schluchzend in die Arme. Weit oben ragt die Kammlinie, über die wir noch vor ein paar Minuten geklettert sind, aus dem Nebel. Mit einem Mal fällt mir das Pony meines Vaters ein, unser altes Pony Alfonso, an das ich seit Jahren nicht mehr dachte. Ich sehe sein großes trauriges Auge vor mir. Crean nimmt mich in den Arm, lacht und hört nicht auf, meinen Rücken zu klopfen, bis ich aufhöre zu weinen.

»Das kommt nur«, schluchze ich, »nur von diesem Lied, von nichts anderem, kapiert?«

Nach einer Mahlzeit im Stehen aus Schlittenration und Zwieback verstauen wir Essgeschirr und Seile und machen uns wieder auf den Weg. Von Minute zu Minute wird die Müdigkeit größer, wir dürfen keine Zeit verlieren. Das tief ins Inselinnere verlaufende Schneefeld, das uns von den Bergkämmen aus vollkommen eben erschien, ist in Wirklichkeit ein sacht, jedoch beständig ansteigender Hang. Je weiter wir darauf durch die Vollmondnacht ostwärts marschieren, umso höher gelangen wir und umso kälter wird es. Kurz nach Mitternacht sind wir fünf Stunden lang ohne Pause durch den verharschten Schnee gestapft, Crean schätzt unsere Höhe auf 1200 Meter und die Temperatur auf unter minus 20 Grad.

Eine wortlose Stunde später endet die Steigung, der Hang fällt langsam ab und schlängelt sich in nordöstlicher Richtung weiter. Unter dem hellgelben Mond folgen wir ihm eine weitere Stunde, froh, dass es bergab geht, und im sicheren Glauben, in Kürze am Horizont das Wasser der Stromness-Bucht zu entdecken. »Da liegt es!«, wird einer von uns rufen, vielleicht sogar ich, und vielleicht werden wir ja nicht nur die Umrisse der Bucht von hier oben erkennen, sondern auch schon die Lampen der Schiffe und Boote, die Lichter der Häuser und die kleinen in der Windstille schnurgeraden Rauchsäulen ihrer Schornsteine!

Stattdessen sind wir zwischen drei und vier Uhr morgens erschöpft, hungrig und durchfroren erneut auf dem Rückweg. Meine Müdigkeit hat sich zu einer Lähmung verhärtet, die es mir unmöglich macht, außer den Beinen ein anderes Körperteil zu bewegen. Enttäuscht und voll stummem Grolls gegen jeden Eisklumpen, der aus dem hellblau funkelnden Schnee ragt und zum Darübersteigen zwingt, stapfe ich den beiden hinterdrein, stolpere am Ufer der Fortuna-Bucht entlang, die wir in unserem verzweifelten Eifer für jene von Stromness gehalten haben. Zwar sehen sie sich tatsächlich ähnlich, wie uns Shackleton, der sich entschuldigen zu müssen meint, auf der Karte zeigt. Es gibt eine größere Insel etwa in der Buchtmitte und weitere Orientierungspunkte, auf die er und Crean sich erregt hinwiesen, so vertraut schienen sie ihnen. Doch in Wahrheit kann die Fortuna-Bucht keiner Menschenseele vertraut sein. Sie ist ein trostloser nackter Einschnitt in den Panzer der Insel, ein unbesiedelter menschenleerer Fleck Erde seit jeher. In der Kälte, die mir die Augen verbrennt, muss ich denken: Hier ist nie etwas geschehen. Selbst Cook dürfte die Ufer vom Schiff aus kartographiert haben. Warum sollte man hier auch herummarschieren? Hier ist ja nichts! War Cook so zynisch, den ödesten aller öden Winkel nach der Glücksgöttin zu taufen? Nein, das muss schon so einer wie ich gewesen sein, ein Träumer, sehnsüchtig Ausschau haltend nach Schornsteinqualm und Lichtern, wo nichts als Fels und Eis ist. Wir trotten wieder bergan, folgen unseren Fußspuren zurück auf das Schneefeld. Es dauert Stunden, und nur ganz allmählich verschwindet die falsche Bucht in unserem Rücken.

Niedergeschlagen, wie wir sind, hat keiner Lust zu reden, und Crean ist das Summen vergangen. Wir stapfen über das Schneefeld, willenlos wie der Mond und müde wie das Leuchten der Sterne im Bild des Großen Hundes. Nur Shackleton sagt irgendwann, als das trügerische Wasser hinter einer Gletscherzunge verschwindet: »Die Fortuna-Bucht liegt hinter uns. Das bedeutet nichts anderes, als dass sie nicht mehr vor uns liegen kann.«

Es ist noch beinahe ganz dunkel, als ich mir gegen fünf Uhr morgens eingestehen muss, dass ich nicht weitergehen kann. Die Müdigkeit lässt mich verzweifeln, ich spüre mit jedem Schritt, wie mir die Hoffnung, dass wir Stromness erreichen, ein Stück weiter entgleitet, und zum ersten Mal seit langer Zeit plagt mich die Angst, dass ich keinen von ihnen je wiedersehen werde, weder Bakewell, Worsley und Vincent auf der anderen Seite der Insel, noch Wild, Holness, Clark, Orde-Lees, Greenstreet, Hurley, Green, weder sie und all die anderen auf der Elefanten-Insel, noch meine Eltern, meine Schwester, meinen Bruder, meinen Schwager Herman, weder meine Familie noch den alten Simms, und nie mehr Ennid Muldoon. Einige endlose Minuten lang schleppe ich mich zwischen Crean und Shackleton noch weiter, doch ich merke, wie ich schwanke und immer öfter in böses Taumeln gerate. Der Gedanke bestürzt mich, dass ich gar nicht mehr die Kraft haben könnte, den Mund aufzumachen und eine Pause zu fordern, und die Panik, die sich daraufhin in mir breit macht, lässt mich für Minuten keuchend mit vor Entsetzen aufgerissenem Mund weiterstapfen.

In einer Felsennische unterhalb einer weiteren tief verschneiten Kammlinie komme ich wieder zu mir. Creans zerschlissener Fellhandschuh streicht mir über die Stirn. Shackletons Haar muss so lang sein wie das meiner Mutter, denn es fällt ihm über beide Wangen aus der Kapuze, als er mir mit vor Sorge finsterem Blick einen halben Becher Milch und einen Zwieback aufnötigt, die ich anscheinend seit geraumer Zeit verweigert habe. Es sind unsere letzten drei Zwiebacke, die wir in der Nische essen, und obwohl uns damit kein Proviant verbleibt, vertilgen wir auch die übrigen beiden Schlittenrationen. Aneinander gepresst, jeder einen Arm um den Nebenmann gelegt, die schlürfenden und kauenden Gesichter so dicht zusammengerückt wie nur möglich, hocken wir mit dem Rücken zur Kälte des heraufdämmernden Morgens in der Nische und warten, dass uns die Wärme der Kalorien neu durchströmt und der Mut zurückkehrt und die Wirklichkeit den Schrecken verliert.

»Es kann nicht mehr weit sein«, sagt Shackleton. »Dieser Kamm noch, dann geht es bergab bis zur Küste, ich spüre es. Ich verspreche euch, in spätestens sechs Stunden sehen wir die Station. Wir dürfen nur nicht nachlassen jetzt! Merce, geht es Ihnen schon besser?«

»Etwas besser, Sir.«

»Sie machen das ganz hervorragend. Jeder hat seinen toten Punkt. Wichtig ist, dass Sie stets Ihre Grenzen beachten und sich nichts Unmögliches abverlangen. Ich brauche Sie. Haben Sie nicht Lust, uns eine kleine Anekdote aus unseren verloren gegangenen Büchern zu erzählen, die uns aufmuntert oder wenigstens zu denken gibt?«

Was mir einfällt, ist bloß ein Bild, ein Bild von Zwiebacken im Schnee, und gerade weil es untrennbar mit Scotts Unglück verbunden ist, ist es ein Bild von Ausgelassenheit und Freude, weshalb es mir das richtige scheint, auch wenn ich damit vielleicht Crean in seiner unverwundenen Liebe zu Kapitän Scott verletze.

Ich erzähle von Amundsen. Während Scott in seinem Zelt verhungerte, reiste Roald Amundsen so schnell zum Pol und wieder zurück und sparte dabei so viel an Proviant, dass er mit seinen Männern eine Zwiebackschlacht auf dem Eis veranstaltete. Jeder der Polfahrer erhielt eine Kiste Zwieback als Munition. Und am Ende spannten die Norweger die Hunde von den Schlitten und ließen sie das Zwiebackschlachtfeld fressen.

Shackleton und Crean schweigen, doch von beiden Seiten drückt mich ein Arm. Wir haben aufgegessen, die Becher sind leer. Shackleton holt den Chronometer hervor, es ist Viertel nach sechs. Er weist Crean und mich an, eine halbe Stunde zu schlafen, bevor wir zum Kamm hinaufsteigen wollen. Crean lehnt sich an den Felsen, er schließt mich in den Arm, und im nächsten Moment weckt uns Shackleton.

Ich reibe mir das Gesicht mit Schnee ab.

Wir lassen den Primuskocher in der Nische stehen, seilen uns an und beginnen, Stufen in den Hang zu treten. Der halbstündige Schlaf hat mich mehr erfrischt, als ich erwartet habe, der Aufstieg zum Kamm fällt mir vergleichsweise leicht, und einige Male helfe ich sogar dem Sir, Tritt zu fassen. Shackleton wirkt nun völlig erschöpft, er keucht und weicht meinem Blick aus. Crean geht voran, ich höre ihn wieder summen, in der Nähe und der Ferne keine Seele, keine Sterne. Und so haben wir die hellblau im Morgenlicht über uns liegende Kammlinie beinahe erreicht, als wir ein Geräusch hören. Es klingt wie ein weit entfernter Pfiff, jedoch nicht wie der Schrei eines Sturmvogels oder Skuas. Wir bleiben stehen und sehen einander an.

Von oben fragt Crean hell und klar: »Wie spät ist es?«

Shackleton hat Mühe, sein Keuchen zu unterdrücken. Als er zu Atem gekommen ist, holt er den Chronometer hervor. »Genau halb sieben.«

Wie könne es halb sieben sein, wollen Crean und ich wissen, wenn wir seit Viertel nach sechs eine halbe Stunde geschlafen und die Hälfte eines Schneehangs bestiegen haben?

Sir Ernest, noch immer keuchend, erklärt es uns: »Ihr seid beide ausgeruht, Tom, oder nicht? Ich habe euch nach fünf Minuten geweckt, weil ich sonst selber eingeschlafen wäre. Es ist halb sieben.«

»Um halb sieben«, sagt Crean, »weckt die Sirene die Männer von der Walfangstation.«

Und Shackleton: »Sie muss es sein, was wir gehört haben.«

»Wenn sie es war«, sagt Crean, »dann hören wir sie in einer halben Stunde noch einmal. Um sieben ruft sie die Männer zur Arbeit.«

Und wieder Shackleton: »Genau so ist es. Wir brauchen nur zu warten. Und was können wir besser als das, hm? Lasst uns über den Kamm sehen.«

Als die Stromnesser Dampfpfeife zum zweiten Mal ertönt, stehen wir auf dem sacht abfallenden Hang, über den wir seit einer halben Stunde ins Tal gestiegen sind, und umarmen einander.

»Es ist zu schön, um wahr zu sein«, sagt Shackleton einmal zu Tom Crean und einmal zu mir, bevor wir unseren Weg durch den knöcheltiefen Schnee wortlos fortsetzen. In der Ferne am anderen Ende des Tales liegen die hohen Berge westlich von Stromness und Husvik, weißblaue Gipfel, die in der dünnen Morgenluft flimmern. Es sind der Coronda Peak und der Mount Cook, Berge, die wieder Namen haben.

Wir wandern den ganzen Tag. Kurz nach Mittag haben wir eine kleine Hügelkette erstiegen und blicken über seine schnurgerade Kammlinie. Vor uns im Licht liegt die schwarze Bucht. In einiger Entfernung fährt ein Schnellboot. Das Schnellboot zieht seinen Kielwasserbogen durch das Wasser. Und in der Stromnesser Werft ist ein Segler festgemacht, ein Dreimaster wie die ENDURANCE. Auf den Decks sehe ich Männer, winzig klein sehen sie aus, aber haben deutlich erkennbar verschiedenfarbige Joppen. Zwischen den Docks und den Schuppen sind noch andere. Sie laufen herum. Einige tragen etwas, Geräte vielleicht. Wie wunderbar. Stumm liegen wir für Minuten auf dem Bauch im Schnee des Hügelkamms. Ab und an, wenn eine Bö ans Ufer bläst, regt sich die Flagge am Dorfmast und zeigt uns blauweißrot ihr Norwegerkreuz. Es sieht aus, als würde die Fahne vom Wind, der über die Bucht kommt, aus dem Schlaf geweckt werden, und wenn sie am Mast erneut zusammensackt, als würde sie wieder einschlummern, weil der Wind sie noch einmal schlafen lässt.

17 Monate lang habe ich keinen fremden Menschen gesehen. Die letzten Stunden, die wir zum Abstieg an die Stromnesser Küste benötigen, verbringe ich in einer Angespanntheit, die mich beinahe zerreißt. Ich verschließe sie tief in meinem Innern, unfähig, ein Wort der Freude hervorzubringen und unser gemeinsames Glück mit Crean und Sir Ernest zu teilen. Wir teilen es stumm und indem wir zupacken. Keinem von uns soll nun noch etwas zustoßen. Jeder Handgriff macht mich selig, und jede Berührung der beiden, mit der sie mir helfen, auf den Beinen zu bleiben und mit der sie meine Nähe suchen, erfüllt mich mit Zuversicht und lässt mich ein Stück weiter die Angst vergessen, ich könnte bloß träumen, untergegangen sein mit der JAMES CAIRD, sterben und dabei träumen, eingeschlafen sein und erfrieren im Schnee der Berge, erfrieren, weil niemand mehr da ist, um mich zu wecken.

Was mich aufweckt, und das mit Gewalt, ist die Kälte eines Eiswasserfalls. Durch ihn hindurch seilen wir uns ab. Da er das letzte Hindernis auf dem Weg zu einem Hang ist, der geradewegs zur Walfangstation führt, lassen wir an seiner Kante die restliche Ausrüstung zurück. Wir entledigen uns der in Fetzen gerissenen Burberry-Anzüge und klettern einer nach dem anderen durch das donnernde Wasser hinunter.

Schlotternd, in triefenden Lumpen und mit von Qualm und Dreck schwarzen Gesichtern stapfen wir eine Stunde später den Hang hinab. Nur dieses Schneefeld liegt noch zwischen uns und der Welt. Einmal bleibt Crean unvermittelt stehen und bittet Shackleton und mich zu warten. Er sucht etwas in seiner Brusttasche und holt ein paar Sicherheitsnadeln daraus hervor.

»Will mich wenigstens etwas zusammenflicken«, sagt er mit traurigem Lächeln und fängt an, die Fetzen, die ihm um die Beine hängen, an Knien und Knöcheln übereinander zu stecken. Als er fertig ist, sollen wir sagen, ob wir ihn verändert finden. Ich sehe, wie seine Hände zittern, aber als ich zu ihm gehe, um ihm nicht das Gefühl zu geben, er habe die Nadeln vergebens so lang aufbewahrt, merke ich, dass nicht bloß seine Hände, sondern dass der ganze Tom Crean bebt. Creans Kinn mit dem verfilzt auf die Brust hängenden Bart daran bibbert ebenso wie seine Knie, als ich mich voller Bewunderung zu ihnen hinabbeuge.

Wir gehen auf die Häuser zu. Hinter den Fenstern brennen schon Lampen. Aus einer kleinen rostroten Baracke am Ufer dringt mit einem Mal Hämmern auf Metall, und als wir sie beinahe erreicht haben, fliegt die Tür des Schuppens auf. Herausgerannt kommen Kinder. Es sind drei kleine Kinder. Als sie uns bemerken, bleiben sie stehen, so dass ich zwei Mädchen und einen Jungen erkenne, Geschwister vielleicht, denn alle drei haben sie die gleiche rote Öljacke an. Dann laufen sie davon, und wir drei, die wir genauso erstarrt waren, setzen uns wieder in Bewegung und suchen während der ersten Schritte zwischen den Baracken und Häusern mit Blicken unsere Gesichter und darin den Trost für das Entsetzen der drei Kleinen.

Die Kinder drängen sich um die Beine eines Vorarbeiters, der am Anleger steht und ein paar seiner Männer beim Entladen eines Bootes beaufsichtigt. Er hat Mühe, sich auf den Beinen zu halten, so zerren die Kinder an ihm. Als er den Grund für ihre Panik bemerkt, als er uns sieht, zerlumpte Gespenster mit Frauenhaaren und Bärten, die wir langsam zu der Anlagestelle hinabgehen, ruft er ein Kommando; und zwei der Männer springen sogleich aus dem Boot. Es muss das Schnellboot aus der Bucht sein. Sie beruhigen die Kinder, während der Vorarbeiter, ein junger Mann, größer als Crean und so breit, wie Crean einmal war, mit weit auseinander stehenden Augen, weißem Haar und rotem Gesicht, beherzt auf uns zukommt. Dann bleibt er stehen, verschränkt die Arme und versperrt uns den Weg.

Shackleton seinerseits breitet die Arme aus und bedeutet uns damit, nicht weiterzugehen.

»Wären Sie bitte so freundlich, uns zu Kapitän Sørlle zu bringen!«, ruft er streng und auf Englisch hinüber.

Der Norweger ist nicht älter als ich; er zögert zu antworten. Und ebenso zögerlich blickt er sich um nach den Kindern.

»Bitte, Sir!«, ruft Shackleton ihm zu.

Kapitän Sørlle tritt aus der Tür des Hauses im Zentrum der Siedlung. Er ist in Hemdsärmeln; Roald Amundsens Schwager hat eine Serviette in der Hand, im Gesicht einen großen, silbern glänzenden Schnauzbart, und er ist sichtlich verblüfft über den abendlichen Menschenauflauf. Mehr als zwei Dutzend Arbeiter, dazu Frauen und Kinder haben uns in gebührendem Abstand bis zu der Treppe begleitet, über die der Stationsleiter finster dreinblickend herabkommt, um uns einer schweigenden Musterung zu unterziehen.

Der junge Vorarbeiter erläutert ihm ausführlich die Situation, und endlich hat sich der Kapitän so weit gesammelt und dabei den Bart gesäubert, dass er vor uns hintreten mag.

»Sie kommen aus den Bergen, sagt man mir. Stimmt das?«

Shackleton nickt.

»Unmöglich«, sagt Sørlle. »Woher genau kommen Sie?«

»Wir haben unser Schiff verloren. Vor 36 Stunden sind meine Begleiter und ich von der König-Haakon-Bucht aufgebrochen. Es ist wahr, Herr Kapitän. Erkennen Sie mich denn nicht?«

»Ich kenne Ihre Stimme. Sie sind der Steuermann der DAISY. Nennen Sie mir Ihren Namen.«

Sir Ernest antwortet ganz ruhig. »Mein Name ist Shackleton.«

Thoralf Sørlle sieht mich an und sieht Crean an, bevor sein Blick zurückwandert zu Shackleton. Er breitet einen Arm aus.

»Kommen Sie«, sagt er. »Kommen Sie ins Haus.« Er geht voran. Aber der Kapitän hat die Treppe, die hinaufführt zu dem hell erleuchteten Haus, noch nicht erreicht, als er sich abwendet und anfängt zu weinen.

Fünfter Teil

DIE FLIEGENDE ENNID

Zwischen Ebbw und Usk
Sag willkommen, und winke zum Abschied

I

Zwischen Ebbw und Usk

An einem jener Tage, als die Nachricht um die Welt läuft, Shackleton sei es im vierten Anlauf gelungen, die Verschollenen von der Elefanten-Insel allesamt zu retten, sitze ich mit Mrs. Simms auf der Veranda ihres Häuschens am Ebbw und trinke Tee. Ich muss Mrs. Simms, um ihr den Kummer zu vertreiben, alles erzählen und bin mit den Gedanken doch ganz woanders. Ich denke an ein Schiff, das ich nie zu Gesicht bekommen werde, von dem ich nur den Namen kenne.

Die herbstlich goldene Krone der Ulme kurz vor der Uferböschung zischelt, wenn es still ist. Ein größerer Vogel, eine Elster oder eine Saatkrähe, hüpft darin von Ast zu Ast, und kaum kleiner als die Ulmenkrone steht neben ihr die Scheibe der tiefen Sonne, die gar nicht blendet.

Eine letzte Stunde bis zur Dämmerung, sagt ein Blick zum Himmel, bald muss ich aufbrechen. Meine Schwester, die mindestens ebenso traurig ist wie Mrs. Simms, Regyn braucht mich, sie und der Kleine warten.

»Ich habe kein Licht am Fahrrad«, sage ich, ohne Mrs. Simms anzusehen. »Es wird gleich dunkel.«

»Warum hat dieser Kapitän … wie war sein Name?« Sie fragt mit entschuldigendem Lächeln, bevor sie zur Teekanne greift. »Du nimmst noch eine Tasse, Merce, einverstanden? Brombeerblättertee reinigt die Nieren.«

Zum Zeichen meines Einverständnisses tippe ich an die Tasse. »Danke. Dann muss ich aber wirklich fahren.«

Über das polierte Silber huscht mein Mondgesicht. Doch als Mrs. Simms die Kanne anhebt, um mir nachzuschenken, fällt mein Blick auf ihre sonnengebräunte Hand. An ihrem Mittelfinger trägt sie übereinander gesteckt die beiden Eheringe, und ihre Haut ist voller Runzeln, voll der tiefen seltsamen Falten, wie sie am Ende auch die ausgemergelten Beine von Tom Crean hatten, von denen ich soeben erzählt habe.

»Sørlle«, sage ich mit der Tasse am Mund. »Kapitän Sørlle.«

»Unaussprechliche Namen haben sie ja, diese Norweger.«

Ich nicke, und Mrs. Simms, vom Sportunterricht abgesehen meine Lehrerin in sämtlichen Fächern von der ersten bis zur sechsten Klasse, nimmt es mit dem vertrauten Zwinkern zur Kenntnis.

»Einen letzten Keks, Merce, den musst du essen, ich bestehe darauf. Sieh dich an: Wie lange bist du jetzt zurück aus diesem furchtbaren Nirgendwo, wo es bloß Norweger und Russen gibt?«

»Fast drei Monate, Madam?«

»Und noch immer hast du kaum was auf den Rippen. Du bist so dürr wie der Pfahl einer Gaslaterne! Mr. Simms hätte das nicht geduldet. Er hätte außerdem darauf bestanden, dass du zum Abendbrot bleibst. Und er hätte deiner Mutter ins Gewissen geredet, dass sie ihrem Sohn, solange er ein Strich in der Landschaft ist, die doppelte Portion verabreicht, täglich, und das mindestens acht Wochen lang. Iss, tu mir die Liebe, Junge. Diesen Keks. Und noch einen, hier.«

Aus dem Birnengarten weht die Oktoberbrise den Duft der im Gras vergammelnden Früchte herüber. Enten schnattern jenseits der Böschung zum Ebbw. Keinen Steinwurf entfernt vom Haus strömt das Flüsschen vorbei, ehe es sich unter der Ziegelbrücke des alten Pillgwenllier Heerwegs dünnmacht und verschwindet.

YELCHO. Der Name geistert mir schon seit Tagen im Kopf herum. Es ist der Name des kleinen chilenischen und, wie überall zu lesen war, alles andere als eistauglichen Schleppers, mit dem es Shackleton nach viermonatigen Fehlschlägen gelungen ist, bis zur Elefanten-Insel vorzustoßen. YELCHO, den Namen hin und her wälzen zu müssen, ohne ein Bild mit ihm verbinden zu können, macht mich nervös. Ich weiß, dass es nicht stimmt und dass ich halluziniere, aber zusammen mit dem Rauschen und Plätschern des Flusses klingt das Gekecker aus dem Ulmengeäst wie ein mal leises, mal lautes Jellko.

»Jellko, jellko!«

Während Mrs. Simms Anekdoten von mir und meinen einstigen Mitschülern erzählt, denke ich an die Meldung, die mein Vater im *South Wales Echo* entdeckte, dass nämlich Shackletons Rückkehr nach London unmittelbar bevorstehe und ... lieber Himmel, was quält mich meine prallvolle Blase, so sehr, dass es wehtut, als ich in den Haselnusskeks beiße.

Das Geräusch meiner Zähne klingt wie das Keckern der Elster.

»Mmh. Sie fragten nach Kapitän Sørlle, Madam.«

»Ja, richtig: Warum hat der Schwager von Amundsen, dieser Kapitän Sourly, geweint? Hast du eine Erklärung dafür? Nach Freudentränen klang mir das nicht.«

»Man hielt uns für tot«, sage ich gepresst, bedaure den Satz aber sogleich: Im vergangenen November, etwa zur Zeit, als die ENDURANCE sank, ist der alte Mr. Simms gestorben, vor mir die Witwe unseres Kontormeisters trägt immer noch Trauerschwarz.

In ihre grünen Augen hinein beeile ich mich also anzufügen: »Aber uns am Leben zu sehen, das allein war es nicht. Ich glaube, Kapitän Sørlle ist schlagartig klar geworden, dass wir drei keine Vorstellung hatten, wie sich die Welt, aus der wir herausgefallen waren, verändert hatte.«

»Du meinst, wie verheerend der Krieg geworden war.«

»Wir wussten nicht einmal, dass noch immer Krieg war. ›Wann war der Krieg vorbei?‹, fragte Shackleton, als er sah, dass Sørlle weinte, und der Kapitän sagte es uns: ›Der Krieg ist nicht vorbei. Millionen sind auf den Schlachtfeldern in Europa gefallen, und noch immer sterben dort täglich zehntausende.‹ Die Walfänger zeigten uns alte Zeitungen und übersetzten sie uns. So erfuhren wir von der Versenkung der LUSITANIA, von Giftgas, Flammenwerfern und dem Gallipoli-Feldzug. Wir konnten es nicht glauben. Am Abend nach unserer Ankunft in Stromness kam ein Blizzard, wir saßen in den Baracken fest, aßen, so viel wir konnten, badeten, wurden rasiert und mussten immer wieder erzählen, was wir erlebt hatten. Aber sobald wir allein waren, konnten wir von nichts anderem reden als von dem Krieg. Dass es auf dem Schlachtfeld einen heißen Wind geben soll, der das Senfgas ankündigt. Und der Schneesturm hörte nicht auf. Es war, als ob …«

»Es hat auch hier sehr viel geschneit dies Jahr«, sagt Mrs. Simms.

Ich nicke. »Ja. Mom hat es mir erzählt.«

»Das Grab war weiß, ganz und gar. Sehr friedlich.«

»Es ist ein schönes Grab, Madam.«

»Nicht wahr, das ist es. Ich habe dich unterbrochen.«

»Nach zwei Tagen endlich konnte Tom Crean losfahren, um die drei von der Südküste abzuholen. Aber vom Krieg erzählte er ihnen … naja, nicht die Wahrheit jedenfalls. Der Krieg sei entschieden, es gebe Friedensverhandlungen. Er brachte es nicht übers Herz. Madam, ich fürchte, jetzt muss ich wirklich …«

»So geschwächt, wie die drei gewesen sein müssen, hat er gut daran getan«, sagt Mrs. Simms schnell und langt ebenso schnell mit beiden Händen über den Tisch. »Sie haben es früh genug erfahren. So, wie wir alle früh genug davon erfahren haben! Nimm, Merce. Du kannst gar nicht genug essen.« Damit hält sie mir das Silbertablett hin, auf dem ein nicht abnehmen wollender Kekshügel aufgeschichtet ist. »Als ganz kleiner Bursche, weißt du noch? Was warst du da aufs Essen versessen. Ein richtiger Moppel warst du.«

»Ich habe mich wohl ziemlich verändert, Madam, ich fürchte es zumindest. Soll ich Ihnen abräumen helfen?«

»Ja, es wird dunkel«, sagt sie, indem sie den Kopf wendet und in den Birnengarten blickt, als stünde nur in diesem Winkel die Dunkelheit, die mich erwartet. Sie denkt nicht daran, mich zu entlassen, meine alte Lehrerin Mrs. Olivia Simms.

Stattdessen sagt sie mit leerem Blick: »Einer von den dreien, die nicht mit euch über dieses Gebirge marschiert sind … wie hießen die Männer doch gleich?«

Ich nenne ihr die drei Namen.

»Vincent war es, glaube ich. In der Zeitung stand, er habe sich die Oberlippe abgerissen an einer gefrorenen Tasse Milch?«

Sie sieht mich an. Angst und Kummer sprechen aus ihren Augen. Und doch hat ihre Verzweiflung nichts mit John Vincent zu tun.

»Ja, Madam. Leider stimmt es.«

»Was ist aus dem Mann geworden?«

Mit einem letzten lauten Jellko schwingt sich der Vogel in die Luft und fliegt davon.

»Ich weiß es nicht. In Valparaiso kam er ins Krankenhaus. Dort habe ich Vincent zum letzten Mal gesehen. Er wird nach England zurückgekehrt sein.«

Sie macht eine Handbewegung, die nichts besagt, es sei denn, sie will etwas vertreiben, einen Nebelstreif, einen bösen Tagtraum oder diese Angst.

»Warte. Ich komme gleich wieder«, stammelt sie, macht aber nicht einmal Anstalten, aufzustehen.

Ich stehe auf. In meinem Unterleib hämmert der Schmerz, ich kann an nichts anderes denken als an den Moment der Erleichterung, wenn ich im Dunkeln am Rad meines Vaters lehne und lausche, wie das Wasser ins Gras sprudelt.

»Bobby Cooper, der Rugbytrainer, du kennst ihn nicht. Er hat in der Schlacht an der Somme einen Arm verloren. Mrs. Cooper erzählte mir gestern, der Granatsplitter war groß und schwarz wie eine Fledermaus, nur dass er viel schneller war und durch den Arm einfach hindurchflog und ihn abriss. Auch Hutchinsons, die ein paar Häuser weiter wohnen. Sie erhielten binnen eines halben Jahres drei Telegramme. Alle ihre Söhne, ich habe alle drei unterrichtet: gefallene Helden. In jeder Straße Tote, Merce, auch bei euch im Dorf. Dein Schwager Herman, keiner weiß, was mit ihm geschehen ist. Senfgas, sagte mein Mann, nun setzen sie ein Gas ein, das noch zigmal tödlicher ist als Chlorgas. Und dann jammerte er, ach könnte ich nur, könnte ich doch selber die Uniform anziehen. Ich würde es den deutschen Teufeln schon zeigen! Und eines Morgens, Merce, da lag er dann tot im Bett.«

Mrs. Simms bleibt sitzen, ungerührt von ihrem Gegenüber, so wie es immer war, wenn sie mit durchgedrücktem Rücken hinter dem Pult saß und ihre grünen Augen einen von uns ins Visier nahmen.

Es ist ein linder Abend, durch den ich erleichtert hinüber nach Pillgwenlly fahre. Keine Menschenseele ist unterwegs. In den Wäldern von Dasshebdn soll ein Stamm Riesen leben, seit ihnen König Artus zum Dank dafür, dass ihn ein Riesenkind über den Usk-Fluss trug, die Hügel mit den Pappeln und Birken schenkte. Still liegt der Wald da, und aus den Stoppelfeldern, die zu ihm hinansteigen, kriecht der Nebel, der Mantel der Riesen von Dasshebdn. Ein Rudel Rehe auf einem trostlosen Acker lauscht und kaut und stört sich nicht am Quietschen meiner Pedale.

Hier bin ich oft mit Dafydd gegangen. Als ich zehn war und mein Bruder 15, hatten wir gemeinsam Unterricht bei Mrs. Simms. Die älteren Schüler saßen in den hinteren, die jüngeren in den vorderen Bankreihen. War die Schule aus, stromerten wir an den Steinmauern entlang und liefen querfeldein bis zum Usk, um dort zu schwimmen. Es muss das Jahr gewesen sein, als Blériot über den Kanal flog. Denn ich weiß noch, wie wir mit Blicken den Himmel absuchten, wenn wieder einmal in der Zeitung stand, auch Wales erhebe sich in die Lüfte. Ich habe seinen Namen vergessen, aber in Swansea gab es einen Geschäftsmann, der sich aus Frankreich einen Blériot-Monoplan kommen ließ und der einen Sommer lang den Versuch unternahm, mit diesem Eindecker, den zwar keiner von uns je zu Gesicht bekam, aber den die Zeitung als fliegende Dreschmaschine beschrieb, über den Severn nach Portishead zu fliegen. Ich erinnere mich an ein peinliches Gefühl von Unaufrichtigkeit, denn mir bedeutete die Fliegerei an sich nichts, ich ahmte bloß die Begeisterung meines Bruders nach und hätte das wohl auch getan, wenn er sich stattdessen für Pferde oder Pilze ein Bein ausgerissen hätte. Dafydds Traum war, einmal zu erleben, was damals jeder Junge, sogar ich, in allen Einzelheiten wiedererzählen konnte, dass nämlich Wilbur Wright während eines Fluges über Frankreich die Orientierung verlor, auf einem Feld notlandete und dort einen wahrscheinlich kreidebleichen Obstbauern bat, mit ihm aufzusteigen.

Natürlich ist der Flugmensch aus Swansea, wie mein Vater den Mann nannte, nie gekommen, um Dafydd mitzunehmen, und selbst »der Wilbur«, wie mein Bruder immer gesagt hat, fliegt heute nicht mehr, sondern lässt Flugzeuge bauen in seiner Fabrik in Amerika. Erst im Juni 1915, als ich mit der eingeschlossenen ENDURANCE durchs Weddellmeer driftete und auf der Scholle das denkwürdige antarktische Fußballderby stattfand, ging Dafydds Traum vom Fliegen in Erfüllung. In Merthyr Tydfil schraubte er nächtelang einen ausrangierten Dreidecker wieder zusammen, und William Bishop, für den Herman und Dafydd das Problem des Propeller-MGs inzwischen gelöst hatten, zeigte sich so dankbar wie König Artus gegenüber den Riesen von Dasshebdn, denn er gab Dafydd zunächst ein paar Flugstunden und ließ ihn dann mit dem alten Sopwith Triplan anstellen, wonach meinem Bruder der Sinn stand.

Dafydd tat, was auch ich getan hätte, er flog hinüber nach Pillgwenlly und drehte dort Schleifen über dem Haus unserer Eltern, bis meine Mutter kreischend hineinlief. Die ersehnte Anerkennung hat es ihm nicht eingebracht. Als ich meinem Vater erzählte, Shackleton habe ein nur von Robben bewohntes Eiland in Südgeorgiens König-Haakon-Bucht nach mir benannt und habe das sogar dem König telegrafiert, da sagte Dad, mich im Arm, zu Dafydd: »Hörst du das? Das ist die Seefahrt! Und du knatterst durch die Luft.«

Und Herman, wo steckt Herman, der es fertig gebracht hat, meiner unausstehlichen Schwester einen Sinn im Leben zu geben? Herman knatterte nicht durch die Luft. Mit Eisenbahn und Fahrrad kam mein Schwager an jedem Wochenende seit Kriegsbeginn von Merthyr Tydfil heim nach Pillgwenlly, um Regyn und das Baby zu sehen, das sie, nach dem Flieger und nach mir, William Merce genannt haben. Drei Monate lang durfte Herman seinen Stammhalter noch miterleben, fast zweimal so lang schon steht jetzt sein Fahrrad ungenutzt im Brennholzschuppen.

Ich lehne Dads Rad dagegen.

Das große Küchenfenster ist dunkel, nur in der Stube und oben im Schlafzimmer meiner Schwester brennt Licht. Die Verandalaterne flackert. Aber das scheint bloß so, weil sich die Zweige der Kastanie im Wind leicht auf und nieder bewegen und das Leuchten dann immer wieder kurz unterbrechen. Der Kiesweg, den mein Vater neu gestreut hat, führt unter der Kastanie hindurch, und ich weiß, wer mich erwartet, wenn ich dort entlangkomme, die Fledermäuse nämlich, die oben in der Baumkrone leben und von dort aus ihre Rundflüge starten.

Es ist genauso viel unverändert geblieben, wie sich verändert hat. Der Kies ist neu, und Regyn hat ein Baby. Die Laterne hängt dort unterm Verandadach, seitdem ich denken kann. Herman schickte noch eine Karte aus Paris: »Ich sehe mir den Triumphbogen und das Panthéon an, gehe viel in der schönen Sonne spazieren.« Ein paar Tage darauf wurde sein

Mechanikertrupp an die Somme beordert. Ich denke an Mrs. Cooper, ihren Mann den Rugbytrainer und den angeblich fledermausgleichen Granatsplitter, der ihm den Arm abriss. Fledermäuse fliegen Menschen niemals an, sie segeln hoch über den Köpfen, wo sie sicher sind, nur Luft und Insekten zu finden. Die Granate, habe ich gelesen, wird in gezackte Eisensicheln zerrissen. Die Fragmente der größten von den Deutschen verwendeten Kaliber sind so schwer, dass zwei Mann sie kaum heben können. Und doch rasen die Splitter mit vielen hundert Stundenkilometern durch die Luft und reißen den Soldaten den Leib auf oder einen Arm, ein Bein oder den Kiefer ab.

Willie-Merce schläft in seinem Stubenwagen, und Regyn liegt auf dem Bett, sie hat sich die Steppdecke ans Kinn gezogen und schlummert. Ich setze mich zu ihr und schaue sie an. Sie hat wochenlang geweint. Und sie ist wieder dürr wie damals, als ihre Arme und Beine nicht mehr aufhörten zu wachsen und sie plötzlich größer als ich war.

Aber, sagt Mom, es geht ihr besser, seit ich zurück bin. Auf dem Nachttisch steht ein Foto von Herman. Er trägt Anzug und Hut und sieht stolz aus. Er hat einen Holzpropeller neben sich aufgestellt, der ihn um zwei Köpfe überragt.

Willie-Merce schläft ganz friedlich, wie eine friedliche Miniatur unseres Vaters liegt er in seinem Korb und röchelt leise. In der Küche steht der Teller, den Mom für mich bereitgestellt hat, ich esse ein paar Happen im Stehen und gehe mich dann waschen. Aus dem Zimmer kommt Willies Quaken, und als ich nachschauen gehe, sitzen beide schon auf dem Bettrand, der Kleine auf Regyns Knie, und sehen mich an.

»He, guck, guck. Alles in Ordnung mit euch zwei Süßen?«

Ich soll ihr noch einmal von Punta Arenas erzählen. Sie liegt in meinem Arm, und immer wieder fallen ihr die Augen zu. Aber manchmal huscht auch ein Lächeln über ihre Lippen, deshalb rede ich weiter und atme währenddessen den Milchgeruch ein, den sie verströmt. Ich erzähle von dem strahlend blauen Junitag, an dem wir von den Falklands kamen, und von dem unglaublichen Empfang, den uns die Chilenen bereiteten. Und um sie ein bisschen aufzuheitern, erzähle ich diesmal auch, dass Shackleton von einem kleinen Hafen weiter südlich unter falschem Namen telegrafiert und seine triumphale Rückkehr selbst angekündigt hatte.

Dutzende Schiffe und Boote kamen uns aus dem Hafen von Punta Arenas entgegengefahren, und die größten und schönsten unter ihnen, erzähle ich Regyn, kamen mir in dem Licht und dem Lärm der Hörner und Tröten wie Gesandte vor, Gesandte nicht nur der Länder, unter deren Flaggen sie fuhren, sondern als wäre jedes von ihnen von einem unserer 22 Kameraden geschickt worden, die währenddessen auf der Elefanten-Insel auf ihre Rettung warteten. Für mich schwammen dort auf dem Meer die GREENSTREET, die WILD, die HOW und die HOLNESS.

»Es waren 15 große Dampfer und sieben Segelschiffe, glaub's mir. Ich habe sie dreimal gezählt, es waren genau 22.«

»Wie die Fische«, sagt sie, kaum hörbar, in unser Kissen.

»Welche meinst du?«

Sie öffnet die Augen und sieht mich an. »Die ganz weißen Fische, im Bauch von diesem Ungeheuer.«

»Ja, der Seeleopard, stimmt, da waren wir noch 28.«

»Ein ganzer Februar«, sagt sie und streicht mir mit dem

Daumen über den Mund und den Bart, den ich mir habe wachsen lassen, um die kaputte Haut darunter zu verstecken. »Und jetzt sind alle, die dabei waren, gerettet und in Sicherheit.«

Was, du Süße, leider nicht stimmt. Zur selben Zeit, als wir 28 im Weddellmeer ums Überleben kämpften, starben auf der anderen Seite der Antarktis drei Männer der Rossmeer-Abteilung, darunter der Kapitän der AURORA, Aeneas Mackintosh. Er, Hayward und Spencer-Smith verloren ihr Leben beim Versuch, für uns Depots anzulegen, in deren Nähe wir nie und nimmer hätten gelangen können.

Regyn braucht davon im Augenblick nichts zu wissen. Wieder bei Kräften, wird sie von Freundinnen, deren Männer die Zeitung lesen, früh genug erfahren, wie sehr man Shackletons Ruhm bereits anzweifelt. Der Artikel im *Echo*, den Dad entdeckte und der Shackletons Rückkehr nach London ankündigt, schließt:

> *Diesem Mann, der offensichtlich alles daransetzt zu verschleiern, dass er auf der ganzen Linie gescheitert ist, diesem Mann gilt unser Rat, endlich den Soldatenrock anzuziehen, statt weiter Eisberge zu beobachten.*

Ich erzähle stattdessen noch ein bisschen weiter, von unseren Abschieden in Valparaiso und dann von Bakewells und meiner Überfahrt. Aber Regyn ist bald eingeschlafen, und ich bleibe liegen, wo ich bin, und warte im Dunkeln darauf, dass Willie-Merce aufwacht, um ihn aus dem Korb zu nehmen und zu ihr zu legen. Irgendwann kommen unsere Eltern heim und tapsen flüsternd die Treppe hoch und über den Korridor. Emyr Blackboro kichert, er ist angetrunken, und meine Mutter zischt, aber sie wäre nicht Gwendolyn, seine Gwen, würde sie nicht irgendwann selber kichern.

Es wird still im Hause Blackboro, und auch ich schlafe ein. Als das Baby zu wimmern beginnt, schreckt Regyn hoch, doch ich habe den Kleinen schon im Arm und bringe ihn ihr. Sie dreht sich zur Wand, und Willie-Merce trinkt, er schmatzt.

Ich bin wieder eingeschlafen, als sich Regyn zu mir zurückdreht. Sie bettet den Kopf an meine Schulter und legt einen Arm über meine Brust.

Eine Zeit lang liegen wir schweigend nebeneinander, dann streicht sie mir plötzlich über Nase und Stirn. Sie ist ganz wach, ihre Stimme ganz klar, als sie flüstert: »Und Ennid? Bist du sehr traurig?«

2

Sag willkommen, und winke zum Abschied

Am wolkenlosen Herbsthimmel kommen aus Richtung der Berge im Norden drei Flugzeuge geknattert, die grünweiße Sopwith Camel von William Bishop, Albert Balls hellblaue Nieuport Scout und ein leuchtend orangerotes, Mickie Mannocks Dreidecker. Meine Eltern, meine Schwester und ich sitzen in Sonntagskleidern unter Wolldecken in unserer neuen Kutsche. Alfonso II. zieht uns ohne Eile am Usk-Ufer entlang, so dass ich mühelos die drei Maschinen dabei beobachten kann, wie sie die Stadtgrenze erreichen und beginnen, Schleifen zu drehen zwischen dem Turm von St. Woolo's und den voller Misteln hängenden Pappeln, die die Festwiesen säumen.

Dort in der Luft, dieser Mickie Mannock ist kaum älter als ich und schon ein größeres Idol, als Tom Crean es je war. Er ist einer der treffsichersten und gefürchtetsten Piloten der Royal Air Force. Ich weiß nicht, wie sie ihn kennen gelernt hat. Dafydd meint, er sei ein sympathischer Schlaks, auffallend schüchtern wohl der Augenklappe wegen, hinter der er ein totes, weißes Auge verberge.

Das Fest, auf dem sich Ennid in Mickie Mannock verliebt hat, wird kein Fest gewesen sein wie dasjenige, zu dem heute halb Südwestwales unterwegs ist. Doch wie ich mir habe sagen lassen, war es immerhin eine Flugschau mit nicht wenig Prominenz, mit viel Uniform und anschließendem Tanz. Sie fand auf den Wiesen von Caldoen statt, am anderen, ebenso grünen Ende der Stadt, an einem schönen warmen Augusttag. Um genau zu sein, war es der 15. August 1915, wie ich herausgefunden habe. Ennid sah entzückend aus, trug eine weiße Haube mit Schleife und ein langes geblümtes Kleid, so lang, dass ihre Beinschiene kaum auffiel. Sie haben sich unterhalten, meine Mutter, meine Schwester und Ennid, die ihnen erzählte, sie trage sich mit dem Gedanken, wie Dafydd nach Merthyr Tydfil zu gehen. Weshalb das? Nur so, sagte Ennid, noch sei es nur so ein Spleen, und als hätte sie das auf einen Gedanken gebracht, redeten die drei dann kurz auch über mich.

Wo war ich an diesem Tag, fragt sich, wo, Merce Blackboro, warst du an diesem 15. August vor 14 Monaten, hm? Seit Wochen frage ich mich, ob ich es bereuen soll, im Eis nicht Tagebuch geführt zu haben.

Nein, ich bereue es nicht. Im Usk spiegeln sich die rot und gelb entflammten Wipfel von Bäumen, auf denen das liebende Auge meines mit der Zunge schnalzenden Vaters ruht. Von Zeit zu Zeit bricht die Wasseroberfläche auf und kräuselt sich. Grashechte suchen darunter nach Beute. Was spielt es für eine Rolle, ob mir am Tag, als Ennid Mickie Mannock begegnete, Bobby Clark von den Goldschopfpinguinen erzählte, oder ob ich Biscoes Südpolarmeeraufzeichnungen an jenem Nachmittag las, als Miss Muldoon in den Zug nach Merthyr Tydfil stieg, um ihr verkorkstes Leben im Laden ihres Vaters hinter sich zu lassen?

Der 15. August 1915, so weit kann ich rechnen, war mein 203. Tag eingeschlossen im Eis. Es war Sonntag, ich trieb übers Weddellmeer, und es war 20 Stunden am Tag dunkel.

Dad lenkt unser Gespann auf die äußere Ringstraße. Wir umfahren das Stadtzentrum, dessen Gassen zu passieren mittlerweile auch an Nichtfeiertagen für Pferdefuhrwerke gefährlich ist. Die Automobile, die dort wild hupend hin und her fahren, sind riesig, und ihre Fahrer haben weit aufgerissene, panische Augen, wenn sie vorüberbrausen. »Holz in der Strömung« nennt mein Vater den Autoverkehr in der Stadt. Und noch in der Chaussee, die durch die östliche Vorstadt bis zu den Festwiesen führt, hört man das Röhren und das Knallen aus den Straßen zwischen Kathedrale und Hafen. Mir fällt wieder ein, was Dafydd sagte, dass er nämlich überlege, nach dem Krieg eine Automobilwerkstatt zu eröffnen. Wenn ich Lust hätte und mir nicht zu schade dafür sei, könne ich sein Kompagnon werden.

Gebr. Blackboro
AUTOMOBILREPARATUR
günstig FABELHAFT günstig
und schneller, als Sie fahren können

Durch die vom leichten Wind bewegte Luft dringt das Schmettern und Bellen des Newporter Polizeiblasorchesters. Wir kommen auf die Wiesen gezockelt, Dad steigt vom Kutschbock und nimmt den nervös die blonde Mähne schüttelnden Alfonso beim Halfter. Er führt uns zu der Baumreihe, unter der die Fuhrwerke abgestellt sind, dort springe ich ins Gras und helfe den Frauen herunter.

Für Regyn ist es der erste Ausflug, seit Herman als verschollen gilt. Sie hakt sich bei mir unter und fragt traurig: »Sehe ich nicht dumm aus?«

Unter den Pappeln gegenüber parken die Autos. Der

weiße Morris Oxford Bullnose von Ennids Eltern ist nirgends zu sehen. Aber es ist noch früh am Nachmittag, immer neue Wagen kommen über das verschlammte Gras gerollt, stoppen, geben einen lauten Knall von sich und verstummen so abrupt, als hätte sie einer wie Frank Wild mit einem einzigen Karabinerschuss niedergestreckt. Unwahrscheinlich, dass sich Muldoons diese feierliche Heldenverabschiedung entgehen lassen, schließlich gilt sie auch ihrem zukünftigen Schwiegersohn. Bishop, Ball und Mannock, unsere drei Jungs, sie fliegen in den Luftkrieg um Paris.

»Du siehst toll aus, très chic.«

Regyn kneift die Augen zusammen, versucht ein Lächeln und drückt meinen Arm.

Als wir gleich bei einer der ersten Buden, einer rot-weiß gestreiften, in der es Tröten, Fähnchen und Souvenirs zu kaufen gibt, Bakewell treffen, will mich Regyn nicht loslassen, sie will nicht mit unseren Eltern in das Gewimmel und den Lärm von Musik und Propellern. So weit ich über Hüte und Scheitel hinwegblicken kann, erstreckt sich der Menschenauflauf bis zu der Absperrung, hinter der die drei Flugzeuge und das Blasorchester stehen. Dort sehe ich Gras, eine weite grüne Fläche.

»Wer weiß, wer mir da auflauert«, ruft sie, »nein, nein, gar keine Lust.«

Bakewell hat sich herausgeputzt. Er hat ein weißes Hemd und eine seltsame Strickjacke an und trägt, zumindest bis er uns bemerkt, eine neue Schirmmütze auf dem Kopf. Ich weiß, dass er Regyn sehr mag, und hast-du-nicht-gesehen hält er die Mütze in Händen und starrt darauf, als hätte meine Schwester sie ihm soeben zum Geschenk gemacht.

»Guten Tag, Regyn.« Worte, die seine Lippen formen, die man aber nicht hören kann.

»Reg«, sagt meine Mutter, die die Einzige ist, die sie so nennt, »es gibt nicht den geringsten Grund, nervös zu sein. Dein Bruder und Mr. Bakewell möchten sich etwas umsehen. Und wir machen dasselbe. Sagen willkommen und winken zum Abschied.«

Und unser Vater: »Komm, Püppi. Ich pass auf dich auf.«

Er hat Mühe, mit mir Schritt zu halten. Sogar als er kurz vor der Absperrung in einer Gruppe junger Frackträger seinen neuesten Arbeitgeber stehen sieht, dränge ich weiter und rufe über die Schulter: »Komm, der läuft nicht weg, aber Mannock fliegt gleich!«

Mr. Klein aus Boston hat Bakewell, weil der als einziger Amerikaner mit Shackleton gefahren ist, die Leitung seines Newporter Heuerbüros übertragen. Etwas verdutzt lüpft er die Melone, als wir uns lächelnd an ihm und seinen Geschäftsfreunden vorbeischieben.

»Mister Klein«, sagt Bakewell, »Sir!«

»Mister Bakewell?«, fragt Klein. »Sir!«, sagt er nicht, obwohl es angebracht wäre, auch wenn mein Freund weder Gamaschen noch Frack trägt, sondern eine seltsame Strickjacke.

Zu mir, kaum dass wir außer Hörweite sind, sagt Bakie: »Himmelheiliger Arsch, er wird mich rausschmeißen, weißt du das? Ich werde den besten Job meines Lebens verlieren, nur weil du einen Holzfisch einmal um die ganze Welt transportierst.«

»Wirst du nicht. Und wenn, findest du was anderes. Komm weiter.«

»Auf Südgeorgien hätte ich das Ding verbrennen können. Den Zettel lesen und dann beides ab in den Kocher, Schluss. Sag mir mal, wieso ich das nicht gemacht habe.«

»Weil ich dir den Arm abgerissen hätte, und du weißt, welchen.«

»Und du weißt hoffentlich, was du zu tun hast. Wo ist er?«

Ich klopfe mir aufs Herz, und mein Herz antwortet mit Pochen.

»Fein. Dann hol ihn raus.«

»Deshalb sind wir hier.«

Die Absperrung kann ich noch nicht erkennen, aber überall stehen schon Uniformen herum, Air-Force-Offiziere, Posaunenbläser. Je weiter wir zu den Flugzeugen kommen, umso weniger Frauen sieht man, dafür aber sind diejenigen, die es trotz des Morastes bis nach hier ganz vorn gezogen hat, von ausgesuchter Eleganz. Sie müssen getragen worden sein, man sieht nicht den kleinsten Kotspritzer auf einem Rock, nur da und dort ein paar Knitterfalten vom langen Sitzen im Automobil.

Mit einer derartigen Unterkörperumpanzerung und einem riesigen, schief aufgesetzten Flügelhut, der das halbe Gesicht verdeckt, oder in einer erdbeerfarbenen Jacke mit langen Bändern und Metallschnallen auf dem Rücken kann ich mir Ennid nicht vorstellen. Ich halte nach einem geblümten Sommerkleid Ausschau.

Doch dafür, natürlich, ist es zu kalt. Wir haben Oktober. Zweieinhalb Jahre habe ich sie nicht mehr gesehen, und da steht sie zwischen lauter Männern in Overall oder Uniform vor einem riesigen orangeroten Flugzeug und hat denselben Regenmantel an wie damals im Büro meines Vaters.

Sie trägt das Haar länger. Ihre kühle, angespannte Miene, sie erkenne ich wieder. Nein, schießt es mir durch den Kopf, und etwas in mir bäumt sich auf, halb panisch und halb rebellisch. Nein, sie hat sich nicht verändert. Nur die Zeit ist weitergerannt und hat sie zur Frau gemacht. Nein, sie liebt dieses große dürre Kind mit dieser lächerlichen Fliegermütze nicht, wie auch! Sie hat noch dasselbe Gesicht, dasselbe Gesicht, das ich vor mir sah, wenn ich aufs Eis blickte oder im Dunkeln auf meiner Schmelzwassermatte lag. Ich habe sie nicht verloren, nein. Nichts und niemanden darf man jemals verloren geben, Shackleton hat Recht, also warum ausgerechnet ich mein Mädchen, warum ich Ennid?

Beides, meine Angst, sie verloren zu haben, und mein Widerstand dagegen, verschwindet sofort, als sich unsere Blicke treffen. Sie steht keine zehn Meter von mir entfernt jenseits der Absperrung und hält sich fest am Arm des einäugigen Fliegers, der in den Krieg zieht und den sie liebt. Es ist ein Blicketauschen zweier Fremder. Deshalb ist sie noch schöner als in meiner Erinnerung, sie hat die Schönheit angenommen, die Fremden gehört. Mich jedenfalls, mit meinem Bart, meiner dem Frost geopferten Haut, erkennt sie nicht einmal wieder.

Wegrennen, ein andermal wiederkommen mit neugewonnener Kraft, wenn ich ihr irgendwie wehtun kann, anstatt diese sinnlose Sehnsucht zu erleiden.

Ich bin's, das Äffchen!

Neben mir Bakewell sagt nichts, obwohl er merkt, was mit mir vor sich geht. Das also ist sie.

»Gib her.« Er hält mir die flache Hand hin.

»Nein«, sage ich, auch wenn die Versuchung groß ist. Ich hole den Fisch heraus, er hat fast alle Farbe verloren.

Unter der Absperrung hindurchgeklettert, sind es bloß noch ein paar Schritte. Ein Mechaniker, wie Herman einer war, steht oben auf der Leiter an Mannocks Flugzeug und schließt eine Klappe. Auf der Klappe steht sie, die Wahrheit, der Name der Liebe, dort steht in sonnengelber Schrift: DIE FLIEGENDE ENNID.

ENNIDURANCE habe ich, für mich, unser Schiff genannt.

Du fliegst mit nach Frankreich, sage ich zu meinem Fisch. Du warst am Ende der Welt, da kannst du jetzt auch in den Krieg fliegen.

Und ich bin noch nicht ganz bei ihm, da rufe ich schon.

»Mannock! Ich habe etwas für Sie!«

Keiner von uns, auch Ennid nicht, sieht Mickie Mannock wieder.

Gern hätte ich diesem Jungen, der mich da auf den Festwiesen von Newport mit seinem einen Auge voller neugierigem Wohlwollen ansah und der mir doch ganz abwesend, wie bereits davongeflogen erschien, gern hätte ich ihm in dem Lärm der angeworfenen Motoren zugerufen, was Pastor Gunvald in dem tief verschneiten Kirchlein von Grytviken uns Antarktikern zurief.

»Kehren Sie um, Mannock, wenn es Ihnen nicht ergehen soll wie König Sverre!«

Ich weiß nicht, weshalb mir ausgerechnet dieser Satz in den Sinn kam, als ich Mannock den Fisch gab und Ennid, die weinend dabeistand, mich wiedererkannte. Im Propellerwind zurücktaumelnd zur Absperrung, erkannte ich plötzlich, was für mein Glück verantwortlich gewesen war. Ohne den Zettel im Bauch des Fisches gelesen zu haben, wusste ich mit einem Mal, was darauf geschrieben stand, und wusste zugleich, dass die Worte nicht mehr bedeuten konnten als der Fisch selbst. Furchtbar, aber weil er nicht von ihr kam, würde Ennids Talisman Mickie Mannock kein Glück bringen können. Und meine Aufrichtigkeit reichte dazu nicht aus, sie war wie Ennids Schluchzen, wie ihre Tränen, er würde sich daran erinnern, aber nicht festhalten können.

Von den drei Fliegern kehrt nur Willie-Merces erster Namenspatron lebendig zurück, William Bishop, der eines Nachmittags kurz nach dem Krieg sogar in unserer Küche sitzt und meinem Vater erklärt, wie stolz er auf seinen Dafydd sein könne. Albert Ball wird Anfang Mai 1917 von der Jagdstaffel Lothar von Richthofens abgeschossen. Mickie Mannock stirbt 14 Monate später, im Juli 1918, durch das Feuer deutscher Infanterie, als er, wie es sein Markenzeichen war, einem vom Himmel geholten Gegner am Boden eine Trophäe abzujagen versucht. Im *South Wales Echo* steht zu lesen, dass man den gefallenen Helden umgehend mit dem Viktoriakreuz ausgezeichnet und den Orden seinem Vater überreicht habe.

Auch Pastor Gunvald überlebt den Krieg nicht. Ich erfahre von seinem Tod aus einem Buch mit Fotografien von Frank Hurley, das mir meine Eltern zum 21. Geburtstag schenken. Zu einem Bild, das kurz nach der turbulenten Predigt von Grytviken entstanden sein muss und das Gunvald in lächelnder Pose mit Kapitän Jacobsen und seiner Frau zeigt, schreibt Hurley knapp, das Schiff, mit dem der Pastor von den Falklands nach Chile zu entkommen gehofft habe, sei von einem U-Boot torpediert und versenkt worden.

»Es gibt«, so Hurley, »keine weiteren Lebenszeichen von diesem Glaubensmann.«

Ein anderes Bild in Hurleys Buch, das wie sein späterer Film »Im Griff des polaren Packeises« heißt, zeigt seltsamerweise ausgerechnet Alf Cheetham und Tim McCarthy an einem Tag an Bord der völlig überfrorenen ENDURANCE, an den ich mich gut erinnere. Es ist der Tag von Orde-Lees' Eisausflug mit dem Fahrrad, und tatsächlich lehnt das Gefährt auf dieser Fotografie an Mutter Greens Kühlkiste.

McCarthy ist der Erste aus der alten Mannschaft, der sein Leben im Krieg lässt. Ich erfahre davon erst sehr viel später aus einem Brief, den mir Tom Crean aus Irland schickt. Tim McCarthy, mit dem ich in all der Zeit im Eis nie wirklich ein Wort gewechselt habe, stirbt an seiner Schiffskanone im Ärmelkanal, kaum dass er drei Wochen zurück ist in England. Auf Hurleys Aufnahme halten sie einander im Arm, McCarthy und Cheetham, und ich meine, mich an Alfs Lachen erinnern zu können, wenn er gut aufgelegt war und seinen Eisheiligenstatus von niemandem in Abrede gestellt sah. Doch trotz des Fahrrads und des Frostes überall, an den Moment der Aufnahme entsinne ich mich nicht, sooft ich mir dieses Bild, das nur noch zwei Gespenster zeigt, ansehe. Alfred Cheetham war eine Berühmtheit. Kein anderer Südpolfahrer hat den Polarkreis öfter überquert als er, deshalb ist sein Tod wenige Wochen vor Waffenstillstand sogar dem *Echo* eine Meldung wert.

Deutsches U-Boot versenkt
Minensuchboot vor Humber-Mündung:
ENDURANCE-Veteran Cheetham ertrunken

Dafydd traut seinen Augen nicht, als er begreift, was er da in Händen hält. In der Rechtschreibung des Herzens schreibt mir Tom Crean in seinem Brief, er sei in seinen Heimatort Anascaul zurückgekehrt und habe dort ein Pub eröffnet. Als würden sie sich dort allabendlich am Tresen versammeln und den Wirt teilhaben lassen am geisterhaften Fortgang ihres Lebens, weiß Crean zu berichten, was aus Orde-Lees, Wild,

Clark und vielen anderen Männern von der ENDURANCE geworden ist. Sie schreiben ihm ihrerseits Briefe, schicken Bilder, oder einer ist auf Vortragsreise und macht einen Abstecher zum »South Pole Inn« des irischen Riesen von Anascaul.

Durch Shackletons Vermittlung zum Königlichen Fliegerkorps gekommen, ist Orde-Lees maßgebend verantwortlich dafür, dass die Piloten mit Fallschirmen ausgerüstet werden. Um ihre Wirksamkeit zu demonstrieren, springt Tante Thomas selbst mit einem von der Tower Bridge. Hurley gelingen als Hauptmann des australischen Heeres viel bestaunte Farbfotos von den Schützengräben Yperns. Expeditionen führen ihn nach Papua-Neuguinea und Tasmanien, von wo aus er Crean seine Heirat mit einer jungen, blendend schönen, französisch-spanischen Opernsängerin anzeigt. Worsley versenkt als Kapitän eines getarnt bewaffneten Handelsschiffes ein deutsches U-Boot und wird dafür hoch dekoriert. Von Worsley erfährt Crean andeutungsweise von einem angeblichen Geheimauftrag, der Shackleton zunächst nach Spitzbergen und schließlich Murmansk führt und zu dem Sir Ernest neben dem in Archelansk im Alkohol versinkenden Wild und dem in Ypern schwer verwundeten McIlroy auch den Skipper beordert. Shackleton, Worsley, Wild, McIlroy, Hussey und Macklin bilden, bis die Bolschewiken sie verjagen, diesen arktischen Vorposten, von dem niemand weiß, welche Aufgabe er hat. »Lennon«, schreibt Crean, »hat den Kern der alten Mannschaft noch einmal in alle Winde verstreut«, und ich brauche lange, um zu begreifen, dass mit jenem geheimnisvoll mächtigen »Lennon« nur Lenin gemeint sein kann.

Ich selbst hätte ihn nicht mehr danach gefragt, doch um meinem Bruder diesen lang gehegten Wunsch zu erfüllen, schreibe ich Crean im ersten Sommer nach dem Krieg noch einmal und bitte ihn um Aufklärung über Scotts Ende. Es dauert Monate, bis Crean mit einer Postkarte antwortet, Monate, in denen sich Dafydd einen weiteren Wunsch erfüllt und in der Nähe der Alexandra Docks seine Automobilwerkstatt eröffnet. Tom Creans Karte zeigt eine blassblaue Ansicht Anascauls. Er werde Sir Ernest stets bewundern, schreibt er. Seine Liebe aber gelte Kapitän Scott.

In diesem verregneten Sommer verlobt sich meine Schwester nach langem Zieren mit Bakewell. Regyns Widerstand überdauert alle brüderlichen Schliche, er bröckelt erst, als Bakie ihr anbietet, Willie-Merce zu adoptieren. Dass sie ihn liebt, verrät ihm Regyn, als Bakewell vor Mister Klein darauf besteht, sie und den Jungen mitzunehmen auf die ihm angetragene Geschäftsreise nach Boston, Mexiko und Südamerika.

Einmal noch sehe ich Shackleton.

»Südwärts«, sein Buch über die Reise mit der ENDURANCE, erscheint 1919. Lesereisen führen ihn ein Jahr lang kreuz und quer durch Amerika und Europa, bis er an einem der ersten Frühlingstage schließlich auch nach Newport kommt. In dem kaum zur Hälfte gefüllten Saal mischen wir uns unter die Zuhörer. Der Herr in dem makellosen blauweiß gestreiften Anzug, der einmal mein Bakie war, ich und Mister Bakewell – er wird immer mein Bakie bleiben – sind fest entschlossen, uns erst zu erkennen zu geben, wenn Shackleton seinen Vortrag beendet hat.

Er ist gezeichnet von den Strapazen, das zusammengeliehene Geld für die gescheiterte Expedition aufzutreiben, von den Reisen über die Anden, die Appalachen, die Alpen, von den vergeblichen Versuchen, es allen zu zeigen und doch noch ein Kriegsheld zu werden, von alledem, was in den

Klatschspalten stand über ihn und seine in die Brüche gegangene Ehe, seine Trunksucht, seine Fettsucht, seine Abenteuersucht und seine amerikanische Geliebte Mrs. Rosalind Chetwynd. Er ist 42 und sieht aus wie 62. Und doch wirkt er nicht so alt wie damals, geplagt von Ischiasanfällen an Bord der JAMES CAIRD, von der er erzählt, dass man sie in seinem Schlepp kreuz und quer über den Globus transportiere.

Während er vorliest, denke ich an John Vincent und versuche mir vorzustellen, wen dieses Scheusal seither nicht alles gemartert hat. Was ist aus Stevenson geworden, der zweifelsohne die größere Ratte war? Wo steckt Holness? Gibt es Stornoway noch? Und ob wohl How, der schattengleiche Hownow, zurückgefunden hat zu seiner Helen und seinem Sohn, der so heißt wie er, Walter?

»635 Tage lang waren diese Männer gefangen im Eis«, sagt aus dem Publikum eine Dame mit Blumenhut. »Wie lange wird es dauern, Sir, bis sie diese Zeit vergessen können?«

Shackletons Antwort verwirrt die Lady, die Blumen auf dem Hut beben: »Eis, Madam, ist die Erinnerung an Wasser, es ist nicht selber Wasser, darin gleicht es dem Befinden so vieler Menschen von heute.«

Er hat keine Zeit, zu bleiben und mit uns zu essen. Er muss weiter. Morgen Cardiff, übermorgen Swansea. Seine Freude, Bakewell und mich wiederzusehen, ist bei aller Müdigkeit auf seinem Gesicht groß und ganz echt. Nach Wales stehe endlich Irland auf dem Programm, das neue Irland, seit anderthalb Jahren unabhängig, vielleicht doch seine Heimat. An dem Automobil, das mit laufendem Motor auf ihn wartet, ein kurzes Gespräch über das Osterwochenende 1916, als man in Dublin die Aufstände niederschoss. Zur selben Zeit fuhren wir mit der JAMES CAIRD von der Elefanten-Insel ab nach Südgeorgien.

Er gibt uns die Hand, legt sie mir auf die Schulter und steigt in den Wagen. Was habe ich erwartet?

Einen Ausblick. Ein Anknüpfen. Ein Nichtverlorengeben!

Er weiß es, oder spürt es. Und anders als Crean, der seine guten Gründe hat, bewundere ich ihn nicht nur, sondern liebe ihn dafür, dass er meine Verbundenheit nicht gegen mich kehrt.

»Leben Sie wohl, Merce«, sagt er durch das offene Wagenfenster. »Vergessen Sie nicht, Sie haben sich selbst gerettet. Bauen Sie sich etwas auf. Nur seien Sie sich im Klaren darüber, dass ich irgendwann wieder aufkreuzen und Sie bitten werde, alles stehen und liegen zu lassen.«

Wir gehen durch den Hafen, ich zu meinem Fahrrad, das beim Kontor steht, Bakewell zu seinem Wagen. Als müssten wir uns versichern, dass der Fluss noch da ist, treibt es uns hinunter zum Usk. Noch sind die Uferbäume ohne Laub. Doch jede Menge Vögel sind bereits da, ein Schwarm Grünfinken schwirrt durch den Abend, lässt sich nieder im nackten Geäst der Platanen am Wasser und stiebt bei jedem lauten Geräusch schimpfend und singend erneut in die Höhe. Für einen Augenblick bin ich zurück in La Boca und sehe aus dem Fenster unserer Pension auf den kahlen Baum in der nach Vogelleim stinkenden Straße, die hinunter zum Hafen von Buenos Aires führt. Wie die Grünfinken fliegen, schnell und gaukelnd, bevor sie schweben und sich bloß treiben lassen, genau so schwimmen die Robben.

INHALT

Mitglieder der Imperial Trans-Antarctic Expedition
1914–1916, Weddellmeer-Abteilung

Sir Ernest Shackleton, Leiter
Frank Wild, Stellvertretender Leiter
Frank Worsley, Kapitän
Lionel Greenstreet, Erster Offizier
Hubert Hudson, Navigator
Thomas Crean, Zweiter Offizier
Alfred Cheetham, Dritter Offizier
Louis Rickenson, Erster Maschinist
Alexander Kerr, Zweiter Maschinist
Dr. Alexander Macklin, Schiffsarzt
Dr. James McIlroy, Schiffsarzt
James Wordie, Geologe
Leonard Hussey, Meteorologe
Reginald James, Physiker
Robert Clark, Biologe
Frank Hurley, Fotograf
George Marston, Zeichner
Thomas Orde-Lees, Ingenieur, später Proviantmeister
Harry McNeish, Zimmermann
Charles Green, Koch
John Vincent, Bootsmann, später Vollmatrose
Walter How, Vollmatrose
William Bakewell, Vollmatrose
Timothy McCarthy, Vollmatrose
Thomas McLeod, Vollmatrose
William Stevenson, Oberheizer
Ernest Holness, Heizer
Merce Blackboro, blinder Passagier

Figuren und Ereignisse meines Romans sind nicht frei erfunden. Tatsächlich hat sich vieles den äußeren Fakten nach so zugetragen, wie ich es beschreibe. Mein Augenmerk galt jedoch nicht einer möglichst genauen Nacherzählung der historischen Reise der ENDURANCE, vielmehr wollte ich auf erzählerischem Weg selbst ein Abenteuer bestehen und mich auf eine Expedition in eine zeitliche wie räumliche Fremde begeben. Anders als mein Alter ego bin ich nie in der Antarktis gewesen. Perce Blackboro, wie Shackletons blinder Passagier wirklich hieß, hat sich andererseits weder durch eine antarktische Bibliothek gelesen noch war er verliebt in ein Mädchen wie Ennid Muldoon. Ich habe mir deshalb die Freiheit genommen, seine Initialen meinen anzugleichen. Neben vielem Anderen habe ich auch den Namen des Schiffes geändert, mit dem Blackboro nach Südamerika fuhr; mein Kapitel »Schiffbruch« verwendet Motive aus Erzählungen Jack Londons, weshalb ich die GOLDEN GATE in JOHN LONDON umgetauft habe.

Für Begleitung und wichtige Ratschläge bedanke ich mich bei Robert Schindel. Ich danke Norbert Hummelt für die Übertragung meines Romanmottos aus Eliots »The Waste Land«, ferner Nuala Ní Dhomhnaill und Seán Ó Riain für Hinweise zum Gälischen und zur Person Tom Creans.

M.B.